MEDO

Obras do autor publicadas pela Galera Record:

Série Gone

Gone: o mundo termina aqui
Fome
Mentiras
Praga
Medo

MICHAEL GRANT

MEDO
UM LIVRO DA SÉRIE GONE

Tradução
Alves Calado

1ª edição

GALERA RECORD
RIO DE JANEIRO • SÃO PAULO
2014

```
CIP-BRASIL. CATALOGAÇÃO NA FONTE
SINDICATO NACIONAL DOS EDITORES DE LIVROS, RJ
```

Grant, Michael, 1954-
G79m   Medo / Michael Grant; tradução Alves Calado. – 1. ed.
– Rio de Janeiro: Galera Record, 2014.
(Gone; 5)

Tradução de: *Fear*
Sequência de: *Praga*
ISBN 978-85-01-40227-1

1. Ficção americana. I. Alves-Calado, Ivanir, 1953-.
II. Título. III. Série.

14-08385   CDD: 813
CDU: 821.111(73)-3

Título original em inglês:
Fear

Copyright © 2012 by Michael Grant

Publicado mediante acordo com HarperCollins Children's Books, um selo de HarperCollins Publishers.

Todos os direitos reservados. Proibida a reprodução, no todo ou em parte, através de quaisquer meios. Os direitos morais do autor foram assegurados.

Texto revisado segundo o novo Acordo Ortográfico da Língua Portuguesa.

Composição de miolo: Abreu's System
Capa: Estúdio Insólito

Direitos exclusivos de publicação em língua portuguesa somente para o Brasil adquiridos pela
EDITORA RECORD LTDA.
Rua Argentina 171 – Rio de Janeiro, RJ – 20921-380 – Tel.: 2585-2000,
que se reserva a propriedade literária desta tradução.

Impresso no Brasil

ISBN: 978-85-01-40227-1

Seja um leitor preferencial Record.
Cadastre-se e receba informações sobre nossos lançamentos
e nossas promoções.

Atendimento e venda direta ao leitor:
mdireto@record.com.br ou (21) 2585-2002.

Para Katherine, Jake e Julia

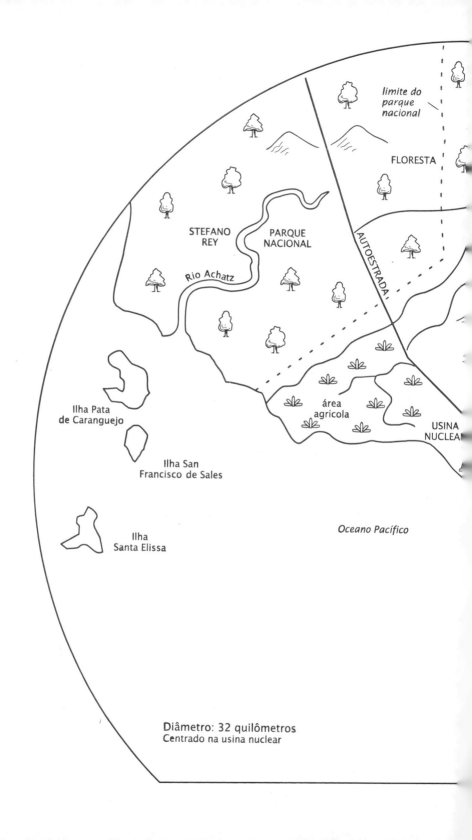

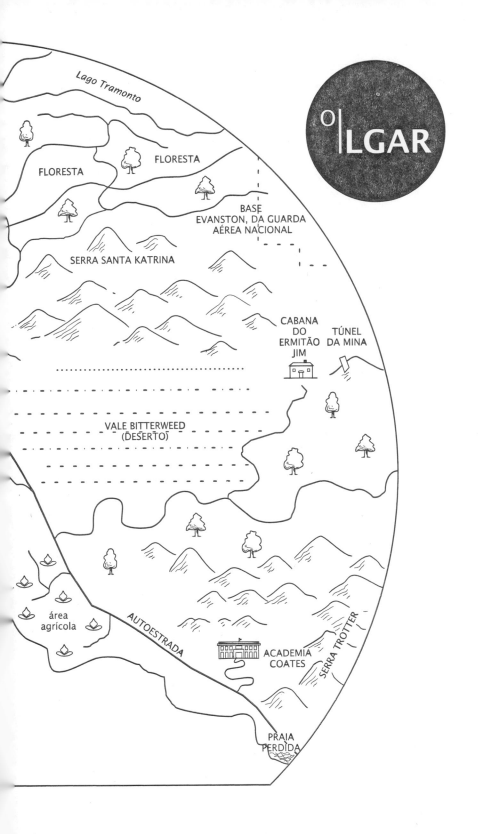

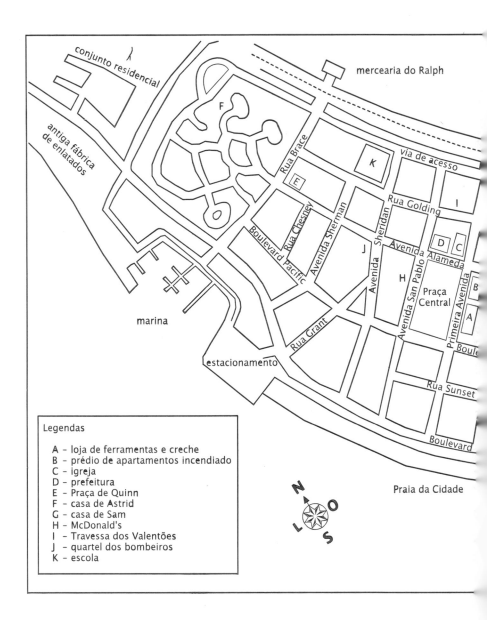

Ó SENHOR, meu Deus, clamo por socorro durante o dia;
grito à noite diante de ti...
Puseste-me nas profundezas do Abismo,
em regiões escuras e profundas.
Tua ira pesa sobre mim, e me esmagaste
com todas as tuas ondas.
Apartaste de mim meus companheiros;
Tornaste-me abominável para eles.
Estou trancado e não posso escapar;
meus olhos estão fracos de tristeza...
Aflito e prestes a morrer desde a juventude,
sofro teus terrores; estou desamparado.
Tua ira se abateu sobre mim; vossos pavores
me destroem...
Afastaste de mim amantes e amigos;
meus companheiros estão nas trevas.
— Salmo 88: 1, 6-9, 15-16, 18 (Versão Padrão Revisada)

FORA |

NUM MINUTO A enfermeira Connie Temple estava atualizando seu diário no pequeno laptop. No outro tinha sumido.

Pronto.

Foi-se.

Sem "puf". Sem clarão de luz. Sem explosão.

Connie Temple viu que estava na praia. De costas. Na areia. Estivera sentada quando aquilo aconteceu, por isso havia caído de repente na areia, tombando de costas, com os joelhos dobrados para cima.

A sua volta encontrou outros. Pessoas que não conhecia. Algumas que identificou como rostos da cidade.

Algumas estavam de pé, outras sentadas como se ainda estivessem segurando um volante. Algumas usavam roupas de ginástica e pareciam ter chegado à praia, ou à via expressa, correndo.

Um homem que Connie reconheceu como professor da escola de Sam estava parado, piscando, a mão levantada, como se estivesse escrevendo alguma coisa num quadro-negro.

Connie se levantou devagar, tonta, sem acreditar que nada daquilo fosse real. Imaginando se tivera um derrame. Imaginando se seria alguma alucinação. Imaginando se seria o fim do mundo. Ou o fim da sua vida.

E então viu: uma parede vazia, cinza, sem qualquer detalhe especial. Era incrivelmente alta e parecia se curvar para longe.

Estendia-se na direção do oceano. Cortava a via expressa. Cortava ao meio o luxuoso Hotel Penhasco. Estendia-se para o interior, sumindo de vista, cortando tudo no caminho.

Só depois descobririam que era uma esfera com 32 quilômetros de diâmetro. E não demorou muito para surgirem fotografias aéreas em toda a internet.

Só mais tarde, depois de dias de incredulidade e negação, o mundo aceitou que nenhuma criança fora transportada. Todas as pessoas com menos de 15 anos tinham sumido.

Da população de Praia Perdida, Califórnia, e parte da área ao redor, nenhum adulto fora morto, mas alguns tinham se ferido quando subitamente foram parar no deserto, dentro d'água, despencando por uma encosta. Uma mulher surgiu de repente na casa de outra pessoa. Um homem tinha aparecido molhado no meio da via expressa, usando roupa de banho, e carros desviavam feito loucos para não atropelá-lo.

No fim das contas houve apenas uma morte: um vendedor de San Luis Obispo que estava indo falar sobre seguros com um casal de Praia Perdida. Ele não viu a barreira atravessando a estrada no Parque Nacional Stefano Rey, e seu Hyundai a acertou a 110 quilômetros por hora.

Mas Connie não conseguia se lembrar do nome dele.

Um monte de nomes tinha surgido e sumido em sua vida desde então.

Com um esforço, livrou-se da lembrança daquele dia. Algo importante estava sendo dito pelo coronel Matteu.

— A assinatura da energia mudou.

— O que mudou? — Connie Temple olhou para Abana Baidoo. Elas haviam se tornado muito amigas naqueles longos e terríveis meses. Abana geralmente captava os detalhes científicos melhor do que Connie. Mas daquela vez apenas encolheu os ombros.

George Zellicoe, o terceiro porta-voz da família, fora afetado mentalmente havia um tempo. Ele ainda comparecia às reuniões, mas ficava em silêncio. Connie e Abana já tinham tentado se comunicar com ele, que estava perdido. A depressão o havia derrubado e pouco restara daquele homem animado e teimoso.

— A assinatura da energia — disse o coronel Matteu. — O que nós começamos a chamar de onda J.

— O que isso quer dizer exatamente? — perguntou Connie.

O coronel não parecia muito um coronel. Tinha o uniforme do exército impecavelmente passado, claro, e o cabelo bem aparado, mas sua péssima postura dentro do uniforme dava a impressão de que a roupa era de um tamanho um pouco maior ou de que ele havia encolhido desde que a tinha comprado.

Era o terceiro oficial designado a ficar sob o comando das forças na Tigela. A Tigela. A Bolha de Praia Perdida. Ele fora o primeiro capaz de responder honestamente a uma pergunta simples.

— Não sabemos. Só o que sabemos é que desde o início captamos essa assinatura da energia que ia num sentido só. E agora está mudando.

— Mas então vocês não sabem o que isso significa? — indagou Abana. Ela tinha um modo de falar que transformava toda pergunta num desafio incrédulo.

— Não, senhora. Não sabemos.

Connie ouviu uma ligeira ênfase na palavra "sabemos".

— O que eles suspeitam que seja? — perguntou ela.

O coronel suspirou.

— Vou começar lembrando a todos de que passamos por uma dúzia, uma centena, de teorias diferentes. Nada se confirmou até agora. Tínhamos várias teorias quando as gêmeas apareceram sãs e salvas. Mas depois, quando Francis...

Ninguém precisava que lembrassem de Francis. O que havia surgido do caso de Francis tinha sido um horror captado pelas câmeras, ao vivo, e retransmitido repetidamente para um mundo nauseado. Setenta milhões de acessos no YouTube.

Logo depois disso foi Maria. Aquilo, misericordiosamente, não fora filmado. Eles a haviam encontrado e removido o que restava da garota para uma instalação onde ela foi mantida viva. Se é que dava para chamar aquilo de vida.

O ar-condicionado começou a funcionar de repente. Costumava fazer calor nos trailers, mesmo em dias frescos como aquele, com a brisa do oceano soprando.

— Agora sabemos que não devemos acreditar em tudo que ouvimos — disse Abana com expressão mordaz.

O coronel assentiu.

— Eles acham que pode haver um... um abrandamento, como estão chamando. — Ergueu a mão, impedindo a reação imediata. — Não, eles ainda não podem penetrar na barreira. Mas no passado, quando tentaram bombardear partes dela com raios X ou raios gama, a barreira funcionou como um espelho perfeito, ricocheteando cem por cento da energia que a golpeava.

— Isso mudou?

— O último teste mostrou uma refração de noventa e oito ponto quatro por cento. Não parece grande coisa. E pode não significar nada. Mas era de cem por cento desde o primeiro dia. E pudemos contar com cem por cento desde então. E agora não mais.

— Está enfraquecendo — observou Abana.

— Talvez.

Os três, Connie, Abana e George (os pais de Sam, Dahra e E.Z.) saíram do trailer. A base da Guarda Nacional da Califórnia, que tinha o nome grandioso de Campo Camino Real, ficava no lado da via expressa voltado para o interior, num trecho de terreno vazio a apenas 400 metros da fronteira sul da Tigela. Era um agrupamento de duas dúzias de trailers e barracões arrumados com precisão militar. Instalações permanentes — um alojamento, uma garagem, um prédio de manutenção — estavam sendo construídas.

Quando o Campo Camino Real foi erguido, ele ficava totalmente sozinho naquele terreno lindo, exposto ao vento, acima da praia. Mas desde então haviam terminado de construir o Hotel Courtyard, do grupo Marriott, bem como a lanchonete Carl's Jr. O Del Taco tinha vendido seu primeiro burrito alguns dias antes, e o Holiday Inn Express havia inaugurado uma ala enquanto continuava construindo o restante.

Só restavam dois caminhões da mídia com transmissão via satélite estacionados junto à estrada. Mas raramente colocavam algo no ar: o país e o mundo haviam perdido grande parte do interesse, se bem que dois mil turistas por dia ainda faziam a viagem pela estrada até a área de observação, parando ao longo da via expressa por mais de um quilômetro.

Um punhado de vendedores de lembrancinhas ainda ganhava a vida em barracas cobertas de lona.

George entrou em seu carro e partiu sem dizer nada. Agora Connie e Abana moravam ali, dividindo um trailer Winnebago, que tinha estacionamento privilegiado com vista para o Pacífico. Tinham uma bela churrasqueira a gás que fora doada pela Home Depot, e todo fim de tarde de sexta-feira ela e Abana faziam um churrasco — de hambúrguer ou costeleta — junto com o pessoal da mídia e os guardas e soldados que estivessem de patrulha por perto ou de folga.

As duas caminharam pela estrada, saindo do Campo Camino Real, e sentaram-se em cadeiras de praia de frente para o oceano. Connie fez café e trouxe uma xícara para Abana.

— Devemos fazer uma teleconferência para falar disso? — perguntou Abana.

Connie suspirou.

— As famílias vão querer saber.

As famílias. Era o termo estabelecido pela mídia. A princípio tinham se referido a elas como "os sobreviventes". Mas isso implicava que os outros, as crianças, haviam morrido. Mesmo no início as mães e os pais, os irmãos e as irmãs, rejeitaram essa ideia.

No mar, um barco da guarda costeira cortava as ondas suaves, vigiando o perímetro aquático da anomalia. Um parente enlouquecido com o sofrimento havia levado um barco cheio de explosivos para a lateral da cúpula meses antes. A explosão resultante não teve efeito sobre a Tigela, claro.

— Eu já estava chegando ao ponto... — começou Connie.

Abana esperou e tomou um gole de café.

— Eu já estava chegando ao ponto de começar a pensar que precisava voltar a fazer alguma outra coisa. Sabe? Como se talvez fosse hora de ir em frente.

A amiga assentiu.

— E agora isso. Esse enfraquecimento. Essa mudança de 1.6 por cento.

— E agora, e agora, e agora — repetiu Connie, cansada. — A esperança é cruel.

— Um cara, um físico de Stanford, disse que, se a barreira sumir um dia, pode ser catastrófico.

— Ele não é o primeiro a dizer isso.

— É, bem, talvez não. Mas é o primeiro que tem um Prêmio Nobel. Ele acha que a barreira funciona como uma espécie de capa protetora de uma esfera de antimatéria. Está preocupado com a hipótese de ela provocar uma explosão grande o suficiente para aniquilar a metade oeste dos Estados Unidos.

Connie fungou, desconsiderando isso.

— A teoria número 8.742.

— É — concordou Abana. Mas parecia preocupada.

— Isso não vai acontecer — disse Connie com firmeza. — Porque o que vai acontecer é que a barreira vai sumir. E meu filho Sam e sua filha, Dahra, vão chegar andando pela estrada.

Abana sorriu e terminou sua piada já muito conhecida:

— E vão passar direto por nós para pegar um hambúrguer no Carl's.

Connie segurou a mão dela.

— Isso mesmo. É isso o que vai acontecer. Vai ser: "Ei, mãe, vejo você mais tarde. Vou pegar um hambúrguer."

As duas ficaram em silêncio durante um tempo. Fecharam os olhos e levantaram o rosto para o sol.

— Se ao menos tivessem dado algum aviso — disse Abana.

Ela já havia dito isso: lamentava ter discutido com a filha na manhã antes do acontecimento.

E, como sempre, a resposta estava na ponta da língua de Connie: Eu tive um aviso.

Eu tive um aviso, sim.

Mas daquela vez, como em todas as outras, Connie Temple não disse nada.

UM | 65 HORAS E 11 MINUTOS

ELA USAVA UMA calça jeans e uma camisa de flanela xadrez por cima de uma camiseta vários tamanhos acima do seu.

Um cinto de couro dava duas voltas ao redor da sua cintura. Era um cinto de homem, e de um homem grande. Mas era resistente e suportava o peso do revólver calibre .38, do facão e da garrafa de água.

Sua mochila estava suja e com todas as costuras esgarçadas, mas acomodava-se confortavelmente nos ombros magros. Ela guardava ali três preciosos pacotes embalados a vácuo de macarrão desidratado adquiridos ilicitamente de acampamentos distantes. Bastava acrescentar água. Também tinha a maior parte de um pombo cozido num pote Tupperware, uma dúzia de cebolas verdes selvagens, um frasco de vitaminas — ela se permitia beber um a cada três dias —, além de lápis e papel, três livros, um saquinho de maconha e um cachimbo pequeno, agulha e linha, dois isqueiros Bic e uma garrafa de água extra. Havia ainda uma maleta de remédios: alguns Band-Aids, um tubo de Neosporin muito usado e uma dúzia de preciosos Tylenol e absorventes, que eram infinitamente mais preciosos.

Astrid Ellison tinha mudado.

O cabelo louro estava curto, fora cortado cruelmente com uma faca e sem a ajuda de um espelho. O rosto estava muito bronzeado. As mãos cheias de calos e com cicatrizes dos inumeráveis pequenos

20

cortes que havia sofrido ao abrir mexilhões. Uma unha tinha sido completamente arrancada quando ela escorregou por um morro íngreme e só se salvou agarrando-se loucamente a pedras e arbustos.

Astrid tirou a mochila dos ombros, afrouxou o cadarço e pegou um par de luvas pesadas, do tamanho certo para um homem adulto.

Examinou o arbusto de amoras silvestres procurando frutas maduras. Elas não amadureciam todas de uma vez, e Astrid nunca se permitia pegar alguma antes que estivesse totalmente madura. Aquela era a sua área de amoras, a única que ela havia localizado, e estava decidida a não se tornar gananciosa.

O estômago de Astrid roncou enquanto ela enfrentava os espinhos incrivelmente afiados — tanto que às vezes atravessavam as luvas — e catava as frutas. Pegou duas dúzias: teria sobremesa para mais tarde.

Estava na borda norte do LGAR, onde a barreira cortava o Parque Nacional Stefano Rey. Ali, as árvores — sequoias, carvalhos pretos, álamos tremedores, freixos — cresciam altos. Alguns eram cortados pela barreira. Em outros lugares os galhos penetravam a barreira. Ela imaginou se saíam do outro lado.

Não estava muito no interior, só a 400 metros do litoral ou talvez um pouco mais, onde costumava procurar ostras, mariscos, mexilhões e caranguejos que não eram maiores do que baratas grandes.

Astrid se sentia faminta quase sempre. Mas não estava morrendo de fome.

Água era uma preocupação maior. Tinha encontrado uma caixa d'água no posto de guardas florestais e um riacho minúsculo que parecia limpo, com água fresca vinda de algum aquífero subterrâneo, mas nenhum dos dois ficava perto do acampamento. Como era muito pesado carregar algo cheio de água, ela precisava cuidar de cada gota e...

Um som.

Astrid se agachou, tirou a espingarda do ombro, ergueu-a, mirou ao longo dos canos, tudo isso num movimento fluido, muito treinado.

Ouviu com atenção. Muita atenção. Escutou o coração batendo e forçou-o a ficar mais lento, lento, calmo, para então poder escutar.

Sua respiração estava irregular, mas ela a acalmou pelo menos um pouco.

Examinou lentamente, torcendo a parte de cima do corpo para a esquerda e para a direita, depois para trás, cobrindo as árvores de onde achava que o som tinha vindo. Prestou atenção em todas as direções.

Nada.

Som!

Folhas secas e terra úmida. Não era pesado, o que quer que fosse. Não era um som pesado. Nem um som de Drake. Ou mesmo de um coiote.

Relaxou um pouco. Seus ombros estavam tensos. Girou-os, esperando evitar uma cãibra.

Algo pequeno se afastou rapidamente. Devia ser um gambá ou uma doninha.

Não era Drake.

Não era o monstro com um tentáculo no lugar do braço. Não o sádico. O psicopata.

O assassino. O Mão de Chicote.

Astrid se levantou completamente e pôs a espingarda de volta no lugar.

Quantas vezes, todo dia, ela suportava esse mesmo medo? Quantas centenas de vezes havia espiado entre as árvores, arbustos ou pedras procurando aquele rosto fino, de olhos mortos? Dia e noite. Enquanto se vestia. Enquanto cozinhava. Enquanto usava o buraco para fazer as necessidades. Quando dormia. Quantas vezes? E quantas vezes tinha se imaginado disparando os dois canos da espingarda direto no rosto dele, obliterando as feições, o sangue espirrando... e sabendo que mesmo assim ele ainda viria atrás dela?

Iria disparar um cartucho atrás do outro na direção dele, e apesar disso ela é que sairia correndo e ofegando, tropeçando pela floresta, chorando, sabendo que nada que pudesse fazer iria impedi-lo.

O mal que não podia ser morto.

O mal que cedo ou tarde iria pegá-la.

Com as amoras selvagens guardadas em segurança na mochila, Astrid voltou para o acampamento.

O acampamento eram duas barracas: numa, amarelo-clara, ela dormia, e outra — verde com acabamento castanho — ela usava para guardar coisas que não eram comida, apanhadas em vários acampamentos, em postos dos guardas florestais e montes de lixo do Stefano Rey.

Assim que chegou em casa, Astrid colocou as amoras e o resto da comida que havia trazido numa caixa térmica vermelha e branca de plástico. Tinha cavado um buraco junto da barreira e a caixa se encaixava perfeitamente ali dentro.

Tinha aprendido muitas coisas nos quatro meses desde que havia deixado tudo e todos para trás e ido para o mato. Uma dessas coisas era que os animais evitavam a barreira. Até os insetos mantinham mais de um metro de distância. Por isso, guardar a comida encostada naquela parede cinza perolada que enganava os olhos garantia a segurança de seu suprimento.

Isso também a ajudava a se manter em segurança. Acampar ali, tão perto da barreira, bem na beira do penhasco, significava que havia menos caminhos por onde um predador poderia chegar até ela.

Havia esticado um arame num perímetro ao redor do campo e pendurado garrafas com bolas de gude e latas enferrujadas. Qualquer coisa que batesse no arame faria um estardalhaço.

Não poderia dizer que se sentia segura. Um mundo onde Drake presumivelmente continuava vivo jamais seria seguro. Mas sentia-se tão segura ali quanto em qualquer outro lugar do LGAR.

Deixou-se cair em sua espreguiçadeira de náilon, apoiou os pés cansados em outra cadeira e abriu um livro. A vida agora era uma busca quase constante por comida, e sem qualquer iluminação artificial tinha apenas uma hora de luz para ler ao pôr do sol.

Era um local lindo, em cima de um penhasco íngreme próximo ao oceano. Mas ela se virou para o sol poente, para captar os raios vermelhos na página do livro.

O livro era *Coração das trevas*.

Tentei quebrar o feitiço — o feitiço mudo e pesado do ermo — que parecia atraí-lo para seu seio sem fundo pelo despertar de instintos esquecidos e brutais, pela memória de paixões gratificantes e monstruosas. Somente isso, eu estava convencido, o havia conduzido à beira da floresta, aos arbustos, na direção do brilho das fogueiras, do latejar dos tambores, do entoar de sortilégios estranhos; somente isso havia distraído sua alma sem lei para além dos limites das aspirações permitidas.

Astrid olhou para as árvores. Seu acampamento ficava numa pequena clareira, mas as árvores se comprimiam, próximas, dos dois lados. Não eram tão altas ali, perto do mar, quanto dentro da mata. Pareciam mais amigáveis do que as que ficavam mais no meio da floresta.

— "O feitiço mudo e pesado do ermo" — leu em voz alta.

Para ela o feitiço tinha a ver com esquecimento. A vida difícil que levava agora não era tão difícil do que a realidade que havia deixado para trás em Praia Perdida. Aquele era o verdadeiro ermo. Mas lá ela havia acordado instintos esquecidos e brutais.

Ali apenas a natureza tentava matá-la de fome, quebrar seus ossos, cortá-la e envenená-la. A natureza era implacável, mas livre de malícia. A natureza não a odiava.

Não foi a natureza que a levou a sacrificar a vida do irmão.

Astrid fechou os olhos e depois o livro, e tentou acalmar o jorro de emoções. A culpa era uma coisa fascinante: parecia não enfraquecer com o tempo. No mínimo ficava mais forte à medida que as circunstâncias iam desaparecendo da memória, enquanto o medo e a necessidade se tornavam abstratos. E somente suas ações se destacavam com clareza cristalina.

Havia jogado seu irmãozinho doente e estranho para as criaturas enormes e assustadoras que a ameaçavam e ameaçavam cada ser humano no LGAR.

Seu irmão havia desaparecido.

Assim como as criaturas.

O sacrifício tinha dado certo.

Então Deus disse: "Pega teu filho, teu filho único, Isaque, a quem tu amas, e vai para a região de Moriá. Sacrifica-o lá como holocausto numa das montanhas que te indicarei."

Só que nenhum Deus amoroso, vendo sua fé, havia intervindo para impedir a morte.

Pelo excelente motivo de não existir Deus amoroso algum.

Pelo fato de ter demorado tanto para perceber que isso era vergonhoso para ela. Ela era Astrid Gênio, afinal de contas. O nome que havia carregado durante anos. No entanto, Sam, com sua indiferença em relação a todas as questões religiosas, estivera muito mais perto da verdade.

Que tipo de idiota olhava para o mundo como ele era — e especialmente para esse mundo terrível do LGAR — e acreditava em Deus? Um Deus que prestasse atenção de verdade e ainda mais que se preocupasse com suas criações?

Ela havia assassinado o Pequeno Pete.

Assassinado. Não queria enfeitar isso com nenhuma palavra bonita. Queria que fosse difícil. Queria que a palavra se arrastasse como uma lixa sobre sua consciência crua. Queria usar essa palavra medonha para obliterar o que restasse de Astrid Gênio.

Era uma coisa boa ter chegado à conclusão de que Deus não existia, porque caso contrário ela estaria condenada ao inferno eterno.

As mãos de Astrid tremeram. Ela pôs o livro no colo. Tirou da mochila o saquinho de maconha. Racionalizava a droga dizendo que era o único modo de conseguir pegar no sono. Se aquele fosse o mundo normal, ela poderia ter uma receita médica para comprimidos para dormir. E isso não seria errado, não é?

Bem, ela precisava dormir. Caçar e pescar eram atividades do início da manhã, e ela precisava dormir.

Acendeu o isqueiro e levou-o ao cachimbo. Dois tapas: era a sua regra. Só dois.

Depois hesitou. Um beliscão da memória. Algo cutucando sua consciência, avisando que ela vira uma coisa importante e não prestara atenção.

Franziu a testa, repassando suas ações. Pôs a maconha e o livro de lado e voltou à despensa enterrada. Levantou a caixa térmica. Estava escuro demais para enxergar dentro do buraco, por isso decidiu usar alguns segundos preciosos da vida das pilhas e acendeu uma lanterna pequena.

Ajoelhou-se e, sim, ali estava. Três lados do buraco eram de terra; o quarto era a barreira. Nada jamais se grudava à barreira — nada. No entanto, agora alguns torrões de terra faziam exatamente isso.

Pegou a faca e cutucou a terra, que caiu.

Seria imaginação? A barreira embaixo do buraco parecia diferente. Não parecia mais reluzir fracamente. Estava mais escura. A ilusão de translucidez havia sumido. Estava parecendo opaca. Preta.

Passou a ponta afiada da faca ao longo da barreira, de cima do buraco para baixo.

Era sutil, quase imperceptível. Mas a ponta da faca deslizava sem qualquer resistência até chegar à cor mais escura, e então a ponta se arrastava. Não muito. Não muito, mesmo. Só como se tivesse passado de vidro polido para aço escovado.

Apagou a luz e respirou fundo, trêmula

A barreira estava mudando.

Astrid fechou os olhos e ficou parada ali por um longo momento, oscilando lentamente.

Pôs a caixa de volta no buraco. Teria de esperar o nascer do sol para enxergar melhor. Mas ela já sabia o que tinha visto. O começo do fim do jogo. E ainda não sabia que jogo era.

Acendeu o cachimbo, deu uma longa tragada e, depois de alguns minutos, mais outra. Sentiu as emoções ficando turvas e indistintas. A culpa foi sumindo. E em meia hora o sono a atraiu para a barraca, onde se arrastou para o saco de dormir e ficou deitada com os braços em volta da espingarda.

Deu um risinho. Então, pensou ela, não teria de ir para o inferno. O inferno viria até ela.

Quando aquela última noite chegasse, o demônio Drake iria encontrá-la.

Ela iria correr. Mas nunca rápido o suficiente.

DOIS | 64 HORAS E 57 MINUTOS

— PATRICK, SEU gênio está aparecendo! — gritou Terry, num falsete agudo.

— Estáááá? — perguntou Philip numa voz grave e muito idiota. Em seguida se cobriu com as mãos e uma onda de gargalhadas brotou na plateia reunida.

Era a Festa de Sexta no lago Tramonto. Toda sexta-feira o pessoal se gratificava com uma noite de diversão. Nesse caso, Terry e Philip estavam recriando um episódio do *Bob Esponja*. Terry usava uma camiseta amarela com buracos pintados para imitar uma esponja, e Phil vestia uma camiseta supostamente rosa para o papel de Patrick Estrela.

O "palco" era o convés de cima de uma grande casa-barco que fora empurrada para a água de modo que oscilava a poucos metros do cais. Becca, que fazia o papel de Sandy Bochechas, e Darryl, que interpretava bem o Lula Molusco, estavam na cabine esperando suas deixas.

Sam Temple assistia do escritório da marina, uma torre estreita, de dois andares e laterais cinza, que lhe dava uma visão clara por cima das cabeças do pessoal lá embaixo. Normalmente a casa-barco era sua, mas não quando havia uma peça a ser apresentada.

O pessoal em questão era composto por 103 crianças, que tinham entre 1 e 15 anos. Mas, pensou ele, pesaroso, jamais houvera uma plateia infantil igual a essa.

Ninguém com mais de 5 anos estava desarmado. Havia facas, facões, bastões de beisebol, cassetetes com grandes pregos atravessados, correntes e armas de fogo.

Ninguém usava as roupas da moda. Pelo menos segundo qualquer padrão normal. O pessoal vestia camisas se desintegrando e calças jeans em tamanhos grandes demais. Alguns tinham ponchos feitos de cobertores. Muitos estavam descalços. Outros tinham enfeitado com penas o cabelo, grandes anéis de diamantes ajustados com fita adesiva, rostos pintados, flores de plástico, todo tipo de lenços, gravatas e cartucheiras.

Mas pelo menos estavam limpos. Muito mais do que em Praia Perdida, quase um ano antes. A mudança para o lago Tramonto lhes dera um suprimento aparentemente infinito de água potável. O sabão tinha acabado havia muito tempo, assim como o detergente, mas a água doce fazia maravilhas sozinha. Era possível ficar num grupo de crianças sem se sufocar com o fedor.

Aqui e ali, à medida que o sol baixava e as sombras aumentavam, Sam podia identificar a luz de guimbas de cigarro. E apesar de tudo que eles tinham tentado fazer, ainda havia garrafas de birita — original e falsificada — sendo passadas de mão em mão pelos pequenos grupos de garotos. E, provavelmente, se ele se esforçasse, poderia captar um leve cheiro de maconha.

Mas a maior parte das coisas estava melhor. Com a comida que tinham achado, o peixe que pescavam no lago e os alimentos que trocavam com Praia Perdida, ninguém passava fome. Era um feito de proporções épicas.

E havia o projeto Sinder, que tinha um potencial incrível.

Então por que ele estava com a sensação incômoda de que havia algo errado? E era mais do que apenas uma sensação. Era como se tivesse visto algo pela metade. Menos do que isso. Como uma sensação de que existia algo que ele deveria ter visto, que veria caso se virasse rápido o bastante.

Era assim. Como algo que estava logo além de sua visão periférica. Quando ele se virava para olhar, aquilo continuava na visão periférica.

Estava olhando para ele.

Estava olhando naquele exato momento.

— Paranoia — murmurou Sam. — Você está pirando aos poucos, meu velho. Ou talvez não tão aos poucos, pois está falando consigo mesmo.

Ele suspirou, balançou a cabeça e abriu um sorriso que esperava que se espalhasse de fora para dentro. Só não estava acostumado a tanta... paz. Quatro meses de paz. Nossa!

Ouviu passos na escada precária. A porta se abriu. Ele olhou para trás.

— Diana — disse ele. Em seguida se levantou e ofereceu sua cadeira.

— Não precisa, de verdade — respondeu ela. — Estou grávida, não aleijada. — Mas mesmo assim pegou a cadeira.

— Como você está?

— Meus peitos estão inchados e doem. — Em seguida ela inclinou a cabeça para um lado e olhou-o com certa afeição. — Sério? Isso faz você ficar vermelho?

— Não estou vermelho. É... — Ele não conseguia pensar no que mais poderia ser.

— Bem, então vou poupar você das outras coisas mais perturbadoras que estão acontecendo com meu corpo agora. O lado bom é que não vomito mais todo dia de manhã.

— É. Isso é bom.

— O lado ruim é que preciso mijar mais ou menos o tempo todo.

— Ah. — Essa conversa estava definitivamente deixando-o desconfortável. Na verdade, simplesmente olhar para Diana o deixava desconfortável. Ela tinha um volume nítido, perceptível, embaixo da camiseta. No entanto, não parecia menos bonita do que sempre fora, e ainda tinha o mesmo risinho desafiador, de quem sabia das coisas.

— Vamos discutir o escurecimento das auréolas? — provocou ela.

— Por favor, estou implorando: não.

— O negócio é que está cedo para algumas dessas coisas. — Diana tentou fazer com que isso soasse casual. Mas não conseguiu.

— Ahã.

— Eu não deveria estar com a barriga tão grande. Tenho tudo quanto é livro sobre gravidez, e todos dizem que eu não deveria estar tão grande. Não aos quatro meses.

— Você parece estar legal — disse Sam, com um certo tom de desespero na voz. — Quero dizer, está bem. Você parece bem. Melhor do que bem. Quero dizer, você sabe, linda.

— Sério? Você está dando em cima de mim?

— Não! — gritou Sam. — Não. Não, não, não. Não. Não que... — Ele deixou isso no ar e mordeu o lábio.

Diana deu um riso deliciado.

— É tão fácil zoar você! — E então ficou séria. — Já ouviu falar de quando o feto começa a se mexer?

— Hein?...

— Me dá sua mão.

Ele tinha certeza absoluta de que não queria dar a mão a Diana. Teve uma premonição terrível do que ela faria com sua mão. Mas não conseguiu pensar num modo de recusar.

Diana olhou-o com uma expressão inocente.

— Qual é, Sam, você é o cara que sempre consegue achar uma saída para uma situação de vida ou morte. Não consegue pensar numa desculpa para dizer não?

Isso o fez sorrir.

— Eu estava tentando. Me deu um branco.

— Certo. Então me dá sua mão.

Ele obedeceu, e ela encostou a palma da mão dele na barriga.

— É, isso é... hum... sem dúvida é uma barriga — disse Sam.

— É, eu esperava que você concordasse que era uma barriga. Eu precisava de uma outra opinião. Espera só... Pronto!

Ele sentiu. Um pequeno movimento na barriga contraída.

Sam deu um sorriso doentio e tirou a mão.

— Então... está mexendo, não é?

— É — concordou Diana, parando de brincar. — Na verdade é mais do que isso. Eu diria que foi um chute. E adivinha só. Começou há umas três semanas, que deveria ser a décima terceira semana de gravidez. Bem, você pode pensar: ah, não é nada demais. Mas aí é que está, Sam, todos os bebês humanos crescem basicamente na mesma velocidade. É um reloginho. E os bebês humanos não começam a chutar com treze semanas.

Sam hesitou, sem saber se deveria reconhecer o uso daquela palavra, "humano". Qualquer coisa que Diana temesse ou suspeitasse ou só imaginasse, ele não queria que fosse problema seu.

Já estava com problemas suficientes. Problemas distantes: numa área de praia deserta havia um contêiner de mísseis portáteis. Pelo que sabia, seu irmão, Caine, não os havia encontrado. Se Sam tentasse mudá-los de lugar e Caine descobrisse, isso provavelmente provocaria uma guerra com Praia Perdida.

E Sam também tinha problemas afetivos: Brianna havia descoberto o esconderijo de Astrid no Stefano Rey. Sam sabia que Astrid ainda estava viva. Fora informado de que ela passara alguns dias perto da usina nuclear depois da grande batalha dos insetos e do Grande Racha, que havia separado o pessoal do LGAR nos grupos de Praia Perdida e do Lago Tramonto.

Também tinha descoberto que ela havia dormido um tempo num trailer Winnebago virado, numa estradinha da região agrícola. Esperara pacientemente que ela voltasse. Mas isso não aconteceu, e então não soube mais nada sobre ela nos últimos três meses.

Agora, na manhã do dia anterior, Brianna a havia localizado. A supervelocidade de Brianna a tornava eficaz para fazer buscas nas estradas, mas tinha demorado mais para percorrer a floresta; não seria nada bom tropeçar numa raiz de árvore a 120 por hora.

Claro que procurar Astrid não era a missão principal dela. A sua missão principal era encontrar a criatura Drake-Brittney. Ninguém vira ou tivera notícias de Drake, mas também não acreditavam que ele estivesse morto. Não de verdade.

Sam voltou relutante ao problema de Diana.

— Que leitura você fez do neném?

— O bebê é um três barras — disse Diana. — Na primeira vez em que eu li eram duas barras. O que quer dizer que ainda está crescendo.

Sam ficou chocado.

— Três barras?

— É, Sam. Ele, ela ou a coisa é um mutante. Um mutante poderoso. E está ficando mais poderoso ainda.

— Você contou a mais alguém?

Diana balançou a cabeça.

— Não sou idiota, Sam. Caine viria atrás, se soubesse. Ele mataria nós dois se fosse preciso.

— Mataria o próprio filho? — Sam teve dificuldade em acreditar que até mesmo Caine seria tão depravado.

— Talvez não. Ele deixou muito claro quando disse que não queria ter relação alguma com o neném. Eu diria que a ideia o deixou nauseado. Mas um mutante poderoso? Já é outra história. Ele poderia simplesmente levar nós dois. Caine pode querer controlar o bebê, ou pode querer matá-lo, mas para ele não existe uma terceira opção. Qualquer outra coisa seria... — Ela examinou o rosto de Sam, como se a palavra certa pudesse estar escrita ali. — Humilhante.

Sam sentiu o estômago revirar. Tiveram quatro meses de paz. Nesse tempo ele, Edilio e Dekka tinham assumido o trabalho de montar uma cidade semiaquática. Bem, principalmente Edilio. Haviam distribuído as casas-barco, os veleiros, as lanchas, os trailers e as barracas. Tinham cavado uma fossa séptica bem longe do lago para evitar doenças. Só para garantir.haviam estabelecido um sistema de pegar água bem mais adiante, para o leste, no que chamavam de terras baixas, e proibiam qualquer um de beber a água do lugar onde tomavam banho e nadavam.

Tinha sido incrível ver a autoridade silenciosa que Edilio trazia ao serviço. Sam estava nominalmente no comando, mas nunca lhe ocorreria se preocupar tanto com as condições sanitárias.

Os barcos de pesca, com tripulações treinadas por Quinn em Praia Perdida, ainda traziam uma carga decente todo dia. Eles haviam plantado cenouras, tomates e abóbora no trecho baixo perto da barreira, e sob os cuidados de Sinder estavam crescendo muito bem.

Tinham trancado o precioso estoque de Nutella, Cup Noodles e Pepsi, usando isso como moeda para comprar mais peixe, mariscos e mexilhões de Praia Perdida, onde as tripulações de Quinn ainda pescavam.

Também haviam negociado o controle de algumas áreas agrícolas, de modo que ainda era possível ter alcachofras, repolho e um ou outro melão.

Na verdade Albert administrava todo o comércio entre o lago e PP, como eles chamavam, mas a administração cotidiana do lago estava por conta de Sam. Ou melhor: Edilio.

Quase desde o início do LGAR, Sam tinha vivido com fantasias de uma espécie de dia do juízo pessoal. Imaginava-se de pé diante de juízes que iriam olhá-lo de cima a baixo e exigir que justificasse absolutamente tudo que havia feito.

Que justificasse cada fracasso.

Que justificasse cada erro.

Que justificasse cada corpo enterrado na praça central de Praia Perdida.

Nos últimos meses começara a ter essas conversas imaginárias menos frequentemente. Havia começado a considerar que talvez, pensando bem, eles veriam que ele havia feito algumas coisas certas.

— Não conte a ninguém — alertou a Diana. Depois disse: — Você já pensou no... Bem, acho que não sabemos quais podem ser os poderes do bebê.

Diana mostrou seu risinho irônico.

— Está perguntando se eu já pensei no que pode acontecer se o bebê for capaz de queimar coisas como você, Sam? Ou se tiver o poder telecinético do pai? Ou qualquer outra capacidade? Não, Sam, não, nem pensei no que vai acontecer quando ele, ela, ou a coisa tiver um dia ruim e queimar um buraco em mim, de dentro para fora.

Sam suspirou.

— Ele ou ela, Diana. "A coisa", não.

Ele esperou uma resposta irônica. Em vez disso a expressão cuidadosamente controlada de Diana desmoronou.

— O pai é maligno. A mãe também — sussurrou ela. Em seguida torceu os dedos juntos, com muita força, tanta força que devia ter doído. — Como a coisa não pode ser igual?

— Antes de eu dar a sentença — disse Caine — alguém tem algo a dizer a favor do Charuto?

Caine não se referia à sua cadeira como um trono. Seria risível demais, mesmo que ele se chamasse de "rei Caine".

Era uma cadeira pesada, de madeira escura, tirada de uma casa vazia. Ele achava que o estilo se chamava Mourisco. Estava colocada a pouco mais de um metro do último degrau de pedra da igreja em ruínas.

Não era um trono no nome, mas era um trono de fato. Ele sentava-se empertigado, não rígido porém régio. Usava uma camisa polo roxa, calça jeans e botas de caubói de bico quadrado. Uma bota estava apoiada numa banqueta estofada.

À esquerda de Caine estava Penny. Lana, a Curadora, havia consertado suas pernas quebradas. Penny usava um vestido de verão que pendia frouxo dos ombros estreitos. Estava descalça. Por algum motivo se recusava a usar sapatos, desde que tinha recuperado o movimento das pernas.

À esquerda estava Turk, que supostamente era o segurança de Caine, embora fosse impossível imaginar uma situação que Caine não pudesse enfrentar sozinho. A verdade era que ele podia levitar Turk e usá-lo como um cassetete se quisesse. Mas para um rei era importante ter pessoas que o serviam. Fazia-o parecer mais régio.

Turk era um vagabundo carrancudo, idiota, com uma espingarda de cano duplo serrado no ombro e uma grande chave inglesa pendurada numa argola do cinto.

Turk estava vigiando Charuto, um garoto de 13 anos e rosto doce, com as mãos firmes, as costas fortes e o rosto bronzeado de pescador.

Cerca de 25 crianças estavam ao pé da escada. Em teoria todo mundo deveria comparecer ao julgamento, mas Albert havia sugerido — uma sugestão que tinha a força de um decreto — que os que tinham trabalho a fazer podiam faltar. O trabalho vinha em primeiro lugar no mundo de Albert, e Caine sabia que só seria rei enquanto Albert mantivesse todos alimentados e com a sede saciada.

Em algum momento da noite havia começado uma briga entre um garoto chamado Jaden e o menino que todo mundo chamava de Charuto porque um dia tinha fumado um charuto e sentido um enjoo espetacular.

Jaden e Charuto estavam bebendo um pouco da birita ilegal de Howard, e ninguém sabia exatamente o motivo da briga. Mas estava claro — fora testemunhado por três crianças — que o desentendimento começou e num instante passou de palavras furiosas para punhos e então para armas.

Jaden tentou acertar Charuto com um cano de chumbo e errou. Charuto usou um pé de mesa pesado de madeira cravejado de pregos grandes e não errou.

Ninguém acreditava que Charuto — que era um bom garoto, um dos dedicados pescadores de Quinn — queria matar Jaden. Mas mesmo assim os miolos de Jaden foram parar na calçada.

Existiam quatro tipos de castigo em Praia Perdida de Caine: multa, cadeia, Penny ou morte.

Uma pequena infração — por exemplo, não demonstrar o devido respeito pelo rei, faltar o trabalho ou trapacear com alguém num acordo — merecia uma multa. Podia ser um dia sem comida, dois dias de trabalho sem pagamento ou a entrega de algum objeto valioso.

A cadeia era uma sala na prefeitura onde, da última vez, haviam prendido um garoto chamado Roscoe até que os insetos o comeram de dentro para fora. Cadeia significava dois ou mais dias só com água, dentro daquela sala. Briga ou vandalismo mandava a pessoa para a cadeia.

Caine havia decretado muitas multas e várias cadeias.

Só uma vez dera a sentença de Penny.

Penny era uma mutante que tinha o poder de criar ilusões tão reais que era impossível não acreditar nelas. E sua imaginação era aterrorizantemente maligna. Uma imaginação doentia, perturbada. A garota que passara trinta minutos com Penny havia perdido o controle das funções corpóreas e acabou gritando e batendo na própria carne. Dois dias depois disso ainda não tinha condições de trabalhar.

A penalidade final era a morte. E Caine ainda não tivera de enfrentar essa imposição.

— Eu falo pelo Charuto. — Era Quinn, claro. Antigamente ele era o melhor amigo de Sam, seu companheiro de surfe. Um garoto fraco, vacilante, inseguro, um dos que não haviam lidado muito bem com o LGAR.

Mas Quinn ganhara confiança à frente das equipes de pesca. Músculos se avolumavam em seu pescoço, nos ombros e nas costas, de tanto puxar os remos durante várias horas. Ficara da cor de mogno.

— Charuto nunca causou nenhum tipo de problema — disse Quinn. — Ele chega na hora para trabalhar e nunca foge da raia. É um cara bom e um ótimo pescador. Quando Alice caiu e perdeu os sentidos ao ser acertada por um remo, foi ele quem pulou na água e tirou-a de lá.

Caine assentiu, pensativo. Estava procurando uma expressão séria, de sabedoria. Mas estava profundamente agitado interiormente. Por um lado, Charuto havia matado Jaden. O que não era um ato aleatório de vandalismo ou um roubo pequeno. Se Caine não impusesse a pena de morte nesse caso, quando faria isso?

Ele meio que queria... Sim, com certeza queria impor a pena de morte. Talvez não para Charuto, mas para alguém. Seria um teste de seu poder. Isso mandaria uma mensagem.

Por outro lado, Quinn não era alguém com quem deveria arranjar briga. Ele podia decidir entrar em greve e as pessoas ficariam com fome num instante.

E havia Albert. Quinn trabalhava para Albert.

Era ótimo chamar-se de rei, pensou Caine. Mas não quando o poder de fato era exercido por um garoto negro, magricelo e esperto, com um livro-caixa.

— É assassinato — disse Caine, embromando.

— Ninguém está dizendo que Charuto não deveria ser castigado — respondeu Quinn. — Ele fez besteira. Não deveria estar bebendo. E sabe disso melhor que ninguém.

Charuto baixou a cabeça.

— Jaden também era um garoto bom — disse uma menina com o improvável nome de Alpha Wong. Ela soluçou. — Ele não merecia ser morto.

Caine trincou os dentes. Ótimo. Uma namorada.

Não havia sentido em continuar enrolando. Precisava decidir. Era muito pior incomodar Quinn e mais possivelmente Albert do que Alpha.

Levantou a mão.

— Como rei de vocês, prometi ser justo — começou ele. — Se esse assassinato tivesse sido proposital, eu não teria escolha a não ser a pena de morte. Mas Charuto é um bom trabalhador. E não matou o pobre Jaden de propósito. A penalidade seguinte é um tempo com

Penny. Geralmente é meia hora. Mas isso não basta para algo tão sério. Portanto eis o meu veredicto real.

Ele se virou para Penny, que já estava tremendo de expectativa.

— Penny ficará com Charuto do nascer ao pôr do sol. Amanhã, quando o sol se afastar dos morros, o castigo começará. E quando o sol tocar a linha do horizonte sobre o oceano ele termina.

Caine viu uma aceitação relutante nos olhos de Quinn. A multidão murmurou em aprovação. Caine soltou um suspiro silencioso. Até Charuto parecia aliviado. Mas, afinal de contas, pensou Caine, nem Quinn nem Charuto tinham ideia do nível de loucura que Penny havia alcançado desde seu longo sofrimento devastado pela dor. A garota sempre tinha sido uma criatura cruel. Mas a dor e o poder a haviam transformado num monstro.

Seu monstro, felizmente.

Por enquanto.

Turk levou Charuto para a cadeia. A multidão começou a se dispersar.

— Você consegue, Charuto — gritou Quinn.

— É — disse Charuto. — Sem problema.

Penny gargalhou.

TRÊS | 53 HORAS E 52 MINUTOS

DRAKE HAVIA SE acostumado ao escuro, a enxergar usando apenas a fraca luz verde de seu dono, o gaiáfago.

Estavam 16 quilômetros abaixo do solo. O calor era intenso. Provavelmente deveria tê-lo matado — calor intenso, falta de água, pouco ar. Mas Drake não estava vivo do modo comum. Era difícil matar o que não estava exatamente vivo.

O tempo havia passado. Ele tinha consciência disso. Mas quanto tempo? Poderiam ser dias ou anos. Não havia dia ou noite ali embaixo.

Só a eterna consciência da mente enfurecida e frustrada do gaiáfago. Pelo tempo que estava ali embaixo, Drake havia se tornado intimamente familiar com essa mente. Era uma presença constante na sua consciência. Uma fome incômoda. Uma necessidade. Uma necessidade premente, constante, inabalável.

O gaiáfago precisava de Nêmesis.

Traga-me Nêmesis.

E Nêmesis — Peter Ellison — não estava em nenhum lugar onde pudesse ser encontrado.

Drake tinha informado ao gaiáfago que o Pequeno Pete havia morrido. Já era. Sua irmã, Astrid, o havia jogado para os insetos e, em pânico, o Pequeno Pete não somente fizera com que o inseto mais próximo e mais ameaçador desaparecesse: tinha eliminado toda a espécie.

Era uma demonstração chocante do poder inconcebível do Pequeno Pete.

Um molequinho ranhento de 5 anos e severamente autista era a criatura mais poderosa daquela bolha enorme. A única coisa que o limitava era seu próprio cérebro estranho e distorcido. O Pequeno Pete era poderoso mas não sabia. Não podia planejar, não podia entender, só podia reagir.

Reagir com um poder incrível, inimaginável. Como um bebê com o dedo numa bomba nuclear.

Nêmesis amedrontava o gaiáfago. E, no entanto, de algum modo, ele era necessário ao gaiáfago.

Uma vez Drake havia perguntado:

— Por que, meu dono?

Eu preciso nascer.

E então o gaiáfago o torturou com raios de dor luminosa, castigando Drake por ter a presunção de perguntar.

A resposta havia incomodado Drake mais do que a dor. *Eu preciso nascer.* Havia um gume afiado, áspero, naquilo. Uma necessidade que ia além do simples desejo e se cravava no medo.

Seu deus não era todo-poderoso. Isso foi um choque para Drake. Queria dizer que o gaiáfago ainda podia fracassar. E então o que seria de Drake?

Será que havia jurado fidelidade a um deus moribundo?

Drake tentou esconder o medo dentro de si. O gaiáfago poderia senti-lo caso voltasse a atenção para ele.

Mas, enquanto os incontáveis dias passavam, enquanto ele ouvia dia e noite o desespero e a fúria impotente do gaiáfago, começara a duvidar. Que lugar Drake ocuparia num universo onde não existisse o gaiáfago? Continuaria não podendo ser morto? A destruição do gaiáfago significaria a sua própria destruição?

Desejou conversar sobre isso com Brittney. Mas na natureza das coisas, ele jamais poderia fazer isso. Brittney emergia de vez em quando, retorcendo-se para fora da carne de Drake que ia se dissolvendo, para assumir o controle por um tempo.

Nessas ocasiões, Drake deixava de ver, ouvir e sentir.

Nessas ocasiões, Drake pairava num mundo ainda mais escuro do que o covil subterrâneo do gaiáfago. Era um mundo tão apertado que esmagava sua alma.

A situação continuou assim: a pressão da necessidade do gaiáfago, a incapacidade de Drake em compreender o que poderia ou deveria fazer, e períodos de inexistência no vazio.

Drake preenchia o tempo com fantasias maravilhosas. Repassava as lembranças de dor que havia causado. Como quando chicoteou Sam. E trabalhava com detalhes elaborados a dor que ainda causaria. A Astrid. A Diana. Especialmente a essas duas, mas também a Brianna, quem ele odiava.

O covil profundo mudou. Semanas antes, o piso — o limite inferior da barreira — havia sido alterado. Não era mais cinza perolado. Tinha ficado preto. Ele notou que a barreira manchada de preto sob seus pés parecia diferente, não tão lisa.

Notou ainda que as partes do gaiáfago que descansavam sobre a barreira também estavam ficando manchadas de preto. Até então a mancha só havia se espalhado um pouco para o gaiáfago, como se ele fosse alguma espécie de esponja verde radiativa espalhada, e a mancha, resultado de um café preto derramado.

Drake havia imaginado o que aquilo significaria, mas não perguntou.

De repente sentiu a mente do gaiáfago se sacudir. Como se alguém lhe tivesse dado um choque.

Eu sinto...

— Nêmesis, meu dono? — perguntou Drake às paredes da caverna reluzentes em verde.

Apoie o braço em mim.

Drake se encolheu. Havia tocado o gaiáfago algumas vezes. Nunca era uma experiência agradável. A consciência de mente para mente do gaiáfago era de um poder horripilante quando ele fazia contato físico.

Mas faltava a Drake a vontade de recusar. Desenrolou o tentáculo de mais de 3 metros que estava ao redor da cintura. Foi até o grande calombo daquela massa verde borbulhante, uma parte que ele não conseguia deixar de ver como o centro, a cabeça daquela criatura sem centro, sem cabeça. Pôs o tentáculo cautelosamente em cima.

— Ahhhh! — sentiu uma dor aguda e súbita, que o fez ficar de joelhos. Seus olhos se abriram bruscamente, forçados a se arregalar mais ainda, até que sentiu que o próprio rosto estava descascando.

Imagens explodiram em sua mente.

Imagens de uma horta.

Imagens de um lago com barcos flutuando calmamente.

Imagens de uma garota linda com cabelo escuro e um meio sorriso maroto.

Traga-a para mim!

Drake havia falado pouco durante meses. Sua garganta estava seca, a língua incômoda na boca. O nome saiu num sussurro.

— Diana.

Quinn não estava feliz enquanto puxava os remos, afastando-se da praia com as costas voltadas para o horizonte escuro e o olhar de preocupação nas montanhas onde o sol logo apareceria.

Ninguém de suas equipes estava feliz. Normalmente ouvia-se resmungos bem-humorados, piadas velhas e provocações. Geralmente o pessoal dos barcos gritava insultos animados uns para os outros, denegrindo a técnica que usavam para remar, as perspectivas ou a aparência.

Naquele dia não havia provocações. Os únicos sons eram os resmungos do esforço, os estalos dos remos nas forquetas, a passagem musical da água nos costados e o plaf, plaf, plaf das ondas minúsculas batendo na proa.

Quinn sabia que os membros das tripulações estavam com raiva por causa do Charuto. Todos concordavam que ele havia feito uma besteira monumental. Mas o que Quinn deveria fazer? O outro garoto havia atacado primeiro. Se Charuto não tivesse revidado, Jaden poderia tê-lo matado.

Haviam se preparado para ver Charuto pagar uma multa, suportar um tempo na cadeia, talvez até alguns minutos com Penny para ensiná-lo a pegar leve no futuro.

Mas um dia inteiro sob o ataque mental daquela garota sinistra... Era demais. Charuto tinha todos os medos de um garoto normal e, com um dia inteiro para trabalhar sua malignidade, Penny encontraria todos.

Quinn se perguntou se deveria falar alguma coisa. Aquele clima carrancudo, aquela preocupação, o incomodavam. Mas o que poderia dizer? Que palavras iriam fazer com que o pessoal deixasse de se preocupar com o coitado do Charuto?

Ele também estava preocupado. E compartilhava um pouco da raiva deles de si próprio e de Albert. Havia esperado que Albert interviesse. Albert poderia ter feito isso, se tivesse vontade. Todo mundo sabia que Caine podia dizer que era rei, mas Albert era o imperador.

Os barcos se afastaram uns dos outros enquanto os pescadores com vara iam para um lado e os que usavam redes se dirigiam para a barreira. Um cardume de morcegos azuis tinha sido visto lá no dia anterior, a uns 100 metros da barreira.

Quinn sinalizou uma parada e fez um gesto para Elise preparar as redes. Quem fazia parte da tripulação de seu barco naquele dia era Elise, Jonas e Annie. Elise e Annie eram mais fracas nos remos do que Quinn e Jonas, mas eram ágeis com as redes, lançando-as em círculos perfeitos e sentindo quando os pesos haviam puxado a rede para baixo antes de fechar a armadilha.

Quinn foi se sentar na popa, usando um remo e o leme para manter o barco estável enquanto as garotas e Jonas puxavam para dentro dois morcegos azuis e um peixe comum, de 20 centímetros.

Era um trabalho cansativo, mas Quinn estava acostumado, e usava o remo e o leme de maneira automática. Olhou para os outros barcos que assumiam as posições.

Então, ouvindo um som de água espirrando, virou-se para a barreira e viu um peixe voador — não era grande coisa como alimento, mas não era impossível de ser consumido — dando um salto breve.

Mas não foi isso que o fez estreitar os olhos e tentar enxergar melhor à luz fraca da manhã.

Elise e Annie estavam se preparando para jogar a rede outra vez.

— Esperem — disse Quinn.

— O que foi? — perguntou Elise. Ela era mal-humorada de manhã. E estava mais ainda naquele dia.

— Jonas, pegue um remo — ordenou Quinn.

Enquanto Elise ajeitava a rede, tirando pedaços de algas, o barco se esgueirou na direção da barreira. A 6 metros de distância puxaram os remos para dentro.

— O que é aquilo? — perguntou Jonas.

Os quatro olhavam fixamente para a barreira. Acima ela se tornava uma ilusão do céu. Mas logo à frente era de um cinza perolado. Como sempre. Como havia sido desde a chegada do LGAR.

Mas logo sobre a linha d'água a barreira não estava cinza, e sim preta. A sombra preta subia num padrão irregular. Como as curvas de uma montanha-russa.

Quinn olhou para longe, vendo o sol espiar por cima das montanhas. Todo o mar passou de escuro para claro em poucos minutos. Ele esperou até que a luz do sol tocasse a água entre ele e a barreira.

— Ela mudou — disse Quinn.

Puxou a camisa por cima da cabeça e deixou-a no banco. Procurou uma máscara no baú, cuspiu nela, espalhou o cuspe com os dedos, prendeu-a na cabeça e, sem dizer mais uma palavra, mergulhou. A água estava fria e afastou instantaneamente o resto das teias de aranha matinais de sua cabeça.

Nadou cautelosamente até a barreira, tomando cuidado para não tocá-la. Dois metros abaixo a barreira estava preta.

Voltou à superfície, respirou fundo e mergulhou de novo. Queria ter pés de pato; não era fácil empurrar seu corpo flutuante para baixo. Conseguiu alcançar uns seis metros antes de voltar para cima.

Subiu de volta no barco com a ajuda de Jonas.

— Pelo que dá para ver, está assim até lá embaixo — disse Quinn. Os quatro se entreolharam.

— E daí? — perguntou Elise. — Temos trabalho a fazer. Os peixes não vão ser pegos sozinhos.

Quinn pensou. Deveria contar a alguém. A Caine? A Albert? Na verdade não queria ter de lidar com nenhum dos dois. E havia morcegos azuis logo embaixo do barco, esperando ser apanhados.

Tanto Caine quanto Albert poderiam lhe dar uma bronca por largar o trabalho só para informar uma coisa que poderia não ser importante.

Não pela primeira vez, desejou que ainda fosse a Sam que tivesse de prestar contas, e não aos outros dois. Na verdade, se havia alguém a quem realmente gostaria de contar era Astrid. Uma pena ninguém tê-la visto. Ela podia já estar morta. Mas era a única que olharia para isso e realmente tentaria descobrir o que significava.

— Certo, vamos voltar ao trabalho — disse ele. — Vamos ficar de olho nisso, ver se muda até o fim do dia.

QUATRO | 50 HORAS

DURANTE TODOS OS seus 5 anos Peter Ellison tinha vivido dentro de um cérebro torto, distorcido. Não mais.

Ele havia destruído seu corpo agonizante, doente, febril.

Puf.

Foi-se.

E agora estava... onde? Não tinha uma palavra para descrever aquilo. Fora libertado do cérebro que fazia as cores gritarem e transformava cada som num gongo retinindo.

Pairava no momento num lugar silencioso e bem-aventurado. Sem barulhos altos. Sem cores fortes demais. Sem a complexidade de sensações exageradas que fritavam o cérebro. Sem a irmã loura com seu cabelo amarelo brilhante e os olhos azuis que o penetravam.

Mas a Escuridão continuava lá.

Ainda procurando-o.

Ainda sussurrando para ele. *Venha a mim. Venha a mim.*

Sem a cacofonia do cérebro, Pete podia ver a Escuridão com mais clareza. Era uma bolha reluzente no fundo de uma bola.

A bola de Pete.

Essa percepção o surpreendeu. Mas sim, agora lembrava: tanto barulho, pessoas gritando, seu próprio pai em pânico, tudo aquilo como lava quente se derramando em seu crânio.

Ele não tinha entendido o que estava acontecendo, mas podia ver claramente a causa de todo o pânico. Um tentáculo verde havia se estendido e tocado hastes longas e reluzentes, acariciando-as com um gesto cobiçoso, faminto. E então aquele braço da Escuridão havia procurado mentes — mentes fracas, maleáveis — e exigido ser alimentado com a energia que fluía daquelas hastes.

Isso significaria a liberação de todo tipo de luz, e todo mundo, menos a Escuridão, seria queimado.

Derretimento. Essa era a palavra. E aquilo já havia começado, e era tarde demais para impedir quando o pai de Pete corria de um lado para o outro, e Pete gemia e se balançava.

Era tarde demais para interromper a reação e o derretimento. Por meios normais.

Por isso Pete havia feito a bola.

Será que sabia o que estava fazendo? Não. Olhou para trás com um sentimento de espanto. Tinha sido um impulso, uma reação causada pelo pânico.

Nunca havia pretendido que acontecessem muitas coisas que aconteceram.

Ele era como aquele cara das histórias que Astrid lia para ele. O que se chamava Deus. O que dizia: "Puf, faça tudo!"

O mundo de Pete era cheio de dor, doença e tristeza. Mas o mundo antigo também não era assim?

Ele não tinha mais seu jogo portátil eletrônico. Não tinha mais seu corpo. Não tinha mais o cérebro antigo, com conexões erradas. Não se equilibrava mais em cima de uma chapa de vidro.

Pete sentia falta do velho jogo. Era tudo que ele tinha até então.

Flutuava numa espécie de névoa, um mundo de vapores, imagens e sonhos desconectados. Era silencioso, e Pete gostava do silêncio. E ali ninguém nunca vinha lhe dizer que era hora de fazer isso ou aquilo, ou de ir até tal lugar ou correr para outro.

Nenhum vislumbre do cabelo louro da irmã nem dos seus olhos azuis penetrantes.

Mas à medida que o tempo passava — e ele tinha certeza de que estava passando, em algum lugar, ainda que não ali — podia visualizar a irmã sem sentir a mera imagem avassaladora.

Isso surpreendeu Pete. Ele podia relembrar aquele dia na usina nuclear e quase ver a confusão, as sirenes berrando e o pânico das pessoas sem ele mesmo estar em pânico. Tudo ainda parecia demasiado, exagerado, porém não mais a ponto de fazê-lo perder todo o controle.

Será que as lembranças eram mais silenciosas? Ou será que alguma coisa havia mudado nele?

Tinha de ser a segunda coisa, porque a mente de Pete não parecia mais a mesma. Para começar, ele sentia como se pudesse pensar sobre si mesmo pela primeira vez em sua vida dissonante. Podia se perguntar onde estava e até quem era.

A única coisa que sabia era que estava entediado com essa existência desconectada. Durante a maior parte de sua vida, a única paz e o único prazer que havia sentido fora com seu joguinho eletrônico. Mas não tinha jogo algum ali.

Queria ter um jogo.

Tinha ido procurar um, mas não existia nada parecido com o antigo. Só avatares que pareciam passar, pairando. Avatares, símbolos com arabescos dentro. Organizavam-se em grupos ou amontoados. Ou, às vezes, partiam sozinhos.

Sentiu que poderia haver um jogo, mas, sem controles, como seria jogado? Muitas vezes tinha olhado as formas, e em alguns momentos parecia que elas estavam olhando para ele.

Espiou os avatares mais de perto. Eram interessantes. Pequenas formas geométricas mas com tanta coisa retorcida e enrolada por dentro que ele tinha a impressão de que poderia cair num deles, e então veria um mundo inteiro lá dentro.

Imaginou se seria um daqueles jogos que a gente apenas... tocava. Isso parecia errado e perigoso. Mas Pete estava entediado.

Por isso tocou um dos avatares.

O nome dele era Terrel Jones, mas todo mundo o chamava de Jonesie. Tinha apenas 7 anos, mas era um garoto grande de 7 anos.

Trabalhava fazendo a colheita numa plantação de alcachofras. Era um trabalho difícil, muito difícil. Jonesie passava seis horas por dia andando pelas fileiras de plantas de alcachofra que batiam na sua cintura, com uma faca na mão direita enluvada e uma mochila nas costas.

As alcachofras maiores ficavam na parte mais alta da planta. As menores, mais embaixo. As alta-chofras — gíria dos colhedores para as mais altas — precisavam ter um mínimo de 12 centímetros de diâmetro. As baixa-chofras — gíria para as que ficavam mais embaixo — precisavam ter um mínimo de 7 centímetros. Isso servia para garantir que os colhedores não acabassem com toda a colheita de uma só vez.

Ninguém tinha exatamente certeza se essa regra fazia sentido, mas Jonesie não via motivo para questionar. Simplesmente andava pela fileira, cortando com uma facilidade treinada e jogando as alcachofras por cima do ombro, fazendo com que caíssem na mochila. Ir por uma fileira e voltar pela seguinte era o suficiente para encher a mochila. Depois tirava a mochila do ombro e jogava tudo na velha carroça — um negócio grande e precário de madeira, apoiado em quatro pneus carecas.

E era só com isso que Jonesie precisava se preocupar. Só que naquele momento estava achando aquilo cada vez mais cansativo. Sentia como se não conseguisse respirar.

Chegou ao fim da fileira carregando não mais do que o peso usual de alcachofras, mas cambaleou até a carroça. Jamilla, que cuidava do veículo, desempenhava um trabalho relativamente fácil porque tinha só 8 anos e era pequena. Tudo o que precisava fazer era pegar as alcachofras que podiam cair no chão, ajeitar as que estavam na carroça formando uma camada uniforme, e anotar a carga de cada mochila numa folha de papel para Albert, de modo que a colheita diária pudesse ser contabilizada.

— Jonesie! — gritou Jamilla com raiva quando ele não conseguiu levantar a mochila até a altura necessária e ela caiu de suas mãos, derramando alcachofras por toda parte.

Jonesie começou a dizer alguma coisa, mas sua voz havia sumido. Simplesmente não estava ali.

Ele tentou inspirar e gritar, mas o ar não passou por sua boca nem entrou nos pulmões. Em vez disso ele sentiu uma dor súbita, lancinante, como um corte, como se tivessem cortado a sua garganta com uma faca, de orelha a orelha.

— Jonesie! — gritou Jamilla enquanto ele caía no chão, com o rosto para baixo.

Sua boca tentava engolir o ar, impotente. Ele tentou pôr a mão na garganta, mas seus braços não se mexiam.

Jamilla havia pulado da carroça. Jonesie podia ver uma imagem dela, nevoenta e distante, acima dele. Um rosto, a boca aberta, escancarada, gritando em silêncio.

E atrás dela havia uma forma. Era transparente, mas não invisível. Uma mão enorme com um dedo estendido. Esse dedo atravessava seu corpo. Mas ele não podia senti-lo.

E então não pôde sentir mais nada.

O grito de Jamilla trouxe Eduardo e Turbo das plantações adjacentes. Eles chegaram correndo dos dois lados, mas a princípio Jamilla mal os notou. Ela encarava Jonesie, gritando e gritando...

E então ela se virou e começou a correr. Turbo agarrou-a pelo braço. Precisou levantá-la do chão para que ela parasse de correr.

— O que foi? Foram as ezecas?

As ezecas eram minhocas carnívoras que habitavam muitas plantações e precisavam ser subornadas com pagamentos de morcegos azuis e sobras de peixe.

Jamilla ficou imóvel. Turbo estava ali, e agora Eduardo também. Eram seus amigos, seus colegas de trabalho.

Jamilla se preparou para explicar o que havia acabado de acontecer. Mas antes que pudesse controlar sua voz rouca, Eduardo perguntou:

— O que é aquilo?

Jamilla sentiu Turbo esticar o pescoço para olhar. Ele a colocou no chão. Ela não sentia mais vontade de correr. Nem de gritar. Turbo largou-a e andou uns dez passos para se juntar a Eduardo.

— Que coisa é aquela? — perguntou Turbo. — Foi aquilo que amedrontou você, Jammy?

— Parece algum tipo de peixe esquisito, ou sei lá o quê.

— É grande. E esquisito — repetiu Turbo. — Eu trabalhei uns dias com Quinn e nunca vi nada desse tipo.

— Igual a um peixe com, tipo, armadura. Mas o que está fazendo ali, no meio de uma plantação de alcachofra?

Jamilla não ousava chegar mais perto. Porém sua voz havia voltado.

— É o Jonesie — disse ela.

Os dois garotos se viraram devagar para olhá-la.

— O quê?

— Ele estava... Alguma coisa encostou nele. E o seu corpo inteiro... — Ela fez um movimento retorcendo as mãos. Torcendo todos os dedos juntos como se, de algum modo, as partes de Jonesie tivessem se torcido juntas, viradas pelo avesso e formado aquela... coisa.

Eles a encararam. Provavelmente contentes por ter uma desculpa para não olhar para coisa que ela estava chamando de Jonesie.

— Alguma coisa encostou nele? O que encostou nele?

— Deus — disse Jamilla. — A mão de Deus.

* * *

Turk trouxe Charuto com as mãos amarradas às costas.

— Desamarre-o — ordenou Penny.

Charuto estava nervoso. Penny sorriu para ele, que pareceu relaxar um pouco.

— Acho que não vou ter problemas com Charuto — disse Penny a Turk. — Ele é basicamente um garoto bom.

Charuto engoliu em seco e assentiu.

Chapas de compensado tinham sido pregadas por cima das janelas. A sala estava vazia. Antes de sair da cidade, Sam havia deixado um pequeno Samsol aceso num canto. Daí vinha a única luz que acrescentava uma qualidade lúgubre, lançando sombras verdes nos cantos. Estava amanhecendo, mas ali dentro não daria para saber. Nem mesmo ao meio-dia algo penetraria na sala.

— Sinto muito, mesmo — disse Charuto. — Pelo que aconteceu, quero dizer. Você está certa, na verdade; quero dizer, eu não sou mau.

— É, claro que não é mau — observou Penny. — Só é um assassino.

O rosto de Charuto ficou pálido. Sua mão esquerda começou a tremer. Ele não sabia o motivo. Por que só a mão esquerda? Lutou contra a ânsia de segurá-la e mantê-la imóvel. Enfiou-a no bolso e tentou não respirar muito alto.

— Do que você gosta, Charuto? — perguntou Penny.

— Do que eu gosto?

Penny deu de ombros. Estava movendo-se ao redor dele, os pés descalços silenciosos.

— De que tipo de coisa você sente falta? Quero dizer, dos velhos tempos. De antes.

Charuto se remexeu desconfortável. Não era idiota. Podia sentir que havia um jogo de gato e rato acontecendo. Conhecia a reputação de Penny. Tinha ouvido falar dela. E o modo como ela andava, quase passando por ele, depois voltando para lançar um olhar examinador, penetrante, deixava-o enjoado.

53

Decidiu-se por uma resposta inócua.

— Doce.

— Tipo barras de chocolate?

— Tipo Confete. Ou Red Vines. Qualquer coisa, acho.

Penny sorriu.

— Olhe no seu bolso.

Charuto tateou no bolso da frente da calça jeans. Sentiu uma embalagem de alguma coisa que não estava ali antes. Tirou e olhou, espantado, um pacote de Confete.

— Vá em frente. Pode comer — disse Penny.

— Não é de verdade, é?

Penny deu de ombros. Cruzou as mãos às costas.

— Experimente. Depois me diga.

Ele rasgou a embalagem com os dedos trêmulos. Derramou meia dúzia de bolinhas coloridas no chão antes de pegar mais. Jogou-as na boca.

Charuto nunca havia provado nada tão maravilhoso.

— Onde... onde você conseguiu isso?

Penny parou. Inclinou-se para mais perto dele e de repente cutucou sua cabeça com o dedo. Doeu, mas só um pouquinho.

— Aí. Dentro da sua cabeça.

Charuto olhou em dúvida para os Confetes ainda no pacote. Ficou com a boca cheia d'água. O açúcar era uma lembrança quase esquecida. Mas tinha quase certeza de que o Confete nunca tinha sido tão bom assim. Era bom demais. Ele poderia comer um milhão daqueles, e talvez não fossem reais, mas pareciam reais na sua mão e tinham um gosto melhor do que o real na boca.

— É bom, não é? — perguntou Penny. Ela continuava muito perto.

— É. Muito bom.

— As pessoas acham que, por que as coisas não são reais, o prazer não vai ser tão grande. Eu também pensava assim. Mas as coisas que estão na cabeça da gente podem se puras, sabe? Mais reais do que o real.

Charuto percebeu que tinha comido todo o pacote. Queria mais. Nunca quis nada tanto quanto queria mais Confetes.

— Posso ganhar mais?

— Talvez, se você pedir com gentileza.

— Por favor? Posso ganhar mais?

Ela chegou os lábios perto do ouvido dele e sussurrou:

— De joelhos.

Ele nem hesitou. Quanto mais tempo passava sem aquilo, mais queria. A necessidade era de uma urgência terrível. Deixava-o sem fôlego de tanto que ele precisava do doce.

Charuto se ajoelhou.

— Posso ganhar mais?

— Você é fácil de ser treinado — disse Penny, rindo.

De repente havia um punhado de Confetes na mão de Charuto. Ele jogou-os na boca.

— Por favor, mais?

— Que tal um pouco de Red Vines?

— Quero, quero!

— Lambe o meu pé. Não, não a parte de cima, seu idiota.

Ela levantou o pé para que ele lambesse a sola suja, e um punhado de Red Vines brotou na mão de Charuto. Ele rolou de costas, engoliu-os e lambeu o pé dela outra vez e ganhou mais, e sua cabeça estava nadando, girando, o gosto do doce era avassalador, diferente de tudo o que já comera, diferente de tudo que já tivera, diferente de tudo que jamais poderia existir, mas tão bom! Precisava de mais, desesperadamente.

Os Red Vines estavam na sua mão e de algum modo eram difíceis de segurar. Como se tivessem derretido na sua pele e ele precisasse escavar com as unhas, e foi isso o que fez, e chupou as pontas assim que os soltou.

E então, com um movimento súbito e enjoativo, os Red Vines não eram mais doces. Eram as veias de seus pulsos.

— Ahhh, ahha, ahhh! — gritou ele, horrorizado.

Penny bateu palmas.

— Oh, ho-ho, Charuto, a gente vai se divertir um bocado iuntos!

CINCO | 44 HORAS E 12 MINUTOS

ASTRID PÔS TODA a sua comida perecível na mochila. Não era muita coisa, mas talvez ela ficasse longe por um tempo, e não podia tolerar a ideia de desperdiçar algo.

Verificou a espingarda. Tinha quatro cartuchos carregados e mais cinco na mochila.

Nove cartuchos de espingarda matariam praticamente qualquer coisa.

Menos Drake.

Drake a apavorava profundamente. Ele fora a primeira pessoa na vida que havia batido nela. Até hoje lembrava-se da ardência e da força do tapa. Lembrava-se da certeza de que ele rapidamente passaria para os socos. Que ele iria espancá-la, e que a surra daria prazer à ele, de modo que nada que ela pudesse dizer iria fazê-lo parar.

Drake a havia obrigado a insultar o Pequeno Pete. A traí-lo.

Isso não tinha incomodado Petey, claro. Mas a havia consumido por dentro. Agora, quando se lembrava daquela culpa, ela quase parecia uma boba. Na época não tinha como saber que um dia faria coisa pior, muito pior.

O medo daquele psicopata era parte do motivo pelo qual tivera de manipular Sam. Ela havia precisado da proteção de Sam para si mesma e mais ainda para o Pequeno Pete. Drake não era Caine. Caine era um sociopata sem coração, implacável, que faria qualquer coisa para aumentar seu poder. Mas Caine não se rejubilava com a dor, a violência e o medo. Por mais que fosse amoral, Caine era racional.

Aos olhos de Caine, Astrid era apenas mais um peão no tabuleiro de xadrez. Para Drake, ela era uma vítima esperando ser destruída pelo simples prazer que isso lhe daria.

Astrid sabia que não poderia matar Drake com a espingarda. Poderia arrancar a cabeça dele dos ombros, e mesmo assim não conseguiria matá-lo.

Mas essa imagem lhe trazia uma certa tranquilidade.

Pendurou a espingarda no ombro. O peso e o comprimento da arma, junto com a mochila cheia de garrafas d'água, a deixava um pouco mais lenta e mais desajeitada do que quando corria livre por aquela trilha familiar.

Astrid nunca havia medido a distância do seu acampamento até o lago Tramonto, mas achava que era de uns dez ou onze quilômetros. E caso seguisse a barreira para evitar se perder, isso significaria andar em terreno irregular, subindo morros íngremes sem trilhas. Teria de manter um ritmo bastante bom para chegar antes de anoitecer e ver Sam.

Sam.

O nome fez sua barriga se retesar. Ele teria perguntas. Faria acusações. Ficaria com raiva. Iria se ressentir dela. Ela poderia enfrentar tudo isso. Era forte.

Mas e se ele não estivesse furioso ou carrancudo? E se ele sorrisse para ela? E se a abraçasse?

E se Sam dissesse a Astrid que ainda a amava?

Ela estava muito menos preparada para lidar com isso.

Ela havia mudado. A garota santinha com tantas certezas na cabeça havia morrido junto com o Pequeno Pete. Tinha feito o imperdoável. E tinha visto a pessoa que realmente era: egoísta, manipuladora, implacável.

Não era uma pessoa que Sam poderia amar. Não era uma pessoa que poderia amá-lo de volta.

Provavelmente era um erro procurá-lo naquele momento. Mas, independentemente de todos os seus fracassos e idiotices, ainda tinha cérebro. Ainda era, de algum modo atenuado, Astrid Gênio.

— É. Certo. Gênio — murmurou ela.

Por isso estava vivendo na floresta com picadas de pulgas nas axilas, cheirando a fumaça e carniça, as mãos transformadas em uma massa de calos e cicatrizes, os olhos saltando cautelosos para identificar cada som na floresta ao redor, tensa, treinando para sacar com facilidade uma espingarda. Porque essa era definitivamente a vida de um gênio.

Agora a trilha levava mais para perto da barreira. Ela a conhecia bem; o caminho iria desaparecer na barreira. Haveria um terreno difícil durante 800 metros antes que outra trilha surgisse. Ou talvez fosse a mesma trilha se dobrando de volta; quem poderia saber?

Ali, de repente, notou que a parte escura da barreira havia se esgueirado mais para o alto. Duas altas pontas pretas na barreira, como dedos se estendendo da terra. A mais alta se estendia por uns 4 ou 6 metros.

Preparou-se para uma experiência necessária. Estendeu um dedo e tocou a parte preta da barreira.

— Ahhh! — E xingou baixinho. Ainda doía ao toque. Isso não havia mudado.

Enquanto abria caminho entre arbustos densos e saía numa clareira abençoada, pensou no problema de medir o avanço da mancha. Ali, também, via dedos de escuridão subindo, não tão altos quanto os outros que tinha visto antes, só que mais finos. Observou uma das manchas atentamente durante meia hora, ansiosa com a perda de tempo mas querendo ter algum tipo de observação. A parte científica de seu cérebro havia sobrevivido intacta, enquanto outros aspectos diminuíam ou desapareciam.

Aquilo estava crescendo. A princípio Astrid não havia notado porque estivera esperando que a mancha ficasse mais alta e, em vez disso, havia engrossado.

— Ainda se lembra de como calcular a superfície de uma esfera? — perguntou-se. — Quatro pi r ao quadrado.

Fez a conta de cabeça enquanto andava. O diâmetro da barreira era de 32 quilômetros, portanto r era a metade disso. Dezesseis quilômetros.

— Quatro vezes pi é mais ou menos 12.6; r ao quadrado é 256. Então a área da superfície é 12.6 vezes 256. O que dá 3.226 quilômetros quadrados. Claro que metade disso está no subsolo ou embaixo d'água, portanto são 1.613 quilômetros quadrados de cúpula.

— É tudo uma questão da rapidez com que a mancha se espalha — disse Astrid a si mesma, sentindo prazer com a precisão dos números.

Quanto tempo até a cúpula ficar escura?, perguntou-se.

Porque Astrid tinha pouquíssima dúvida de que a mancha continuaria a se espalhar.

Em sua cabeça veio uma lembrança de muito tempo atrás: Sam admitindo para ela que tinha medo de escuro. Tinha sido no quarto dele, na casa antiga, no lugar onde morava com a mãe. Talvez fosse esse o motivo para, num pânico súbito, ele ter criado o primeiro dos que seriam conhecidos como Samsóis.

Agora Sam tinha muito mais coisas das quais sentir medo. Sem dúvida teria superado esse terror antigo.

Ela esperava que sim. Porque tinha a terrível sensação de que uma noite muito longa estava chegando.

O bebê não queria olhar para ela. Diana o olhava, ainda que fazer isso a enchesse de um pavor doentio.

Ele já podia andar. Mas isso era um sonho, então é claro que as coisas não precisavam fazer sentido. Era um sonho; ela tinha certeza disso porque sabia que o bebê não podia andar.

Ele estava dentro dela. Uma coisa viva dentro do seu próprio corpo. Um corpo dentro de um corpo. Podia visualizá-lo ali, de olhos fechados, todo retorcido de modo que as pernas minúsculas encostavam no peito redondo.

Dentro do corpo dela.

Mas agora em sua cabeça, também. Em seu sonho. Recusando-se a olhá-la.

Você não quer me mostrar seus olhos, disse ela.

Ele estava segurando uma coisa. Os dedos minúsculos e membranosos do feto seguravam uma boneca.

A boneca estava em preto e branco.

Não, implorou Diana.

A boneca fazia beicinho com a boca, insatisfeita. Uma boca vermelha e pequena.

Não, implorou Diana outra vez e sentiu medo.

O bebê pareceu ouvir sua voz e estendeu a boneca para ela. Como se quisesse que ela a pegasse. Mas Diana não podia, porque seus braços pareciam de chumbo, portanto terrivelmente pesados.

Nããão, gemeu ela. *Não quero ver.*

Mas o bebê queria que ela olhasse; insistia que ela olhasse, e ela não podia impedir, não podia desviar o olhar, não podia se mexer, virar-se e nem correr, e ah, meu Deus, como ela queria correr.

O que foi, mamãe? A voz não tinha característica alguma, eram só palavras, não era uma voz, não era um som, era como se alguém as estivesse digitando num teclado de modo que ela podia ouvir, mas também ver a palavra em letras, *bam, bam, bam*, cada letra martelando em seu cérebro.

O que foi, mamãe?

O bebê segurou o bichinho de pelúcia em preto e branco à sua frente e perguntou outra vez: *O que foi, mamãe?*

Ela precisava responder. Agora não tinha escolha. Precisava responder.

Panda, disse ela, e com essa palavra todo o dilúvio de tristeza e ódio de si mesma explodiu na sua mente.

Panda, disse o bebê, e abriu um sorriso sem dentes, sorriu com a boca vermelha do panda.

Diana acordou. Abriu os olhos.

Lágrimas turvavam sua visão. Ela rolou para fora da cama. O trailer era minúsculo, mas ela o mantinha limpo e arrumado. Tinha sorte: era a única pessoa no lago, além de Sam, que morava sozinha.

Panda.

O bebê sabia. Sabia que ela havia comido parte de um garoto com o apelido de Panda. Sua alma era nua para o bebê. Ele podia ver dentro dela.

Ah, meu Deus, como ela poderia ser mãe, carregando esse crime terrível na alma?

Merecia o inferno. E tinha a suspeita terrível de que o bebê dentro dela era o demônio enviado para levá-la até lá.

— Não gosto da ideia de deixar aqueles mísseis lá, parados — disse Sam.

Edilio não falou nada. Só se remexeu inquieto e olhou de volta para o cais, certificando-se de que ninguém estava por perto tentando ouvir para fazer fofoca.

Sam, Edilio, Dekka e Mohamed Kadeer estavam no convés superior da casa-barco que todo mundo chamava de Casa-Barco Branca. Ele não era branco, não exatamente, na verdade era mais do tom de um rosa sujo. E não se parecia nada com a Casa Branca de verdade. Mas era onde os líderes se reuniam, no convés superior aberto. Por isso era a Casa-Barco Branca.

Também era o lar de Sam, um lar que dividia com Dekka, Sinder, Jezzie e Mohamed.

Mohamed era um membro não votante do Conselho do Lago Tramonto. Porém, mais importante que isso, era o elemento de ligação entre Albert e o Lago Tramonto.

Alguns chamavam de "ligação". Alguns diziam "espião". Não havia muita diferença. Sam havia decidido desde cedo não guardar segredos em relação a Albert. Ele precisava saber o que estava acontecendo. De qualquer modo descobriria: Albert era o mais parecido com um bilionário que se tinha no LGAR, apesar de sua riqueza ser medida na moeda do LGAR, chamada de Bertos, fichas de jogo do McDonald's , comida e empregos.

No Casa-Barco Branca havia duas cabines de popa, cada uma delas com uma cama de solteiro acima de uma de casal. Sinder e Jezzie dividiam uma dessas cabines; Mohamed e Dekka dividiam a outra. Sam tinha a cabine relativamente espaçosa da proa só para ele.

— Se o pessoal do Caine descobrir... — disse Dekka.

— Poderemos ter um problema — completou Sam, assentindo.

— Mas nunca usaremos aquelas coisas. Só vamos garantir que Caine não as use também.

— É, e Caine vai engolir essa explicação porque ele é muito digno de confiança — ironizou Dekka.

Os mísseis tinham sido parte de um plano desesperado para irem da Base Evanston da Guarda Aérea Nacional até a costa. Dekka conseguira usar como plataforma o contêiner que, separado da gravidade pelo seu poder, iria subir raspando pela barreira.

O plano era decididamente imperfeito. Quase tinha dado certo. Quase. Certo o suficiente. Mas também havia levado as armas para um lugar onde poderiam ser encontradas.

Encontradas e usadas.

A quinta pessoa no convés não fazia parte do conselho. Era um garoto chamado Totó. Totó tinha sido encontrado numa instalação no deserto — ou parte de uma instalação cujo resto estava do outro lado da barreira —, onde fora mantido como prisioneiro para estudar as mutações que vinham acontecendo na área de Praia Perdida.

A instalação fora montada antes do surgimento do LGAR. O governo sabia, ou pelo menos suspeitava, de coisas muito estranhas que começaram a acontecer nos meses anteriores à barreira.

Totó era quase clinicamente insano. Havia ficado sozinho — totalmente sozinho — durante sete meses. Ainda tinha uma tendência a falar com o Homem Aranha. Não mais com o antigo busto de isopor do Homem Aranha — que Sam havia incinerado num momento de irritação — mas com o fantasma daquele antigo busto. O que era decididamente uma maluquice. Mas, maluquice ou não, ele tinha o poder de separar instantaneamente a verdade da mentira.

Mesmo quando era inconveniente.

Naquele momento Totó disse:

— Sam não está dizendo a verdade.

— Não tenho a intenção de usar os mísseis — respondeu Sam, acalorado.

— É verdade — disse Totó em tom afável. — Mas não era verdade quando você disse que nunca os usaria. — Depois, num aparte furtivo, acrescentou: — Sam acha que talvez precise usá-los.

Sam trincou os dentes. Totó era extremamente útil. Menos quando não era.

— Acho que todos nós poderíamos ter suposto isso, Totó — afirmou Dekka.

Dekka havia recuperado as forças depois do sofrimento chocante pelo qual passara com a infestação de insetos. Não tinha se recuperado totalmente do que pensava que fora sua confissão a Brianna no leito de morte. Mesmo agora as duas garotas mal conseguiam ficar no mesmo lugar sem se sentirem incomodadas.

Dekka nunca havia contado a Sam exatamente o que sussurrara no ouvido de Brianna. Mas ele tinha quase certeza de que sabia. Dekka era apaixonada por Brianna. E Brianna evidentemente não sentia a mesma coisa.

— É, ela podia ter suposto — disse Totó, passando a falar com a manga da camisa.

— Mohamed, o que Albert acha disso?

Mohamed tinha o hábito de fazer uma longa pausa antes de responder a qualquer pergunta. Até mesmo "Como vai?". Provavelmente essa era uma das coisas que o tornaram atraente para Albert, que havia ficado cheio de suspeitas, alguns até poderiam dizer que ficara paranoico, com segredos.

— Albert nunca falou sobre isso comigo. Não sei se ele tem conhecimento dos mísseis ou não.

— Ahã — disse Dekka, e revirou os olhos. Em seguida estendeu a palma da mão para Totó. — Nem se incomode, Totó; todos nós sabemos que isso é papo furado.

Mas Totó acrescentou:

— Ele está falando a verdade.

Mohamed fez outra longa pausa. Era um garoto bonito, com um princípio de bigode sobre o lábio superior.

— Mas, claro, agora que eu sei, vou ter de contar a ele.

— Se nós deixarmos tudo onde está, cedo ou tarde alguém vai achar — afirmou Sam.

Edilio disse:

— Cara, com todo o respeito, você está tentando se convencer disso.

— Por que eu faria isso? — perguntou Sam. Em seguida se inclinou para a frente na cadeira e abriu os braços e as pernas, passando a mensagem de que não tinha nada a esconder.

Edilio deu um sorriso afetuoso.

— Porque nós tivemos quatro meses de paz, cara. E você está entediado.

— Isso não é... — começou Sam, mas, depois de lançar um olhar para Totó, ficou em silêncio.

— Mesmo assim, se os mísseis têm de ficar em algum lugar, é melhor que seja com a gente — observou Edilio com relutância.

Sam ficou sem graça ao ver como estava ansioso para agarrar esse raciocínio. Certo: então ele estava entediado. Mas apesar disso ainda fazia sentido guardar aquelas armas num lugar seguro.

— Certo — disse ele. — Vamos pegá-los. Dekka, você e Jack vão se encarregar do transporte. Mandaremos Brianna verificar a área, garantir que não haja ninguém por perto. Eles estão logo dentro da fronteira do Caine. Precisamos passar tudo para o nosso lado o mais depressa possível. Colocar numa picape.

— Queimar gasolina? — perguntou Mohamed.

— Vale a gasolina — disse Sam.

Mohamed abriu as mãos, como se pedisse desculpas.

— A gasolina está sob o controle do Albert.

— Olhe, se Albert nos der a gasolina ele vai estar nos apoiando — disse Sam. — Então que tal se a gente simplesmente o fizer, só dessa vez? Não vão ser mais do que uns 8 litros. Vamos tirar de vários tanques diferentes, para que não apareça nos livros de vocês.

Mohamed fez uma pausa ainda mais longa do que de costume.

— Você nunca disse isso, e eu nunca escutei.

— Não é verdade — falou Totó.

— É. — Dekka revirou os olhos. — Nós sabemos.

— Certo. Esta noite — disse Sam. — A Brisa vai na frente; Dekka, Jack e eu vamos na picape. Estacionamos e então nós três seguimos até a praia. Com sorte estaremos de volta de manhã.

— E eu, chefe? — perguntou Edilio.

— Ser subprefeito às vezes é um fardo pesado, cara.

Sam sorriu. Sentiu uma empolgação com a ideia de uma missão noturna ousada. Edilio estava certo: administrar o lago se tornara entediante depois do primeiro mês frenético. Sam basicamente odiava cuidar dos pequenos detalhes e decisões. Na maior parte do dia tinha que lidar com brigas idiotas por causa de nada — crianças disputando a posse de um brinquedo ou um pouco de comida, gente em falta com o trabalho que devia prestar à cidade, ideias malucas para sair do LGAR, infelicidade por causa das acomodações, violações das regras de higiene. Cada vez mais — não sem um sentimento de culpa — ele vinha passando a maior parte disso para Edilio.

Fazia meses que Sam não se envolvia em alguma loucura séria. E essa missão tinha apenas loucura suficiente, sem um perigo verdadeiro envolvido.

A reunião terminou. Sam ficou de pé, espreguiçou-se e notou Sinder e Jezzie correndo pela margem, vindo da extremidade leste, onde cuidavam de uma pequena plantação de verduras irrigada.

Algo na linguagem corporal delas transmitia uma encrenca.

A casa-barco de Sam estava atracada no final do cais sobrevivente. (Tinha sido usada como palco na Festa de Sexta.) Esperou até que Sinder e Jezzie estivessem abaixo dele, no cais.

— Sam! — ofegou Sinder.

Ela estava em seu estado gótico modificado; era difícil achar maquiagem, mas ela ainda conseguia encontrar roupas pretas.

— O que foi, Sinder? Oi, Jezzie.

Sinder se controlou, respirou fundo e disse:

— Isso vai parecer loucura, mas a parede... está mudando.

— A gente estava semeando cenoura — disse Jezzie.

— E aí a gente notou uma... tipo, uma mancha preta na barreira.

— O quê?

— A barreira está mudando de cor — afirmou Sinder.

SEIS | 43 HORAS E 17 MINUTOS

QUINN DEIXOU SEUS tripulantes descarregando a pesca no cais. Normalmente ele iria direto falar com Albert, informar sobre a carga do dia, mas naquele dia tinha uma preocupação mais premente. Queria verificar como Charuto estava.

Ainda faltava cerca de uma hora para o pôr do sol. Queria pelo menos gritar algum encorajamento para o amigo e tripulante.

A praça estava vazia. A cidade estava praticamente vazia — os colhedores ainda estavam nas plantações.

Turk descansava nos degraus da prefeitura. Dormia com um boné tapando os olhos e o fuzil entre as pernas cruzadas.

Uma garota andava apressada pela praça. Olhou com medo na direção da prefeitura. Quinn a conhecia um pouco, por isso acenou de leve. Mas ela olhou para ele, balançou a cabeça e se afastou rapidamente.

Sentindo-se preocupado agora, Quinn entrou no prédio. Subiu a escada até a sala de detenção onde Charuto estaria.

Encontrou a porta com facilidade. Prestou atenção, mas não ouviu nada lá dentro.

— Charuto? Você está aí?

A porta se abriu, revelando Penny. Ela ainda usava um vestido leve e continuava descalça. Bloqueava a passagem.

— Ainda não está na hora — disse Penny.

Havia sangue no vestido dela.

Sangue em seus pés finos.

Seus olhos estavam febris. Iluminados. Em êxtase.

Quinn captou tudo num olhar.

— Saia do meu caminho — falou ele.

Penny olhou para ele. Como se estivesse tentando ver alguma coisa dentro da cabeça dele. Avaliando. Medindo.

Antecipando.

— O que você fez, sua bruxa? — perguntou Quinn. Sua respiração saía curta. Seu coração martelava no peito. A pele de seus braços queimados de sol começou a rachar, foi ficando de um branco mortal e estalando como lama seca. Fendas profundas se abriram.

— Você não está me ameaçando, está, Quinn?

A erupção no braço de Quinn parou, reverteu-se e a pele voltou a ser o que era.

— Quero ver Charuto — disse ele, engolindo o medo.

Penny assentiu.

— Certo. Certo, Quinn. Entre.

Quinn passou por ela.

Charuto estava num canto. A princípio parecia dormir. Mas sua camisa estava encharcada de sangue.

— Charuto, cara. Você está legal?

Charuto não se mexeu. Quinn se ajoelhou ao seu lado e levantou a cabeça dele. Levou alguns segundos terríveis até entender o que estava vendo.

Os olhos de Charuto haviam sumido. Dois buracos pretos e vermelhos o encaravam.

Então Charuto gritou.

Quinn pulou para trás.

— O que você fez? O que você fez?

— Eu nem encostei nele — disse Penny com um riso feliz. — Olhe os dedos dele! Olhe os pulsos dele! Ele mesmo fez isso. Foi engraçado assistir.

O punho de Quinn recuou antes que ele percebesse. O nariz de Penny explodiu. A cabeça dela se virou para trás bruscamente, e ela caiu sentada no chão.

Quinn agarrou com força o antebraço sangrento de Charuto. Acima dos gritos do amigo, ele disse:

— Vamos até Lana.

Penny rosnou, e na mesma hora a carne de Quinn pegou fogo. Ele berrou aterrorizado. As chamas queimaram rapidamente suas roupas e devoraram sua carne.

Quinn sabia que aquilo não era real. Ele sabia. Mas não conseguia não acreditar. Não podia se recusar a sentir a agonia da ilusão. Não conseguia evitar sentir o cheiro da fumaça de carne queimando, estalando e...

Mirou um chute desesperado.

Seu tênis acertou a lateral da cabeça de Penny.

O fogo sumiu instantaneamente.

Penny rolou, ficou de pé, tentando recuperar o controle da mente dispersa, mas agora Quinn estava atrás dela, com o braço forte em volta do seu pescoço.

— Vou quebrar o seu pescoço, Penny. Juro por Deus, vou quebrar o seu pescoço. Nada que você possa fazer vai me impedir.

Penny ficou mole.

— Acha que o rei vai deixar você sair livre disso, Quinn? — sibilou ela.

— Se alguém mexer comigo, Penny, você ou qualquer outro, eu entro em greve. Imagine como você vai curtir bem a vida sem mim e meus tripulantes. Sem comida.

Quinn empurrou-a para longe e pegou outra vez o braço do Charuto.

* * *

Alguns serviços eram mais difíceis do que outros. Blake e Bonnie tinham o pior trabalho que se podia imaginar: a manutenção da fossa séptica. Também conhecida como o Fosso.

Dekka havia usado seus poderes para ajudar a cavar o buraco, mas mesmo assim tinham sido necessárias outras vinte crianças para levar para longe a terra levitada. O resultado fora um buraco no chão com 3 metros de profundidade, 4 de comprimento e 1 de largura. Mais ou menos: ninguém tinha usado uma trena.

Era basicamente uma vala comprida. A vala fora coberta com uma lateral inteira de aço de um dos vagões que tinham transportado Nutella. Sam a havia cortado e separado, e Dekka e Orc a transportaram pelos quilômetros de distância do local do acidente.

Depois Sam abriu cinco buracos de 70 centímetros no aço.

E foi aí que Blake e Bonnie entraram. Sozinhos, nenhum dos dois tinha qualquer talento especial para construção, mas de algum modo os dois juntos possuíam um tipo estranho de gênio, reconhecido por Edilio, o supervisor direto deles. Juntos (com alguma ajuda de Edilio) tinham assumido o serviço de criar cinco latrinas empoleiradas em cima desses buracos. Fizeram isso usando caixotes de transporte, retirando a parte de cima e serrando uma espécie de porta. O resultado fora um caixote de madeira com a parte de cima aberta e uma porta estreita coberta por uma cortina de chuveiro para fornecer alguma privacidade.

A cobertura aberta tinha a desvantagem de que a cabeça das pessoas mais altas ficavam à vista. Mas a vantagem era que o cheiro da fossa não ficava preso num espaço fechado.

As latrinas individuais tinham bancos feitos de tampos de mesa trazidos da base da Guarda Aérea Nacional. Sam havia queimado buracos em cada um deles, e Blake e Bonnie haviam prendido assentos de vasos sanitários em cima.

Havia algo agradável — quando a pessoa se acostumava — em se aliviar sob as estrelas ou o sol. Tirando a falta de papel higiênico.

Blake e Bonnie resolveram esse problema — em parte — vendendo vários tipos de folhas, relatórios oficiais, registros da instalação da Guarda Aérea Nacional e livros de referência desatualizados.

E, claro, os dois Bs eram responsáveis por manter a instalação limpa. Geralmente isso não era tão difícil porque Bonnie, em particular, não relutava em denunciar quem fizesse sujeira.

E as horas de trabalho não eram ruins. Como absolutamente ninguém queria aquele serviço, Blake e Bonnie tinham bastante tempo de folga. E como tinham apenas 7 e 6 anos, respectivamente, passavam o tempo livre nadando, colecionando pedras e brincando de um jogo de guerra mais ou menos contínuo que envolvia vários bonequinhos de ação, cabeças decepadas de bonecas Bratz e insetos interessantes.

Era isso que estavam fazendo, brincando de guerra no buraco de areia que tinham cavado a uns 30 metros do Fosso. Na verdade estavam discutindo se uma cabeça de Bratz meio desgastada havia surpreendido e dominado um grupo de três insetos diferentes.

Duas latrinas estavam ocupadas: a número um por Pat e a número quatro por Diana. Diana ia lá frequentemente, por consequência da gravidez.

Blake agarrou com raiva a cabeça da boneca Bratz e disse:

— Certo, se você não quer seguir as regras.... — Isso acontecia cerca de seis vezes por dia. Na realidade não existiam regras de verdade.

Bonnie já ia negar acaloradamente que estava trapaceando quando seu rosto foi manchado. Como se seu rosto fosse uma pintura ainda úmida e alguém tivesse passado um pincel por cima.

Blake olhou para o que era o rosto mais familiar do mundo para ele e viu-o ficar achatado, como se tivesse se tornado subitamente bidimensional. E uma coisa transparente, mas de algum modo não invisível, a atravessou.

Bonnie saltou de pé como uma marionete presa a um fio. Seus olhos se arregalaram e seu rosto foi manchado de novo, enquanto a boca pingava pelo queixo.

Um dedo feito de ar, grande como uma árvore, passou por cima dela, voltou para tocá-la e depois desapareceu.

Bonnie deu um único espasmo terrível, parou de se mexer e caiu em cima do seu exército.

Blake ficou parado, encarando uma coisa que não era mais Bonnie. Não era mais nada que ele já tivesse visto. O que estava caído ali no chão tinha um braço e metade de um rosto, e o resto — com não mais de 60 centímetros de comprimento — parecia exatamente um tronco morto e podre.

Blake começou a gritar, e Diana e Pat saíram o mais rápido que puderam, mas Blake não era do tipo que ficaria simplesmente parado gritando; ele agiu. Agarrou a tora com metade de um rosto humano pelo único braço e jogou-a com o máximo de força possível na direção do Fosso.

A coisa não parou muito longe, por isso ele agarrou-a de novo, o tempo todo gritando a plenos pulmões, e a arrastou até a cabine número cinco enquanto Diana e Pat gritavam para ele parar, parar, parar, mas ele não conseguia parar; precisava se livrar daquilo, daquela coisa, daquele monstro que havia substituído sua amiga.

Diana quase o alcançou. Mas não conseguiu.

Blake jogou a coisa no buraco da latrina número cinco.

— O que está acontecendo? — perguntou Pat, que chegou correndo.

Blake ficou em silêncio.

— Ele estava com uma espécie de... — começou Diana. Em seguida fez uma careta, depois acrescentou: — Não sei o que era.

— Era um monstro — disse Blake.

— Nossa, cara, você quase me matou de susto — disse Patrick.

— Quero dizer, pode curtir sua brincadeira ou sei lá o quê, mas não comece a gritar enquanto estou fazendo minhas necessidades. — E desceu o morro, irritado, indo na direção do lago.

Diana não gritou com Blake.

— Cadê a outra? Como é o nome dela? A garota?

Blake balançou a cabeça com expressão sombria. Um véu baixou sobre seus olhos.

— Não sei — disse ele. — Acho que ela se foi.

Orc estava sentado, lendo.

Esse fato, a visão de Orc sentado numa pedra com um livro nas mãos, ainda era inexplicável para Howard.

Orc e Howard tinham ido com Sam para o lago Tramonto no Grande Racha. Sam era um pé no saco, mas provavelmente não resolveria jogar a pessoa através de uma parede, como Caine poderia fazer.

O único problema do lago era que a maior parte da população que bebia e se drogava havia permanecido em Praia Perdida. Howard operava uma destilaria de uísque na escola Coates, mas a viagem da Coates para o lago não era exatamente fácil. E Howard não conseguia fazê-la com mais de uma dúzia de garrafas na mochila.

Orc poderia carregar muito mais, claro. Mas Orc não estava mais ajudando. Orc estava lendo. Estava lendo a Bíblia.

O Orc bêbado era depressivo, perigoso, imprevisível e ocasionalmente capaz de cometer assassinato. Mas o Orc sóbrio era apenas um inútil. Inútil.

Orc recebera o trabalho de vigiar a fazendinha de Sinder. Isso implicava principalmente ficar sentado numa pedra lendo.

A fazenda de Sinder não era muito maior do que um grande quintal, um terreno em forma de cunha que havia sido um leito de riacho na época em que a chuva ainda caía nas montanhas e mandava cursos d'água para encher o lago. Orc havia ajudado a cavar uma teia de canais rasos que traziam água do lago para molhar as fileiras de plantas bem organizadas.

Sinder e Jezzie passavam o dia todo, todos os dias, plantando e cuidando das plantas. Orc passava o mesmo tempo ali. Na verdade havia montado uma pequena barraca ao lado da pedra e dormia ali na maior parte das noites.

Howard também havia passado algumas noites ali, tentando manter viva sua amizade com Orc, tentando fazê-lo superar essa novidade de ficar sóbrio.

Não que Howard gostasse de Orc bêbado. (Orc não tinha dinheiro algum, portanto, tudo o que ele bebia vinha direto dos lucros de Howard.) Só que, sóbrio e lendo a Bíblia, Orc era inútil para Howard. Inútil para intimidar e cobrar dívidas, e inútil para carregar a birita.

— O que significa "mansos"? — perguntou Orc a Howard. Depois soletrou a palavra, porque não sabia se estava pronunciando certo. "M-A-N-S-O-S".

— Eu sei soletrar "mansos" — disse Howard rispidamente. — Quer dizer fracotes. Moles. Patéticos. Risíveis. Babacas. Vítimas. Um idiota leitor da Bíblia parecido com um monstro, é isso o que significa.

— Bem, aqui diz que eles são abençoados.

— É — respondeu Howard, de forma violenta. — Porque é isso o que sempre acontece: os fracotes sempre vencem.

— Eles vão herdar a terra — disse Orc. Mas parecia em dúvida. — O que significa "herdar"?

— Você está me matando, sabia, Orc?

Orc se remexeu e virou o livro para captar melhor a luz. O sol estava se pondo.

— Onde estão as garotas? A fazendeira gótica e a fazendeira emo?

— Foram falar com Sam — resmungou Orc.

— Com Sam? Por que não me disse, malandro? Howard olhou em volta, procurando um lugar onde esconder a mochila. Ia fazer uma entrega. E apesar de Sam não estar se esforçar para fechar o negócio de Howard, poderia botar na cabeça dele a ideia de confiscar os produtos.

— Acho que "herdar" significa tipo tomar o controle — disse Orc.

Howard pendurou a mochila atrás de um arbusto e recuou para ver se ela ainda estava visível.

— É. Tomar o controle. Os mansos. Que nem os coelhos tomam o controle dos coiotes. Não seja idiota, Orc.

Howard jamais insultaria Orc nos velhos tempos. Quando Orc era Orc. Mesmo naquele momento viu os olhos de Orc se estreitando — eram uma das poucas partes ainda humanas nele. Orc era um monte de cascalho vivo com um pedaço de pele humana onde ficavam a boca e parte de uma bochecha.

Howard quase desejou que Orc se levantasse e lhe desse um soco. Pelo menos ele seria Orc de novo. Em vez disso, Orc estreitou os olhos e disse:

— Sabe, tem muito mais coelhos do que coiotes por aí.

— Por que as garotas foram falar com Sam? — Howard olhou de volta para a marina, o centro da vida no lago. De fato, Sam, Jezzie e Sinder estavam se aproximando a passos rápidos.

— "Bem-aventurados os que têm fome e sede de justiça" — leu Orc do seu jeito lento e dificultoso.

— Quer me perguntar o que isso significa, Orc? — indagou Howard rispidamente. — Porque acho que a justiça pode ser uma coisa que talvez você não queira muito ver.

O rosto de Orc não era capaz de demonstrar muita emoção. Mas Howard pôde ver que tinha acertado em cheio. Numa fúria bêbada Orc havia acidentalmente matado uma criança em Praia Perdida. Ninguém, além de Howard, sabia disso.

— O que é aquilo? — perguntou Howard, apontando. Tinha acabado de notar uma descoloração na cúpula atrás de Orc.

— É por isso que elas foram procurar Sam.

Naquele momento Sam e as meninas chegaram. Sam assentiu para Howard e disse:

— E aí, Orc?

Sam foi direto para a barreira e ficou olhando o pico preto que se projetava por trás de Orc.

— Vocês viram isso em mais algum lugar? — perguntou a Sinder.

— Nunca vamos a outros lugares — respondeu ela.

— Agradeço o tempo que vocês dedicam ao trabalho — disse Sam. Mas não estava prestando atenção em Sinder ou Jezzie. Andou ao longo da barreira, na direção do lago.

Howard o acompanhou, aliviado porque Sam não tinha visto sua mochila.

— O que você acha que é? — perguntou Howard.

— Ali. Outra. — Sam apontou para um calombo escuro muito menor, que surgia do chão. Foi andando e chegou à beira do lago. Ali, de novo, havia uma crista baixa e ondulante de mancha preta.

— Que diabo... — murmurou ele. — Já viu alguma coisa assim, Howard?

Howard deu de ombros.

— Eu provavelmente não notaria. De qualquer modo, não costumo andar perto da barreira.

— É — concordou Sam. — Você só vai e volta do seu alambique na Coates.

Howard sentiu um arrepio súbito.

— Claro que eu sei do seu alambique — disse Sam. — Você tem noção de que ele fica do outro lado da fronteira. É território do Caine. Se ele pegá-lo por lá, você não vai gostar nada, a não ser que esteja dividindo os lucros com ele.

Howard se encolheu e decidiu não falar nada.

Sam continuou olhando a mancha.

— Está crescendo. Acabei de ver crescer. Agora mesmo.

— Eu também vi — disse Sinder. Ela olhou para Sam, procurando conforto.

Estranho, percebeu Howard: ele também estava olhando para Sam, procurando ser tranquilizado. Por mais que ele e Sam tivessem sido inimigos às vezes, e ainda fossem, mais ou menos, ele queria que Sam desse alguma resposta rápida para esse negócio da mancha.

A expressão perturbada no rosto de Sam não era nada tranquilizadora.

— O que é isso? — perguntou Howard outra vez.

Sam balançou a cabeça devagar. Seu rosto bronzeado aparentou subitamente ter muito mais do que apenas 15 anos. Howard teve uma visão de Sam como um velho, com cabelo grisalho e ralo, o rosto assinalado por profundas rugas de preocupação. Era um rosto marcado por toda a dor e preocupação que ele havia suportado.

Howard teve a ânsia súbita e ridícula de oferecer uma bebida a Sam. Ele parecia precisar.

SETE | 36 Horas e 19 Minutos

ASTRID PAROU PARA olhar o lago a partir do terreno alto a oeste. A barreira penetrava direto no lago, claro, cortando-o mais ou menos ao meio. A margem se curvava para fora, de modo que ela não podia mais continuar seguindo a barreira sem desviar de seu caminho. De qualquer modo, logo estaria escuro demais para enxergar a mancha. Era hora de se virar para as habitações humanas.

O sol estava baixo e uma fogueira pequena e distante ardia num círculo de barracas e trailers. Astrid não podia ver as crianças em volta da fogueira, mas dava para ver formas passando ocasionalmente diante das chamas.

Agora que estava ali, não podia mais fingir que reprimia as emoções. Ia ver Sam. Os outros também, e sem dúvida teria de suportar olhares, cumprimentos e provavelmente insultos.

Tudo isso ela conseguiria suportar. Mas iria ver Sam. Era isso. Sam.

Sam, Sam, Sam.

— Pare com isso — disse a si mesma.

Uma crise estava vindo. Tinha o dever de ajudar os amigos a entendê-la.

— Fraca — murmurou ela.

Vinha crescendo em sua cabeça a suspeita de que só estava inventando uma desculpa para ver Sam. Ao mesmo tempo suspeitava de que estava procurando uma desculpa para recuar e evitar a obrigação de ajudar.

Ocorreu-lhe que antigamente teria rezado pedindo orientação. Isso trouxe um sorriso melancólico aos seus lábios. O que havia acontecido com aquela Astrid? Para onde teria ido? Ela não rezava desde...

"Deixe de lado as coisas infantis" citou mentalmente. Aquela era uma citação da Bíblia. Que irônico, pensou. Ajeitou a mochila e passou a espingarda do ombro direito, dolorido, para o esquerdo. Olhou para a fogueira.

No caminho bolou um modo simples de medir a disseminação da mancha na barreira. Se alguém tivesse uma câmera digital funcionando, seria bem fácil. Fez os cálculos de cabeça. Talvez cinco locais de amostragem. Calcular o progresso dia a dia, e então teria ótimos dados.

Os números ainda lhe davam prazer. Isso é que era fantástico neles: não era necessário ter fé para acreditar que dois mais dois era igual a quatro. E a matemática nunca, jamais, condenava a pessoa pelos pensamentos e desejos.

— Quem está aí? — gritou uma voz das sombras.

— Calma — respondeu Astrid.

— Quem é? Fale ou eu atiro — disse a voz.

— É Astrid.

— Claro que não.

Um garoto, que provavelmente não tinha mais de 10 anos, saiu de trás de um arbusto. Estava com um fuzil apontado, e o dedo perto mas não diretamente em cima do gatilho.

— É você, Tim? — perguntou Astrid.

— Epa. É você — disse o garoto. — Achei que estava morta.

— Sabe o que Mark Twain disse? "Os relatos sobre minha morte foram tremendamente exagerados."

— É. É você mesmo. — Tim pôs a arma no ombro. — Acho que pode ir. Não devo deixar ninguém passar, a não ser quem eu conheço. E eu conheço você.

— Obrigada. É bom ver que está bem de saúde. Na última vez em que o vi, você estava com a gripe.

— A gripe já passou. Espero que não volte nunca mais.

Astrid continuou andando, e ali a trilha era mais limpa e mais fácil, mesmo com a noite se esgueirando.

Passou por algumas barracas. Um antiquado trailer Airstream. Depois chegou ao círculo de barracas e trailers que circundavam a fogueira. Ouviu crianças rindo.

Aproximou-se nervosa. Quem a viu primeiro foi uma menininha, que cutucou a garota mais velha que estava ao lado. Astrid reconheceu Diana instantaneamente.

Diana olhou-a sem demonstrar surpresa alguma e disse:

— Ora, olá, Astrid. Por onde esteve?

As conversas e os risos morreram, e trinta rostos ou mais, cada qual iluminado em laranja e ouro, viraram-se para olhar.

— Estive... longe — respondeu Astrid.

Diana se levantou, e Astrid percebeu, chocada, que ela estava grávida.

Diana viu a expressão de Astrid, deu um risinho e disse:

— É, um monte de coisas interessantes aconteceram enquanto você estava longe.

— Preciso falar com Sam — avisou Astrid.

Isso fez Diana dar uma gargalhada.

— Sem dúvida. Vou levar você.

Diana foi na frente durante o caminho até a casa-barco. Ainda se movia com uma graça descuidada apesar do volume. Astrid desejou ser capaz de andar assim.

— A propósito, por acaso você não viu uma menina quando vinha para cá, viu? O nome dela é Bonnie. Acho que tem uns 7 anos.

— Não. Alguém sumiu?

Edilio estava sentado numa cadeira dobrável no convés, vigiando as barracas espalhadas, os trailers Winnebagos e os barcos. Tinha um fuzil automático no colo.

— Oi, Edilio — disse Astrid.

Edilio deu um pulo, ficando de pé e desceu para o cais. Tirou o fuzil da frente e envolveu Astrid com os braços.

— Graças a Deus. Já não era sem tempo.

Astrid sentiu lágrimas se formando.

— Senti saudade de você — admitiu ela.

— Acredito que tenha vindo ver Sam.

— É.

Edilio assentiu para Diana, dispensando-a. Em seguida puxou Astrid para o barco e levou-a à cabine vazia.

— Temos só um probleminha — disse Edilio num sussurro.

— Ele não quer me ver?

— Ele, bem... Ele saiu.

Astrid gargalhou.

— Presumo, pelo seu olhar de conspiração, que ele está fazendo alguma coisa perigosa, não é?

Edilio riu e deu de ombros.

— Ele ainda é o Sam. Deve voltar de manhã. Venha, vamos arranjar alguma coisa para você comer e beber. Pode dormir aqui essa noite.

A picape seguia lentamente pela estrada. Ia devagar por muitos motivos: primeiro, isso economizava gasolina. Segundo, eles estavam com os faróis apagados porque isso era visível de longe.

Terceiro, a estrada que ia do lago até a via expressa era estreita e muito mal pavimentada.

E quarto: Sam nunca havia aprendido a dirigir direito.

Era ele que estava ao volante. Dekka ao lado. Jack Computador no espaço apertado atrás do banco dianteiro, espremido e infeliz.

— Sem ofensa, Sam, mas você está saindo da estrada. Está saindo da estrada! Sam! Você está saindo da estrada!

— Não estou, não, cale a boca — disse Sam rispidamente enquanto conduzia a picape enorme de volta para a estrada, evitando por pouco tombar na vala.

— É assim que vou morrer — reclamou Jack. — Espremido desse jeito, dentro de uma vala.

— Ah, por favor — disse Sam. — Você tem força suficiente para abrir caminho rasgando a lataria, mesmo se a gente caísse.

— Me faz um favor e me salva também — pediu Dekka.

— A gente está numa boa. Está tudo sob controle — disse Sam.

— Os coiotes vão comer a gente com certeza. Rasgar nossas tripas e... — Jack ficou quieto.

Sam olhou pelo retrovisor e viu Jack murmurar a palavra "desculpe".

Dekka suspirou.

— Odeio quando vocês fazem isso. Parem de me tratar como se eu fosse desmoronar. Isso não ajuda.

Salvar Dekka da infestação de insetos havia implicado abri-la ao meio. Lana estava lá para curá-la, mas Dekka não passou por isso incólume. Fingia muito bem, mas não era mais a garota intrépida e indestrutível que antes aparentava ser.

Isso e a rejeição óbvia de Brianna a haviam deixado afastada, derrotada. Sem esperança.

— Espero que Brianna esteja legal — disse Jack. — Ela não deveria estar correndo por aí no escuro.

— Se ela ficar na estrada e pegar leve, vai ficar bem — respondeu Sam, esperando impedir qualquer conversa a mais sobre Brianna.

Jack era muito inteligente em tudo relacionado à tecnologia. Mas podia ser completamente sem noção quando se tratava de seres humanos.

E sem dúvida ele foi direto ao ponto:

— Ultimamente Brianna anda esquisita — comentou ele. — Desde que a gente veio para o lago. Está tipo, toda...

Sam se recusou a pedir que ele continuasse.

Dekka olhou pelo canto do olho para Sam e disse:

— Está toda o quê, Jack?

— Tipo toda... não sei. Como se quisesse... você sabe...

— Não, não sei — rosnou Dekka. — Portanto, se tem alguma coisa a dizer, fale logo.

— Não sei. Tipo, amigável comigo. Tipo, um dia desses ela deu em cima de mim.

— Coitadinho — disse Dekka, numa voz que transformaria uma pessoa mais sensível num bloco de gelo.

Jack abriu as mãos.

— Eu estava ocupado. Ela podia ver que eu estava ocupado.

Nesse momento Sam decidiu que seria uma boa ideia sair da estrada e bater num moirão de cerca.

— Sam! Sam, Sam, Sam! — gritou Jack. E estremeceu de medo, o que, devido à sua força ridícula, empurrou tanto o banco que Sam foi esmagado contra o volante.

— Ai! — Sam pisou no freio. — Certo, já chega. Algum de vocês quer dirigir? Não? Então calem a boca, minha cabeça está sangrando.

A picape voltou a se mover e logo as rodas passaram do cascalho para o pavimento liso da via expressa. Sam dirigiu por 800 metros pela via expressa, viu uma marca no terreno e parou no acostamento.

— A gente atravessa aqui. Certo? — perguntou ele.

Dekka espiou e assentiu.

— É, parece certo.

Desceram do carro e se espreguiçaram. Ainda faltavam 800 metros até a beira do mar. Oitocentos metros sobre um campo de ezecas.

As ezecas não haviam incomodado ninguém desde que os humanos e as minhocas acertaram o acordo de jogar morcegos azuis e outros animais que não eram comestíveis — para os humanos — nas plantações para alimentar as minhocas. Mas, só para garantir, Dekka tinha numa mochila alguns sacos de tripas de peixe, pedaços de gambá, tendões de cervos e coisas assim. Esvaziou um desses sacos aos seus pés e instantaneamente as ezecas brotaram do chão e pularam sobre a comida. Mas deixaram os três a salvo.

— A gente se acostuma com cada coisa! — exclamou Jack, e balançou a cabeça.

— Escute, pessoal — disse Sam. — Vocês vão ouvir falar disso logo: tem alguma coisa estranha acontecendo com a barreira.

— Estranha, como?

— Esquisita. — Sam contou a eles o que tinha visto.

— Talvez os poderes de Sinder estejam causando isso — sugeriu Jack.

Sam assentiu.

— É possível. Por isso amanhã vamos ter de explorar um pouco, ver se a mesma coisa está acontecendo em algum outro lugar.

Tinham atravessado a plantação e precisavam então passar por um trecho de mato baixo e capim que seguia ao longo do topo do penhasco.

Fazia um tempo que Sam não via o oceano. Desde que tinham se mudado para o lago. A água estava preta, pintada apenas com os brilhos mais fracos de luz das estrelas. A lua ainda não aparecia. O som do oceano fora abafado havia muito tempo: não existiam ondas de verdade no LGAR. Mas até o fraco *chuá... chuá... chuá...* da água batendo na areia tocava em algum ponto do coração de Sam.

Haviam calculado mal o lugar, por algumas centenas de metros, e tiveram de andar para o norte ao longo da areia, até conseguirem achar o contêiner esmagado. A caixa de aço — um contêiner com MAERSK escrito na lateral — havia caído de uma grande distância quando Dekka perdeu o controle dele a dezenas de metros do chão.

O conteúdo — caixotes compridos e fortes — tinha se espalhado na areia. Um dos caixotes estava aberto. Sam decidiu usar um pouco de energia das pilhas e acendeu uma lanterna. As barbatanas dos mísseis eram claramente visíveis.

Apagou a luz. Fez uma pausa.

Alguma coisa não estava certa.

— Ninguém se mexa — ordenou ele. Em seguida passou a luz ao redor, pela areia. — Alguém alisou a areia.

— E daí? — perguntou Jack.

— Olhe como a areia está plana e ajeitada aqui. É que nem quando limpam a praia à noite, e de manhã todas as pegadas e todo o resto sumiram.

— Você tem razão — confirmou Dekka. — Alguém esteve aqui e escondeu os rastros.

Ninguém falou durante alguns minutos, enquanto cada um pensava nas implicações.

— Caine poderia erguer e transportar tudo isso facilmente — disse Sam.

— Então por que ainda estão aqui? — perguntou Jack. E respondeu à própria pergunta: — Talvez tenham levado os outros mísseis e só deixado esse. A gente deveria conferir os lacres.

Sam deu passos lentos, cautelosos, se aproximando. Apontou o facho da lanterna para a fita amarela brilhante que lacrava cada caixote. A fita fora cortada cuidadosamente e depois colocada de volta no lugar.

— Eles já eram — disse Sam, sem graça. — Estão com Caine.

— Então por que deixaram um aqui? — perguntou Jack.

Sam inspirou um pouco de ar.

— Armadilha.

OITO | 36 Horas e 10 Minutos

— VOCÊ NÃO pode deixar ele sair livre disso! — berrou Penny.

Caine não aguentou.

— Sua bruxa idiota — gritou ele de volta. — Ninguém disse para você deixar a coisa ir tão longe!

— Ele era meu durante o dia todo — sibilou Penny. Em seguida apertou um trapo contra o nariz, que tinha começado a sangrar de novo.

— Ele arrancou os próprios olhos. O que você acha que Quinn iria fazer? O que você acha que Albert vai fazer agora? — Caine mordeu o polegar com raiva. Era um tique nervoso.

— Achei que você era o rei!

Caine reagiu sem pensar. Deu-lhe um tapa violento no rosto, com as costas da mão. Ele não acertou o golpe, mas o pensamento sim. Penny voou para trás como se tivesse sido acertada por um ônibus. Bateu com força na parede do escritório.

A pancada deixou-a atordoada, e Caine estava em cima dela antes que pudesse clarear os pensamentos.

Turk entrou correndo com a arma apontada.

— O que está acontecendo?

— Penny tropeçou — disse Caine.

O rosto sardento de Penny estava branco de fúria.

— Não — alertou Caine. Então aumentou o aperto invisível em volta da cabeça dela e torceu-a para trás num ângulo impossível.

Em seguida soltou-a.

Penny ofegou e ficou olhando-o furiosa. Mas nenhum pesadelo tomou conta da mente de Caine.

— É bom torcer para que Lana consiga consertar aquele garoto, Penny.

— Você está ficando mole. — Penny soltou as palavras num engasgo.

— Ser rei não é o mesmo que ser um sacana doentio. As pessoas precisam de alguém no comando. Elas são ovelhas e precisam de um grande cão pastor dizendo o que fazer e aonde ir. Mas isso para de funcionar se você começar a matar as ovelhas.

— Você tem medo do Albert. — Penny deu um riso de zombaria quando terminou de falar.

— Não tenho medo de ninguém — disse Caine. — Muito menos de você, Penny. Só está viva porque eu deixei. Lembre-se disso. Sabe aquelas crianças lá fora? — Ele balançou a mão na direção da janela, indicando vagamente a população de Praia Perdida. — Aquelas crianças ali odeiam você. Você não tem nenhum amigo. Agora saia daqui. Não quero vê-la de novo na minha frente até que esteja pronta para se arrastar até mim e implorar por perdão.

Penny disse duas palavras, a segunda delas era "-se".

Caine gargalhou.

— Acho que você quis dizer "...-se, alteza".

Em seguida levantou Penny com um leve movimento de uma das mãos e a atirou pela porta aberta, deixando-a no corredor.

— Ela pode causar problemas, alteza — disse Turk.

— Ela já é problema — respondeu Caine. — Primeiro Drake, agora Penny. Estou cercado de psicopatas e idiotas.

Turk pareceu magoado.

— Uma coisa, Turk. Se alguma vez você me vir pirando, como se Penny estivesse armando para cima de mim, atire na bruxa. Estamos claros?

— Sem dúvida. Alteza.

— Você sacou que é o idiota, não é, Turk?

— Ah...

Caine saiu pisando firme, murmurando:

— Sinto falta da Diana.

Quinn ainda estava vibrando de fúria quando chegou ao Penhasco. Fúria. Mas medo também. Ao resgatar Charuto de Penny havia ganhado uma inimiga muito poderosa. Talvez dois inimigos. Ou mesmo três, dependendo de que lado Albert ficaria.

Andando pelo saguão acarpetado, tateando o caminho no escuro, foi surpreendido ao perceber que estava escutando vozes. Num quarto na extremidade oposta do corredor onde ficava o quarto da Lana voltado para o mar, ouviu crianças brincando.

Parou para ouvir melhor.

— Você perdeu, você perdeu totalmente, Paz.

— Porque você trapaceou, seu ladrãozinho!

— Pessoal, fale baixo, OK? — Essa última voz Quinn reconheceu como sendo a de Virtude, que frequentemente era chamado de Chu.

Será que Sanjit havia levado os irmãos para o Penhasco? Quando isso tinha acontecido? Todos eles, todos os garotos da ilha, haviam se mudado para o lago com Lana. Mas depois de alguns dias ela havia retornado. O Penhasco tinha se tornado uma parte dela. Era onde ela se sentia segura.

Com uma pontada de ciúme, Quinn percebeu que Lana havia autorizado a mudança do pessoal da ilha para ali. Ninguém discutia com Lana. E até então ela proibira absolutamente todo mundo de dividir ao menos um canto minúsculo de seu reduto no Penhasco.

Ele sabia que Lana meio que estava namorando o cara novo, o Sanjit. Mas deixar que ele se mudasse com toda a família para o Penhasco?

Houvera um tempo em que Quinn achara que Lana e ele poderiam... Mas os acontecimentos e a realidade tinham destruído esse de-

89

vaneio. Quinn era só um trabalhador, um pescador. Lana era a Curadora. Como tal era a pessoa mais protegida, respeitada e reverenciada do LGAR. Nem mesmo Caine sonharia em mexer com Lana.

E, por mais intimidante que tudo isso fosse, havia mais: Lana era dura como um bastão de beisebol cheio de pregos.

Ela estava muito, muito acima do Quinn.

Patrick ouviu-o e soltou um latido alto e longo.

Quinn bateu à porta, mesmo que isso parecesse supérfluo. O olho mágico ficou escuro. A porta foi aberta por Sanjit.

— É o Quinn — gritou ele por cima do ombro. — Pode entrar, cara.

Quinn entrou. No brilho estranho de um pequeno Samsol a transformação do quarto de Lana era chocante: estava limpo.

Limpo mesmo. Com a cama feita e a mesinha de centro liberada. O cinzeiro transbordante de sempre não estava à vista — nem dava para sentir o cheiro.

Até Patrick parecia ter sido banhado e escovado. Veio correndo e começou a se esfregar em Quinn, provavelmente querendo captar algum agradável cheiro de peixe para substituir todos os odores que tinham sido retirados de forma grosseira com xanıpu.

Sanjit, um garoto magro que parecia indiano, com um sorriso contagioso e cabelo preto comprido, notou a surpresa de Quinn, mas não disse nada.

Lana surgiu da varanda. Pelo menos ela não havia mudado muito. Ainda carregava uma enorme pistola semiautomática num cinto grosso. Ainda tinha a mesma aparência bonita, mas não linda. E a expressão continuava em algum lugar entre o vulnerável e o proibitivo, como se pudesse começar a chorar ou lhe dar um tiro na barriga com a mesma facilidade.

— Oi, Quinn, o que foi?

Não havia nada vergonhoso ou incômodo em seu tom de voz. Se ela sabia que Quinn estava com ciúme, não demonstrou.

Não estou aqui por causa disso, disse Quinn a si mesmo, sentindo-se culpado por deixar seus próprios sentimentos dominarem enquanto a imagem do pobre Charuto continuava fresca na sua mente.

— É o Charuto. Ele está com Dahra. — E contou rapidamente o que aconteceu.

Lana assentiu e pegou sua mochila.

— Não me espere — disse a Sanjit.

Quinn engoliu em seco ao ouvir isso. Sanjit estava mesmo morando com Lana? No mesmo quarto? Será que Quinn havia entendido mal? Porque certamente era o que parecia.

Patrick se aproximou da Lana, sentindo uma aventura.

Seguindo pelo corredor, depois pela escada até o térreo, Lana foi na frente, atravessou o saguão totalmente escuro e saiu para a noite, iluminada em contraste.

— Então... — disse Quinn, deixando a palavra pairar entre os dois.

— Eu estava solitária — respondeu Lana. — Tenho pesadelos. Às vezes ajuda ter alguém lá.

— Não é da minha conta — murmurou Quinn.

Lana parou e o encarou.

— Sim, é da sua conta, Quinn. Você e eu... — Ela não sabia muito bem como terminar, por isso apenas mudou para um tom mais carrancudo e continuou: — Mas não é da conta de mais ninguém.

Continuaram andando depressa.

— A quem eu poderia contar? — perguntou Quinn empoladamente.

— Você deveria ter alguém a quem contar — disse Lana. — Eu sei. Isso parece estranho vindo de mim.

— Um pouco. — Quinn estava tentando alimentar o ressentimento, mas a verdade era que gostava de Lana. Havia muito tempo. Não conseguia sentir raiva dela. De qualquer modo, ela merecia ter um pouco de paz na vida.

— A coisa ainda me alcança às vezes — disse ela.

Quinn soube que ela se referia a Escuridão, a coisa que se chamava de gaiáfago.

— O que ela quer de você? — perguntou Quinn. Só de falar do gaiáfago lançava uma sombra em cima dele, deixava sua respiração pesada e as batidas do coração altas demais.

— Ela quer Nêmesis. Está procurando por ele.

— Nêmesis?

— Cara, você não saca nenhuma fofoca boa, não é?

— Eu passo muito tempo com minhas equipes.

— O Pequeno Pete — explicou Lana. — Nêmesis. Ela quer o Pequeno Pete dia e noite, e às vezes é como se aquela voz estivesse gritando na minha cabeça. Às vezes é ruim. Então preciso de alguém para, você sabe, me trazer de volta.

— Mas o Pequeno Pete está morto.

Lana deu uma gargalhada impiedosa.

— É? Diga isso à voz na minha cabeça, Quinn. A voz está apavorada. O gaiáfago está apavorado.

— Isso provavelmente é algo bom, certo?

Lana balançou a cabeça.

— Não parece bom, Quinn. Alguma coisa grande está acontecendo. Alguma coisa que definitivamente não é boa.

— Eu vi... — Ele estremeceu; deveria contar primeiro a Albert. Tarde demais. — A barreira. Parece que está mudando de cor.

— Mudando de cor? Mudando para que cor?

— Preto. Ela pode estar ficando preta.

NOVE | 35 HORAS E 25 MINUTOS

ATÉ ENTÃO PETE só havia experimentado um pouquinho seu novo jogo. Era um jogo muito complicado, com muitas peças. Havia coisas demais que ele podia fazer.

Existiam avatares, uns trezentos, o que era muito. Não tinham parecido muito interessantes até que ele olhou bem de perto e viu que cada um era uma espiral complexa, como duas escadas em espiral unidas, depois retorcidas e comprimidas de modo que, se alguém olhasse o avatar de longe, não veria nada além de um símbolo.

Havia tocado em dois avatares, mas quando fez isso eles borraram, partiram-se e desapareceram. De modo que talvez essa não fosse a coisa certa a fazer.

Mas a verdadeira questão era: qual o objetivo do jogo? Ele não via nenhuma marcação de pontos.

Só sabia que tudo estava dentro da bola. O jogo não enxergava do lado de fora da bola. Tudo estava dentro, e lá estava a Escuridão, reluzindo no fundo, e a bola em si, e nenhum dos dois era afetado pelo jogo. Ele havia tentado mover a Escuridão, mas seus controles não tiveram efeito sobre ela.

Em alguns sentidos não era mesmo um jogo bom.

Pete escolheu um avatar aleatório e deu zoom até ver as espirais dentro de espirais. Na verdade eram lindas. Delicadas. Não era de espantar que seus movimentos anteriores tivessem destruído os avatares; ele simplesmente tinha embolado a trama complexa.

Daquela vez tentaria uma coisa diferente. E ali, saltando magicamente de um lugar para o outro, estava o avatar perfeito.

Taylor estava desfrutando o melhor de dois mundos. Usando seu poder podia "ricochetear" da ilha à cidade e ao lago. No geral era o poder mais útil que se podia imaginar. Brianna podia ficar com sua supervelocidade, seus tênis gastos, os pulsos quebrados devido às quedas, e com todo o resto.

Taylor só precisava visualizar um lugar onde havia estado e pop! Lá estava ela. Em carne e osso. Assim, quando Caine providenciou que ela visitasse a ilha — a ilha San Francisco de Sales, anteriormente de propriedade de Jennifer Brattle e Todd Chance — poderia ricochetear de volta quando quisesse.

O que significava que Taylor dormia num quarto fabuloso numa mansão fabulosa. Também podia ter usado o guarda-roupa incrível de Jennifer Brattle, mas era pequena demais em várias dimensões.

Mas se ficasse solitária, podia simplesmente visualizar Praia Perdida e ir para lá.

Isso a tornava muito útil. E foi assim que terminou trabalhando ao mesmo tempo para o rei Caine e para Albert. Caine queria informações sobre Sam e sobre o que acontecia no lago. E Albert queria um pouco disso, além de informações sobre Caine.

Taylor era a dona das fofocas do LGAR. Era a *Caras* do LGAR.

Ou talvez a CIA do LGAR.

Mas, de qualquer modo, a vida era boa para uma garota esperta com o simples poder de saltar de um local para o outro. E igualmente importante: saltar de volta.

No momento estava deitada na cama. O quarto em que estava fora chamado de quarto Amazônia por causa da cor verde de folhagem das paredes e das roupas de cama com estampa de onça. Havia muitos quartos na mansão, e espantosamente alguns ainda tinham roupa de cama limpa.

Roupa de cama limpa! Era o equivalente a viver num palácio, comparado a vida no resto do sofrido LGAR, onde era sorte ter um colchão no qual ninguém havia mijado recentemente.

Estava na cama mastigando salgadinhos ligeiramente rançosos — precisava tomar cuidado ao atacar a despensa; Albert havia feito um inventário — e assistindo a *Ei Arnold!* num DVD. O combustível do gerador também era controlado e muito limitado, mas a eletricidade ocasional fazia parte do seu salário.

De repente Taylor teve a sensação de que havia mais alguém no quarto. Isso fez os pelos de sua nuca se eriçarem.

— Certo, quem está aí?

Não houve resposta. Poderia ser Bug? Ela saberia, se tivessem trazido Bug para a ilha.

Nada. Ela estava deixando a imaginação...

Alguma coisa se mexeu. Bem diante dela. Só por um segundo a tela de TV ficara turva. Como se alguma coisa transparente, mas que distorcia a visão, tivesse passado na frente.

— Ei! — Taylor estava pronta para ricochetear dali num instante. Aguçou os ouvidos. Nada. O que quer que tivesse estado ali já havia ido embora. Ou talvez nunca tivesse estado para início de conversa; o que era mais provável. Ela estava imaginando coisas.

Estendeu a mão para pegar o controle remoto e viu que sua pele estava dourada. A primeira reação foi pensar que aquilo era um truque da luz do desenho animado. Mas depois de alguns segundos decidiu que não. Não, aquilo era estranho.

Desceu da cama e foi até a janela. Ao luar, sua pele ainda era dourada.

Maluquice. Não era real.

Procurou no escuro e achou uma vela. Acendeu um isqueiro desajeitadamente e encostou o fogo no pavio.

É. Sua pele estava dourada.

Levando a vela, foi para o banheiro se olhar no espelho.

Ela era de ouro. Da cabeça aos pés. O cabelo preto continuava preto, mas cada centímetro da sua pele era da cor amarelo-ouro.

Então se inclinou mais para a frente, para olhar o reflexo dos olhos. E foi então que gritou, porque as íris eram de um ouro mais forte ainda.

— Ai meu Deus — sussurrou ela.

Tremendo, trocou a camisola por calça jeans e camiseta. Porque talvez só estivesse alucinando, por isso precisava que outra pessoa a olhasse.

Visualizou o hotel de Lana, o corredor.

Ricocheteou.

A dor foi instantânea e insuportável. Diferente de tudo que já havia sentido ou imaginado. A mão esquerda e a carne externa da panturrilha esquerda pareciam encostadas em aço incandescente.

Gritou e se sacudiu, mas a dor só piorou. Estava pendurada pela mão e pela perna, só pendurada, não de pé em algum lugar, só pendurada em... Gritou de novo ao perceber que não estava no Penhasco. Estava na floresta, pendurada numa árvore alta. A mão e a panturrilha esquerdas haviam se materializado na árvore.

Dentro da árvore.

Ficou se balançando, gritando, o braço direito e o esquerdo estendidos, tentando agarrar algo, loucos e descontrolados. Sua pele dourada brilhava com a luz opaca do luar.

E a dor!

Tinha de ser um sonho. Não podia ser real. Ela não havia ricocheteado para lá. Não, era só um pesadelo horrível. Precisava ricochetear para longe, mesmo que fosse um sonho, ricochetear de volta para seu quarto.

Esforçou-se para visualizar o quarto. Deixou a dor de lado só por um segundo... só...

Ricocheteou.

A mão havia sumido. Cortada junto ao pulso. Sem sangue, só uma terminação súbita. Taylor não podia ver sua panturrilha. Nem sentir.

Não estava em seu quarto. Estava num carro, na entrada da garagem do hotel Penhasco.

Em cima do carro. Ambas as pernas estavam dentro do carro, mas ela estava em cima, no teto empoeirado de um Lexus. Tinha se materializado com as pernas atravessando o teto.

Berrou de dor e terror.

Sua agitação a fez tombar. Os cotocos das pernas não conseguiram mantê-la muito bem no lugar. Rolou uma vez, caiu por um metro e meio até o pavimento e pousou com o peito no chão.

Tremendo de medo, procurou até encontrar a maçaneta do carro e usou-a para sentar-se. Suas pernas terminavam em cotocos lisos, logo acima dos joelhos. Assim como a mão esquerda.

Sem sangue.

Mas com muita dor.

Taylor gritou, caiu para trás e perdeu a consciência.

Astrid havia achado perturbadora a visão de Diana claramente grávida.

Já era estranho ver uma garota de 15 anos grávida em qualquer contexto. No LGAR era muito mais impressionante. O LGAR era uma armadilha, uma prisão, talvez até um purgatório. Mas um berçário?

A cada semana, desde o primeiro dia, o número de crianças vivas no LGAR ia diminuindo. Sempre diminuindo, nunca aumentando. O LGAR era local de morte súbita, horripilante. Não era um lugar de vida.

E quem havia mudado isso? Uma garota cruel, de língua afiada, e um garoto que nunca fora nada além de maligno.

Astrid havia tirado uma vida. Diana estava trazendo outra para o mundo.

Astrid sentou-se nas pegajosas almofadas de plástico ao redor da minúscula mesa de jantar do barco-casa. Pôs os cotovelos na mesa e apoiou a cabeça nas mãos.

Edilio entrou, assentiu para ela e serviu-se de um copo d'água da jarra sobre a bancada. Estava sendo discreto, sem fazer perguntas, provavelmente não querendo espantá-la.

— Você gosta de ironia, Edilio? — perguntou Astrid.

Por um momento pensou que o tinha deixado sem graça ao usar uma palavra que ele não entendia. Mas depois de uma pausa longa e reflexiva Edilio respondeu:

— Você quer dizer ironia tipo a de um imigrante ilegal de Honduras acabar sendo o que eu sou?

Astrid sorriu.

— É. Tipo isso.

Edilio lançou-lhe um olhar astuto.

— Ou talvez tipo Diana ter um neném?

Isso forçou um riso em Astrid. Ela balançou a cabeça, pesarosa.

— Você é a pessoa mais subestimada do LGAR.

— Esse é o meu superpoder — disse Edilio secamente.

Astrid convidou-o a sentar-se. Ele deixou a arma com cuidado em um canto e foi para um assento diante dela.

— Quem você acha que são as dez pessoas mais poderosas do LGAR, Edilio?

Edilio levantou uma sobrancelha, cético.

— Quer mesmo que eu responda?

— Quero.

— O número um é Albert. Depois Caine. Sam. Lana. — Ele pensou por mais um momento e disse: — Quinn. Drake, infelizmente. Dekka. Você. Eu. Diana.

Astrid cruzou os braços.

— Brianna não? Ou Orc?

— Os dois são poderosos, claro. Mas não têm o tipo de poder que move outras pessoas, saca? Brianna é maneira, mas não é alguém que as outras pessoas vão seguir. É assim com Jack também. E com Orc.

— Você notou uma coisa com relação às pessoas que citou? — perguntou Astrid. Depois respondeu à própria pergunta. — Quatro das dez não têm poder nem mutações.

— Ironia?

— E a importância da Diana não está no poder que ela tem. E sim no bebê. Diana Ladris: mãe.

— Ela mudou. E você também.

— É, estou um pouco mais bronzeada — disse Astrid evasivamente.

— Acho que é mais do que isso. A antiga Astrid nunca teria desaparecido como você fez. Não teria ficado lá longe sozinha.

— Verdade. Eu estava... estava cumprindo penitência.

Edilio deu um sorriso afetuoso.

— Estilo antigo, hein? Feito um eremita. Ou um monge. Homens santos... mulheres, também, acho... indo para o ermo fazer as pazes com Deus.

— Não sou santa coisa nenhuma.

— Mas fez as pazes?

Astrid respirou fundo.

— Eu mudei.

— Ah. Assim? — O silêncio dela foi uma confirmação. — Muita gente passa por momentos difíceis, perde a fé. Mas volta para ela.

— Eu não perdi a fé, Edilio: eu a matei. Segurei-a diante da luz, olhei bem para ela e pela primeira vez não a escondi atrás de algo que li em algum lugar, ou de alguma coisa que ouvi. Não me preocupei com o que os outros iriam pensar. Não me preocupei em parecer idiota. Estava totalmente sozinha e não tinha ninguém para quem deveria parecer certa. Só eu. Por isso só olhei. E quando olhei... — Ela fez um gesto com os dedos, como coisas sendo sopradas, espalhando-se ao vento. — Não existia nada.

Edilio pareceu muito triste.

— Edilio — disse ela —, você tem de acreditar no que é certo para você, no que você sente. Mas eu também. É difícil para alguém que tem de carregar o apelido "Astrid Gênio" admitir que estava errada. — Ela deu um sorriso torto. — Mas descobri que eu estava... não mais feliz, talvez; não é essa a palavra certa... Isso não tem a ver com felicidade. Mas... honesta. Honesta comigo mesma.

— Então você acha que estou mentindo para mim? — perguntou Edilio baixinho.

Astrid balançou a cabeça.

— Nunca. Mas eu estava.

Edilio se levantou.

— Preciso voltar lá para fora. — Ele parou junto da Astrid, pôs os braços em volta dos ombros dela, que o abraçou também.

— É bom ter você de volta, Astrid. Deveria dormir um pouco. — Ele assentiu. — Use a cama do Sam.

Astrid sentiu o cansaço aumentar e quase fechou os olhos ali mesmo. Um cochilo. Um breve cochilo. Foi até a beliche do Sam e se deixou cair.

A cama cheirava a sal e a Sam. Os dois cheiros sempre estiveram conectados em sua mente.

Imaginou quem ele teria arranjado para estar junto. Sem dúvida já devia ter alguém. Isso era bom. Bom. Sam precisava de alguém que cuidasse dele, e ela esperava que ele tivesse encontrado.

Tateou ao redor, procurando um travesseiro. Fazia muito, muito tempo que não tinha um travesseiro, e agora a ideia de ter um parecia incrivelmente luxuosa.

Em vez de um travesseiro sua mão tocou um tecido liso, sedoso. Puxou-o e passou o tecido no rosto. Conhecia-o. Era sua antiga camisola, a peça branca e diáfana que usava nos dias em que não precisava dormir totalmente vestida e com uma espingarda aninhada junto ao peito.

Sua antiga camisola. Sam a mantinha com ele, na cama.

DEZ | 34 HORAS E 31 MINUTOS

— VOU ME arriscar a acender uma luz — disse Sam.

— Acho que um pouco de luz seria uma ótima ideia — concordou Dekka.

Sam levantou as mãos e uma bola de luz, como um sol pálido e esverdeado, começou a se formar no ar. Isso criou mais sombras do que iluminação. Por isso ele se inclinou à direita o máximo que pôde sem mover os pés e fez pairar uma segunda luz. As duas baniram parte das sombras.

— Certo, todo mundo se ajoelhe bem devagar e verifique em volta dos pés — instruiu Sam.

— Aahh! — gritou Jack.

— Não se mexa!

— Não vou me mexer, não vou me mexer, meu pé está embaixo de um fio, não vou me mexer, ah, meu Deus, vou morrer!

Sam formou uma terceira luz perto do pé de Jack. Assim pôde ver claramente o fio retesado, atravessando a parte de cima do bico da bota de Jack.

— Dekka, você está livre? — perguntou Sam.

— Acho que sim. De qualquer modo, agora posso ver por onde o fio passa.

— Certo, então recue para uma distância segura.

— Alguma ideia de qual seria uma distância segura?

101

— Longe — disse Sam. — OK, Jack, só fique parado. Vou cavar a areia embaixo do seu pé. Isso vai tirar a pressão do fio.

Sam usou os dois indicadores para começar a tirar a areia de forma muito, muito delicada. Depois usou mais dois dedos de cada mão.

O pé de Jack baixou um centímetro. Depois um pouco mais.

— Certo, agora puxe o pé para trás.

— Tem certeza?

— Estou bem ao seu lado, não estou? — respondeu Sam rispidamente.

Jack moveu o pé. Nada explodiu.

— Agora vamos recuar.

— Ei, o que vocês estão fazendo? — Era Brianna em cima do penhasco. — Por que toda essa luz? Achei que a gente ia...

— Fique onde está! — gritou Dekka.

— OK, nossa, não precisa gritar.

Sam explicou o que estava acontecendo.

— Não podemos deixar essa coisa com uma armadilha. Alguma pessoa inocente pode tropeçar aqui. A gente precisa desarmar ou explodir isso.

— Como eu sou o cara da tecnologia, e desarmar uma armadilha é uma espécie de problema tecnológico — disse Jack —, voto para a gente explodir a uma distância segura.

— Ah, qual é, Jack, não seja chorão — provocou Dekka.

— Brisa — gritou Sam. — Encontre uma corda ou um barbante comprido.

Brianna ficou turva e sumiu.

— Certo, vamos todos descer até a água — disse Sam.

Não precisaram esperar muito. Em cinco minutos Brianna estava vibrando e parando junto deles.

— Acho que você consegue correr mais rápido do que uma explosão, não é? — perguntou Sam em dúvida.

Jack revirou os olhos e deu seu suspiro condescendente de CDF.

— Sério? Brianna corre a quilômetros por hora. As explosões ocorrem em metros por segundo. Não acredite no que você vê nos filmes.

— É, Sam — disse Dekka.

— Nos velhos tempos eu sempre tinha Astrid por perto para me humilhar quando eu fazia uma pergunta idiota. É bom ter Jack assumindo essa função.

Ele havia dito isso com um humor leve, mas a menção de Astrid deixou um buraco incômodo na conversa.

Brianna disse:

— Não posso correr mais rápido do que uma explosão, mas vou amarrar o barbante em volta do fio.

Ela disparou até o fio e voltou segurando a ponta solta.

— Quem vai puxar?

— Quem amarra puxa — respondeu Sam. — Mas primeiro...

BUUUUM!

Os contêineres, a areia, pedaços de madeira trazida pelo mar, arbustos no penhasco, tudo explodiu numa bola de fogo. Sam sentiu um jato de calor no rosto. Seus ouvidos zumbiram. Seus olhos ficaram cheios de areia.

Os detritos pareceram demorar um tempo enorme para cair de volta no chão.

No silêncio eventual, Sam disse:

— Eu ia dizer para a gente se deitar primeiro, para ninguém ser atirado para longe. Mas acho que assim foi bom também, Brisa.

Ele olhou para o sul. De onde estava não podia ver Praia Perdida exatamente. Não havia luzes, a não ser seus eternos Samsóis, e eles estariam por trás de cortinas fechadas, à noite.

Lá na cidade, seu irmão, Caine, estaria... fazendo exatamente o quê? Essa era a questão. Será que isso fora ideia de Caine, essa armadilha? Será que ele tinha ouvido ou visto a explosão e estaria agora se regozijando, acreditando que Sam tinha sido morto?

O que Caine faria se pensasse que Sam estava morto? Atacaria o lago? Será que Albert poderia impedi-lo?

Caine não ousaria atacar o lago enquanto Sam estivesse vivo. Enquanto Sam estivesse vivo e pudesse juntar forças com Albert, Caine tomaria cuidado.

Mas se perguntou quanto tempo levaria até Caine agir contra Albert e Sam. Será que Caine realmente deixaria Diana ter o filho e ficar com Sam?

Ocorreu-lhe, só por um momento fugaz, que poderia não ter sido Caine que pegara os mísseis. Mas na verdade só havia uma outra possibilidade. Uma possibilidade ridícula.

Ridícula.

Não, Caine estava com os mísseis. O que significava que a paz de quatro meses ia chegar ao fim. Estava escuro e ninguém olhava para ele, por isso Sam não se sentiu muito culpado por estar sorrindo.

Charuto sentiu mãos tocando-o.

Talvez. Talvez fossem mãos. Talvez fossem as patas de um monstro que cravaria as garras terríveis nele e arrancaria a carne de seu braço.

Gritou.

Talvez. Não conseguia ter certeza. Será que em algum momento ele havia parado de gritar?

Ouviu um gemido distante, um som desesperançado, desamparado. Estaria vindo dele?

— Nunca fui capaz de fazer um órgão crescer de volta — disse a voz de Lana. — Na última vez em que tentei... Só vamos torcer para que você não acabe ganhando olhos de chicote.

Ele conhecia a voz. Sabia que ela estava ao seu lado. É. Era o toque dela. A não ser que ela fosse a criatura que sorria antes de mastigar seus dedos e depois comer os braços, com sangue espirrando em volta da boca sorridente, com dentes afiados como agulhas, rindo de sua dor, mastigando-o, rasgando até ele gritar, e gritar, e a garganta gritando virar um animal que rugia, uma boca de leão rugindo para fora de sua garganta...

— Olhe! Alguma coisa está acontecendo.

Charuto não reconheceu aquela voz. Era uma voz de garoto, não era?

— Quem é você? — gritou Charuto.

— Sou a Lana.

— Quem é vocêêêê?

— Acho que ele está falando de mim. Sou eu, Sanjit.

Havia cobras nas órbitas oculares de Charuto, cheias de sangue seco. Ele podia sentir. Estavam se retorcendo feito loucas.

— Nervos — disse Sanjit.

— Você deve estar sentindo alguma coisa — observou Lana.

— Aaaahhhhh! — gritou Charuto. Tentou gadanhar os olhos, mas suas mãos estavam presas. Impotentes. Seus braços tinham sido comidos, não tinham? Ele não tinha mais braços. Então como havia arrancado as baratas dos olhos se não tinha braços? Responda, Bradley. Seu nome verdadeiro, Bradley.

Responda.

E se você não tem braços, como acendeu aqueles charutos, aqueles charutos grandes e grossos até as pontas ficarem vermelhas e muito quentes, depois mergulhou as pontas incandescentes nos buracos vazios do seu olho e começou a berrar de agonia e implorou a Deus: "Me mate, me mate, me mate?"

— Os nervos estão crescendo de volta. Inacreditável — disse Sanjit.

— Ele está tentando arrancar os olhos de novo — observou Lana.

— É — concordou Sanjit. — Isso não pode acontecer outra vez, nunca mais. Aquela bruxa tem de ser impedida.

— Foi coisa de Caine — disse Lana com raiva. — Ele sabe como Penny é. Ela é louca. É má. Sempre foi deturpada, mas depois dos ferimentos... alguma coisa estalou naquela garota.

— Meus olhos! — gritou Charuto.

Alguma coisa. Uma barra de luz fraca, distante. Como as primeiras sugestões do amanhecer, como se o negrume estivesse só um pouquinho menos preto.

— Tem alguma coisa acontecendo — disse Sanjit. — Olhe! Olhe!

— Meus olhos!

— Ainda, não, cara, mas tem alguma coisa crescendo aí. Umas bolinhas brancas, por enquanto não são maiores do que umas ervilhas. — Sanjit pôs a mão no peito de Charuto e cravou seus dedos de estilete, rasgando, cortando o coração de Charuto e...

Não. Não. Isso não era real. Não era real.

A barra de luz, aquele brilho fraco, estava aumentando. Charuto olhava para aquilo, desejando que fosse real. Precisava que alguma coisa fosse real. Precisava que alguma coisa não fosse um pesadelo.

— Charuto — chamou Sanjit com uma voz gentil. — Parece que os cortes e os machucados estão se curando. E parece que uns olhos pequeninos estão se formando.

Mas então a voz mais adstringente de Lana acrescentou:

— Não crie tanta esperança.

As mãos dela. Em suas têmporas. Na testa. Devagar, devagar ela foi sondando na direção das órbitas pretas.

— Não, não, não, nãããããão! — gemeu ele.

Lana recolheu os dedos.

Ela era real. Seu toque era real. A luz que ele podia ver era real. Charuto se esforçou demais para se agarrar a isso.

— Vamos cobrir seus olhos com um pano, OK? — disse Sanjit. — Seus olhos estão se revirando bruscamente e pode ser que a luz do Samsol esteja incomodando-os.

Uma eternidade, tempo em que ele tomou e perdeu a consciência, entrou e saiu de pesadelos que o faziam gritar. Às vezes ele pegava fogo. Às vezes sua pele tostava feito bacon. E outras vezes escorpiões cavavam sua carne.

O tempo todo Lana manteve as mãos em seu rosto.

— Escute — disse Lana finalmente. — Você consegue me ouvir?

Quanto tempo havia passado? A loucura não tinha passado, mas fora diluída, enfraquecida. Os gritos ainda ameaçavam rasgar sua garganta, mas ele conseguia contê-los; conseguia reunir alguma resistência, pelo menos.

— Nós ficamos aqui a noite toda — falou Lana. — Então o que você tem é o que você vai ter. Não posso fazer mais nada.

— Eu também estou aqui, irmão. Sou eu, Quinn. — Quinn pôs a mão calejada no ombro de Charuto, e isso o fez sentir vontade de chorar. — Escute, cara, não importa como a coisa vai ficar, você tem um lugar na nossa tripulação. Você é um de nós.

— Agora vamos tirar o pano — disse Sanjit.

Charuto sentiu o pano deslizar para longe.

Quinn ofegou.

Charuto viu algo que se parecia um bocado com Quinn. Mas era um Quinn com uma tempestade de luz roxa e vermelha ao redor da cabeça. Quinn envolto no que parecia ser o começo de um tornado.

Charuto viu Sanjit atrás dele. Sanjit reluzia fracamente, uma luz prateada e constante.

Depois viu Lana. Os olhos dela eram lindos. Arco-íris inconstantes. Eixos penetrantes iluminados como a lua. Ela brilhava mais do que Quinn e Sanjit. Era uma lua e eles, as estrelas.

Mas em volta dela havia um tentáculo verde e doentio, como uma cobra infinitamente comprida que se enrolava e sondava Lana, procurando um modo de entrar em sua cabeça.

E foi só isso que Charuto viu. Porque tudo ao redor dos três era uma escuridão sem nada, vazia.

Não havia provocações nem conversas na viagem de volta para o lago. Sam dirigia devagar. Jack dormia, roncando de vez em quando, mas tão alto a ponto de incomodar Sam.

Dekka olhava pela janela. Tinham esperado até o alvorecer — não havia sentido em se arriscarem em mais uma viagem na escuridão noturna. Afinal de contas, a necessidade de segredo havia desaparecido muito antes.

Sam não tinha dúvida de que Caine estava com os mísseis.

Não tinha dúvida alguma. Apesar de uma voz incômoda no fundo da cabeça dizendo que, se Caine tivesse os mísseis, já teria usado muito antes, atacando o lago.

Não. Isso era idiotice. Caine provavelmente só estava dando um tempo. Esperando.

Brianna veio correndo ao lado da picape e fez sinal de *abaixe a janela*.

— Ainda precisa de mim? — perguntou ela. — Se não vou dormir um pouco.

— Não, está tudo bem, Brisa.

Mas ela não disparou; manteve o passo acompanhando-o. A picape não ia a mais de 30 ou 40 quilômetros por hora, de modo que, para Brianna, era uma velocidade agradável de caminhada.

— Você não vai deixar Caine ficar com aquelas coisas, não é? — perguntou ela.

— Esta noite, não, certo? Estou morto. Não quero pensar nisso. Só quero me jogar na cama e puxar as cobertas até acima da cabeça.

Brianna parecia a ponto de discutir, mas então deu um suspiro teatral, piscou para Sam como se já tivesse lido seus pensamentos e disparou pela estrada.

Sam notou que Dekka se recusou a olhar para ela. Pensou em falar sobre isso, mas não estava em condições. Mal conseguia manter os olhos abertos.

No entanto, ali estava de novo, aquela sensação de não estar realmente vendo algo. Sentiu olhos fixos nele. Alguma coisa espiando-o de longe, na noite escura do deserto.

— Coiotes — murmurou ele. E quase acreditou.

Chegaram ao lago no instante em que a luz mais fraca do alvorecer brilhou, partindo do sol falso do LGAR. Presenciavam belas alvoradas no lago — se você conseguisse passar por cima do fato de que o "sol" era uma ilusão que se arrastava por uma barreira que não ficava a mais de 2 quilômetros de distância, na água.

Sam estava rijo e cansado. Esgueirou-se para a casa-barco, tomando cuidado para não acordar ninguém, e pelo corredor estreito foi até sua cama. As janelas estavam fechadas e, claro, não havia iluminação alguma. Por isso tateou até a beira da cama e engatinhou nela em busca do travesseiro.

Desabou de costas.

Mas mesmo caindo no sono percebeu uma coisa diferente na cama.

Então sentiu uma respiração fraca junto à sua bochecha.

Virou-se e os lábios dela estavam nos dele. Mas não de forma gentil. Ou suave. Ela beijou-o com força, e foi como se ele tivesse sido acordado por um fio de alta tensão.

Ela o beijou e rolou para cima dele.

Os corpos fizeram o resto.

Em algum ponto das horas que se seguiram ele disse:

— Astrid?

— Você não acha que deveria ter se certificado disso três vezes atrás? — respondeu Astrid usando seu tom familiar, ligeiramente condescendente.

Depois disso disseram muitas coisas um ao outro, mas nada com palavras.

FORA |

MARIA TERRAFINO HAVIA atravessado a barreira quatro meses antes. Havia pulado de um penhasco dentro do LGAR no momento exato de seu 15º aniversário.

Tinha aterrissado. Não na areia e nas pedras embaixo do penhasco, mas a 3 quilômetros da barreira. Havia aparecido numa vala seca e teria morrido se não fossem dois motoqueiros que estavam andando a toda velocidade, gritando e rugindo e definitivamente não procurando o que encontraram.

Os motoqueiros não chamaram uma ambulância. Chamaram o controle de animais. Porque pensaram ter visto um animal terrivelmente mutilado. Era um erro compreensível.

Maria estava numa ala especial do hospital da UCLA em Los Angeles. A ala tinha dois pacientes: Maria e um garoto chamado Francis.

A médica encarregada chamava-se Chandiramani. Tinha 48 anos e usava o jaleco branco por cima de um sari tradicional. A Dra. Chandiramani tinha um relacionamento tenso, mas adequado, com o major Onyx. O major deveria ser o elemento de ligação com o Pentágono. Em teoria, ele só estava ali para oferecer qualquer apoio necessário à Dra. Chandiramani e sua equipe.

Na realidade, o major achava claramente que estava no comando da ala. Ele e os médicos costumavam entrar em confronto.

Era tudo de uma forma muito educada, jamais erguendo o tom de voz. Mas as prioridades do Pentágono eram um tanto diferentes das dos médicos. Os médicos queriam manter os dois pacientes terrivelmente debilitados vivos e confortáveis. Os soldados precisavam de respostas.

O major Onyx havia mandado instalar no quarto, e em dois quartos adjacentes, equipamentos que não tinham nada a ver com a situação médica de Maria. A Dra. Chandiramani tinha fingido não entender nada daquilo, mas a médica nem sempre havia confinado seus estudos à medicina. Numa outra vida começara seriamente a estudar física. E reconhecia um espectrômetro de massa ao ver um. Sabia que aquele quarto, e o de Francis, estavam na verdade dentro de uma espécie de espectrômetro de massa supersensível. Quanto aos outros instrumentos que o major havia atulhado nas paredes, no teto e no piso, ela só podia fazer suposições.

Francis estava vivo. Mas ainda não tinham encontrado modo algum de se comunicar com ele. Existiam ondas cerebrais. Portanto, ele estava consciente. Mas não tinha boca nem olhos. Tinha um apêndice que poderia ser um braço, mas aquilo vivia sofrendo contínuos espasmos, de modo que, mesmo que seus dedos não fossem garras com juntas estranhas, ele não poderia usar um teclado nem um lápis.

O potencial de Maria era um pouco maior. Sua boca que parecia ter alguma funcionalidade limitada em termos de fala. Eles haviam precisado remover alguns dos dentes grotescos que tinham crescido através das bochechas. E fizeram outras cirurgias para consertar a língua, a boca e a garganta do melhor modo possível.

O resultado era que Maria podia falar.

Infelizmente só havia gritado e derramado lágrimas pelo borrão que formava seu único olho.

Mas agora os médicos tinham encontrado a mistura certa de sedativos e anestésicos, e a Dra. Chandiramani finalmente concordara em deixar que o major Onyx e um psicólogo do exército interrogassem a garota.

As primeiras perguntas foram bastante abrangentes.

— O que você pode nos dizer sobre a situação lá dentro?

— Mamãe? — perguntou ela, numa voz que mal passava de um sussurro.

— Sua mãe virá mais tarde — disse o psicólogo numa voz tranquilizadora. — Sou o Dr. Greene. Comigo está o major Onyx e a Dra. Chandiramani, que vem cuidado de você nesses três últimos meses, desde que você escapou.

— Olá, Maria — disse a Dra. Chandiramani.

— E os pequeninos? — quis saber Maria.

— Como assim? — perguntou o Dr. Greene.

— Os pequeninos. Minhas crianças.

O major Onyx tinha um cabelo preto curto, pele morena e olhos azuis intensos.

— Temos a informação de que ela cuidava das crianças pequenas.

O Dr. Greene se aproximou, mas a Dra. Chandiramani podia vê-lo lutando contra a náusea que as pessoas sempre sentiam ao ver Maria.

— Está se referindo as crianças de quem você cuidava?

— Eu matei elas — disse Maria. Lágrimas saíram de seu único canal lacrimal e escorreram pela pele vermelha, seca e queimada, que parecia a de uma lagosta.

— Certamente não — disse o Dr. Greene.

Maria deu um grito alto, um som de desespero agudo.

— Mude de assunto — disse a Dra. Chandiramani, olhando o monitor.

— Maria, isso é muito importante. Alguém sabe como tudo isso começou?

Nada.

— Quem fez isso, Maria? — perguntou o Dr. Chandiramani. — Quem criou a anom... o lugar que vocês chamam de LGAR?

— O Pequeno Pete. A Escuridão.

Os dois médicos e o soldado se entreolharam, perplexos.

O major franziu a testa e pegou seu iPhone. Digitou nele algumas vezes.

— LGAR Wiki — explicou ele. — Temos dois "Pete" ou "Peters" listados.

— Quantos anos eles têm? — perguntou a Dra. Chandiramani.

— Um tem 12 anos, e o outro, 4. Não, desculpe, já deve ter feito 5.

— O senhor tem filhos, major? Eu tenho. Nenhum menino de 12 anos ficaria feliz em ser chamado de "Pequeno Pete". Ela deve estar falando do de 5 anos.

— Isso é um delírio — disse o Dr. Greene. — Uma criança de 5 anos não pode ter criado a anomalia. — Ele franziu a testa, pensativo, e rabiscou uma anotação. — Escuridão. Talvez ela tenha medo do escuro.

— Todo mundo tem medo do escuro — disse a Dra. Chandiramani. Greene estava dando nos seus nervos. Assim como o major e seu olhar horrorizado.

O monitor em cima da cama de Maria soltou bips urgentes.

A Dra. Chandiramani estendeu a mão para o painel de comunicação e gritou:

— Código azul, código azul. — Mas era desnecessário, porque as enfermeiras já estavam entrando correndo pela porta.

Naquele exato momento o *smartphone* do major Onyx começou a tocar. Ele não atendeu, mas abriu algum tipo de aplicativo.

Um médico alto e magro, de jaleco verde, veio atrás das enfermeiras. Ele olhou para o monitor. Pôs o estetoscópio nos ouvidos e perguntou:

— Onde fica o coração dela?

A Dra. Chandiramani apontou para um lugar improvável. Mas sabia que era inútil. Todas as linhas no monitor tinham ficado retas.

Todas ao mesmo tempo. E não era assim que a coisa acontecia. Coração, cérebro, tudo tinha súbita e irreversivelmente morrido.

— Vocês vão descobrir que o outro também se foi — disse o major Onyx calmamente, consultando seu telefone. — Francis. Alguém desligou a tomada dele também.

— O senhor vai me explicar o que está dizendo? — perguntou rispidamente a Dra. Chandiramani.

O major virou a cabeça bruscamente, indicando que o outro médico e as enfermeiras deveriam sair. Eles não discutiram.

O major Onyx fechou o aplicativo e guardou o telefone.

— Sabe as pessoas que foram ejetadas quando a cúpula foi criada? Essas saíram em perfeito estado. Assim como as gêmeas. As outras, as que apareceram desde então, sempre tinham uma espécie de... cordão umbilical... ligando-as à cúpula. Ondas J, como chamamos. Mas não pergunte o que elas são, porque não sabemos. Nós conseguimos detectá-las, mas elas não podem ser encontradas na natureza.

— O que quer dizer "onda J"? — perguntou a médica.

O major Onyx deu um riso que mais parecia um latido.

— Algum físico metido a engraçadinho no CERN as chamou de "ondas Jeová". Segundo ele, elas também podem vir de Deus, porque não sabemos o que fazem nem de onde vêm. O nome pegou.

— Então o que mudou agora mesmo? Aconteceu alguma coisa com essas ondas J?

O major começou a responder mas, com um esforço visível, e um último olhar consternado para Maria, conteve-se.

— Sabe essa conversa que acabamos de ter? Ela nunca aconteceu.

Ele saiu, e a Dra. Chandiramani ficou sozinha com sua paciente.

Quatro meses após seu surgimento horripilante, Maria Terrafino estava morta.

ONZE | 26 HORAS E 45 MINUTOS

SAM ACORDOU COM um sentimento de alívio absoluto, profundo, incrível.

Fechou os olhos assim que os abriu, com medo de que só o fato de estar acordado já convidasse o aparecimento de alguma coisa terrível.

Astrid estava de volta. E dormia com a cabeça no seu braço. Seu braço estava dormente, completamente entorpecido, mas enquanto aquela cabeça loura estivesse ali, o braço podia continuar daquele jeito.

Ela cheirava a pinheiro e fumaça de fogueira.

Ele abriu os olhos, cauteloso, quase se encolhendo, porque o LGAR não tinha o hábito de lhe conceder uma felicidade pura, não diluída. O LGAR tinha o hábito de pisar em qualquer coisa que se parecesse ao menos um pouquinho com felicidade. E aquele nível de felicidade sem dúvida provocava retaliação. De um lugar tão alto, a queda podia ser longa, muito longa.

No dia anterior mesmo, ele estivera entediado e ansiando por algum conflito. A lembrança o chocou. Será que fora ele mesmo que rira no escuro com a perspectiva de uma guerra com Caine?

Certamente não. Ele não era esse cara. Era?

Se era esse cara, como podia de repente dar uma guinada de 180° e agora sentir-se tão diferente? Por causa de Astrid? Pelo fato de ela estar na sua cama?

Sem se mexer, podia ver o topo da cabeça dela — o cabelo parecia ter sido cortado com uma foice — e parte da bochecha direita, dos cílios, da ponta do nariz e, mais abaixo, de uma perna longa, bem torneada, cheia de cicatrizes e hematomas, entrelaçada com a dele.

Uma das mãos dela estava no seu peito, logo acima do coração, que começava a bater mais rápido, tão rápido e insistente que ele teve medo que a vibração fosse acordá-la. A respiração dela fazia cócegas.

A mente de Sam estava feliz em deixar que isso continuasse para sempre. Seu corpo tinha outra ideia. Engoliu em seco.

O cílio dela estremeceu. A respiração mudou. Ela disse:

— Por quanto tempo podemos continuar assim antes de precisarmos falar?

— Mais um pouco — respondeu ele.

O mais um pouco acabou terminando. Astrid finalmente se ergueu e sentou-se. Seus olhares se encontraram.

Sam não sabia o que esperava ver nos olhos dela. Talvez culpa. Remorso. Desprezo. Não viu nada disso.

— Eu me esqueci — disse Astrid. — Por que era tão contra fazer isso?

Sam sorriu.

— Não vou fazer você se lembrar.

Ela olhou-o com uma franqueza que o deixou sem graça. Como se estivesse fazendo um inventário. Como se estivesse armazenando imagens na memória.

— Você voltou? — perguntou Sam.

O olhar de Astrid se afastou rapidamente, evasivo. Depois ela pareceu pensar melhor e o encarou de frente.

— Tenho uma ideia. Que tal se eu simplesmente contar a verdade?

— Seria bom.

— Não tenha tanta certeza. Mas perdi a prática de mentir. Acho que viver sozinha me deixou meio intolerante ao papo furado. Especialmente o meu.

Sam se empertigou.

— Certo. Vamos conversar. Mas primeiro vamos dar um pulo no lago um minuto.

Seguiram pelo convés e mergulharam na água gelada.

— As pessoas vão ver a gente — disse Astrid, alisando o cabelo e revelando a linha bronzeada da testa. — Você está preparado para isso?

— Astrid, a essa altura, não só todo mundo no lago, mas todo mundo em Praia Perdida e provavelmente quem está na ilha também já sabe de tudo. Taylor provavelmente esteve aqui e foi embora, e acredito que Bug também.

Ela gargalhou.

— Você está sugerindo que a fofoca corre em velocidades impossíveis.

— Uma fofoca tão suculenta assim? A velocidade da luz não é nada, comparada com a velocidade que ela vai correr — "A velocidade que ela vai correr"? Não está faltando uma preposição aí?

Várias partes soltas de piadas vieram à mente de Sam, mas Astrid havia chegado lá mais rápido e balançou a cabeça, dizendo:

— Não. Esse tipo de piada seria indigno até mesmo de você.

Era bom tê-la de volta.

Subiram a bordo e se enxugaram. Vestiram-se e foram para o convés superior com o desjejum: cenouras, o peixe grelhado da véspera e água.

Astrid foi direto ao ponto:

— Voltei porque a cúpula está mudando.

— A mancha?

— Vocês viram?

— Vimos, mas achamos que talvez fosse coisa de Sinder.

Astrid ergueu as sobrancelhas.

— O que Sinder está fazendo?

— Ela desenvolveu um poder. Pode fazer as coisas crescerem num ritmo acelerado. Ela tem uma horta pequena encostada na barreira.

Nós estamos experimentando um pouco, comendo só algumas das verduras, para ver se não tem nenhum tipo de... você sabe, efeito.

— Muito científico da sua parte.

Ele deu de ombros.

— Bem, minha namorada cientista estava sumida no mato. Precisei fazer o melhor que podia.

Será que ela havia acabado de reagir à palavra "namorada"?

— Desculpe — disse ele rapidamente. — Eu não quis... — Sam não tinha certeza do que quisera fazer.

— Não foi a palavra "namorada" — disse Astrid. — Foi o pronome possessivo. O "minha". Mas percebi que era idiotice da minha parte. Não há um modo melhor de dizer. Só que eu não tenho pensado em mim mesma como sendo alguma coisa de alguém.

— Nenhuma garota é uma ilha.

— Sério? Você está parafraseando John Donne? Para mim?

— Ei, talvez eu tenha passado os últimos quatro meses lendo poesia. Você não sabe.

Astrid gargalhou. Ele adorou aquele riso. Então ela ficou séria.

— A mancha está em todos os lugares por onde olhei, Sam. Eu viajei ao longo da barreira. Ela está em toda parte, às vezes só são visíveis alguns centímetros, mas vi lugares onde ela sobe uns 6 metros.

— Você acha que ela está crescendo?

Ela deu de ombros.

— Sei que está crescendo; só não sei a que velocidade. Gostaria de tentar medir.

— O que você acha que é? — perguntou ele.

Ela balançou a cabeça devagar, de um lado para o outro.

— Não sei.

Ele sentiu como se tivesse uma mão espremendo seu coração. O LGAR castigava a felicidade. Sam tinha cometido o erro de estar feliz.

— Você acha... — começou ele, mas não conseguiu pôr as palavras para fora. Mudou para: — E se ela continuar crescendo?

— A barreira sempre foi uma espécie de ilusão de ótica. Se você olhar direto para ela, de frente, vai ver uma superfície cinza e não reflexiva. Uma nulidade. Se olhar mais para o alto vai ver uma ilusão do céu. Céu diurno, céu noturno, mas nunca um avião. A lua míngua e cresce como deveria. É uma ilusão, mas também é nossa única fonte de luz. — Ela estava pensando em voz alta. Como fazia às vezes. Do jeito que ele sentia falta.

— Não sei, mas isso parece algum tipo de colapso. Sabe como um projetor de cinema, tipo o que a gente tinha na escola, lembra? Às vezes fica mais e mais fraco até que logo a gente tem que forçar a vista para enxergar alguma coisa?

— Você está falando que ela vai ficar completamente escura? — Sam ficou aliviado porque sua voz não o traiu com um tremor.

Astrid começou a estender a mão para tocar sua perna, mas parou. Depois cruzou os dedos, dando a eles alguma coisa para fazer. Não estava encarando-o e, sim, olhando ligeiramente para além dele, primeiro à sua esquerda, depois à direita.

— É possível — disse ela. — Acho que sim. Quero dizer, esse foi meu primeiro pensamento. Que tudo vai ficar escuro.

Sam respirou fundo. Não iria pirar; tinha certeza. Mas o único motivo para estar confiante era ter o poder de criar luz. Pequenos Samsóis dignos de pena e raios ofuscantes, nada de sóis amarelos luminosos ou mesmo luas. Mas ele próprio teria luz. Não precisaria ficar completamente no escuro.

Ele não poderia ficar no escuro. Não no escuro absoluto.

Percebeu que estava com as palmas das mãos úmidas e enxugou-as na bermuda. Quando levantou os olhos soube que Astrid tinha visto o que ele fizera, e que ela sabia o que ele estava sentindo.

Sam tentou dar um riso torto.

— Idiota, não é? Depois de tudo que a gente passou? E eu ainda tenho medo do escuro?

— Todo mundo tem medo de alguma coisa.

— Como se eu fosse um garotinho.

— Como se você fosse um ser humano.

Sam olhou ao redor do lago, o sol cintilando na água. Algumas crianças riam, crianças pequenas brincavam à beira d'água.

— Escuridão completa — disse Sam, para ouvir, para ver se conseguia aceitar. — Nada vai crescer. Não vamos poder pescar. Vamos... vamos vaguear no escuro até morrer de fome. As crianças vão deduzir isso. Vão entrar em pânico.

— Talvez a mancha pare.

Mas Sam não estava escutando.

— É o fim do jogo.

Sanjit e Virtude encontraram Taylor naquela manhã, quando saíram para fazer algum exercício: Sanjit correndo para trás e para a frente, formando círculos ao redor de Virtude que bufava e que definitivamente não era um grande corredor.

— Anda, Chu, isso é bom para você.

— Eu sei — respondeu Virtude com os dentes trincados. — Mas não quer dizer que eu tenho de gostar.

— Ei, a gente tem uma bela vista da praia e do... — Sanjit parou porque Virtude havia desaparecido atrás de um carro. Voltou e viu o irmão curvado acima de alguma coisa, e depois viu a coisa sobre a qual ele estava curvado.

— Que negócio... Ah, meu Deus, o que aconteceu com ela?

Sanjit se ajoelhou ao lado de Virtude. Nenhum dos dois tocou nela. A garota com pele cor de barra de ouro e as canelas das pernas e uma das mãos simplesmente desaparecidas. Cortadas.

Virtude prendeu o fôlego e encostou o ouvido na boca de Taylor.

— Acho que ela ainda está viva.

— Vou chamar Lana! — Sanjit voltou correndo para dentro, seguindo pelo corredor até o quarto que dividia com Lana. Entrou correndo e gritando:

— Lana! Lana!

Acabou olhando para o lado ruim da pistola dela.

— Sanjit, quantas vezes preciso dizer para não me pegar de surpresa! — disse Lana, furiosa.

Ele não respondeu nada, apenas segurou a mão dela e puxou-a.

— Ela está mesmo respirando — disse Virtude assim que chegaram correndo. — E pude sentir uma pulsação no pescoço.

Sanjit olhou para Lana como se ela pudesse entender o que aquilo significava. Uma garota de pele dourada e sem uma das mãos e sem ambas as pernas. Mas Lana só estava olhando com o mesmo horror que ele sentia.

Então ele viu um clarão de suspeita, a expressão severa, furiosa, que ela aparentava ao sentir o toque distante do gaiáfago. Seguida, como sempre, pelo queixo endurecendo, os músculos se retesando.

Levado por um instinto sinistro, Sanjit espiou pelas janelas sujas do carro.

— Achei as pernas dela.

— Pegue-as — disse Lana. — Virtude? Você eu podemos carregá-la para dentro.

— Ainda vamos sair? Depois do que eles fizeram com Charuto? — Phil estava ultrajado. Não era o único.

Quinn não disse nada. Não confiava em si mesmo para dizer alguma coisa. Havia um vulcão dentro dele. Sua cabeça zumbia com a falta de sono. A visão de Charuto, com aqueles olhos assustadores, esquisitos, do tamanho de bolas de gude pendendo em cordões de nervos que mais pareciam cobras, dentro das crateras pretas das órbitas...

Ele havia arrancado os próprios olhos.

Ele é um dos meus, pensou Quinn, e a frase ficou se repetindo na sua cabeça. É um dos meus.

Charuto havia feito uma coisa errada — uma coisa terrivelmente errada. Merecia um castigo. Mas não ser torturado. Nem levado à loucura. Ou ser transformado numa criatura monstruosa que ninguém poderia olhar sem conter um grito.

Quinn subiu em seu barco. Seus três tripulantes hesitaram, olharam uns para os outros e subiram depois dele. O pessoal dos outros três barcos fez o mesmo.

Zarparam, usaram os remos e começaram a seguir para o mar.

A 200 metros, uma distância de onde as pessoas em terra ainda podiam vê-los com facilidade, Quinn deu uma ordem em voz baixa.

— Remos para dentro — disse ele.

— Mas não tem peixe tão perto assim — questionou Phil.

Quinn não disse nada. Os remos foram postos para dentro. Os barcos balançavam quase imperceptivelmente na ondulação fraca.

Quinn observou a praia e o cais. Não demoraria muito até que alguém informasse a Albert e/ou Caine que a frota pesqueira não estava pescando.

Ele se perguntou quem reagiria primeiro.

Seria Albert ou Caine?

Fechou os olhos e baixou o chapéu.

— Vou dormir um pouco — disse ele. — Só usem os remos para manter a posição, se necessário. Avisem se alguém vier.

— Entendido, chefe.

Albert ficou sabendo primeiro sobre Quinn. Caine e Albert tinham espiões — às vezes as mesmas pessoas; mas Albert pagava melhor.

Agora Albert tinha guarda-costas 24 horas por dia. Havia chegado muito, muito perto da morte depois que o restante da Galera Humana invadiu sua casa, roubou e atirou nele.

Caine havia executado um dos vilões, um garoto chamado Lance. Outro, Turk, fora censurado e agora trabalhava para Caine. Era uma mensagem de Caine a Albert, o fato de ter mantido Turk. Era uma ameaça.

O guarda-costas anterior de Albert tinha sido morto por Drake.

Então contratou um total de quatro. Cada um trabalhava num turno de oito horas, sete dias por semana. O quarto guarda ficava à disposição e morava no novo complexo de Albert. Sempre que Albert saía pelo portão levava consigo o guarda que estivesse de serviço, além do guarda que ficava à disposição para emergências. Dois garotos fortes, ambos muito bem armados.

Mas nem isso bastava para a segurança de Albert. Ele havia passado a carregar uma arma, também. Só uma pistola, e não uma arma muito grande, mas era uma nove milímetros, num coldre de couro marrom, uma arma séria, perigosa. E também tinha aprendido a atirar.

E, como último recurso de segurança, Albert havia se certificado de que todo mundo soubesse que ele pagaria quem trouxesse prova de alguma armação contra ele. Sempre renderia um pagamento melhor ficar do lado de Albert.

Infelizmente, com isso, ainda restava Caine. O rei autoungido.

Albert tinha consciência de que jamais poderia ganhar de Caine numa briga. Por isso se certificava de saber exatamente o que ele estava aprontando. Alguém muito próximo de Caine trabalhava em segredo para Albert.

E no entanto, apesar de todos esses preparativos, Albert havia deixado esse novo problema se esgueirar.

Era uma caminhada longa desde o seu complexo, na borda da cidade, até a marina. Ele se apressou. Precisava resolver isso antes de Caine. Ele tinha um temperamento difícil. E pessoas assim eram ruins para os negócios.

O que Albert viu da beira do cais não era nada bom. Quatro barcos e quinze garotos sem fazer nada. Repassou os números na cabeça: talvez três dias de comida, somente dois dias de morcegos azuis. Se o suprimento de morcegos acabasse, não haveria um modo seguro de fazer a colheita nas plantações infestadas de minhocas.

— Quinn! — gritou Albert.

Ficou furioso ao ver três garotos na praia, espiando. Não tinham nada melhor a fazer?

— Oi, Albert — gritou Quinn de volta. Ele parecia distraído. E Albert tinha certeza de ter visto Quinn sinalizar para alguém continuar abaixado.

— Por quanto tempo isso deve continuar? — perguntou Albert.

— Até termos justiça — respondeu Quinn.

— Justiça? As pessoas esperam a justiça desde o tempo dos dinossauros.

Quinn não disse nada, e Albert xingou-se por ceder ao sarcasmo.

— O que você quer, Quinn? Em termos práticos, quero dizer.

— Queremos que Penny vá embora — respondeu Quinn.

— Não posso pagar mais vocês — gritou Albert em resposta.

— Eu nem falei em dinheiro — disse Quinn, parecendo perplexo.

— É, eu sei: justiça. Geralmente o que as pessoas querem de verdade é dinheiro. Então por que não vamos direto ao ponto?

— Penny — disse Quinn. — Ela sai da cidade. Fica fora. Quando isso acontecer a gente pesca. Enquanto isso não acontecer, a gente fica aqui. — Ele se sentou como se quisesse enfatizar o argumento.

Albert mordeu o lábio numa frustração extrema.

— Quinn, você não sabe que, se não resolver isso comigo, vai ter de resolver com Caine?

— Não achamos que os poderes dele conseguem alcançar essa distância. — Quinn parecia, se não presunçoso, pelo menos decidido. — E meio que achamos que ele gosta de comer, também.

Albert pensou. Fez algumas contas de cabeça.

— Certo, olhe, Quinn. Posso aumentar sua parte em cinco por cento. Mas é o máximo que consigo fazer. — Ele fez um gesto de lavar as mãos, sinalizando que era pegar ou largar.

Quinn puxou o chapéu — um chapéu de feltro quase irreconhecível, manchado, cortado, arranhado, rasgado e torcido — por cima dos olhos e apoiou os pés na amurada.

Albert olhou-o durante um tempo. Não, não haveria como subornar Quinn.

Respirou fundo e soltou o ar, liberando a frustração. Caine havia criado um problema que poderia derrubar tudo. Tudo que Albert havia construído.

Sem Quinn, não havia peixe; sem peixe não havia colheitas. Matemática simples. Caine não cederia, ele não era desse tipo. E Quinn, que já fora um covarde tão confiável, havia crescido, amadurecido e se tornado o que era agora: útil.

Um deles precisaria ir, e se a escolha era entre Caine e Quinn, a resposta era simples.

A parte complicada seria dar a notícia a Caine. A armadilha que ele havia preparado havia muito tempo para o rei Caine estava pronta e esperando por ele. Albert só desejava que houvesse algum modo de pegar Penny ao mesmo tempo. Já estava farto dos dois, ambos eram um pé no saco: Albert estava tentando administrar um negócio.

Talvez fosse hora de dizer a Caine que havia alguns brinquedos bem interessantes em uns caixotes numa praia não frequentada.

Talvez fosse hora de matar o rei.

Pelo interesse dos negócios.

DOZE | 25 HORAS E 8 MINUTOS

CAINE.

Estou escrevendo isso porque não tenho opção. Você provavelmente vai imaginar que estou aprontando alguma coisa. Então, quanto eu terminar de escrever isso, vou ler em voz alta na frente de Totó e Mohamed. Mo poderá dizer a você que Totó testemunhou que estou falando a verdade.

Alguma coisa está acontecendo com a barreira. Ela está ficando preta. Nós estamos chamando essa coisa de mancha. Estamos tentando descobrir com que rapidez a mancha está se espalhando. Por enquanto não conseguimos informação alguma. Mas é possível que ela simplesmente continue crescendo. É possível que toda a barreira fique escura. E todos vamos ficar na escuridão total.

Tenho certeza de que você é capaz de imaginar como vai ser ruim se isso acontecer.

Se o LGAR está escurecendo, vou me esforçar ao máximo para pendurar os tais Samsóis por aí. A iluminação deles não é muito boa, mas espero que consigam impedir que as pessoas enlouqueçam até conseguirmos descobrir...

Desculpe, precisei parar. Estava parecendo que eu tinha um plano. Não tenho. Se você tiver um, eu gostaria de saber.

Enquanto isso estou mandando uma cópia desta mensagem para Albert e aproveito para perguntar se vocês dois me permitem ir a Praia Perdida para criar pelo menos algumas luzes.
— Sam Temple

Leu a carta em voz alta, como havia prometido. Totó murmurou algumas vezes:

— É verdade.

Mohamed esperou enquanto Sam escrevia uma cópia para Albert. Em seguida pegou as duas mensagens e as enfiou no bolso da calça jeans.

— Escute, Mo, mais uma coisa. Diga ao Caine, diga ao meu irmão, que achei que ele ia usar aqueles mísseis contra nós. E eu estava preparado para uma guerra. Mas agora isso é passado.

— Certo.

— Totó, eu escrevi e falei a verdade?

Totó assentiu, depois acrescentou:

— Ele acredita, Aranha.

— Está bom, Mo?

Mohamed confirmou com a cabeça.

— Ande rápido — disse Sam. Depois, num tom mordaz, acrescentou: — Aproveite a luz do sol.

— Me dê uma faca — pediu Lana, quando puseram o que restava de Taylor num quarto desocupado do hotel.

Sanjit havia carregado as pernas dela, uma em cada mão, e as colocado na cama ao lado da garota.

— Faca? — Agora estavam apenas Lana e Sanjit; Virtude tomava conta do resto da família. Ele não tinha estômago para aquilo. E ninguém queria que os pequenos entrassem e vissem aquele horror.

Lana não explicou, por isso Sanjit lhe entregou sua faca. Ela olhou a lâmina por um momento, depois olhou para Taylor, que estava respirando um pouco mais audivelmente, fazendo um som esgarçado, inseguro. Lana levantou a blusa de Taylor um pouco e passou a lâmina pelo abdômen. Fez um corte raso e só sangrou um pouco.

— Para que é isso? — Sanjit não duvidava de Lana, mas queria saber, e também manter uma conversa fluindo que o impedisse de pensar em Taylor.

— Eu tentei fazer olhos crescerem e consegui bolas de gude. Antes, quando tentei fazer crescer um membro inteiro, não consegui exatamente o que esperava.

— Drake?

— Drake. Só quero testar meus poderes com Taylor antes... — Ela ficou quieta ao tocar o ferimento que tinha feito.

A ferida não estava fechando. Em vez disso borbulhava, como se alguém tivesse derramado água oxigenada ali.

Lana recuou.

— Alguma coisa não está certa.

Sanjit viu a testa dela se franzir com marcas profundas. Ela parecia estar quase se encolhendo para longe de Taylor.

— A Escuridão? — perguntou Sanjit.

Lana balançou a cabeça.

— Não. Alguma coisa... alguma outra coisa. Alguma coisa errada. — Ela fechou os olhos e se balançou devagar nos calcanhares. Depois, como se estivesse tentando surpreender alguém, girou a cabeça para olhar para trás.

— Eu diria se tivesse alguém vindo atrás de você.

— Não é a Escuridão — disse Lana. — Não é isso. Mas posso sentir... alguma coisa.

Por sua própria natureza, Sanjit era inclinado ao ceticismo. Mas Lana havia contado tudo sobre suas batalhas desesperadas com o gaiáfago. Ele podia entender que, mesmo agora, Lana era capaz de sentir a mente da criatura tentando alcançar a dela, a voz a chamando. Coisas que ele teria descartado como impossíveis no mundo antigo — coisas que eram impossíveis — aconteciam ali.

Mas aquilo era diferente, pelo menos ela dizia que era. E os olhos dela não estavam cheios da fúria e do medo que mostrava quando a Escuridão a alcançava. Naquele momento estava parecendo perplexa.

De repente Lana agarrou o braço de Sanjit, puxou-o para mais perto e sentiu a testa dele com a palma da mão. Depois soltou-o e pôs a palma da mão na testa de Taylor.

— Ela está fria — disse Lana, com os olhos brilhando.

— Ela perdeu um bocado de sangue.

— Perdeu? Porque para mim parece que todos os ferimentos estão cicatrizados.

— Então por que ela está tão fria? — Sanjit também havia notado. Tocou as pernas amputadas, depois a testa de Taylor, e, por fim, a dele. As pernas de Taylor tinham a mesma temperatura do tronco. A temperatura ambiente.

— Sanjit, vire-se — disse Lana. Ela já estava levantando a camiseta de Taylor e Sanjit desviou o olhar rapidamente.

Em seguida ele ouviu Lana abrindo o zíper da calça jeans de Taylor.

— Certo — disse Lana. — Não há nada que você não devesse ver.

Sanjit se virou de volta e ofegou.

— Ela é... Certo, não sei o que ela é.

— Eu me esqueci exatamente de quais são todos os sinais de um mamífero — disse Lana, com a voz chapada. — Mas havia algo com relação a dar à luz os bebês e depois amamentar. E ter sangue quente. Taylor não tem mais nada disso... dessas... — Ela balançou a cabeça, tentando clarear os pensamentos. — Taylor não é mais um mamífero.

— Cabelo — disse Sanjit. — Os mamíferos têm pelos. — Ele tocou o cabelo de Taylor. Parecia massinha de modelar desenrolada.

— Então ela é uma aberração? — sugeriu Sanjit.

— Ela já era uma aberração. E nenhuma das aberrações conseguiu desenvolver um segundo poder. Nem deixou de ser humana. Até Orc parece um ser humano por baixo daquela armadura.

— Então as regras estão mudando.

— Ou sendo mudadas — disse Lana.

— O que vamos fazer com ela? Ainda está viva.

Lana não respondeu. Parecia estar olhando para o espaço alguns centímetros diante do rosto. Sanjit estendeu a mão para tocar seu braço, para lembrá-la que não estava sozinha. Mas parou. O muro de solidão de Lana estava subindo, trancando-a no mundo que ela compartilhava com forças que Sanjit não podia entender.

Ele a deixou ali, simplesmente continuou por perto. Isso fez com que se sentisse muito isolado. Seu olhar era atraído irresistivelmente para a monstruosa paródia de Taylor.

A boca de Taylor se abriu de repente. Uma língua comprida, verde-escura, bifurcada, saltou para fora, pareceu provar o ar e voltou para o lugar. Seus olhos permaneceram misericordiosamente fechados.

Sanjit sentiu-se de volta nas ruas de Bangkok. Um dos mendigos que ele conhecera lá tinha um cachorro de duas patas que ele mantinha preso na coleira. E o próprio mendigo não tinha pernas e suas mãos eram formadas por dois dedos grossos e um cotoco de polegar.

As outras crianças de rua o chamavam de monstro de duas cabeças, como se o homem e o cachorro fossem uma única criatura malformada. Às vezes, jogavam pedras no mendigo. Ele era uma aberração, um monstro. Deixava-os com medo.

Não são os monstros completamente diferentes de nós que dão medo, refletiu Sanjit. São os humanos demais. Estes carregam o aviso de que o que aconteceu com eles pode acontecer com a gente também.

Parte de Sanjit estava dizendo que ele deveria matar aquele corpo monstruoso. Não havia como ajudá-la. Seria um ato de caridade. Afinal de contas, Taylor era apenas a manifestação de uma consciência que continuaria existindo para sempre. Samsara. O carma de Taylor determinaria sua próxima encarnação, e Sanjit ganharia um bom carma por um ato de caridade.

Mas também tinha ouvido pessoas da mesma religião que a sua dizerem: *Você nunca pode tirar uma vida porque ao fazer isso estará interrompendo o ciclo apropriado do renascimento.*

— Você costuma ter sentimentos que não consegue explicar? — perguntou Lana.

Sanjit foi arrancado dos próprios pensamentos.

— Costumo. Mas o que você quer dizer?

— Tipo... tipo sentir que uma tempestade está chegando. Ou que é melhor não entrar num avião. Ou que se você virar a esquina errada na hora errada vai ficar cara a cara com alguma coisa medonha.

Sanjit pegou a mão de Lana, que não recusou.

— Uma vez tinha marcado de me encontrar com um amigo na feira. E foi como se meus pés se recusassem a se mexer. Como se estivessem dizendo: "Não. Não ande."

— E?

— E um carro-bomba explodiu.

— Na feira, aonde você não queria ir?

— Não. A três metros do lugar onde eu estava quando meus pés disseram para eu não me mexer. Eu ignorei meus pés. Fui à feira. — Sanjit deu de ombros. — A intuição estava me dizendo uma coisa. Só não era o que eu achava que fosse.

Lana assentiu. Seu rosto estava muito sério.

— Está acontecendo.

— O quê?

Ela ficou inquieta e baixou a mão. Depois deu um sorriso torto e pegou a mão de dele de volta, segurando-a entre as dela.

— Parece que uma guerra está chegando. Está vindo há muito tempo.

Sanjit riu.

— Ah, só isso? Nesse caso só precisamos descobrir um modo de sobreviver. Eu já disse o que "Sanjit" significa? É "invencível" em sânscrito.

Lana sorriu de verdade, uma coisa tão rara que partiu o coração de Sanjit.

— Eu me lembro: você não pode ser vencível.

— Ninguém me vencerá, baby.

— A Escuridão está chegando — disse Lana, seu sorriso sumindo.

— Você não sabe o futuro — respondeu Sanjit com firmeza. — Ninguém sabe. Nem aqui nesse lugar. Então: o que vamos fazer com Taylor?

Lana suspirou.

— Vamos arranjar um quarto para ela.

TREZE | 25 HORAS

NÃO ERA POSSÍVEL riscar ou fazer uma marca na superfície da cúpula. Por isso Astrid sugeriu um plano a Sam, que pediu a Roger — ele gostava de ser chamado de Roger Engenhoso — para construir dez molduras de madeira idênticas. Como molduras de quadros, com exatamente 60 por 60 centímetros.

As molduras foram montadas em mastros, cada um com exatamente um metro e meio.

Então, tendo Edilio como segurança e Roger para ajudar a carregar, Astrid andou ao longo da barreira, de oeste para leste. Caminharam por trezentos passos de distância. Então, usando uma trena comprida, mediram 30 metros a partir da base da barreira. Ali cavaram um buraco e montaram a primeira moldura. Mais trezentos passos e mais 30 metros muito cuidadosamente medidos, e outra moldura.

Junto de cada moldura Astrid recuou dez passos medidos com precisão. Tirou uma foto através de cada moldura, marcando com cuidado o dia, a hora e aproximadamente quanto da área dentro da moldura parecia estar coberta pela mancha.

Era por isso que Astrid tinha voltado. Porque Jack podia ser inteligente o bastante para pensar em medir a mancha, mas também poderia não ter pensado nisso.

Não porque Astrid estivesse solitária. Não porque só estivesse procurando uma desculpa para encontrar Sam.

E, no entanto, veja o que havia acontecido quando, finalmente, encontrou-o.

Astrid sorriu e virou o rosto, para que Edilio não visse e ficasse sem graça.

Será que esse havia sido seu desejo o tempo todo? Encontrar uma desculpa para voltar correndo para Sam e se jogar em cima dele? Era o tipo de pergunta que a teria deixado preocupada nos velhos tempos. A antiga Astrid ficaria muito preocupada com seus próprios motivos, e precisaria ser capaz de justificar seu ato. Ela sempre havia precisado de algum tipo de estrutura moral e ética, algum padrão abstrato pelo qual julgar a si mesma.

E, claro, havia julgado outras pessoas do mesmo modo. Depois, quando se tratava de sobreviver, de fazer o que fosse necessário para acabar com o horror, ela havia feito a coisa implacável. Sim, existia uma certa moralidade grosseira atuando: ela havia sacrificado o Pequeno Pete em nome do bem maior. Mas aquela era a desculpa de qualquer tirano e malfeitor da história: sacrificar um, dez ou um milhão em nome da noção do bem comum.

O que ela havia feito era imoral. Era errado. Astrid tinha deixado de lado sua fé religiosa, mas o bem ainda era o bem, e o mal ainda era o mal, e jogar o irmão nas mandíbulas literais da morte...

Não que ela duvidasse de que havia feito o mal. Não que duvidasse de que merecia um castigo. Na verdade, a própria ideia do perdão a fazia se rebelar. Não queria perdão. Não queria ser lavada do pecado. Queria possuí-lo e usá-lo como uma cicatriz, porque era real, e tinha acontecido, e não podia ser desfeito.

Ela havia feito uma coisa terrível. Esse fato seria parte dela para sempre.

— Como deveria ser — sussurrou ela. — Como deveria ser.

Que estranho, pensou Astrid, o fato de que ser dona de seus pecados, recusar o perdão, mas prometer não repeti-los, podia fazer a pessoa sentir-se mais forte.

— Quando vamos verificar de novo? — perguntou Edilio quando haviam terminado a instalação.

Astrid deu de ombros.

— Provavelmente é melhor voltar amanhã, só para o caso de a mancha estar se movendo mais depressa do que parece.

— O que vamos fazer a respeito dela?

— Vamos medi-la. Vamos ver o quanto ela avança nas primeiras 24 horas. Depois vamos ver o quanto ela avança no segundo e no terceiro período de 24 horas. Vamos verificar a rapidez com que ela cresce e se está acelerando.

— E depois o que a gente faz com isso?

Astrid balançou a cabeça.

— Não sei.

— Acho que vou rezar.

— Mal não vai fazer — admitiu Astrid.

Um som.

Os três se viraram na direção de onde veio. Edilio tirou a submetralhadora do ombro, engatilhou e a destravou num instante. Roger meio que deslizou para trás de Edilio.

— É um coiote — sibilou Astrid. Ela não havia trazido sua espingarda, pois estava carregando metade das molduras. Mas estava com o revólver e o sacou.

Quase imediatamente ficou claro que o coiote não era uma ameaça. Em primeiro lugar, estava sozinho. Em segundo, ele mal conseguia andar. Andava arrastado e parecia torto.

E havia algo de errado com a cabeça.

Algo tão errado que Astrid mal conseguiu absorver. Olhou e piscou. Balançou a cabeça e olhou de novo.

Seu primeiro pensamento foi que o coiote trazia a cabeça de uma criança na boca.

Não.

Não. Era. Isso.

— *Madre de Dios* — soluçou Edilio. Em seguida correu até a criatura que estava a apenas 6 metros e tão terrivelmente visível. Roger pôs a mão no ombro de Edilio para confortá-lo, mas ele também parecia enjoado.

Astrid ficou enraizada.

— É a Bonnie — disse Edilio, com a voz esganiçada. — É ela. É o rosto dela. Não — gemeu ele, um gemido longo, arrastado.

A criatura ignorou Edilio, simplesmente continuou andando com as patas da frente de coiote e as traseiras tortas e sem pelos — pernas humanas dobradas. Continuou andando como se aqueles olhos humanos vazios e azuis fossem cegos, e como se aquelas orelhas humanas rosadas parecidas com conchas fossem surdas.

Edilio chorou enquanto aquilo continuava se movendo.

Astrid apontou o revólver para o coração da criatura, logo atrás do ombro, e atirou. A arma deu um coice em sua mão e um buraco pequeno, redondo e vermelho apareceu e começou a vazar algo vermelho.

Disparou outra vez, acertando o pescoço canino da criatura.

Ela caiu. Sangue jorrou do pescoço daquela coisa e formou uma poça na areia.

De novo o avatar se despedaçou.

Pete havia tentado brincar com o avatar que ricocheteava e ele havia se partido, mudado de cor e forma, e parado.

Tinha tentado brincar com outro avatar e este havia se dissolvido numa coisa diferente.

Será que esse era o jogo?

Não era muito divertido.

E ele estava começando a se sentir mal quando os avatares se despedaçavam. Como se estivesse fazendo uma coisa de menino mau.

Por isso imaginou todos os avatares de volta no modo como haviam começado.

Nada aconteceu. Mas as coisas sempre aconteciam quando Pete queria de verdade. Ele havia desejado que as sirenes terríveis e os gritos parassem, que o mundo não queimasse, e tinha criado a bola onde vivia agora.

Tinha desejado outras coisas e elas haviam acontecido. Se quisesse muito mesmo uma coisa, ela acontecia. Não era?

Bem, estava sentindo-se enjoado por dentro e queria que os avatares voltassem a ser como eram e fossem consertados. Mas isso não aconteceu.

Não, corrigiu-se Pete. Ele sempre havia estado com medo quando as coisas grandes e súbitas aconteciam. Não podia só desejar e fazer com que acontecessem. Sempre estivera apavorado. Em pânico. Gritando dentro do seu cérebro sobrecarregado.

Mas naquele momento não estava com medo. O frenesi que costumava dominá-lo não podia tocá-lo. Aquele era o antigo Pete. O novo Pete não tinha medo de barulhos, cores e coisas que se moviam depressa demais.

O novo Pete só estava entediado.

Um avatar flutuou por perto e Pete reconheceu-o. Mesmo sem os olhos azuis que o penetravam, ou sem a voz esganiçada. Ele a conhecia. Era sua irmã, Astrid. Um padrão, uma forma, um novelo de fios.

Sentiu-se muito solitário.

Será que já havia se sentido solitário antes?

Sentia-se assim no momento. E ansiou por estender a mão e, com o menor dos toques, deixar que ela soubesse que ele estava ali.

Mas, ah, aqueles avatares eram tão delicados. E ele estava trocando os pés pelas mãos.

A piada o fez gargalhar.

Será que ele já havia gargalhado antes?

Gargalhou naquele momento. E isso bastou por um tempo, pelo menos.

* * *

Albert havia tomado cedo a decisão de entrar no jogo ridículo da realeza de Caine. Se Caine queria se denominar rei, e se quisesse que as pessoas o chamassem de "sua alteza", bem, isso não custava um único Berto a Albert.

A verdade era que Caine mantinha a paz. Fazia valer as regras, e Albert gostava das regras e precisava delas.

Havia muito poucos roubos no shopping, nome ridículo das barracas e mesas que formavam a feira do lado de fora da escola.

Ocorreram menos lutas. Menos ameaças. Albert tinha visto até mesmo um declínio no número de armas portadas. Não tanto um declínio, mas de vez em quando era possível ver alguém esquecendo de carregar seu bastão de beisebol cravejado de pregos ou seu facão.

Aqueles eram bons sinais.

E o melhor de tudo, o pessoal aparecia para o serviço e trabalhava o dia todo.

O rei Caine amedrontava as crianças. E Albert pagava a elas. E com a ameaça e a recompensa as coisas corriam melhores do que sob o comando de Sam e Astrid.

Portanto, se Caine queria ser chamado de rei...

— Sua alteza, estou aqui com o meu relatório — disse Albert.

Ficou parado pacientemente enquanto Caine, sentado à sua mesa, fingia estar absorvido em alguma leitura.

Por fim, Caine ergueu os olhos, fingindo uma expressão despreocupada.

— Continue, Albert — disse Caine.

— Duas boas notícias: a água continua a cair da nuvem. O riacho está limpo; a maior parte do entulho, do óleo velho e de tudo mais foi levado para longe. De modo que ela provavelmente é bebível no reservatório da praia, e não só diretamente da chuva. O fluxo é de 75 litros por hora. Mil e oitocentos litros por dia, o que é mais do que precisamos para beber, sobrando o bastante para molhar as hortas e assim por diante.

— Banho?

Albert balançou a cabeça.

— Não. E não podemos deixar as crianças se banhando na chuva que cai, também. A garotada está lavando a bunda no que vai acabar virando nossa água de beber, quando abrirmos o reservatório.

— Vou fazer uma proclamação.

Havia ocasiões em que Albert quase não resistia ao impulso de rir. Proclamação. Mas manteve o rosto firme, impassível.

— Já a comida não está tão bem — continuou Albert. — Fiz um gráfico. — Ele pegou uma prancheta 9x12 na pasta e estendeu para Caine.

— Aqui está a produção de comida na última semana. Boa e estável. Você vê uma queda hoje porque não recebemos nada das equipes de pesca. E essa linha pontilhada representa uma projeção do suprimento de comida para a semana que vem.

O rosto de Caine ficou sombrio. Ele mordeu a unha do polegar, depois se conteve.

— Como você sabe, Cai... sua alteza... sessenta por cento dos nossos legumes e frutas vêm de plantações infestadas de minhocas. Oitenta por cento da nossa proteína vem do mar. Sem Quinn não temos nada para alimentar as minhocas. O que significa que a plantação e a colheita basicamente param. Para piorar, estão espalhando uma história maluca de que um colhedor de alcachofra foi transformado em peixe.

— O quê?

— É só um boato maluco, mas nesse momento ninguém está colhendo alcachofras.

Caine xingou e balançou a cabeça devagar.

Albert guardou o gráfico e disse:

— Em três dias teremos uma grande fome. Daqui a uma semana o pessoal vai começar a morrer. E nem preciso dizer como as coisas ficam perigosas quando as crianças ficam com fome.

— Podemos substituir Quinn. Colocar outras crianças em outros barcos.

Albert balançou a cabeça.

— Existe uma curva de aprendizagem. Quinn demorou muito tempo para ser bom e eficiente como é. Além disso, tem os melhores barcos e todas as redes e varas. Se decidíssemos substituí-lo, iria demorar provavelmente umas cinco semanas até colocarmos a produção de novo em um nível que não nos deixaria passar fome.

— Então é melhor começarmos logo — disse Caine rispidamente.

— Não — respondeu Albert. E acrescentou: — Sua alteza.

Caine bateu o punho na mesa.

— Não vou ceder à pressão de Quinn! Quinn não é o rei! Eu é que sou! Eu!

— Ofereci mais dinheiro a ele. Mas ele não quer dinheiro.

Caine pulou da cadeira.

— Claro que não. Nem todo mundo é você, Albert. Nem todo mundo é um ganancioso... — Ele decidiu não terminar o pensamento, mas continuou discursando. — O que ele quer é poder. Quer me derrubar. Ele e Sam Temple são amigos de muito, muito tempo. Eu nunca deveria ter deixado ele ficar. Deveria tê-lo feito ir com Sam!

— Ele pesca no oceano, e nós estamos no oceano — observou Albert. Aquele tipo de explosão irritava Albert. Era perda de tempo.

Caine pareceu não ter ouvido.

— Enquanto isso Sam está lá sentado com o lago cheio de peixe, com suas próprias plantações, e de algum modo tem Nutella, Pepsi e macarrão Cup Noodles. E o que você acha que vai acontecer se o pessoal daqui começar a achar que nós não temos comida? — O rosto de Caine estava vermelho. Furioso.

Albert se lembrou de que Caine, apesar de ser um egomaníaco descontrolado, também era extremamente poderoso e perigoso. Decidiu não responder a pergunta.

— Nós dois sabemos o que acontece — disse Caine com amargura. — O pessoal deixa a cidade e vai para o lago. — Ele olhou irritado para Albert como se fosse tudo culpa dele. — É por isso que não é bom ter duas cidades diferentes. O pessoal pode simplesmente ir aonde quiser.

Caine se jogou de volta na cadeira mas bateu com o joelho na mesa. Com um gesto irritado da mão fez a mesa se chocar contra a parede. O impacto foi suficiente para derrubar os quadros antigos, todas aquelas fotos egocêntricas do antigo prefeito. A batida da mesa deixou uma reentrância comprida, triangular, na parede.

Caine ficou sentado roendo a unha do polegar e Albert permaneceu de pé, pensando em todas as coisas mais úteis que poderia estar fazendo. Por fim, Caine usou seus poderes para recolocar a mesa no lugar. Parecia precisar de algo em que se apoiar de um modo dramático, porque foi isso o que fez, colocando os cotovelos na mesa, juntando as pontas dos dedos de ambas as mãos numa posição quase de prece, e batendo-as pensativamente na testa.

— Você é meu conselheiro, Albert — disse Caine. — Qual conselho me dá?

Desde quando Albert havia se tornado conselheiro? Mas ele respondeu:

— Certo, já que me perguntou, acho que você deveria mandar Penny embora. — Quando Caine começou a se opor, Albert, finalmente demonstrando impaciência, levantou a mão. — Primeiro porque Penny é uma pessoa doente e instável. Ela iria mesmo causar problemas, e vai causar mais. Segundo porque o que aconteceu com Charuto coloca todo mundo contra você. Não só Quinn: todo mundo achou que foi errado. E terceiro, se você não ceder e Quinn se manti-ver firme, essa cidade vai ficar vazia.

E se você não ceder — acrescentou Albert em silêncio — de repente vou ficar sabendo sobre um depósito de mísseis na beira do mar. E você, rei Caine, vai lá pegá-los.

As mãos de Caine, antes em oração, caíram chapadas na mesa.

— Se eu ceder, todo mundo vai achar... — Ele soltou o ar, trêmulo. — Eu sou o rei. Eles vão achar que posso ser derrotado.

Albert ficou surpreso de verdade.

— Claro que você pode ser derrotado. Sua alteza. Todo mundo pode ser derrotado.

— A não ser você, não é, Albert? — indagou Caine com amargura.

Albert sabia que não deveria engolir a isca. Mas o ataque gratuito o incomodou.

— Turk e Lance atiraram em mim — disse ele, com a mão na maçaneta. — Só estou vivo por causa da sorte e de Lana. Acredite: parei de achar que sou invencível.

E fiz planos, pensou ele, mas não disse isso.

QUATORZE | 24 HORAS E 29 MINUTOS

OLHARAM MOHAMED IR embora.

Depois, quando estava certa de que Sam tivera pelo menos alguns minutos para pensar com clareza, Astrid contou o que haviam encontrado no deserto.

— Edilio está trazendo, para a gente dar uma olhada. Eu voltei direto. Quando eles chegarem aqui, verei o que posso descobrir.

Sam mal parecia prestar atenção. Seu olhar estava sendo atraído para a barreira. Ele não estava sozinho. A mancha era claramente visível para o pessoal que trabalhava. As crianças nas plantações provavelmente não notariam, mas as que continuavam ali na cidade ao redor da marina não podiam deixar de ver.

Vinham sozinhas, aos pares ou em trios perguntar a Sam o que aquilo significava. E ele dizia: "Voltem ao trabalho. Se precisarem se preocupar eu aviso."

A cada vez que dizia isso — e deviam ter sido duas dúzias de vezes — usava a mesma voz carrancuda porém tranquilizadora.

Mas Astrid não se deixava enganar. Podia sentir a tensão escorrendo de cada poro dele. Via como os cantos da boca se curvavam para baixo, como sua testa formava duas linhas de preocupação iguais na vertical entre os olhos.

Ele não precisava de mais uma coisa com a qual se preocupar. De modo que o medonho monstro esquisito que ela e Edilio haviam encontrado teria de esperar. Porque agora, Sam só tinha tempo para o avanço hipnotizante da mancha. A imaginação estava torturando-o. Ela podia ver isso no modo como os punhos dele se fechavam, apertando e se abrindo, mas a abertura era forçada, consciente, e acompanhada todas as vezes por uma exalação deliberada.

Ele via um mundo de escuridão total.

Astrid também. E mesmo não fazendo sentido, ela se preocupava com suas barracas. As cordas precisavam ser esticadas periodicamente para não começarem a afrouxar. E o tecido da barraca precisava ser verificado, porque pequenos rasgos cresciam rápido, e os besouros e as formigas eram muito bons em achar essas aberturas.

Lembrou-se de ter acordado uma vez na barraca e encontrado uma linha contínua de formigas atravessando seu rosto para pegar um pedaço de comida que ela deixara cair. Tinha dado um pulo e corrido para a água, mas não antes que as formigas entrassem em pânico com seu desespero e a picassem dezenas de vezes.

Agora podia rir da lembrança. Na ocasião havia chorado com a esquisitice e a tristeza de sua vida idiota.

Mas tinha aprendido com isso. E nunca mais deixara ao menos uma migalha de qualquer coisa comestível dentro da sua barraca.

E a vez em que havia encontrado uma cobra na bota? Também aprendeu uma lição.

Se ninguém colhesse as amoras selvagens, os pássaros iriam pegá-las.

Continuou assim por um tempo, totalmente consciente de que se sentia nostálgica com coisas que em geral eram bem ruinzinhas, percebendo que estava tão presa quanto Sam esperando, esperando, esperando a condenação.

A imagem do coiote com pernas e rosto humanos surgiu de súbito no seu pensamento. E tirou seu fôlego.

POU. POU. Pôde ouvir o som da arma com mais nitidez na memória do que na ocasião. Na ocasião estivera entorpecida. Agora se lembrava, também, de como a arma havia dado coices. Como a abominação ficou sangrando na areia.

O modo como o rosto da menina relaxou na morte e os olhos cegos ficaram opacos.

Que coisa terrível estava acontecendo? Por que ela não conseguia descobrir? Por que não conseguia ajudar Sam a conquistar mais uma vitória impossível?

Um dos grandes alívios de viver sozinha era o fato de não ter que atender a expectativas. Não precisava ser Astrid Gênio, nem Astrid Prefeita, nem Astrid Namorada de Sam ou Astrid Que Não Cala a Boca.

Só precisava conseguir comida suficiente para cada dia. Um feito gigantesco que era só seu.

Sam estava com um binóculo encostado nos olhos. Verificou a barreira. Depois direcionou-o para o interior.

— Mo está indo — disse ele. E se remexeu ligeiramente. — E Howard também, uns 400 metros à frente dele. Ele está... OK, agora não consigo ver mais. — E baixou o binóculo. — Imagina só. Howard está indo para o alambique trazer mais um carregamento de birita.

Astrid deu um sorriso torto.

— A vida continua, acho.

Sam franziu a testa.

— Você estava me dizendo uma coisa. Antes.

— Volte ao trabalho. Se achar que você precisa se preocupar, aviso.

— Muito engraçado. — Ele quase sorriu.

De repente pareceu muito novo. Bem, ele era, supôs Astrid. Ela também. Mas tinham esquecido disso naquele mundo onde eram os anciões. Ele parecia um moleque, um adolescente, um garoto que deveria estar gritando de felicidade enquanto corria para pegar onda com sua prancha.

A imagem a fez sofrer. Uma lágrima brotou. Ela fingiu que tinha um grão de poeira no olho e o enxugou.

Ele não caiu nessa. Passou o braço em volta dela e a puxou para perto. Ela não podia olhar para ele, por medo de chorar. Não podia ver o medo nele e não queria segurá-lo como se ele fosse um menininho.

— Não — sussurrou ele. — Você precisa abrir os olhos, Astrid. Não sei quantas vezes mais vou vê-los.

O rosto dela estava molhando quando o encostou no dele.

— Quero fazer amor com você de novo — disse Sam.

— Quero fazer amor com você, Sam — respondeu ela. — Estamos apavorados.

Ele assentiu, e ela viu seu queixo cerrar.

— Não é adequado, acho.

— É humano — disse ela. — Na maior parte da história humana as pessoas se amontoavam no escuro, apavoradas. Viviam em cabanas pequenas junto com seus animais. Acreditando que a floresta ao redor era assombrada por espíritos. Lobos e lobisomens. Terrores. As pessoas se agarravam umas às outras. Para não sentirem tanto medo.

— Daqui a pouco vou ter de pedir para que você faça outra coisa perigosa — disse Sam.

— Quer que eu vá verificar as medidas de novo.

— Sei que estávamos pensando em fazer isso amanhã de manhã...

Ela assentiu.

— Acho que está crescendo mais rápido do que isso. Acho que você está certo. Precisamos saber se teremos um nascer do sol amanhã.

O rosto dele estava soturno. Não estava olhando para Astrid, e sim para além dela. Parecia com vontade de chorar, mas sabia que era inútil.

De novo ela o viu como ele deveria ter sido antigamente, muito, muito tempo atrás. Um garoto grande, bonito, pegando onda, contando piadas com Quinn, rindo porque estavam matando aula. Felizes e despreocupados.

Imaginou-o ganhando a força do sol que batia nos ombros morenos.

O LGAR finalmente havia descoberto um modo de derrotar Sam Temple. Sem luz ele não sobreviveria. Quando a noite final chegasse, sem perspectiva de alvorecer, ele estaria acabado.

Ela o beijou. Ele não correspondeu o beijo, só olhou a mancha crescente.

Antigamente, muito, muito tempo atrás, Sinder adorava a cor preta. Pintava as unhas de preto. Tingia o cabelo castanho de preto. Usava roupas pretas ou de alguma cor secundária escolhida para acentuar o preto.

Agora sua cor era verde. Adorava o verde. As cenouras eram cor de laranja, e os tomates, vermelhos, mas os dois viviam no meio do verde. O verde transformava luz em comida.

— Você não acha a fotossíntese maneiríssima? — gritou para Jezzie, que estava a seis fileiras de distância, ajoelhada, procurando com uma concentração mortal ervas daninhas, insetos ou doenças que pudessem colocar em perigo suas plantas amadas. Jezzie era a própria mãe superprotetora. A garota odiava ervas daninhas com uma paixão ardente.

Jezzie não respondeu.Com frequência não respondia quando Sinder ficava loquaz.

— Quero dizer, eu me lembro de ter estudado na escola, mas, cara, quem dava a mínima? Não é? Foto-o-quê? Mas, puxa, ela transforma luz em comida. A luz vira energia que vira comida e vira energia de novo quando a gente come. É tipo... saca...

— É um milagre — ribombou Orc.

— Não — disse Jezzie. — Seria um milagre se não funcionasse também para as ervas daninhas. Aí seria milagre. — Ela havia encontrado a raiz de alguma coisa da qual não gostava e a estava puxando, grunhindo com o esforço.

— Posso puxar isso para você — disse Orc.

— Não, não, não! — gritaram as duas garotas. — Mas obrigada, Orc.

Orc não usava sapatos, mas se usasse, provavelmente seriam tamanho 60. Extra, extra, extra largos. Quando ele pisava na horta as coisas tendiam a ser esmagadas.

Sinder gostava de se abaixar bem e olhar suas plantas bem de perto. De um lado podia ver as folhas milagrosas delineadas contra o lago e a área da marina. Do outro as via quase como se fossem espécimes montados, contra o vazio perolado da barreira.

Agora estava olhando a estrutura plumosa de um pé de cenoura que contrastava com o preto opaco da mancha. Isso produzia o efeito estranho de fazer com que a folha parecesse uma obra de arte abstrata.

Levantou o olhar da planta e viu a mancha disparar subitamente para cima. O que antes fora uma onda irregular de preto se estendendo apenas cerca de três metros e meio acima de sua cabeça brotou como uma de suas plantas, transformando-se numa floração preta com 10, 15, 30 metros antes de diminuir a velocidade e parar.

Ela esperava que Jezzie não tivesse visto. Mas quando sua amiga se levantou havia lágrimas escorrendo pelo seu rosto.

— Estou me sentindo mal por dentro — disse Jezzie simplesmente.

Sinder concordou com a cabeça. Olhou para Orc, mas ele estava absorvido na leitura.

— Eu também, Jez. Tipo... — Ela não tinha palavras para descrever. Por isso apenas balançou a cabeça.

Jezzie limpou a terra da testa, mas na verdade conseguiu deixar mais terra lá. Estava olhando na direção da marina. Sinder acompanhou seu olhar e viu Sam e Astrid abraçando-se no convés de cima da Casa-Barco Branca. Jezzie disse:

— No início, quando ouvi dizer que ela havia voltado, achei que era uma coisa boa. Achei que Sam ia ficar feliz. Sabe, ele estava solitário.

Um fato da vida no LGAR era que o pessoal, sem contato com os sites de fofoca, com o Facebook e sem saber quem estava por baixo e por cima em Hollywood e nos reality shows, concentrava boa parte da ânsia por fofoca naqueles que mais se aproximavam de celebridades: Sam, de quem a maior parte das pessoas gostava e com quem todo mundo se preocupava; Diana, de quem a maioria das pessoas não gostava, mas todo mundo se preocupava com o seu bebê; o bebê em si, em particular apostando qual seria o sexo e quais os possíveis poderes; notícias de Caine em Praia Perdida; especulações afetuosas sobre Edilio e a natureza de sua amizade com Roger Engenhoso; teorias sobre Astrid com discordâncias acaloradas quanto a ela ser uma boa pessoa e boa para Sam ou alternadamente uma espécie de Jadis, a Bruxa Branca de Nárnia; e, claro, o relacionamento (ou a falta do mesmo) sobre o qual muitos sussurravam e especulavam entre Brianna e Jack e/ou Brianna e Dekka.

As observações sobre o estado mental de Sam não eram mais incomuns do que haviam sido as especulações sobre Lindsay Lohan ou Justin Bieber. Só que todos no lago sentiam que seu próprio destino estava ligado demais ao de Sam Temple.

— Ele não parece bem — disse Jezzie.

Sam era uma figura minúscula, distante de onde ela estava. E Sinder poderia ter observado isso em algum outro dia. Mas a verdade era que algo no modo como Sam abraçava Astrid estava errado.

Sinder olhou sua horta, para as plantas que ela conhecia como indivíduos, muitas tinham nomes que ela e Jezzie haviam dado. E viu a linha da mancha subir devagar, lenta mas implacavelmente, na direção do céu.

Drake achava a luz quase insuportável. O sol poente esfaqueava seus olhos provocando uma dor serrilhada. Quanto tempo fazia desde que vira o sol? Semanas? Meses?

Não existia tempo no covil do gaiáfago, nenhuma lua nascente ou poente, nem hora de comer, de tomar banho, de acordar.

Os coiotes estavam esperando-o na cidade fantasma abaixo da entrada da mina. Líder da Matilha — bem, o atual Líder da Matilha, se não era o original — lambeu uma casca de ferida na pata direita da frente.

— Me leve ao lago — disse Drake.

Líder da Matilha o encarou com olhos amarelos.

— Matilha com fome.

— Que pena. Me leve.

Líder da Matilha mostrou os dentes. Os coiotes do LGAR não eram os animais pequenos que costumavam ser antes do LGAR. Não eram grandes como lobos, mas eram grandes. No entanto, era fácil ver que não estavam bem. O pelo estava sarnento. Havia trechos carecas em todos, onde a pele cinza e vermelha parecia arranhada. Os olhos estavam opacos. As cabeças pendiam baixas e os rabos se arrastavam.

— Humanos pegam toda a caça — disse Líder da Matilha. — Escuridão diz não mate humanos. Escuridão não alimenta matilha.

Drake franziu a testa e contou a matilha. Viu sete, todos adultos, nenhum filhote.

Como se lesse sua mente, Líder da Matilha disse:

— Muitos morrem. Mortos por Mãos de Luz. Mortos por Garota Veloz. Não tem caça. Não tem comida para matilha. Matilha serve à Escuridão e passa fome.

Drake rosnou uma gargalhada incrédula.

— Vocês estão metendo o pau no gaiáfago? Vou arrancar a pele de vocês a chicotadas!

Drake desenrolou seu braço tentáculo, que estivera enrolado no tronco.

Líder da Matilha recuou uns quatro metros. A matilha podia estar fraca e com fome, mas os coiotes ainda eram muito rápidos para que Drake os pegasse. Ele ficou inquieto. O gaiáfago não aceitaria desculpas. Drake tinha uma missão. Estivera no lago antes, mas nunca sozinho. Sabia que poderia acompanhar a barreira, mas a barreira em si estava muito longe. Se ficasse andando, perdido, poderia ser visto. O sucesso da missão dependia da furtividade e da surpresa.

E havia o problema de Brittney. Será que o gaiáfago havia dito a ela o que fazer? Será que ela faria? Será que conseguiria encontrar o caminho sem ter os coiotes como guias?

— Como posso alimentar vocês? — perguntou Drake.

— Escuridão diz a coiote: não mate humano. Não disse para não comer humano morto.

Drake riu com um certo deleite. Esse Líder da Matilha era com certeza um animal mais inteligente do que o original. O gaiáfago havia ordenado que os bichos não matassem humanos por medo de, involuntariamente, matarem alguém útil: Lana ou até mesmo Nêmesis. Mas Drake sabia quais humanos eram dispensáveis.

— Você sabe onde posso achar um humano? — perguntou ele.

— Líder da Matilha sabe.

— Certo, então. Vamos arranjar um jantar para vocês. Depois vamos encontrar Diana.

Astrid encontrou Edilio descendo do Fosso. Roger Engenhoso e Justin, o garotinho de quem Roger cuidava, estavam com ele, mas Edilio mandou os dois embora quando viu Astrid.

— Deixei aquela coisa, aquela... seja lá o que for. Está embaixo de uma lona. Quer dar uma olhada agora? — perguntou Edilio.

— Não. Desculpe você ter de fazer isso. Não deve ter sido agradável.

— Não foi — respondeu Edilio, sem graça.

— Escute, parece que a mancha está acelerando. Sam quer que eu verifique as molduras logo.

— Eu vi crescendo. Depressa. Muito mais depressa. Mas entendo que Sam queira mais informações. — Ele soltou o ar, cansado, e bebeu água de uma garrafa.

— Não precisa ir — disse Astrid. — Só mande um dos seus caras.

Edilio ficou com uma expressão incrédula.

— E dizer ao Sam que aconteceu alguma coisa a você porque eu não estava lá?

Astrid interpretou isso como uma piada e riu.

Mas Edilio não a acompanhou.

— Sam é tudo que nós temos. Você é tudo que Sam tem. Fala sério, vai ser uma caminhada rápida, fácil, sem precisar carregar as molduras.

O plano havia sido esperar 24 horas antes de verificar as molduras. A ideia era de que uma moldura que tivesse dez por cento de mancha poderia aumentar até vinte por cento, e assim Astrid poderia calcular a taxa de crescimento.

Mas naquele momento o plano tinha sido revelado como absurdamente otimista. Todas as molduras estavam cem por cento cobertas de preto. Não havia chance de um cálculo preciso: a mancha havia crescido demais, depressa demais. E a taxa de aceleração só podia estar aumentando exponencialmente.

Astrid ficou parada olhando para cima, esticando o pescoço para ver o dedo preto mais alto até então. Ele se estendia por 100 metros pela lateral da cúpula.

Enquanto olhava, ele cresceu. Ela pôde vê-lo se movendo.

Então, de um ponto baixo da mancha, um novo tentáculo preto disparou para cima, rápido como um carro na via expressa. Simplesmente pareceu explodir para o alto. Subiu e subiu, e ela inclinou a cabeça para trás para ver, e mais e mais para cima.

A mancha atravessou a linha entre o cinza perolado e a luz do sol. Depois reduziu a velocidade. Mas aquele dedo preto e fino violou o céu como uma pichação na Mona Lisa. Era vandalismo. Era feiura.

Era o futuro escrito claramente para Astrid.

QUINZE | 22 HORAS E 16 MINUTOS

MOHAMED HAVIA PARTIDO do lago na tediosa caminhada para Praia Perdida assim que pôde pegar uma garrafa de água e encher a barriga com um pouco de comida.

Levava uma pistola e uma faca, mas não estava preocupado de verdade. Todo mundo sabia que ele estava sob a proteção de Albert. E ninguém mexia com o pessoal de Albert.

Durante a maior parte do tempo, desde a chegada do LGAR, Mohamed havia se mantido discreto, fora do caminho de todos os figurões que se ocupavam matando e sendo mortos.

Por mais loucas que fossem as coisas no LGAR, o esperto era fazer apenas o mínimo para conseguir comida e abrigo. E às vezes nem mesmo abrigo.

Ele tinha 13 anos, era um homem. Era magro e estava começando a ficar mais alto, passou por um estirão de crescimento que deixou a bermuda curta demais e os sapatos muito apertados. Sua família tinha acabado de se mudar para Praia Perdida, pois a mãe conseguira um emprego na usina nuclear. A escola deveria ser melhor do que a que ele havia frequentado em King City. Seu pai ainda trabalhava lá, dez horas por dia na loja de conveniência da família, vendendo gasolina, cigarro e leite para uma população majoritariamente hispânica. Era uma viagem diária bem longa, e em algumas noites seu pai não ia para casa, o que fazia todo mundo se sentir estranho e abandonado.

Mas as coisas eram assim, explicara o pai. Um homem precisava trabalhar. Um homem fazia o necessário para cuidar da família. Mesmo se isso significasse que a veria menos.

Às vezes Moomaw, a avó paterna de Mohamed, falava em voltar para a Síria. Mas o pai dele cortava essa conversa imediatamente. Tinha saído da Síria aos 22 anos e não sentia nenhuma falta, nem um pouco, não senhor. É, ele havia sido estudante de medicina lá, e naquele momento vendia cachorro-quente para os empregados das fazendas, mas mesmo assim era melhor.

Se às vezes era difícil ser o único muçulmano na escola de Praia Perdida? Era. Ele fora empurrado por Orc algumas vezes. Os garotos zoavam dele por causa das orações. Por recusar a pizza de pepperoni no almoço. Mas em pouco tempo Orc perdeu o interesse e a maioria das crianças nem pensava duas vezes sobre de onde seus pais tinham vindo nem como ele rezava.

Felizmente a família de Mohamed nunca fora tão rígida com as leis de alimentação. Ele não havia comido carne de porco desde a chegada do LGAR, mas comeria num instante se alguém tivesse um pouco. Tinha comido rato, gato, cachorro, pássaro, peixe e coisas gosmentas, das quais não sabia o nome. Pularia em cima de uma pizza de pepperoni se alguém tivesse uma. Ficar vivo não era pecado: Alá via tudo; Alá entendia tudo.

Algum dia tudo aquilo iria terminar; Mohamed tinha certeza. Ou tentava ter. Um dia a barreira sumiria e seu pai, sua mãe, seus irmãos e sua irmã estariam esperando por ele.

Como ele iria se dar com os irmãos? Eles fariam todas as perguntas que os pais não fariam. Perguntariam o que ele tinha feito. Perguntariam se mantivera a honra. Perguntariam se havia ficado de pé ou choramingando. Era assim que os irmãos eram, pelo menos os dele.

Quando a barreira sumisse haveria todo tipo de gente falando com a mídia e contando todo tipo de histórias. E as pessoas logo perceberiam que eles não tinham ficado sentados, pondo em dia o dever de casa.

As pessoas perceberiam que havia sido mais parecido com uma guerra. E então viriam todas as perguntas. Você ficou com medo, Mohamed? Pegaram no seu pé? Você encontrou todas aquelas aberrações insanas das quais a gente ouviu falar na TV?

Você matou alguém? Como foi?

Ele não tinha matado ninguém. Havia se envolvido em algumas brigas; uma delas foi bem feia. Teve um prego enfiado na bunda e quebrou o pulso.

Mohamed achou que mudaria um pouco essa história. Prego na bunda parecia engraçado. Não tinha sido, mas se algum dia saísse dali, sim, mudaria aquela história.

Quanto às aberrações, a única com quem ele havia passado algum tempo era Lana. Ela havia curado sua bunda e seu pulso.

Portanto, sim, pelo menos para Mohamed, ele não desconsideraria todas as aberrações.

Quando chegou o tempo do Grande Racha, Mohamed foi obrigado a se comprometer, de um jeito ou de outro. Tinha procurado Albert e pedido seu conselho. Até então Mohamed havia trabalhado nas plantações, mas Albert tinha visto algo mais nele.

Albert havia gostado dele porque Mohamed não tinha amigos de verdade. Não tinha família dentro do LGAR. Ele gostou de como o menino tinha conseguido se manter abaixo do radar. Todas essas coisas — além da inteligência de Mohamed — o tornavam a pessoa certa para o serviço que Albert tinha para ele: representar a Companhia Albert no lago.

Mohamed ainda não tinha amigos. Mas tinha um emprego. Um emprego importante. Albert iria querer saber os detalhes da volta de Astrid. Iria querer saber que ela estava medindo uma espécie de mancha na cúpula. Talvez quisesse saber sobre algum animal estranho e mutante que Astrid supostamente havia matado. E definitivamente iria querer ouvir o que Mohamed sabia sobre a missão secreta de Sam e Dekka.

Mohamed andava pela estrada familiar e empoeirada.

Andava sozinho.

Howard já estava indo para a Coates. Tinha um longo dia de trabalho pela frente. Esperava que seus fornecedores tivessem levado um pouco de milho e outros legumes e frutas variados até a Coates e os trancado nos armários de aço à prova de ratos, na cozinha.

Teria de picar os produtos no menor tamanho que tivesse paciência para fazer, depois levar para o alambique. Tinha um pouco de lenha guardada em casa, e esperava que fosse o suficiente para começar o fogo. Depois, enquanto a fornada estivesse sendo cozida, precisaria percorrer a floresta procurando árvores caídas, que depois teria de cortar.

Antes, tudo isso era trabalho do Orc. Orc podia carregar um monte de garrafas. Orc podia carregar um monte de lenha. Orc usando um machado era totalmente diferente de Howard. Orc dava tipo duas pancadas e pronto, tinha cortado a tora. Para Howard o mesmo serviço podia demorar quinze minutos.

Esse negócio de fazer bebida falsificada estava ficando muito menos divertido. Estava parecendo muito mais um trabalho de verdade. De fato, percebeu Howard com um choque súbito, ele estava trabalhando mais do que praticamente todo mundo. Nem as crianças que faziam a colheita nas plantações trabalhavam tanto quanto ele.

— Preciso fazer Orc voltar ao normal — murmurou para os arbustos. — O cara precisa tomar uma birita, ou seis, e começar a sentir a coisa de novo.

Afinal de contas, Orc e ele eram amigos.

Drake estava em cima da encosta. Tinha acabado de retornar depois de um episódio de Brittney e ficou surpreso ao descobrir que ela havia continuado a se mover com os coiotes.

— Humano — disse Líder da Matilha.

Drake acompanhou a direção do olhar intenso do animal. Um garoto — ele não conseguia saber quem era — estava lá embaixo, andando pela estrada de terra e cascalho.

— É — confirmou Drake. — Lá está o almoço de vocês.

DEZESSEIS | 22 HORAS E 5 MINUTOS

— BEM. O que é isso? — perguntou Sam.

O "isso" em questão tinha sido levado para uma mesa de piquenique não muito distante do Fosso. Uma lona plástica havia sido estirada em cima e por baixo — afinal de contas, às vezes as crianças ainda usavam aquelas mesas. A área de piquenique ficava inconvenientemente longe da cidade, mas mesmo assim tinha uma bela vista do lago.

— É um coiote, na maior parte — disse Astrid. — Com rosto humano. E as patas traseiras.

Ele olhou para ela para ver se estava tão calma como parecia. Não. Ela não estava calma, mas Astrid era capaz disso, de parecer totalmente controlada quando estava pirando por dentro.

Tinha conseguido parecer calma quando voltou da rápida caminhada com Edilio. Estava calma quando disse:

— Talvez o sol apareça amanhã. Mas talvez não. E a não ser que alguma coisa mude, vai ser o último nascer do sol.

E ele também havia conseguido fingir muito bem que estava calmo. Tinha dado ordens a Edilio para bolar uma lista de lugares onde ele poderia pendurar um Samsol. Os dois haviam tido uma discussão bastante calma sobre outros modos de se prepararem: começar a racionar comida, testar o efeito dos Samsóis no crescimento das plantas — afinal de contas, talvez sua luz pessoal pudesse provocar a fotossíntese. Podiam passar a usar mais redes para pescar; talvez um Samsol flutuando trouxesse os peixes à superfície.

Planos que todos sabiam que eram besteira.

Planos que não fariam nada além de prolongar a agonia.

Planos que desmoronariam assim que as pessoas de Praia Perdida percebessem que a única luz que provavelmente veriam seria ali no lago.

Sam estava agindo no piloto automático. Fingindo. Fazendo cara de corajoso para adiar o inevitável colapso social.

No fundo da sua mente as engrenagens giravam feito loucas. Solução. Solução. Solução. Qual seria?

Astrid havia arrumado uma grande faca de cozinha, um cutelo de carne — emprestado por uma criança de 7 anos que o usava para se proteger — e um estilete com uma lâmina quase perfeita.

— Isso aí é mais do que assustador — disse Sam.

— Você não precisa ficar aqui, Sam — respondeu ela.

— Não, eu adoro assistir a autópsias de monstros mutantes nojentos. — Ele já sentia vontade de vomitar, e ela nem havia começado.

Solução. Solução. Solução.

Astrid estava usando luvas de látex cor-de-rosa. Virou a criatura de costas.

— Dá para ver a linha onde o rosto humano acaba e os pelos começam. Não há pelos humanos, só de coiote. E olhe as pernas. Não tem um borrão. É uma linha nítida. Mas e os ossos? São de coiote. Ela é articulada como uma perna de coiote, coberta com pele humana e provavelmente músculos humanos também.

Sam havia ficado sem coisas úteis para dizer e sem energia para dizê-las. Estava lutando contra a bile que subia pela garganta, esperando que não fosse vomitar. Um sopro de vento súbito trazendo o cheiro do Fosso não ajudou. Além disso, a criatura em si fedia. Fedia a cachorro molhado, urina e podridão adocicada.

E em meio a tudo aquilo: solução. Onde estava a solução? Onde estava a resposta?

Astrid pegou o cutelo e bateu com força na barriga exposta da criatura. Fez um corte de quinze centímetros. Não houve sangramento; seres mortos não sangram.

Sam se preparou para queimar qualquer coisa que emergisse subitamente do corte, tipo o *Alien*. Mas nada saltou nem foi espremido para fora. Guardava lembranças terríveis do que teve que fazer com Dekka. Ele abriu a menina com seus raios, para tirar os insetos de dentro. Fora a coisa mais nojenta que já havia feito. E naquele momento, enquanto Astrid usava a faca grande para aumentar o corte, tudo aquilo estava voltando.

Astrid se virou para longe do fedor para se recompor. Pegou um pano e o amarrou em cima do nariz e da boca. Como se isso fosse ajudar. Parecia um lindo bandido.

De maneira incrível, uma segunda linha de pensamento forçou caminho na consciência de Sam. Ele a queria. Não ali, não naquela hora, mas logo. Logo. O carrossel interminável, desesperançado, que cantava a música da solução, tocava uma música muito mais legal também. Por que ele não podia simplesmente ir para a cama com Astrid e deixar alguém destruir a alma em busca de uma solução inexistente?

Astrid fez um corte na vertical, abrindo o bicho ao longo do comprimento.

— Olhe isso.

— Eu preciso?

— Dá para ver órgãos juntos uns dos outros mas que não se encaixam. É bizarro. O estômago é do tamanho errado para o intestino grosso. É como se um encanador muito ruim tivesse tentado unir tubos de tamanhos diferentes. Não acredito que essa coisa viveu tanto tempo.

— Então é um mutante? — perguntou Sam, ansioso para chegar a alguma conclusão, depois enterrar a carcaça, fazer o máximo para esquecer daquilo e voltar aos dois fluxos paralelos de "solução" e "sexo".

Astrid não respondeu. Continuou com seu olhar silencioso. Por fim, disse:

— Até agora todos os mutantes podiam sobreviver. Luzes saem das suas mãos e você nunca se queima. Brianna corre a 200 por hora, mas os joelhos dela não se quebram. As mutações não fizeram mal a nenhum mutante por enquanto. Na verdade, elas têm sido ferramentas de sobrevivência. Como se o objetivo fosse criar um ser humano mais forte, mais capaz. Não. Não, isso é algo diferente.

— Então o que é?

Ela deu de ombros, tirou as luvas e as jogou no ferimento aberto.

— Isso é feito de partes humanas, provavelmente da menina que sumiu, e partes de coiote. Uma mistura. Como se alguém tivesse pegado ao acaso pedaços de um e trocado pelas partes do outro.

— Por que alguém... — começou Sam.

Mas Astrid ainda estava falando, mais para si mesma do que para ele.

— Como se alguém jogasse dois DNAs diferentes dentro de um chapéu, pegasse isso e aquilo e tentasse juntar. Na verdade é... é idiota.

— Idiota?

— É. Idiota. — Ela olhou-o como se estivesse surpresa por estar falando com ele. — Quero dizer, é uma coisa que não faz sentido. Não tem nenhum propósito. É óbvio que não daria certo. Só um idiota acharia que é possível colocar pedaços de um ser humano num coiote.

— Espere um minuto. Você está falando como se alguém tivesse feito isso. Uma pessoa. Como você sabe que não é uma coisa natural?

— Ele pensou naquilo por um momento, suspirou e acrescentou: — Ou pelo menos o que se passa por natural no LGAR.

Astrid deu de ombros.

— O que aconteceu até agora? Coiotes desenvolveram uma capacidade limitada de fala. Minhocas ganharam dentes e ficaram agressivas e territorialista. Cobras criaram asas e desenvolveram uma nova forma de se metamorfosear. Alguns de nós desenvolveram poderes. Até então houve muita coisa estranha, e não muita coisa idiota. Mas isso... — Ela apontou para a carcaça da monstruosidade. — Isso é simplesmente idiota.

— O gaiáfago? — perguntou Sam, sentindo nas entranhas que era o palpite errado.

Astrid sustentou o olhar por um momento, mas seu cérebro estava em outro local.

— Isso não é idiota — disse ela.

— Você acabou de dizer que era...

— Eu estava errada. Não tem a ver com idiotice. Isso é ignorância. Alguém sem noção.

— Existe... — Sam não ficou surpreso por ela tê-lo interrompido como se ele não tivesse falado nada.

— É fruto de um poder inacreditável — disse Astrid. — E de uma ignorância absoluta.

— O que isso quer dizer?

Astrid não estava escutando. Estava virando a cabeça devagar, os olhos voltados totalmente para a direita, como se achasse que havia alguém espreitando-a.

Aquilo foi tão convincente que Sam acompanhou a direção de seu olhar. Nada. Mas reconheceu o movimento: quantas vezes, nos últimos meses, tinha feito o mesmo? Lançado uma espécie de olhar paranoico, de lado, para algo que não estava ali?

Astrid balançou a cabeça com calma.

— Eu... eu preciso ir. Não estou me sentindo bem.

Sam olhou-a se afastar. Era irritante, para dizer o mínimo. Era de enfurecer.

Nos velhos tempos ele a teria chamado, exigido saber o que ela estava pensando.

Mas sentia que o que ele tinha com Astrid era frágil. Ela estava de volta, mas não totalmente. Sam não queria começar uma batalha com ela. Havia uma guerra chegando, não era hora de criar disputas com uma pessoa que ele amava.

Mas a partida abrupta teve o efeito de deixá-lo com apenas um fio para seguir, uma coisa para pensar: a solução.

A solução que não existia.

Penny morava sozinha numa casa pequena no limite leste da cidade. De sua janela no andar de cima podia ver só uma linha estreita do oceano, e gostava disso.

Queria se mudar para o Penhasco. Mas Caine havia negado seu pedido. O Penhasco era de Lana, para fazer o que quisesse. Mesmo quando ela havia se mudado para o lago — por acaso temporariamente — o Penhasco continuou sendo uma área proibida.

— Ninguém mexe com Lana — decretou Caine.

Lana, Lana, Lana. Todo mundo simplesmente amava Lana.

Penny havia passado algum tempo com ela quando Lana consertou suas pernas despedaçadas. Na verdade isso tinha demorado um longo tempo, porque havia muitas fraturas nos ossos. Penny achou Lana metida a besta. Certamente era um alívio ter as pernas consertadas, e era muito bom não sentir aquela dor, mas isso não significava que Lana tivesse o direito de bancar a superior, acima de todas as coisas.

E ter um hotel enorme todo só para ela. Decidir quem podia ir e vir.

Incomodava a Penny que Lana tivesse esse tipo de respeito. Porque Penny sabia que podia deixar Lana se arrastando, chorando e arrancando os próprios olhos, como Charuto havia feito.

Ah, sim. Ah, sim. Cinco minutos sozinha com a Senhorita Curadora. Para ver se ela iria gostar. Para ver se ia continuar metida a besta.

O único problema era que Caine mataria Penny. Caine não sentia nada por Penny. Ela havia criado esperança, depois que Diana se foi... Mas não, não havia como disfarçar o olhar de desprezo de Caine sempre que a via.

Mesmo agora, mesmo com todo o poder que ela possuía, Caine ainda era o figurão, o popular, o cara bonitão que podia cuspir em alguém como Penny, com seu cabelo desgrenhado, os braços ossudos e desajeitados e o peito liso feito uma tábua. Mesmo agora a vida se tratava de quem era atraente e quem não era.

Mas Caine não era o único garoto ali.

Houve uma batida fraca na porta dos fundos. Penny abriu para Turk.

— Você tomou cuidado? — perguntou ela.

— Fui bem distante do caminho. Depois pulei umas cercas. — Ele estava ofegando e suando. Ela acreditou no que disse.

— Tudo isso só para me ver?

Ele não respondeu. Deixou-se cair numa das espreguiçadeiras, levantando uma nuvem de pó. Encostou a arma na lateral da cadeira. Depois tirou as botas para ficar mais confortável.

De repente um escorpião subiu pelo seu braço. Ele gritou, bateu no bicho freneticamente, pulou da cadeira.

Então viu o sorriso no rosto dela.

— Ei, não faça isso comigo! — gritou Turk.

— Então não me ignore. — Ela odiou o som de súplica na própria voz.

— Eu não estava ignorando você. — Ele voltou a se sentar, inspecionando cuidadosamente em busca de escorpiões; como se aquilo tivesse sido real.

Turk não era o cara mais inteligente, reconheceu Penny com um suspiro. Não era nenhum Caine. Ou Sam. Nem mesmo Quinn. Talvez eles pudessem ignorar Penny e nem mesmo tratá-la como uma garota, e franzir os lábios de nojo diante dela, mas Turk não fazia isso. Ele era só um vagabundo idiota.

Penny sentiu uma onda de fúria tão grande que teve de se virar para escondê-la. Penny desconsiderada, ignorada, esquecida.

Era a filha do meio, de três garotas na família. A irmã mais velha se chamava Dahlia. A mais nova, Rose. Dois belos nomes de flor. E uma velha e simples Penny no meio.

Dahlia era uma beldade. Desde que Penny se lembrava, o pai amava Dahlia. Vestia Dahlia com todo tipo de fantasias... plumas, calcinhas de seda... e tirava centenas de fotos dela. Até que Dahlia começou a se desenvolver.

E então, quando o pai perdeu o interesse em Dahlia, Penny havia presumido que naturalmente ela seria a filha da vez, a amada, a admirada. Presumiu que faria poses, se curvaria para um lado e para o outro, se mostrando e escondendo, fazendo carinhas tímidas ou amedrontadas, dependendo do que o pai precisasse.

Mas o pai mal notou Penny. Em vez disso passou direto por ela e foi para a bela e pequenina Rose.

E logo era Rose que estrelava as fotos que o pai colocava na internet.

Passaram-se alguns anos até que Penny entendesse que o que o pai fazia era contra a lei.

Então ela esperou até que o pai estivesse no trabalho para levar o laptop dele para a escola e mostrar as fotos para algumas crianças. Um professor viu e chamou a polícia.

Seu pai foi preso. A mãe de Penny começou a beber mais do que nunca. E as três garotas foram mandadas para morar com o tio Steve e a tia Connie.

Surpresa, surpresa, as pobres e pequeninas vítimas, Dahlia e Rose — as coitadinhas e bonitinhas Dahlia e Rose — tinham recebido toda a simpatia e atenção.

O pai se enforcou na cela depois que os outros presos o espancaram.

Penny colocou soda cáustica no cereal de Rose, só para ver como ela ficaria linda com a garganta queimada. E então Penny foi mandada para a escola Coates.

Em dois anos na Coates não tinha recebido notícia das irmãs. Nem da tia ou do tio. Sua mãe havia escrito uma vez, um cartão de natal incoerente, marcado pela autopiedade.

Penny era ignorada na Coates, como sempre fora. Até que começou a desenvolver seu poder. Ele chegou tarde. Depois da primeira grande batalha em Praia Perdida, quando Caine partiu para o ermo com Líder da Matilha.

Quando ele finalmente retornou, arengando e parecendo insano, Penny manteve seu segredo. Sabia que não deveria mostrá-lo a Drake. Drake era implacável: teria matado Penny. Caine era mais mole, mais esperto do que Drake. Quando enfim Caine recuperou algo parecido com a sanidade, Penny começou a mostrar a ele o que era capaz de fazer.

E mesmo assim foi ignorada em favor de Drake e, pior de tudo, daquela bruxa, Diana, que nunca amou Caine, que sempre o criticava, que até o traiu e brigou com ele.

Naquele momento terrível na beira do penhasco na ilha San Francisco de Sales, quando Caine só podia salvar uma das duas, Diana ou Penny, ele havia feito sua escolha.

Penny suportou uma dor diferente de tudo que poderia imaginar. Mas aquilo clareou sua mente. Deu-lhe forças. Obliterou os leves ecos de piedade que ainda restavam nela.

Penny não era mais ignorada.

Era odiada.

Temida.

Não era mais ignorada.

— Você tem alguma coisa para beber? — perguntou Turk.

— Quer dizer, água?

— Não seja idiota; você sabe que não estou falando de água.

A água não era mais rara. A estranha nuvem que o Pequeno Pete havia criado ainda chovia. Um riacho corria pela rua, com todos os bueiros cuidadosamente fechados de modo que a corrente seguia descendo e passava num buraco no muro para formar um poço na areia da praia.

Penny pegou uma garrafa na cozinha. Estava pela metade com o que quer que fosse o líquido abominável feito por Howard. Cheirava a algum animal morto, mas Turk tomou um longo, longo gole.

— Quer me beijar? — perguntou Turk.

Ela foi rebolando na direção dele, inconscientemente imitando as coisas que tinha visto Dahlia e Rose fazer.

Turk fez uma careta.

— Assim, não. Não como você.

Penny sentiu isso como um tapa na cara.

— Como você estava na outra vez. Você sabe, na minha cabeça. Faz igual à outra vez.

— Ah, assim — disse ela, sem graça.

Penny tinha o poder de causar visões horripilantes. Mas também podia criar ilusões lindas. Era a mesma coisa. Tinha sido uma das maneiras de fazer Charuto passar dos limites. Ela havia encontrado uma foto da mãe dele e feito com que ele a visse...

Agora, para Turk, Penny criou uma visão de Diana.

E pouco depois disse, usando a visão de Diana para falar:

— Turk, chegou a hora.

— Hummm?

— Caine me humilhou — disse Penny com a voz de Diana.

— O quê?

— Ele é o único que pode acabar comigo. Ele é o único que pode me humilhar assim.

Turk era idiota, mas não tanto. Empurrou-a para longe.

Penny voltou a ser ela mesma.

— Um dia desses ele vai matar você, Turk — disse ela. — Lembra o que ele fez com o seu amigo Lance? — Ela desenhou um grande arco no ar e furou-o com um "Plaf!".

Turk olhou nervoso ao redor.

— É, eu me lembro; por isso sou totalmente leal ao rei. Ele é o rei, e eu não mexo com ele.

Penny sorriu.

— Não, você só fantasia que está com a namorada dele.

Os olhos de Turk se arregalaram. Ele engoliu em seco, ansioso.

— É, bem, e você?

Penny deu de ombros.

— De qualquer modo, ela nem é mais a namorada dele — disse Turk.

Penny ficou quieta, esperando, sabendo que ele era fraco demais, medroso demais.

— O que você está falando, Penny? — gritou Turk. — Você é maluca.

Ela gargalhou.

— Nós todos somos malucos, Turk. A única diferença é que eu sei que sou maluca. Sei tudo sobre mim. Sabe por quê? Porque ficar lá sentada com as pernas quebradas e querendo gritar a cada minuto, comendo as migalhas que Diana trazia para mim, isso clareia um pouco o pensamento e nos faz começar a ver as coisas como elas são.

— Estou fora — gritou Turk, e pulou. Andou 60 centímetros antes de deparar com Caine no seu caminho. Deu um passo para trás, uma perna dobrando, mal se impedindo de cair.

A ilusão de Caine desapareceu.

— Só me deixe ir, Penny — disse Turk, trêmulo. — Nunca vou contar a ninguém. Me deixe ir. Você e Caine... tanto faz, OK?

— Acho que você vai acabar fazendo o que eu quero. Estou farta de ser ignorada e estou farta de ser humilhada.

— Não vou matar Caine. Não importa o que você diga.

— Matar? Matar? — Penny balançou a cabeça. — Quem disse matar? Não, não, não. Matar, não. — Ela tirou um vidro de remédio do bolso, abriu e pôs seis comprimidos pequenos na palma da mão.

— Remédios para dormir.

Ela pôs os comprimidos de volta no vidro e o fechou de novo.

— Consegui os comprimidos com Howard. Ele é muito útil. Eu disse que estava com dificuldade para dormir e paguei com... Bem, vamos dizer que Howard tem suas próprias fantasias. Em que, por sinal, você não iria acreditar.

— Remédios para dormir? — indagou Turk numa voz esganiçada, desesperada. — Você acha que vai derrubar Caine com remédios para dormir?

— Remédios para dormir — disse Penny, e assentiu com satisfação. — Remédios para dormir. E cimento.

O rosto de Turk ficou sem cor.

— Arranje um modo de trazer Caine aqui. Para mim, Turk. Traga Caine para mim. Então será só nós três comandando tudo.

— Como assim, nós três?

Penny sorriu e disse com os lábios de Diana:

— Você, eu e Diana.

Howard sentiu o cheiro antes de ver. Os coiotes cheiravam a carne podre.

Conteve a ânsia de sair correndo em pânico quando Líder da Matilha surgiu na estrada à sua frente. Ele não conseguiria correr mais depressa do que um coiote. Mas os coiotes não atacavam ninguém fazia muito tempo. O boato era que tinham sido alertados por Sam. Era o que as pessoas diziam, que Sam havia criado a lei e ameaçado pegar pesado com toda a população de coiotes se eles mexessem com alguém.

Os coiotes tinham medo do Mãos de Luz. Todo mundo sabia disso.

— Ei — disse Howard com toda a petulância que conseguiu reunir. — Eu sou amigo do Mãos de Luz. Sabe de quem estou falando? Por isso vou continuar andando.

— Matilha tem fome — disse o coiote em sua fala engrolada, aguda e precária.

— Ah, muito engraçado — respondeu Howard. Sua boca estava seca. O coração batendo forte. Pôs no chão a mochila pesada. — Não tenho muita coisa para comer, só uma alcachofra cozida. Pode ficar com ela.

Enfiou a mão na mochila, remexendo ruidosamente entre garrafas vazias, tateando para sentir o metal. Encontrou, fechou a mão em volta da faca e puxou-a. Balançou-a à sua frente e gritou:

— Não faça nenhuma burrice!

— Coiote não mata humano — disse Líder da Matilha.

— É. É melhor não matar. Meu amigo Mãos de Luz vai queimar vocês, seus cachorros sarnentos!

— Coiote come. Não mata.

Howard tentou falar algumas vezes, mas as palavras não saíram. De repente suas entranhas viraram água. As pernas tremiam tanto que ele teve medo de que elas desmontassem.

— Vocês não podem me comer sem me matar — disse ele finalmente.

— Líder da Matilha não mata. Ele mata.

— Ele?

Howard sentiu um arrepio na nuca. Lentamente, com o horror drenando a força dos músculos, virou-se.

— Drake — sussurrou ele.

— É. Oi, Howard. Como vai?

— Drake.

— É, nós já fizemos isso. — Drake desenrolou a mão de chicote. Parecia mais lupino do que os coiotes que agora saíam da cobertura dos arbustos, formando um círculo em volta de Howard.

— Drake, cara, não, não. Não, não, não. Você não quer fazer isso, Drake, cara.

— Só vai doer por um tempo.

O chicote de Drake estalou. Howard sentiu como se fosse fogo em seu pescoço.

Ele se virou e correu, em puro pânico, mas o chicote de Drake pegou sua perna e jogou-o de cara na terra. Ele levantou os olhos e viu um dos coiotes olhando-o com uma intensidade cobiçosa e lambendo o focinho.

— Eu sou útil! — gritou Howard. — Você deve estar aprontando alguma coisa; eu posso ajudar!

Drake montou nele e lentamente, quase de forma gentil, enrolou o braço de tentáculo em volta do pescoço de Howard e começou a apertar.

— Você pode ser útil — admitiu Drake. — Mas meus cachorros precisam comer.

Os olhos de Howard se arregalaram. A sua cabeça parecia a ponto de explodir por causa da pressão sanguínea. Seus pulmões sugavam nada.

Mohamed viu o círculo de coiotes.

Enfiou-se depressa atrás de um arbusto mirrado que não o esconderia de verdade se alguém estivesse olhando. Mas foi a única cobertura que ele conseguiu encontrar. Tinha atravessado uma pequena elevação na estrada e, chegando ao topo, ficou praticamente em cima dos coiotes antes de vê-los.

Então percebeu que estava vendo mais do que os coiotes. Drake.

Respirou forte, e as orelhas do coiote mais próximo — talvez a 100 metros — balançaram.

Havia alguma coisa... não, alguém... no chão. Drake estava com a mão de chicote em volta do pescoço de alguém. Mohamed não conseguia ver quem era.

Mohamed tinha uma pistola. E uma faca. Mas todo mundo sabia que Drake não podia ser morto com uma arma. Se tentasse bancar o herói, ele acabaria morto também.

Não existia resposta certa. Não tinha como impedir o que estava testemunhando. Só existia o sobreviver.

Recuou, arrastando-se como um caranguejo, sobre as mãos e os joelhos. Assim que estava fora das vistas do horror sangrento, levantou-se e correu de volta para o lago.

Correu e correu sem parar. Nunca havia corrido tanto nem tão rápido na vida. Chegou ao lago mais que abençoado, passou direto por crianças que disseram um afável "como vai?" e correu para o barco-casa.

Sam estava no convés, sentado com Astrid. Mohamed registrou o fato de que ele havia partido para contar a Albert que ela estava ali, e percebeu como não se importava nem um pouco em contar nada a Albert.

Pulou no barco, girou como se estivesse um pouco convencido de que os coiotes o estavam seguindo e caiu ofegante no convés. Sam e Astrid vieram até ele. Astrid encostou uma garrafa de água em seus lábios secos.

— O que foi, Mo? — perguntou Sam.

A princípio Mohamed não conseguiu responder. Seus pensamentos eram um emaranhado de imagens e emoções. Sabia que deveria pensar em manter a situação sob controle, em pelo menos encontrar um modo de se colocar a uma luz melhor, mas não tinha ânimo para isso.

— Drake. — Mohamed ofegou. — Coiotes.

Sam ficou subitamente imóvel. Sua voz baixou em volume e tom

— Onde?

— Eu estava... na estrada para PP.

— Drake e os coiotes? — instigou Astrid.

— Eles estavam... Eles estavam com alguém. No chão. Não pude ver quem era. Eu queria fazer com que eles parassem! — Mohamed disse a última frase como se implorasse. — Eu tinha uma arma. Mas... eu...

Mohamed olhou para Sam, tentou encará-lo, procurando alguma coisa: compreensão? Perdão?

Mas Sam não estava olhando para ele. O rosto de Sam parecia feito de pedra.

— Você só conseguiria ser morto — disse Astrid.

Mohamed agarrou o pulso de Sam.

— Mas eu nem tentei.

Sam olhou-o como se tivesse acabado de lembrar que Mohamed estava ali. Seu olhar frio tremeluziu e se tornou humano de novo.

— Não é sua culpa, Mo. Você não poderia impedir Drake. O único que poderia impedi-lo sou eu.

DEZESSETE | 20 HORAS E 19 MINUTOS

— TOQUE O alarme — ordenou Sam.

O alarme era um grande sino de latão que haviam tirado de um barco e colocado em cima do escritório da marina, de dois andares.

Edilio correu até a torre, subiu e começou a tocar o sino.

Parte da mente de Sam estava curiosa para ver como todo mundo iria se comportar. Já haviam treinado isso outras três vezes. Quando o sino tocava, certas crianças deveriam correr para as plantações e alertar quem estivesse lá.

Cada barraca ou trailer tinha um barco designado para onde ir — fossem casas-barco, veleiros ou barcos menores, qualquer coisa maior do que um barco a remo.

Edilio tocou o sino e as poucas crianças que estavam por perto olharam em volta, perplexas.

— Ei! — gritou Sam. — Não é um treino; é de verdade! Façam como Edilio ensinou!

Brianna apareceu de seu modo espantoso de sempre.

— O que foi?

— Drake — respondeu Sam. — Mas antes que você se preocupe com ele, garanta que todo mundo volte das plantações. Vá!

Dekka veio correndo. Mais devagar do que Brianna.

— O que está havendo?

— Drake.

Uma eletricidade passou entre os dois, e Sam teve de se conter para não rir alto. Drake. Uma coisa definida. Uma coisa real. Um inimigo verdadeiro, tangível. E não um processo vago ou uma força misteriosa.

Drake. Ele podia visualizá-lo claramente.

Sabia que Dekka estava fazendo o mesmo.

— Ele foi visto com uma matilha de coiotes. Parece que mataram alguém. Provavelmente Howard.

— Você acha que ele está vindo para cá?

— É provável.

— Em quanto tempo deve chegar? — perguntou Dekka.

— Não sei. Nem tenho certeza se ele está vindo para cá. Assim que Brianna estiver livre, vou mandá-la vigiar.

— Dessa vez sem misericórdia — disse Dekka.

— Nenhuma — concordou Sam. — Faça a sua coisa.

A "coisa" de Dekka era basicamente ser Dekka. Ela era respeitada pelas crianças menores com um espanto reverente. Todo mundo sabia que ela chegara perto do tipo de morte mais abominável. Também fora ela que havia salvado os pequeninos quando Maria fez o puf. E, claro, todo mundo sabia como Sam a considerava.

Assim, seu lugar durante os treinos tinha sido ficar junto ao cais enquanto todo mundo corria para os barcos. Sua presença servia para evitar o pânico. Você simplesmente não pirava quando Dekka o olhava.

As crianças estavam começando a chegar aos poucos das plantações, correndo com toda a comida que podiam carregar, vigiados por uma fugaz Brianna.

As crianças que já estavam no acampamento haviam esvaziado os trailers e as barracas e começado a ocupar seus lugares nos barcos no cais.

Assim que tinham todos os passageiros designados, os barcos desatracavam e eram remados, impulsionados com varas ou simplesmente partiam à deriva no lago.

Orc surgiu acompanhando Sinder e Jezzie, os três carregados de legumes. Sam pensou se deveria compartilhar suas suspeitas com Orc, mas decidiu não fazer isso. Poderia precisar da força e da quase indestrutibilidade de Orc. Não podia deixar o garoto monstro partir para o ataque sozinho.

Em trinta minutos a maior parte da população estava na variada coleção de veleiros, lanchas e barcos-casas que formavam a marinha do Lago Tramonto.

Em uma hora todas as 83 crianças estavam em 17 embarcações diferentes.

Sam olhou para o lago com certa satisfação. Tinham se planejado para aquele dia, e espantosamente o plano dera certo. Todo o seu pessoal estava na água. A água em que estavam era potável, de modo que não sentiriam sede. O lago fornecia uma quantidade razoável de peixes, e todo o estoque de comida também estava nos barcos.

Todos poderiam sobreviver facilmente nos barcos durante uma boa semana, talvez até duas, sem muito problema.

Se ignorassem o fato de que acidentes acontecem. E que idiotices iriam acontecer.

E que alguma coisa estava misturando crianças e coiotes como se estivesse fazendo uma omelete.

O único barco que não zarpou foi a Casa-Barco Branca. Sam, Astrid, Dekka, Brianna, Totó e Edilio se reuniram no convés, onde a garotada ansiosa espiando das embarcações ao redor poderia vê-los. (Sinder, Jezzie e Mohamed tinham sido mandados para outros barcos.) Era importante dar o sinal de que eles estavam mantendo as coisas sob controle. Sam se perguntou quanto tempo essa ilusão duraria.

— Certo, vamos começar do início — disse Sam, olhando para Brianna.

— Saquei — respondeu ela. Estava com sua mochila de corrida. A que tinha uma espingarda de cano duplo serrado se projetando em baixo, transformando a mochila em coldre.

176

— Espere! — gritou Sam antes que ela pudesse desaparecer. — Encontre. Olhe. — Ele apontou o dedo para ela e se inclinou para a frente, certificando-se de que seria ouvido. — E volte.

Brianna fez uma falsa expressão de mágoa e perguntou:

— O quê, você acha que eu vou arranjar briga? Logo eu?

Isso provocou uma risada em todos, menos em Dekka, e o som daqueles risos foi algo tranquilizador para as crianças apavoradas nos outros barcos.

Brianna ficou turva e sumiu, e Sam ouviu gritos de comemoração vindo de vários barcos.

— Vai, Brisa!

— É isso aí, Brisa!

— Brisa versus o Mão de Chicote!

Sam olhou para Edilio e disse:

— Exatamente do que Brianna precisa: um estímulo para o ego. — E depois: — Alguém tem ideia de quem foi morto? Quem está faltando?

Edilio deu de ombros. Em seguida se levantou, foi até a amurada e gritou na direção dos barcos:— Ei! Escutem. Tem alguém faltando?

Durante um tempo ninguém deu sugestão alguma. Depois Orc, na proa de um veleiro, e tão pesado que a frente do barco estava 60 centímetros mais baixa na água do que a popa, disse:

— Não vi Howard. Mas ele sempre... você sabe... vive saindo sozinho.

Sam encarou Edilio. Os dois já haviam adivinhado que tinha sido Howard.

Sam viu Orc se levantar, mudando o equilíbrio de todo o barco e apavorando Roger, Justin e Diana, que estavam junto com ele. Ele desceu para a cabine.

— É bom ter você de volta — disse Sam a Astrid. — Orc confia em você. Talvez mais tarde...

— Não acho que Orc e eu... — começou ela.

177

— Não me importo. Eu posso precisar de Orc. Por isso talvez você deva falar com ele — interrompeu Sam rispidamente.

— Sim, senhor — disse ela com apenas um leve traço de sarcasmo.

— Cadê Jack? — perguntou Edilio, parecendo impaciente. — Ele deveria se apresentar.

— Já vem aí — informou Dekka, apontando com o queixo. — Estou vendo Jack. Ele só está embromando.

— Jack! — gritou Sam.

Jack estava a 100 metros de distância. Levantou a cabeça rapidamente. Sam apoiou os punhos na cintura e o olhou com impaciência. Jack começou a correr de seu modo poderoso, saltitante.

Assim que Jack chegou ao cais, Edilio quis saber o que ele achava que estava fazendo.

— Você deveria estar armado e no Fosso.

— O que está acontecendo? — perguntou Jack, sem graça. — Eu estava dormindo.

— Brianna não acordou você? — perguntou Sam.

Jack pareceu desconfortável.

— A gente não está se falando.

Sam apontou irritado para os barcos que oscilavam no lago.

— Estou com crianças de 5 anos colocando as de 2 anos onde elas deveriam estar, mas um dos meus gênios certificados estava dormindo?

— Sinto muito.

— Ele sente mesmo — confirmou Totó.

Sam o ignorou. Estava cheio de adrenalina. Pronto para esquecer a mutação nojenta embaixo da lona. Pronto para esquecer, pelo menos por enquanto, que aquele poderia ser o último dia de verdade que eles teriam. Pronto para esquecer as preocupações com Caine e os mísseis. Pronto para colocar de lado todos aqueles problemas impossíveis de serem resolvidos e as perguntas sem resposta, porque agora — agora, finalmente — tinha uma luta direcionada.

Astrid segurou seu ombro e puxou-o de lado. Ele não queria uma reunião com Astrid: tinha coisas para fazer. Mas não podia dizer não para ela. Não sem ouvir primeiro.

— Sam. Isso significa que sua carta não vai chegar ao Caine nem ao Albert.

— É. E daí?

— E daí? — A incredulidade dela era tão aguda que o fez dar um passo atrás. — E daí? E daí que as luzes ainda vão se apagar, Sam. E ainda vamos estar diante de um possível desastre. E você não sabe o que Caine ou Albert podem fazer.

— Isso fica para outro dia — disse ele, cortando o ar com a mão para interromper a discussão. — Temos uma pequena emergência aqui.

— Onde está a idiota da Taylor, afinal? — exclamou Astrid com raiva. — Se ela não aparecer, mande Brianna levar o bilhete para Caine e Albert.

— Brianna? Convencê-la a não lutar com Drake? Boa sorte.

— Então mande Edilio e dois...

— Agora, não, Astrid. Prioridades.

— Você está escolhendo a prioridade, Sam. Está fazendo o que é mais fácil, em vez de o que é mais inteligente.

Aquilo doeu.

— O que é mais fácil? De repente Drake aparece depois de passar quatro meses fora do radar. Você não acha que talvez tudo seja uma coisa só? Drake, a mancha, o que quer que seja sua força "ignorante"?

— Claro que eu suspeito de que tudo seja uma coisa só — disse Astrid com os dentes trincados. — Por isso quero que você consiga ajuda.

Ele ergueu o punho e começou a passar uma lista, levantando um dedo a cada ponto.

— Um, Brisa o localiza. Dois, Dekka, Jack e eu convergimos. Três, quer ele seja Drake ou Brittney, nós o cortamos, o queimamos detalhadamente, pedaço por pedaço, e afundamos toda a cinza no lago dentro de uma caixa de metal trancada e com peso.

Ele fechou os dedos de novo, formando um punho.

— Vamos acabar com Drake de uma vez por todas.

Drake ouviu o toque do sino. Era um som longínquo, mas agudo e penetrante. Sentiu a urgência por trás daquilo. Adivinhou o que significava.

Xingou os coiotes, e não em voz baixa.

— Eles encontraram a sujeira que vocês deixaram lá na estrada. Agora vão estar prontos para nós.

Líder da Matilha não comentou.

Quanto tempo levaria até que mandassem Brianna atrás dele? Seria logo. Se ela os encontrasse acabaria com os coiotes em alguns segundos sangrentos. E depois iria impedir que ele avançasse.

Ele havia lutado com Brisa antes. Ela não podia matá-lo, mas podia retardá-lo. Brianna já havia cortado seus membros. Esse tipo de dano levava tempo para ser reparado.

E, claro, ela traria Sam. Sam e seus pequenos ajudantes. Daquela vez, quem sabe, Sam não seria contido pelo aparecimento de Brittney. Talvez daquela vez Sam queimasse centímetro por centímetro dele, como tinha começado a fazer uma vez...

— Aaaaarrrrg! — gritou Drake. Em seguida levantou o tentáculo e baixou-o rapidamente, causando um estalo alto.

Os coiotes olhavam impassíveis.

— Preciso me esconder — disse Drake. Era uma coisa vergonhosa de admitir. — Preciso me esconder até anoitecer.

Líder da Matilha inclinou a cabeça e disse em sua fala engrolada:

— Caçador humano vê. Não cheira nem ouve.

— Observação brilhante, Scooby-Doo. — Era verdade: Brianna não era um coiote. Não podia sentir seu cheiro nem ouvi-lo, a não ser que ele fizesse muito barulho. Drake só precisava pensar num modo de ficar fora de vista. — Certo, encontrem um lugar onde eu não seja visto até o escurecer.

— Lugar alto com buracos fundos.

— Vamos ser rápidos, antes que eles mandem sua amiga, a Garota Veloz.

Os coiotes não perderam tempo. Partiram a passo rápido, movendo-se com uma espécie de fluidez implacável ao redor dos obstáculos. A princípio subiram o morro, até chegar ao topo de uma encosta. Ali Drake viu a barreira a 400 metros.

Parou e olhou.

Era como se seu dono estivesse estendendo a mão para cima, vindo de uma área subterrânea distante, com garras pretas. Como se estivesse se esticando para agarrar e depois envolver aquele mundo não natural com milhares de dedos.

Isso deveria ser inspirador. Mas deixou Drake inquieto. Era a mesma mancha preta que ele tinha visto se espalhar primeiro no próprio gaiáfago.

Era uma lembrança de que talvez nem tudo estivesse certo com a Escuridão. Era uma lembrança de que aquela missão não era produto somente da ambição do gaiáfago, mas do medo.

— Ande — instigou Líder da Matilha, ansioso. Estavam parcialmente em silhueta no topo do morro. Drake se abaixou. Podia ver o lago espalhando-se lá embaixo. Se podia ver, também podia ser visto.

Correu atrás de Líder da Matilha, desaparecendo rapidamente no meio de um labirinto de pedras caídas e riscadas pela chuva.

Precisou prender o fôlego para se espremer na fenda que haviam encontrado para ele. Uma das vantagens de andar com coiotes: ninguém conhecia melhor o terreno.

Não havia espaço para sentar-se e pouco espaço para ficar em pé. Mas Brianna não iria encontrá-lo; estava confiante disso.

E podia ver uma fatia estreita do lago, alguns barcos e uma risca do céu.

A noite estava chegando.

FORA |

A ENFERMEIRA CONNIE Temple engoliu o Zoloft. Para ela, funcionava melhor do que o Prozac, deixava-a menos cansada.

Acompanhou com quase uma taça de vinho tinto. O que iria deixá-la cansada.

Ligou a TV e zapeou, sem interesse real, pelos filmes oferecidos. Não estava em seu trailer. Estava no Avania Inn, em Santa Barbara. Era ali que se encontrava regularmente com o sargento Darius Ashton.

Tinham começado a sair juntos meses antes. Ele havia aparecido num dos churrascos de sexta. E logo depois os dois perceberam que precisariam manter o relacionamento em segredo.

Connie ouviu a batida familiar. Deixou Darius entrar. Ele era baixo, apenas uns cinco centímetros mais alto do que ela. Mas tinha um corpo denso, robusto, decorado com tatuagens e cicatrizes trazidas do Afeganistão.

Segurava uma embalagem de seis latas de cerveja numa das mãos e tinha um riso tímido. Connie gostava dele. Gostava do fato de ele ser inteligente o bastante para saber que parte do motivo para ela estar com ele — não todo, apenas parte — era porque o usava em troca de informações. Ele havia perdido boa parte da visão de um dos olhos, por isso nunca voltaria para o combate. Agora trabalhava no Campo Camino Real. Tinha sido mandado para a área de manutenção. Não tinha acesso direto a nada sigiloso, mas ouvia coisas. Via coisas.

Odiava aquele trabalho, e se não podia mais ser um soldado comba-
tente estava decidido a deixar o serviço quando terminasse o tempo
de alistamento.

Basicamente o sargento Darius Aston estava matando o tempo.
Gostava de matar esse tempo com Connie.

Connie sentou-se na cama tomando vinho tinto. Darius bebeu sua
terceira cerveja e se deixou cair na poltrona apoiando os pés na beira
da cama, os dedos ocasionalmente brincando com os dela.

— Tem alguma coisa acontecendo — disse ele sem preâmbulo. —
Ouvi o coronel ameaçando se demitir.

— Por quê?

Darius deu de ombros.

— Ele já saiu? — perguntou Connie.

— Não. O general veio de helicóptero. A conversa dos dois podia
ser ouvida de longe. Depois o general voltou no helicóptero, e foi só
isso.

— E você não tem ideia de qual era o motivo?

Ele balançou a cabeça devagar. Hesitou antes de seguir em frente,
e Connie soube que viria alguma coisa grande. Alguma coisa que ele
estava hesitando em contar a ela.

— Meus filhos estão lá dentro — disse Connie.

— Filhos? No plural? — Ele a olhou incisivamente. — Só ouvi
você falar do seu garoto Sam.

Ela tomou um longo gole de vinho.

— Quero que você confie em mim. Então vou contar a verdade. É
assim que a coisa funciona, certo?

— Foi o que ouvi dizer — disse ele secamente.

— Eu tive gêmeos. Sam e David. Acho que na época eu gostava de
nomes bíblicos.

— Nomes bons e fortes — concordou Darius.

— Eram gêmeos fraternos, não idênticos. Sam era alguns minutos
mais velho. Mas era o menor, duzentos gramas a menos.

Ela recomeçou e ficou surpresa ao descobrir que a voz a traía com uma oscilação. Mas foi em frente, decidida a não choramingar.

— Tive depressão pós-parto. Muito ruim. Sabe o que é isso?

Ele não respondeu, mas ela percebeu que ele não sabia.

— Às vezes, depois de dar à luz, a mulher fica com os hormônios muito desregulados. Eu sabia disso. Afinal de contas sou enfermeira, se bem que ultimamente não muito.

— De modo que existem comprimidos e coisa e tal — sugeriu Darius.

— Existem — confirmou ela. — E eu segurei as pontas. Mas no início tive uma... uma fantasia, acho. De que havia alguma coisa errada com David.

— Errada?

— É. Errada. Não fisicamente. Ele era um bebezinho lindo. E inteligente. Era muito estranho, porque eu me preocupava com a possibilidade de preferi-lo ao Sam porque ele era maior, tão alerta e lindo demais.

Darius pôs de lado sua lata de cerveja vazia. Abriu outra.

— Então houve o acidente. O meteoro.

— Ouvi falar disso — disse Darius, interessado. — Tipo há uns vinte anos, não foi?

— Treze anos.

— Deve ter sido incrível de ver. Um meteoro esmagando uma usina nuclear? As pessoas devem ter pirado.

— Pode-se dizer que sim — respondeu Connie num tom seco. — Você sabe que ainda chamam Praia Perdida de "alameda da radiação". Naturalmente, disseram à gente que tudo estava bem... Bom, eles não me disseram isso. Na verdade o que me falaram foi que meu marido, o pai dos meus dois menininhos, tinha sido a única pessoa que morreu.

Darius se empertigou, inclinando a cabeça e inclinando-se para a frente.

— Com a radiação?

— Não, com o impacto mesmo. Ele nem sofreu. Nunca soube o que vinha. Estava no lugar errado na hora errada.

— Morto por um meteoro. — Darius balançou a cabeça. Connie sabia que ele tinha visto morte no Afeganistão.

— Depois disso a depressão voltou. Pior do que nunca. E veio junto a uma convicção, essa crença poderosa de que havia alguma coisa errada com David. Uma coisa muito, muito errada.

A lembrança daqueles dias dominou-a, tornando impossível falar. A loucura havia sido muito real. O que tinha começado como um sintoma de depressão pós-parto se tornou algo parecido com um sintoma psicótico. Como se houvesse uma voz na sua cabeça, sussurrando, sussurrando que David era perigoso. Que era maligno.

— Eu tinha medo de fazer mal a ele — disse Connie.

— Que barra.

— É. Uma barra. Eu o amava. Mas tinha medo dele. Medo do que podia fazer com ele. Então... — Ela respirou fundo, trêmula. — Eu dei David. Ele foi adotado logo. E durante muito tempo desapareceu da minha vida. Dei toda a atenção ao Sam e disse a mim mesmo que tinha feito a coisa certa.

Darius franziu a testa.

— Eu li o Wiki. Não existe nenhum David Temple. Teria notado, por causa do sobrenome.

Connie abriu um leve sorriso.

— Eu não sabia quem o adotou. Não sabia onde ele estava. Até que um dia estava trabalhando na escola Coates. Na época eu nem era funcionária de lá; estava substituindo uma enfermeira que tinha saído de licença-maternidade. E trouxeram um garoto. Eu soube imediatamente. Nunca tive dúvida. Perguntei o nome dele. Ele disse que era Caine.

— Como ele apareceu? Quero dizer, você achava que ele era mau...

Connie balançou a cabeça.

185

— Ele ainda era lindo. E muito inteligente. E tão charmoso. Você deveria ver as garotas dando em cima dele.

— Herdou a beleza da mãe — disse Darius, tentando ser galanteador.

— E também era cruel. Manipulador. Implacável. — Ela disse as palavras com muito cuidado, avaliando cada uma. — Ele me apavorava. E foi um dos primeiros a começar a mutação. Na verdade foi ao mesmo tempo que Sam, mas Sam era uma pessoa totalmente diferente. Sam golpeava com o poder, perdia o autocontrole e ficava arrasado com isso. Mas Caine? Ele usava o poder sem se preocupar o mínimo que fosse com ninguém além de si mesmo.

— Mesma mãe, mesmo pai, e tão diferentes?

— Mesma mãe — disse Connie, sem graça. — Eu estava tendo um caso. Nunca fiz teste de DNA, mas é possível que eles tivessem pais diferentes.

Ela pôde ver que aquilo chocou Darius. Ele não aprovava. Bem, por que deveria? Ela mesma não aprovava.

O quarto ficou subitamente frio.

— É melhor eu ir — disse Darius. — Vai fazer costelas na sexta?

— Darius. Eu contei meu segredo. Entreguei tudo a você. O que você não quer me contar?

Darius parou junto à porta. Connie se perguntou se ele voltaria algum dia. Tinha visto um lado dela que jamais havia esperado.

— Não posso contar nada. A não ser que os militares adoram siglas. Um dia desses vi uma nova em veículos que entraram no acampamento, mas não reconheci, TREN. Parece inocente, não é?

— O que é TREN?

— Dê uma olhada. Vejo você na sexta, se puder.

E foi embora.

Connie abriu seu laptop e se conectou ao wi-fi do hotel. Entrou no Google e digitou TREN. Demorou alguns segundos para descobrir que TREN significava Turma de Resposta a Emergência Nuclear.

Eram os cientistas, técnicos e engenheiros chamados para enfrentar um incidente nuclear.

Uma turma com a responsabilidade de lidar com os danos da energia nuclear.

E o coronel ameaçando se demitir.

Alguma coisa estava acontecendo. Talvez alguma nova experiência controversa. Alguma coisa perigosa. Alguma coisa envolvendo um possível vazamento de radiação.

E podia ter sido assim que tudo aquilo havia começado.

DEZOITO | 18 HORAS E 55 MINUTOS

NOITE PLENA.

Sam havia chamado Brianna de volta quando o sol se pôs. A escuridão era mortal para ela. Bastaria um tropeço e ela viraria um saco de ossos quebrados.

Brianna ficou furiosa e exigiu ser liberada de novo. Mas sabia que não valia a pena. Sam mandou-a para a cabine, deitar-se numa das camas não usadas e dormir um pouco. Poucos segundos depois ouviu-a roncar.

Os guardas tinham sido trocados. Edilio estava sentado piscando para afastar o sono. Dekka estava pensativa, mal-humorada. Fazia algum tempo que Sam não via Astrid. Presumiu que ela estivesse na sua cama. Talvez estivesse com raiva dele. Era provável. E talvez ele merecesse. Tinha sido grosseiro com ela.

Queria descer e ficar com ela. Mas sabia que, se cedesse a essa vontade, se encontrasse paz e esquecimento, poderia não ter forças para sair de novo.

A luz estava morrendo. Mas a lua — ou uma ilusão dela — ia subindo. Ainda não era a escuridão de verdade. Mas ela estava chegando.

— Onde ele está? — perguntou-se Sam pela milionésima vez. Examinou a praia, já escura. Examinou a floresta e o morro. Drake poderia estar num dos dois lugares. Embaixo daquelas árvores escuras. Ou em algum lugar lá em cima, nas pedras.

Sentou-se numa cadeira de lona.

— Está conseguindo ficar de olhos abertos? — perguntou a Dekka.

— Vá dormir um pouco, Sam.

— É — disse ele, e bocejou.

Astrid estava esperando por ele, que disse:

— Desculpe ter sido grosseiro com você.

Ela não respondeu nada mas beijou-o, segurando seu rosto com ambas as mãos. Fizeram amor devagar, em silêncio, e quando terminaram, Sam caiu no sono.

Quando Charuto olhava Sanjit via uma criatura que dançava, girava, feliz, parecendo um greyhound andando ereto. O que se chamava Chu parecia um gorila sonolento com um coração vermelho, que batia devagar, como um cartão do dia dos namorados.

Charuto sabia que não estava vendo o que as outras pessoas viam. Só não sabia se o que estava vendo era uma consequência dos seus olhos novos ou se era a loucura que deixava tudo tão estranho e incrível.

Olhos estranhos. Cérebro estranho. Alguma combinação dos dois?

Até os objetos — as camas, as mesas, as escadas do Penhasco — tinham um brilho fantasmagórico, uma vibração, uma luz escorrendo como se, em vez de fixos no lugar, estivessem se movendo.

Olhos loucos, cérebro louco.

Lembranças que faziam os gritos subirem na sua garganta áspera.

Quando isso acontecia, Sanjit, Chu ou o pequenino, Bowie, que parecia um gatinho branco espectral, vinha até ele e dizia palavras reconfortantes. Nesses momentos ele parecia ver uma espécie de poeira num forte raio de sol, e aquela... aquela... ele não sabia como chamar, mas aquela... coisa... acalmava o pânico.

Até o próximo pânico.

Havia outra coisa, muito diferente da poeira brilhante e ensolarada, que estendia fiapos pelo ar, passando através de objetos, às vezes fazendo algo subir feito fumaça do chão e outras como um chicote lento, verde-claro.

Quando Lana chegava, o chicote verde a seguia, estendendo-se para tocá-la, deslizando para longe, estendendo-se de novo, insistente.

E às vezes Charuto sentia que aquilo o procurava. A coisa não tinha olhos. Não podia vê-lo. Mas sentia alguma coisa... alguma coisa que o interessava.

Quando aquilo chegava perto ele tinha visões de Penny. Tinha visões de si mesmo fazendo coisas terríveis, nauseantes, com ela.

Fazendo-a sofrer.

Imaginou se a fumaça que subia, o chicote verde e lento, essa coisa, poderia lhe dar poder sobre Penny. Imaginou se, caso dissesse sim — Sim, me alcance; estou aqui — então poderia se vingar de Penny.

Mas os pensamentos de Charuto nunca duravam muito. Ele montava imagens na cabeça; depois elas se separavam, voando, como um quebra-cabeça explodindo.

Às vezes o menininho vinha.

Não era fácil ver o menininho. Ele sempre ficava virado de lado. Charuto sentia sua presença e olhava para ele, mas, não importava a rapidez com que virasse a cabeça, nunca podia ver o menino claramente. Era como ver alguém através da abertura estreita de uma porta. Era um vislumbre, e depois o menininho sumia.

Mais loucura.

Se você tinha olhos não humanos e uma mente despedaçada, como poderia saber o que era real e o que não era?

Charuto percebeu que precisava parar de tentar. Não importava, não é? Será que alguém realmente via o que estava ao redor deles? Será que os olhos comuns eram tão perfeitos ou que as mentes normais eram tão claras? Quem diria que o que Charuto via não era tão real quanto o que tinha visto nos velhos tempos?

Os olhos comuns não eram cegos para todo tipo de coisas? Para os raios X, a radiação e as cores fora do espectro visível?

O menininho havia posto essa ideia na cabeça.

Ali estava ele, agora, percebeu Charuto. Fora de vista. Uma sugestão de presença. Bem ali, onde nem Charuto podia ver.

Os pensamentos de Charuto se despedaçaram outra vez.

Levantou-se e foi até a porta que vibrava, pulsava e o chamava.

Houve uma batida à porta de Penny.

Penny não temia uma batida na porta. Abriu-a sem ao menos espiar pelo olho mágico.

Caine estava à porta, emoldurado pelo luar de prata.

— Precisamos conversar — disse ele.

— Está no meio da noite.

Ele entrou sem esperar convite.

— Primeiro o mais importante: se eu vir alguma coisa de que não gostar, nem que seja uma pulga, qualquer coisa que venha da sua imaginação doente, Penny, não vou hesitar. Vou jogar você na parede mais próxima. E depois vou derrubar a parede em cima de você.

— Olá para você também. Sua alteza. — Ela fechou a porta.

Ele já estava sentando-se, aboletando-se na poltrona predileta dela. Como se fosse dono do lugar. Tinha trazido uma vela. Acendeu-a com um isqueiro Bic e a pôs na mesa. Era típico de Caine: ele arranjaria para ser iluminado de forma dramática, apesar de as velas serem mais raras do que diamantes no LGAR.

O rei Caine.

Penny engoliu a raiva que ameaçava ferver. Iria fazê-lo se arrastar. Iria fazê-lo gritar e gritar!

Ela disse:

— Sei por que você está aqui.

— Turk disse que você estava preparada para cair na real, Penny. Disse que você queria negociar alguns termos. É justo. Então fale logo.

— Olhe, eu fiz besteira com Charuto. E sei o que acontece se o suprimento de comida acabar. Não sou tão bonita quanto Diana, mas isso não quer dizer que eu seja idiota.

— Certo — respondeu ele cautelosamente.

— Então, como mandei Turk dizer a você, vou deixar a cidade. Já empacotei umas coisas para levar. — Ela indicou uma mochila num canto. — Só acho que não deveria parecer que você me obrigou a ir, porque vai ser como se Quinn tivesse vencido. Acho que deveria parecer que eu escolhi ir embora.

Caine a encarou, obviamente tentando deduzir o que ela estava tramando.

Então Penny demonstrou um pouco de raiva.

— Ei, eu não estou feliz com isso, OK? Mas vou me virar. Acredite ou não, posso sobreviver sem você, rei Caine.

— Leve quanta comida quiser.

— Quanta generosidade! — disse ela rispidamente. — O trato é eu ir embora, mas você tem de garantir que não vou passar fome. Uma vez por semana vou encontrar Bug na estrada, perto do caminhão da FedEx virado. Se eu precisar de alguma coisa, ele leva. É minha exigência em troca de ir embora e tornar as coisas mais fáceis para você.

Caine relaxou um pouco. Inclinou a cabeça de lado e olhou-a, pensativo.

— Justo.

— Mas a gente precisa combinar um modo de fazer com que a coisa pareça boa. Vamos falar a verdade, Caine, você e eu ainda podemos ser úteis um para o outro no futuro, certo? Por isso preciso que você continue no comando. É melhor do que a alternativa.

— Qual é a sua ideia?

Ela suspirou.

— Nesse momento minha ideia é tomar um chocolate quente. Taylor trouxe um pouco da ilha para mim. Tome uma xícara comigo e vamos pensar em alguma coisa.

Caine não perguntou por que Taylor traria para ela algo tão precioso na ilha como chocolate. Sem dúvida Taylor usava os poderes que Penny tinha de criar fantasias para alguma coisa.

Penny viu a expressão de nojo no rosto de Caine enquanto ele deduzia o que estava acontecendo. Foi à cozinha, ao pequeno fogareiro que ela usava para esquentar a água e o chocolate em pó. Ligou o fogareiro.

Caine não a seguiu até a cozinha.

Ainda estava sentado com uma expressão perplexa quando ela lhe entregou uma xícara.

Os dois beberam.

— Então acho que, se eu for embora e fizer parecer que não é culpa sua, talvez a gente devesse fingir que está brigando — disse Penny.

— Teria de ser em um lugar onde as pessoas possam ouvir. Mas não totalmente em público, porque vai parecer falso — observou Caine. E tomou outro gole de seu chocolate. — Está meio amargo — comentou, fazendo uma careta para a xícara.

— Tenho um pouco de açúcar, posso colocar.

— Você tem açúcar?

Ela pegou dois cubos de açúcar e pôs na xícara dele. Caine balançou a xícara, para dissolvê-los.

— Você está certa com relação a uma coisa, Penny. Você é útil. Maluca, porém útil. Ninguém tem açúcar, mas você tem.

Ela deu de ombros, modesta.

— As pessoas gostam de se afastar, sabe? Pensar em coisas mais divertidas do que só a vida, o trabalho e coisa e tal.

— É. Mesmo assim, açúcar de verdade? Vale um bocado.

— Acho que você sabe que eu tenho uma queda por você.

— É, bem, sem ofensa, mas não é recíproco.

Ela precisou de todo o autocontrole para não golpeá-lo, fazer sua pele queimar e formar bolhas.

— Que pena — disse Penny. — Porque eu posso ser qualquer pessoa... na sua imaginação.

— Faça-me o favor, não me dê nenhum detalhe. Agora... — ele bocejou. — Vamos planejar. Eu tive uns dois dias muito longos e quero acabar logo com isso.

Então Penny fez uma sugestão.

E Caine contrapôs com outra.

E ela sorriu e fez uma pequena objeção.

E ele bocejou. Um longo, muito longo bocejo.

— Você parece cansado, Caine. Por que não fecha os olhos e descansa uns minutos?

— Não posso... — começou a dizer, mas bocejou outra vez. — A gente se fala mais tarde. De manhã.

Tentou se levantar. Mal se ergueu e cedeu de novo. Piscou e a encarou.

Ela praticamente podia ver as engrenagens rodando muito devagar no cérebro dele. Caine franziu a testa. Forçou os olhos a se abrir e disse:

— Você pôs...

Ela não se incomodou em responder. Estava entediada com o jogo e cansada de bancar a boazinha.

— Vou matar você — disse ele. Em seguida levantou uma das mãos, mas ela oscilou no ar. Penny se levantou rapidamente e ficou ao seu lado. Deu a volta e foi para trás dele.

Ele tentou se virar, mas não pôde. Não conseguia obrigar o corpo a reagir.

— Não se preocupe, sua alteza. Na verdade acho que você não vai conseguir se preocupar com isso tão cedo. Além do Ambien eu misturei um pouco de Valium.

— Vou... ma... — disse ele, e inspirou pesadamente, incapaz de prosseguir.

— Boa noite — cantarolou Penny. Depois pegou no estande de bagulhos um globo de neve pesado, que havia sido sem dúvida uma posse preciosa do dono da casa. O globo de neve tinha um pequenino cassino Harrah's dentro. Um suvenir cafona.

Acertou o globo na nuca de Caine. Ele tombou para a frente.

O vidro se despedaçou, lacerando o couro cabeludo mas também cortando o polegar dela. Penny olhou o sangue na mão.

— Valeu a pena — rosnou ela.

Em seguida enrolou uma toalha no corte da mão, depois pegou uma grande tigela de madeira, que servia para colocar salada, e uma jarra de água.

Então arrastou o pesado saco de cimento para fora do armário.

DEZENOVE | 17 HORAS E 37 MINUTOS

SILENCIOSA COMO UMA sombra, Astrid saiu da cama. Era difícil demais deixar o calor do corpo dele. Ele era um ímã, e ela, limalha de ferro, atraída quase irresistivelmente de volta.

Quase irresistivelmente.

Esgueirou-se para o corredor. Brianna estava roncando. Astrid quase riu ao perceber que ela roncava em velocidade normal, como todo mundo.

Encontrou suas roupas antigas. Vestiu-se nas sombras. Camiseta, calça jeans com múltiplos remendos. Botas. Verificou a mochila. Os cartuchos de espingarda continuavam ali. Iria encher o cantil no lago. Um pouco de comida seria bom, mas Astrid havia se ajustado muito antes para suportar longos períodos de fome.

Esperava que aquela viagem não demorasse muito. Se nada acontecesse, poderia caminhar até Praia Perdida em, o quê, cinco horas? Suspirou. Andar até Praia Perdida durante a noite ou se arrastar de volta para a cama com Sam e deixar que ele a envolvesse com seus braços fortes, entrelaçasse as pernas nas dela e...

— É agora ou nunca — sussurrou ela.

Estava com as cartas. As que Mohamed não tinha conseguido entregar. Dobrou-as e as enfiou no bolso da frente, de onde não poderiam cair.

Todo o plano dependia do que ela encontrasse ao chegar ao convés. A casa-barco continuava atracada no cais — um desafio simbólico — mas alguém estaria de vigia.

Saiu pelo lado voltado para o cais. Talvez quem estivesse no convés de cima não notasse. Talvez ela pudesse simplesmente sair andando.

— Parada — disse uma voz. Dekka.

Astrid xingou baixinho. Tinha andado uns 2 metros pelo cais. Estava ao alcance de Dekka, o que significava que tinha chance zero de conseguir sair. Dekka cancelaria a gravidade embaixo dos seus pés, e era difícil correr quando se estava flutuando no ar.

Dekka foi até a beira do convés superior e saiu para o espaço. Cancelou a gravidade por uma fração de segundo, só o bastante para saltar em silêncio.

— Vai comprar alguma coisa para comer? — perguntou Dekka secamente. — Traga um pacote de salgadinho para mim, então.

— Vou a Praia Perdida — disse Astrid.

— Ah. Vai ser a grande heroína e entregar a carta do Sam.

— Sem o sarcasmo do "heroína", sim.

Dekka apontou o polegar para a terra.

— Drake está lá fora. E os mesmos coiotes que comeram Howard de almoço. Sem ofensa, queridinha, mas você é o cérebro, e não o músculo.

— Aprendi algumas coisas — disse Astrid. Sem desviar os olhos dos de Dekka, girou o cabo da espingarda para cima e para o lado. A coronha de madeira acertou Dekka na lateral do rosto. Não o bastante para nocauteá-la, mas o suficiente para deixá-la de joelhos.

Astrid moveu-se depressa para ficar atrás de Dekka e se aproveitar de sua fraqueza momentânea. Empurrou Dekka, que caiu de cara nas tábuas ásperas.

— Desculpe, Dekka — disse Astrid, e enrolou um pedaço de corda nos pulsos dela. Em seguida enfiou uma meia velha na sua boca. —

197

Escute, Dekka. Nós precisamos do Caine, Caine precisa de nós, portanto isso precisa acontecer. E não precisam de mim aqui.

Dekka já estava forçando a corda e começando a cuspir a mordaça.

— Se você acordar Sam, ele vai mandar Brianna atrás de mim.

Isso aquietou a luta de Dekka.

— Sei que isso é um porre, e mais tarde você pode me dar um soco para compensar — disse Astrid. — Me dê vinte minutos antes de chamar Sam. Diga que foi nocauteada. Você vai ter um belo hematoma para mostrar. Ele vai acreditar.

Astrid recuou. Dekka não estava lutando.

— Diga ao Sam que eu falei que precisava fazer isso. Diga que não vou parar até conseguir.

Dekka havia conseguido cuspir a mordaça. Agora podia gritar e tudo estaria perdido. Em vez disso ela disse:

— Entre na floresta. Fique longe do morro. Aposto que Drake está escondido em alguma fenda no morro. Brisa verificou a floresta muito bem.

— Obrigada.

— Quer que eu diga mais alguma coisa ao Sam?

Astrid sabia o que ela estava perguntando.

— Ele sabe que eu o amo. — Depois, com um suspiro, acrescentou: — Certo, diga que eu o amo de todo o coração. Mas, além disso, diga que essa batalha não é só dele. Eu também estou envolvida.

— Certo, louraça. Boa sorte. E, ei: atire primeiro e pense depois, certo?

Astrid assentiu.

— Certo.

Afastou-se rapidamente. Parte dela estava cruelmente desapontada porque tinha conseguido passar por Dekka. Mesmo que tivesse sido impedida receberia algum crédito pelo seu esforço corajoso. E estaria de volta com Sam, em vez de andando, tensa e temerosa, na direção da linha das árvores.

* * *

Diana pensava que não conseguiria dormir num veleiro. Não que houvesse ondas, mas ela ainda guardava lembranças marcantes dos dias de enjoo matinal. E não ficava feliz com nada que pudesse atrapalhar a paz delicada que havia alcançado com o estômago.

Mas tinha caído no sono num dos bancos estreitos e acolchoados na popa do veleiro.

No barco estavam Roger, Justin e uma amiga de Justin, uma garota com o interessante nome de Atria. Eles estavam dormindo. Ou pelo menos quietos, o que, do ponto de vista de Diana, era igualmente bom.

Mais cedo Diana havia observado Roger com os dois pequenos. Imaginou se algum dia conseguiria ter toda aquela paciência e dom para brincadeiras. Roger havia achado um pedaço de giz em algum lugar e tinha mantido as crianças calmas desenhando personagens engraçados no convés. Justin e Atria pareciam considerar aquilo quase uma espécie de piquenique.

O outro ocupante do barco era Orc. Ele havia decidido que seu lugar era no convés da frente, na proa ou como quer que chamassem aquilo. Seu peso levantava a popa, de modo que Diana estava num ângulo que ameaçava derrubá-la do banco. Mas enrolou um braço em volta de uma peça cromada e o outro, desconfortavelmente, em volta de um cunho, puxou um cobertor até a altura do queixo e acabou caindo no sono.

Mas era um daqueles sonos estranhos. Não uma inconsciência completa, mas uma espécie de sono agradavelmente nublado, à deriva, sorridente, pairando à beira da consciência.

Podia escutar vozes, mas não as entendia ou não queria entender.

Podia sentir o barco subir e descer quando Orc se mexia, ou quando outro barco à deriva batia no deles.

Foi nesse estado que Diana escutou a voz. Era uma voz ao mesmo tempo nova e familiar. Ressoava de dentro de sua barriga.

Sabia que era um sonho. Naquele ponto o bebê — mesmo que estivesse um pouco avançado para a idade — não tinha um cérebro funcional, quanto mais a capacidade de formular palavras, pensamentos e frases.

Neném estava aquecido...

Neném estava no escuro...

Neném estava seguro...

Um sonho, uma fantasia agradável inventada por seu subconsciente. Ela sorriu.

Você é o quê?, perguntou sua mente sonhando.

Neném...

Não, seu bobo, quero dizer, você é menino ou menina?

Diana sentiu confusão vindo do bebê do sonho. Bem, claro, isso fazia sentido. Afinal de contas, aquilo era um sonho, e a conversa era uma fantasia, com as duas vozes vindo de seu subconsciente, e como ela não sabia o...

Ele me quer...

O sonho nebuloso de Diana se encheu subitamente de nuvens de tempestade. O sorriso sumiu. Os músculos de seu maxilar se retesaram.

Ele sussurra para mim...

Quem? Quem sussurra para você?

Meu pai...

O coração de Diana falhou, depois acelerou para compensar.

Quer dizer, Caine?

Meu pai diz que devo ir até ele...

Eu fiz uma pergunta: está falando de Caine?

— Está falando de Caine? — Diana estava acordada. Os pelos de sua pele estavam arrepiados. — Está falando de Caine?

Estava ofegando. Havia gotas de suor na testa. Sentia todo o corpo úmido.

Outras crianças olhavam para ela. Podia ver olhos brancos na escuridão, quase um breu.

Ela estivera gritando.

— Eu tive um sonho — sussurrou ela. E depois: — Desculpe. Voltem a dormir.

Não podia olhar para eles. Não suportava que eles a olhassem.

— Está falando de Caine? — sussurrou Diana.

Nenhuma voz respondeu. Mas não importava. Diana havia sentido a resposta. Sabia da resposta o tempo todo.

Não...

Enrolou o cobertor puído em volta do corpo e foi para o convés. Precisava de ar fresco como antídoto para sua imaginação exagerada. A culpa era provavelmente dos hormônios. Seu corpo andava todo esquisito.

Viu Orc. Estava sentado de costas para ela. As poucas características humanas que restavam eram invisíveis daquele ângulo. Mas ainda havia algo humano na posição frouxa dos seus enormes ombros de cascalho. A cabeça estava tão baixa que mal passava de um calombo.

— Não está sentindo frio, aqui fora? — perguntou ela. Pergunta idiota. Ela nem sabia ao certo se Orc podia sentir frio.

Orc não respondeu. Diana deu alguns passos mais para perto.

— Sinto muito pelo Howard — disse ela. Procurou alguma coisa gentil para dizer sobre aquele ladrão e traficante de drogas. Demorou demais, por isso não disse nada.

Imaginou se Orc estivera bebendo. Orc bêbado podia ser perigoso. Mas quando ele finalmente falou, suas palavras foram enunciadas com clareza.

— Olhei no livro e não achei nada.

— No livro?

— Ele não diz bem-aventurados os baixinhos trambiqueiros.

Ah, esse livro. Ela não tinha nada a dizer, e começou a se arrepender de ter ido falar com Orc. De repente sua cama estava parecendo atraente. E precisava mijar.

— Howard era... único, acho — disse ela, imaginando o que queria dizer com aquilo, enquanto as palavras saíam.

— Ele gostava de mim. — comentou Orc. — Cuidava de mim.

É, pensou Diana, garantia que você ficasse bêbado. Usava você. Mas guardou isso para si mesma.

Como se tivesse lido seus pensamentos, Orc disse:

— Não estou dizendo que por muitas vezes ele não foi uma pessoa ruim. Mas eu também sou. Todo mundo faz coisas ruins. Eu sou pior do que a maioria. — Diana teve lembranças de si mesma. De coisas que tinha feito e em que não suportava pensar.

— Bem, talvez ele esteja num lugar melhor, como dizem.

Isso pareceu idiota. Mas não era o que as pessoas diziam? De qualquer modo, onde exatamente haveria um lugar pior do que aquele? Howard fora morto por asfixia e depois teve a carne arrancada dos ossos.

— Eu me preocupo porque talvez ele esteja no inferno — disse Orc. As palavras pareciam torturadas.

Diana xingou baixinho. Como havia se metido nisso? De verdade, precisava mijar.

— Orc, Deus perdoa, não é? Então ele provavelmente perdoou Howard. Quero dizer, esse é o trabalho dele, não é? Perdoar?

— Se você faz coisas ruins e não se arrepende, vai para o inferno — observou Orc, como se estivesse implorando para ser refutado.

— É, bem, sabe de uma coisa? Se Howard está no inferno, acho que todos nós vamos encontrar com ele em breve. — Ela se virou para ir embora.

— Ele gostava de mim.

— Tenho certeza de que gostava — disse Diana rispidamente, cansada da conversa. — Você é um grande urso de pelúcia adorável, Orc. — Além de bandido e assassino, acrescentou em silêncio.

— Não quero começar a beber de novo.

— Então não beba.

— Mas eu nunca matei ninguém estando sóbrio.

Diana havia ficado sem tempo. Desceu correndo a escada, achou a panela que todos estavam dividindo, agachou-se e suspirou de alívio.

O barco balançou feito louco. Uma das crianças gritou um sonolento: "Ei!"

Diana voltou para o convés e viu que Orc havia sumido. O pequeno barco a remo que estivera amarrado a um cunho do veleiro estava a 30 metros de distância, movendo-se rapidamente para a terra, levado por remadas super-humanas.

Caine ainda estava dormindo. Penny não sabia quanto tempo ele levaria para acordar. Mas não tinha pressa.

Pressa alguma. Agora, não.

Ficou sentada olhando-o. Ele estava numa posição realmente desconfortável. Sentado no sofá tombando para a frente. As mãos enfiadas até os pulsos na tigela. O cimento havia secado bem depressa.

O rei Caine.

Ele não arrancaria os próprios olhos com os dedos, pelo menos. Não com 18 litros — o conteúdo da tigela — de cimento nas mãos. Mal conseguiria se levantar.

Ela o avaliou. O figurão de quatro barras. A aberração mais poderosa de Praia Perdida, um dos dois que eram quatro barras.

Impotente.

Derrubado, totalmente, pela Pennyzinha ossuda e nada atraente.

Pegou uma tesoura na cozinha. Ele se remexeu um pouco e gemeu alguma coisa enquanto ela cortava a camisa dele e tirava-a.

Muito melhor. Uma aparência muito mais vulnerável. Depois de tudo que ele havia passado, ainda tinha um belo peitoral. Os músculos se destacavam na barriga lisa.

Mas antes que ela pudesse mostrá-lo, ele precisava de mais uma coisa. A ideia que tinha em mente a fez rir de prazer.

Havia um rolo de papel de alumínio na cozinha. Ela o pegou, desenrolou e começou a trabalhar à luz da vela.

Drake tinha observado tudo a partir do terreno alto depois da horta de Sinder. Ficou feliz em ver que Sam e todos os seus pequenos protegidos estavam se espremendo nos barcos. Era uma prova do seu poder.

Mas infelizmente isso tornava muito difícil chegar até Diana. Não havia nem como saber onde ela estava. Podia estar em qualquer um daquelas dezenas de barcos.

Durante todo o fim de tarde havia ficado encolhido ali em cima, e a cada meia hora, aproximadamente, um redemoinho passava. Brianna.

A cada vez Drake se encolhia mais contra as pedras. Os coiotes viravam as orelhas para o som e ficavam deitados perfeitamente imóveis. Temiam a Garota Veloz.

Mas Brianna não os tinha visto. E agora já era noite escura, e a Garota Veloz não era tão veloz na escuridão.

E então Drake teve um pouco de sorte. A própria Diana, enrolada num xale ou em algo assim, havia surgido num barco. O que tinha Orc sentado na proa.

Mesmo à luz fraca das estrelas ele a reconhecia. Ninguém mais se movimentava como Diana.

Claro. Ele deveria ter pensado nisso. Sam garantiria que ela tivesse um protetor forte, de modo que, claro, Diana estaria no barco com Orc.

A visão dela fez seu chicote estremecer. Ele o desenrolou da cintura. Queria sentir o poder daquilo enquanto a olhava.

A princípio ela seria corajosa. Ele poderia dizer o que quisesse sobre ela, mas Diana não era mole nem fraca. Mas o chicote mudaria essa atitude. Nada que fizesse mal ao neném. Mas com isso ainda restavam muitas possibilidades para Drake.

Se conseguisse pensar num modo de chegar até ela. E passar por Brianna. E Orc.

Olhou a grande casa-barco, a única coisa ainda presa ao cais. Ele estava mais longe, e o ângulo ruim não permitia ver qualquer coisa além do convés superior. Dekka estivera de vigia lá. Agora havia sumido. Mas Drake sabia perfeitamente que aquela casa-barco fora deixada como isca para ele. Queriam que ele fosse idiota o bastante para atacá-la.

Sentiu uma raiva súbita. Sam, ah, tão esperto, levando todo o seu pessoal vulnerável para os barcos. Não tinha parecido tão esperto quando Drake arrancou sua carne a chicotadas, fazendo Sam gritar de dor, com lágrimas escorrendo dos olhos...

Um rosnado grave de prazer saiu dos seus lábios. Isso deixou os coiotes nervosos.

Então aconteceram duas coisas: Orc desceu com movimentos pesados para um barco a remo comicamente pequeno.

Perfeito! Que Orc trouxesse o barco. Drake esperaria até que o monstrengo estivesse longe, depois poderia usar aquele barco para pegar Diana.

O único problema era a segunda coisa que estava acontecendo: Drake estava com a sensação incômoda que tinha quando Brittney emergia.

Estalou o chicote, frustrado. Mas esse chicote já havia se encolhido para um terço do tamanho usual.

Mordeu rapidamente o dedo indicador, até sangrar. Encontrou uma superfície de pedra plana e, nos poucos segundos que teve, rabiscou as palavras "barco a re..."

VINTE | 17 HORAS E 20 MINUTOS

SAM ACORDOU DE repente e soube que alguma coisa havia acontecido.

Ficou deitado no meio do cobertor retorcido durante alguns segundos, tentando juntar os fiapos de percepção inconsciente. Movimentos, sons, ideias nebulosas de conversas murmuradas.

Depois se levantou rapidamente. Vestiu uma roupa e saiu para o corredor principal. Estava indo em direção à escada quando parou, virou-se e viu a confirmação: a mochila de Astrid havia sumido.

Empurrou uma porta deslizante de armário. A espingarda dela também não estava mais lá.

Nesse momento Dekka desceu a escada. Levou um susto ao vê-lo de pé. Ele teve certeza de ter visto uma expressão de culpa cruzar o rosto dela, antes de ser suprimida.

— Ela levou as cartas — disse Sam, sem graça.

— Ela me nocauteou — explicou Dekka. Apontou para o hematoma na lateral da cabeça e virou o rosto, para que ele pudesse vê-la à luz do pequeno Samsol.

Os lábios de Sam se enrolaram num rosnado de fera.

— Certo. Astrid. Nocauteou você.

— Ela me acertou com a coronha da espingarda.

— Dá para ver. Também sei o que é preciso para derrubar você, Dekka.

Ela se eriçou, com raiva, mas ele sabia que era verdade, e ela soube que ele sabia.

— Vou mandar Brianna atrás dela.

— Astrid está certa: a gente precisa que Praia Perdida saiba o que está acontecendo, e precisamos trabalhar junto com eles. Alguém precisa levar aquela carta ao Albert e ao Caine.

— Não Astrid — rebateu Sam. Em seguida tentou passar por ela, seguindo na direção de onde Brianna roncava abençoadamente, sem saber de nada.

Dekka parou na frente dele.

— Não, Sam.

Sam deu um passo a frente, ficando tão perto que quase podia tocá-la.

— Você não me diz não, Dekka.

— Se você mandar Brianna atrás dela, das duas uma: ou Brisa a encontra e a arrasta de volta. E Astrid vai odiar você por isso. Ou Brisa bate numa pedra a cem por hora e acaba morta ou arrebentada.

Sam começou a dizer alguma coisa raivosa. Mas sua voz embargou.

— Drake está lá fora!

Tentou dizer algo mais, porém as palavras não passavam pelo nó que se formou em sua garganta, por isso apontou, sacudindo o dedo furiosamente na direção da terra.

— Ela está fazendo a coisa certa — disse Dekka. — E você não pode mandar a garota que eu amo morrer para resgatar a garota que você ama.

Sam sentiu o lábio tremer. Queria ficar furioso, mas a crueza da emoção estava enfraquecendo-o. Engoliu em seco e balançou a cabeça uma vez, sacudindo com raiva o medo e a perda que cresciam.

— Eu vou atrás dela. Vou trazê-la de volta.

— Não, chefe. — Era Edilio. Ele saiu de trás de Dekka. — Se o pessoal acordar de manhã e vir que você foi embora sem ao menos uma explicação, aí ferrou, cara. Você precisa parecer forte e ficar forte. Você tem a luz, Sam, e só isso pode manter as pessoas juntas.

— Vocês não entendem — implorou Sam. — Drake é doentio. Ele odeia Astrid. Vocês não sabem o que ele pode fazer.

— Drake odeia todo mundo — disse Edilio.

De repente Sam encontrou sua raiva.

— Você não entende porcaria nenhuma, Edilio, você não tem ninguém, você não tem ninguém de quem precisa, ama ou alguém com quem se importar, é só você.

Ele se arrependeu das palavras assim que falou. Mas era tarde demais.

Os olhos geralmente calorosos e tristes de Edilio ficaram estreitos e frios. Ele passou por Dekka e ficou cara a cara com Sam. Apontou o dedo na cara dele.

— Tem muita coisa que você não sabe, Sam. Tem muita coisa que não conto a você. Eu sei quem eu sou — disse com uma ferocidade equivalente à raiva de Sam. — Sei o que faço e o que sou para esse lugar. Sei o que sou para você e o quanto você depende de mim. Você pode ser o símbolo, e pode ser aquele que todo mundo procura quando alguma coisa vai mal, e é o grande fodão, mas eu sou o cara que cuida das coisas dia e noite. Por isso não faço um estardalhaço sobre mim.

Ele praticamente cuspiu a palavra "mim".

— Não vivo minha vida para todo mundo prestar atenção em mim. Faço meu serviço sem fazer com que eu seja a história, e sem que as pessoas precisem ficar pensando no que está acontecendo comigo.

Sam piscou. Sentiu-se inundado em sentimentos, e nenhum deles fazia sentido junto aos outros. Em meio ao tornado de medo e fúria sentiu vergonha. Tudo que Edilio dissera era verdade.

Edilio não havia acabado. Era como se tivesse guardado coisas demais dentro dele e, agora que a represa estava se rompendo, colocaria tudo para fora.

— Você e Astrid estão fazendo um tremendo espetáculo. As pessoas estão morrendo de medo e o que veem é você e Astrid curtindo pra caramba. Não estou julgando o que estão fazendo, não é da minha conta, mas você está colocando sua vida pessoal em primeiro lugar e não pode fazer isso: você é Sam Temple. Todo esse pessoal olha para nós, para você, Dekka e eu, e agora para Astrid, já que ela voltou, e o que eles veem? Você e Astrid se pegando na casa-barco sempre que têm uma chance, Dekka sendo grossa com todo mundo porque Brianna não é lésbica e não quer namorar com ela. O único que mantém o lado pessoal no lado pessoal sou eu. E você vai pegar pesado por causa disso?

Ele se virou com raiva e passou por Dekka empurrando-a com o ombro.

— Vocês dois segurem a onda, porque a gente já tem problemas suficientes — disse Edilio, e saiu pisando forte.

Brianna continuava roncando.

O luar destacou Orc de uma pilha de pedras amontoadas. Astrid se perguntou se Sam sabia que Orc tinha ido para terra. Imaginou se precisaria dar a notícia.

Não. A sua missão era mais importante. Precisava chegar até Praia Perdida. Talvez Caine e Albert soubessem o que estava por vir. Mas talvez não. Se o pessoal na cidade não estivesse preparado entraria em pânico e então todos estariam perdidos.

Uma imagem surgiu em sua mente, sem ter sido convidada, sem ser bem-vinda: uma visão de crianças na escuridão absoluta andando perdidas no deserto. Andariam até que uma ezeca faminta, um coiote ou Drake as pegassem. E estas seriam as mais sortudas. A maior parte morreria de forma agonizante de fome e sede.

Ficou longe de Orc. Ele estava procurando por alguém ou alguma coisa. Tinha de ser Drake, o que só poderia ser bom, pelo ponto de vista dela.

Tentou pensar em outra coisa que não a imagem que sua mente havia conjurado, da morte lenta de fome no escuro absoluto.

Precisava pensar.

A escuridão não era o estado final, era? Certamente havia algo fazendo a barreira escurecer. A mancha tinha um motivo, se é que não um propósito. Queria dizer algo. Mas o quê?

Provavelmente isso tinha alguma ligação com o gaiáfago, aquele mal incognoscível. O Satã pessoal do LGAR.

Ninguém sabia muito sobre ele. Lana não gostava de falar a respeito. O Pequeno Pete tivera contato, fora manipulado por ele. A quimera que se chamava de Nerezza fora sua criatura. Ele havia cooptado Caine num determinado momento, pelo menos era o que diziam, mas Caine havia conseguido se livrar.

Astrid começou a correr, tendo o cuidado de olhar o caminho sob os pés. Assim que estivesse bem longe do lago planejava ficar fora da estrada de cascalho. Não tinha certeza de que isso seria algo inteligente ou muito idiota. Mas raciocinou que se alguém a estivesse procurando tentaria primeiro nas principais rodovias.

Levaria mais tempo pelo caminho que escolhera. Mas ninguém esperaria que ela, de todas as pessoas, seguisse pelo terreno ruim.

Bem, eles não a conheciam. Nos últimos quatro meses havia ficado bastante à vontade em terrenos ruins.

Correu, adorando o sentimento de poder que vinha com o domínio do medo. É, estava escuro. É, forças malignas estavam por ali. Mas ela correria mais do que elas, pensaria melhor do que elas ou, se necessário, lutaria melhor do que elas.

Se não pudesse fazer nada daquilo, então trataria de sobreviver.

Uma pontada de culpa a acertou sem aviso. Deveria ter argumentado com Sam e tentado fazer com que ele concordasse. Não deveria ter simplesmente saído sozinha.

Ele jamais concordaria.

Ela estava fazendo a coisa certa. Pela primeira vez estava decidindo agir. Não manipular ou convencer. E sim agir.

Com sorte chegaria de manhã a Praia Perdida.

E com um pouco mais de sorte estaria de volta com Sam na noite seguinte.

Brittney sabia o que deveria fazer. A maior parte. O Deus que se chamava de gaiáfago havia dito o que ela e Drake deveriam fazer. Mas o gaiáfago não tinha lhe dado o poder de manter as memórias de Drake como se fossem suas. A cada vez que emergia era numa situação que poderia ser totalmente inesperada.

Nesse caso reconheceu a fenda no morro e soube que estava se escondendo de Brianna. Mas era noite, o que foi uma surpresa.

Uma surpresa quase tão grande quanto o fato de que, quando espiou, viu Orc erguendo-se enorme, a menos de cinco metros da abertura.

Brittney congelou. Os coiotes já estavam tão quietos e imóveis como estátuas.

Orc estava subindo o morro lentamente, procurando enquanto seguia de um modo constante e metódico que não se parecia com nada que ela vira em seu antigo carcereiro.

Examinava meticulosamente o terreno, pisoteando em arbustos, empurrando pedras para o lado. Orc não iria encontrá-los tão cedo, e os coiotes mostrariam a Brittney outro esconderijo caso fosse necessário, mas havia algo perturbador no modo como Orc procurava. Metódico. Calmo. Perigoso.

Os coiotes não serviriam de nada contra Orc. E Brittney ficaria impotente. Orc era forte. Podia despedaçá-la. Aquelas enormes mãos de cascalho poderiam rasgá-la com tanta facilidade quanto ela partiria um pedaço de pão.

Ele não poderia matá-la, nem Drake; pelo menos a princípio. Mas mesmo naquele momento, o mais longe possível de sua vida antiga,

Brittney sentiu-se enjoada de pavor com o que Orc poderia fazer. Ela poderia não sentir dor como antes. Mas sentiria alguma coisa.

Orc foi em frente, passando com movimentos pesados, uma fera iluminada pelas estrelas. Ela não entendia por que ele queria pegá-la, ou por que queria Drake, mas tinha certeza de que esse era o objetivo.

Sua mão roçou numa face de rocha lisa, e ela sentiu algo úmido.

— Mão de Chicote fez sangue — disse Líder da Matilha.

— Está escuro demais para ver — respondeu Brittney. — Você...

— Não, isso era idiota. Líder da Matilha não podia ler. Mas mesmo assim ele poderia saber alguma coisa. Ela não precisou perguntar.

— Pedra que vive veio de lá. — Líder da Matilha não podia apontar, mas podia indicar com os olhos. Através da abertura na pedra Brittney viu o que podia ser um pequeno bote a remo. Inclinou-se um pouquinho à frente, em silêncio, com medo de uma enorme mão de pedra vir de cima. Centímetro a centímetro, até estar de pé do lado de fora da caverna. Ficou perfeitamente imóvel. Ouviu com atenção. Escutou o monstro movendo pedras, mas o som não estava muito perto.

A luz brilhou sobre o bote abandonado. Tinha a borda pintada, possivelmente de verde, mas não dava para dizer com certeza.

Examinou os barcos ancorados, oscilando suavemente presos por cordas ou, em alguns casos, apenas à deriva. Um veleiro atraiu seu olhar. Tinha um acabamento muito parecido com o do bote.

— Precisamos ir — disse Brittney a Líder da Matilha. — Vou pegar o barco do Orc, do Pedra Que Vive. Você vai ficar esperando em terra para lutar com qualquer um que apareça.

Os olhos inteligentes e sem alma de Líder da Matilha a encararam.

— Matilha se esconde de Garota Veloz e Pedra Que Vive.

— Não — disse Brittney. — Não podemos nos esconder mais.

— Garota Veloz mata muitos coiotes.

— Vocês vão ter de se arriscar. A Escuridão ordena.

O rabo de Líder da Matilha balançou.

— Mão de Luz está lá. — Ele apontou o focinho para o barco-casa. — Pedra Que Vive está perto. Líder da Matilha não vê Mão de Chicote. Não vê Escuridão.

Brittney trincou os dentes. Então era isso. Os coiotes estavam calculando as chances e não gostavam dos resultados. Covardes.

— Vocês são cachorros? — provocou Brittney.

Líder da Matilha não se abalou.

— Matilha quase acabada. E só três filhotes.

— Se Drake estivesse aqui, iria chicotear vocês até arrancar o couro.

— Mão de Chicote não está aqui — disse Líder da Matilha placidamente.

— Ótimo. Então esperem aqui. Eu vou sozinha.

Líder da Matilha não questionou. Nem concordou.

Brittney começou a descer em silêncio, indo com cautela em direção à margem. Ficava sob a cobertura das pedras quando podia e se agachava bem baixinho quando não tinha opção além de seguir por terreno aberto.

Ficou de olho na casa-barco. Não precisava das lembranças de Drake para saber que Sam estaria lá. E ficou de ouvidos atentos a Orc.

Nos últimos 50 metros não havia cobertura alguma, nada que pudesse fazer para se esconder enquanto atravessava a margem de cascalho até o bote. Agachou-se e olhou atentamente para o barco-casa. Não viu ninguém no convés superior. Isso não significava que não haveria olhos espiando das janelas do barco-casa. Mas se mal podia vê-los, então eles só poderiam vê-la se olhassem bem na sua direção.

Assim que o bote começasse a se mover...

Correu para o bote e se agachou à sombra dele, os olhos fixos na casa-barco. Se tentasse mover o bote seria pega. Talvez Drake pudesse fazer isso, movendo-se rapidamente de um modo que ela não era capaz. Mas Brittney não sabia remar e provavelmente faria barulho.

Se tentasse nadar seria pior ainda. Até sabia nadar, mas só crawl, e a água espirrando atrairia todos os ouvidos da pequena frota.

Então Sam e seu pessoal a escutariam, iriam pegá-la, e Sam iria queimá-la até só restar cinzas.

Ela fracassaria com Drake. Fracassaria com o gaiáfago.

Então: um clarão de gênio. Brittney quase gargalhou.

Ela respirava, mas não precisava respirar.

Começou a catar pedras pequenas e enfiá-las nos bolsos. Amarrou a barra da blusa o mais apertado que pôde, depois jogou mais pedras por dentro da blusa, usando os braços para segurá-las como se fosse uma barriga de grávida.

Com o peso, entrou no lago. À medida que a água subia ao redor, mantinha o olhar no veleiro. Andou diretamente para ele, fixando a direção na mente.

A água subiu na altura da cintura, do peito, até a boca e o nariz. E depois encobriu sua cabeça.

Ela estava quase completamente sem enxergar dentro d'água. A única luz vinha da lua, e só parecia penetrar pouco mais de um metro no lago.

Brittney concentrou toda a energia para andar em linha reta. As pedras controlavam a flutuabilidade, mas mesmo assim seu corpo tendia a subir um pouco, o que tornava muito difícil manter a linha reta.

A água gélida encheu seus pulmões. Ela sabia que estava frio, mas o frio não a incomodava. O que incomodava era a certeza de que não estava na direção certa. Quantos passos deveria dar? A que distância estaria o veleiro? Tinha parecido que seriam uns duzentos passos, mas ela havia perdido a conta depois de tropeçar e perder algumas pedras que a mantinham no fundo.

Não havia opção, a não ser subir à superfície. Abriu a parte de baixo da blusa e deixou as pedras caírem. Seus pés deixaram o fundo pedregoso do lago e ela flutuou para cima.

Pareceu levar um tempo enorme. Ela não boiava muito bem.

O tempo todo olhava ao redor e não via nada, até chegar perto da superfície. Então viu uma corda inclinada, descendo para a escuridão.

Nadou por baixo d'água, em silêncio, sem deixar bolhas saírem da boca. Pegou a corda e começou a se puxar para cima, tendo o cuidado de não retesar o fio.

O rosto emergiu primeiro. Os arames torcidos do aparelho dentário brilharam com a luz do luar. Um barco — um barco com mastro alto e um acabamento que podia ser verde — estava logo acima dela.

Brittney não sabia se era adequado fazer uma oração de agradecimento ao gaiáfago. Talvez isso valesse apenas para seu antigo Deus. Mas sorriu com a crença renovada de que tinha um propósito e de que estava servindo bem ao seu senhor.

VINTE E UM | 15 HORAS E 12 MINUTOS

O PLANO DE Astrid teria sido brilhante.

Só que ao se distanciar da estrada em busca de segurança ela acabou se perdendo.

O semideserto não era como a floresta familiar. E o curioso com relação a uma estrada era que, de longe, você não podia enxergá-la à noite, a não ser que estivesse vendo luzes de postes ou faróis de carros.

O LGAR não tinha nenhuma das duas coisas.

Assim a estrada de cascalho desapareceu de vista, e mesmo ela tendo certeza de estar andando em paralelo à pista, agora parecia estar num terreno muito menos austero do que aquele por onde a estrada passava.

A lua havia se posto e as estrelas forneciam muito pouca luz para conseguir enxergar. Por isso ela passara a andar cada vez mais devagar. E depois tinha tentado virar em ângulo reto para chegar à estrada. Mas a estrada não estava lá. Ou, se estava, era muito mais longe do que ela havia imaginado.

— Idiota — disse a si mesma. Isso é que era a nova Astrid competente. Tinha conseguido se perder em apenas algumas horas.

Por mais que odiasse admitir, a única coisa sensata a se fazer era ficar parada e esperar o amanhecer. Se o amanhecer chegasse. Esse pensamento causou um arrepio de medo em sua barriga. Mesmo à luz das estrelas ela estava desamparada. Na escuridão total poderia vaguear para sempre. Ou, com mais precisão, poderia vaguear até que a sede e a fome a matassem.

Imaginou qual das duas coisas faria isso primeiro. As pessoas presumiam que fosse a sede. Mas ela havia lido em algum livro que a fome...

— Isso não adianta — disse em voz alta, só pelo conforto de ouvir a própria voz. — Se... quando... o sol nascer vou poder localizar os morros e talvez até ver um pedacinho do oceano.

Por isso encontrou um trecho de terreno com um pouco de capim alto e sentou-se cuidadosamente.

— Mau começo — admitiu ela. Perdida no ermo. Quanto tempo Moisés e os hebreus tinham conseguido ficar perdidos na Península do Sinai antes de tropeçar na terra que reconquistariam? Quarenta anos?

— Uma coluna de fumaça de dia e uma coluna de fumaça à noite. E mesmo assim eles não conseguiram achar o caminho para sair do Sinai — murmurou Astrid. — Para mim basta um último dia de luz do sol.

Num determinado ponto o sono a carregou para sonhos inquietantes. E quando finalmente acordou soube que seu único desejo não seria atendido.

Olhando para cima pôde vislumbrar um círculo do azul mais profundo, mais escuro, apenas começando a clarear na borda leste e a empurrar as estrelas para longe.

Abaixo desse azul noturno tudo estava preto. Mas não era o preto da noite com estrelas, a Via Láctea e galáxias distantes, e sim o vazio absoluto, o preto chapado da mancha.

O céu não se estendia mais de um horizonte a outro. Parecia um buraco no topo de uma tigela virada. O céu era o círculo no topo de um poço. E antes que o dia terminasse, teria sumido completamente.

* * *

Caine acordou. Sua cabeça martelava. Estava tão dolorida que ele achou que poderia desmaiar com o ataque súbito daquela dor.

Então sentiu outra coisa. Pareciam cortes. Eram nítidos e coçavam em volta de toda a cabeça.

Tentou tocá-la. Mas suas mãos não se moviam.

Os olhos de Caine se abriram.

Viu o bloco de cimento cinza em forma de tigela. Estava em cima da mesinha de centro. Suas mãos estavam enfiadas no bloco até os pulsos.

Bateu um medo. Pânico.

Lutou para controlá-lo, mas não conseguiu. Então gritou.

— Não, não, não, não!

Tentou inclinar o corpo para trás, libertar as mãos, mas elas estavam totalmente presas pelo concreto, que pinicava e espremia a pele dele. Ele havia feito isso com pessoas; havia ordenado que isso fosse feito e conhecia os resultados; sabia o que aquilo provocava; sabia que o cimento simplesmente não podia ser quebrado; sabia que estava preso, impotente.

Impotente!

Saltou de pé, mas o bloco de cimento pesou, puxando-o para baixo, fazendo-o tropeçar e bater o joelho na borda afiada do concreto. Sentiu dor no joelho, mas não era nem de longe parecida com o pânico, não era nada se comparada a dor medonha na cabeça.

Choramingou como uma criança apavorada.

Usando toda a força levantou o bloco de cimento, que bateu em suas coxas, mas sim, podia levantá-lo; podia carregá-lo.

Mas não até muito longe. Baixou-o mas errou a mesa, de modo que o bloco bateu no chão, curvando-o num U invertido.

Precisava se concentrar. Precisava não entrar em pânico.

Precisava adivinhar...

Estava na casa de Penny.

Penny.

Não.

Um pavor doentio, terrível, preencheu-o.

Olhou para cima como pôde, e ali estava ela, vindo na sua direção. Parou a centímetros de sua cabeça abaixada. Caine ficou olhando os pés dela.

— Gostou? — perguntou Penny.

Ela segurou um espelho oval para que ele pudesse olhar e ver o próprio rosto. Sua cabeça. Os fios de sangue seco que escorriam da coroa de papel de alumínio que ela havia feito e grampeado em sua cabeça.

— Não pode ser rei se não tiver uma coroa, sua alteza.

— Vou matar você, seu verme doente, deturpado.

— Que engraçado você mencionar vermes — disse ela.

Então ele viu um. Um verme. Só um. Estava se espremendo para fora do bloco de concreto. Só que não estava saindo do cimento; saía da pele de seu pulso.

Caine ficou olhando. Ela havia colocado vermes ali dentro, junto com suas mãos!

Mais um começou a sair. Não era maior do que um grão de arroz. Abrindo caminho por sua pele, saindo da...

Não, não, era uma das ilusões dela. Ela estava fazendo-o ver aquilo.

Eles iriam se enfiar em sua pele e...

Não! Não! Não acredite nisso!

Não era real. O cimento era real, e nada mais, mas então ele começou a senti-los, não um ou dois, mas centenas, centenas deles comendo suas mãos.

— Pare! Pare com isso! — gritou ele. Havia lágrimas em seus olhos.

— Claro, sua alteza.

Os vermes sumiram. A sensação de cavarem sua carne desapareceu. Mas a lembrança persistia. E mesmo ele sabendo com toda certeza que não eram de verdade, a memória sensorial era poderosa. Impossível de esquecer.

— Agora vamos dar um passeio — disse Penny.

— O quê?

— Não seja tímido. Vamos mostrar essa sua barriga de tanquinho. Vamos deixar que todo mundo veja a sua coroa.

— Não vou a lugar algum — disse Caine rispidamente.

Mas então algo caiu em seu cílio esquerdo. Ele não conseguia focalizar o que era. Mas era algo pequeno e branco. E se retorcia.

Sua resistência desmoronou.

No espaço de minutos tinha passado de rei — a pessoa mais poderosa em Praia Perdida — a escravo.

Com um esforço desesperado levantou o bloco e cambaleou em direção à porta.

Penny abriu-a e hesitou.

— Ainda está de noite — disse Caine.

Penny balançou a cabeça lentamente.

— Não. Eu tenho relógio. É de manhã. — Ela lançou-lhe um olhar assombrado, perturbado, como se suspeitasse que ele havia feito algum truque.

— Você parece apavorada, Penny.

Isso trouxe a expressão severa de volta ao rosto dela.

— Continue andando, rei Caine. Não estou com medo de nada. — Ela gargalhou, de repente parecendo estar adorando. — Não tenho medo. Eu sou o medo!

Penny gostou tanto disso que ficou repetindo a fala, gargalhando feito uma criatura louca.

— Eu sou o medo!

Diana estava de pé no convés do veleiro, com uma das mãos na barriga, esfregando-a distraidamente.

Via os líderes — Sam, Edilio, Dekka — parados na Casa-Barco Branca, olhando para o lugar onde o sol nascente deveria estar.

Meu neném.

Esse era seu pensamento. Meu neném.

Nem sabia o que significava. Não entendia por que aquilo estava em sua cabeça e simplesmente deixava de lado todos os outros pensamentos.

Mas enquanto olhava horrorizada para aquele céu escuro, a única coisa em que Diana conseguia pensar era: meu neném.

Meu neném.

Meu neném.

Charuto andava sem rumo, sem saber onde estava. Nada era como deveria ser. Em seu mundo, as coisas — casas, meios-fios, placas de rua, carros abandonados — eram meras sombras. Podia discernir as bordas, o suficiente para não trombar nelas.

Mas os seres vivos eram fantasmas de luz retorcidos. Uma palmeira virava um silencioso funil de tornado. Arbustos ao lado da estrada eram milhares de dedos tortos se retorcendo juntos como as mãos de um homem avarento de desenho animado. Uma gaivota flutuava no alto parecendo uma mão pálida e pequena acenando um adeus.

Alguma coisa daquelas era real?

Como ele poderia saber?

Charuto tinha lembranças de quando ele era Bradley. Podia ver na memória coisas muito diferentes: pessoas que pareciam planas e bidimensionais. Como se fossem fotos numa revista antiga. Lugares tão iluminados que as cores ficavam lavadas.

Bradley. Já arrumou seu quarto?

Seu quarto. Suas coisas. Seu Wii. O controle estava em cima das cobertas desarrumadas da cama.

Nós precisamos ir, Bradley, então faça o favor e arrume seu quarto, OK? Não me obrigue a gritar com você. Não quero ter um dia daqueles.

Já vou! Poxa! Eu disse que ia arrumar!

À sua frente havia alguém que parecia uma raposa. Parecia engraçado. Movendo-se mais depressa do que ele, afastando-se, olhando para trás com olhos aguçados de raposa e depois correndo para longe.

Charuto foi atrás da raposa.

Mais pessoas. Uau. Era como um desfile de anjos e diabos saracoteando, cachorros eretos e, ahhh, até um peixe que andava, com barbatanas diáfanas.

Poeira vermelha saía deles, flutuando para cima, adensando-se à medida que mais crianças apareciam. A poeira vermelha começou a pulsar, como um coração, como um estroboscópio lento.

Charuto sentiu o medo apertar seu coração.

Ah, meu Deus, ah, não, não, não. Medo. A poeira vermelha era o medo, e olhe, ela estava saindo dele também, e quando ele olhou de perto não eram partículas de poeira; eram centenas e milhares de minúsculos vermes se retorcendo.

Ah, não, não, aquilo não era real. Era uma das visões de Penny. Mas a poeira vermelha flutuava acima das cabeças e baixava sobre as bocas, os ouvidos e os olhos de toda aquela assembleia que saracoteava, girava, deslizava e corria feito louca.

Então Charuto sentiu a presença dele. Do menininho.

Virou-se mas não o encontrou atrás de si. Ou à sua frente. Nem em nenhum dos dois lados. Estava em algum lugar, mas não conseguia ver onde. O menininho estava lá, no espaço logo ao lado, não exatamente onde seus olhos podiam ver, naquele fiapo de realidade onde era possível enxergar.

Mas dava para sentir.

Na verdade o menininho não era tão pequeno assim. Talvez fosse vasto. Talvez pudesse baixar um dedo gigantesco e virar Charuto pelo avesso.

Mas talvez o menininho fosse tão suspeito quanto todas as outras coisas que Charuto via.

Charuto seguiu a multidão que ia para a praça.

* * *

Lana estava em sua varanda. Havia apenas luz suficiente para que pudesse ver a mancha preta que tinha pintado a maior parte do céu. O céu lá no alto estava começando a ficar azul. Azul-céu. A cúpula era como um globo ocular visto por dentro: onde deveria ser branco era de um preto opaco, mas com uma íris azul logo acima.

Isso a encheu de fúria. Era uma brincadeira. Uma luz falsa num céu falso enquanto a escuridão se fechava para apagar a luz restante.

Ela tivera a chance de destruir aquilo. A Escuridão. Estava convencida. E todas as coisas malignas que tinham vindo mais tarde daquela entidade monstruosa pesavam em seus ombros.

Aquilo a havia derrotado. Tinha dominado-a pela pura força de vontade.

Ela havia se arrastado até aquilo, de quatro.

Ela fora usada pela Escuridão. Tornara-se parte dela. Fizera palavras saírem da boca de Lana. Fizera com que ela apontasse uma arma contra um amigo e puxasse o gatilho.

Sua mão tocou a pistola no cinto.

Fechou os olhos e quase podia ver o tentáculo verde se estendendo para tocar sua mente e invadir sua alma. Respirando trêmula, baixou a parede de resistência que havia construído ao redor de si. Queria dizer à coisa que ainda não tinha sido derrotada, que não estava apavorada. E queria que a ouvisse.

Agora, outra vez, como vinha acontecendo de vez em quando recentemente, sentiu a fome, a necessidade do gaiáfago. Mas também sentiu outra coisa.

Medo.

Aquele que trazia o medo estava assustado.

Os olhos de Lana haviam se fechado. Agora se abriram bruscamente. Um arrepio percorreu sua espinha.

— Está com medo, é? — sussurrou ela.

A Escuridão precisava de algo. Precisava desesperadamente.

Lana apertou os olhos com força de novo, obrigando-se a fazer o que havia se recusado antes: tentar atravessar de volta o vazio e tocar o gaiáfago.

O que você tanto quer, seu monstro?

De que precisa?

Diga para que eu possa matar isso e matar você ao mesmo tempo.

Uma voz — Lana poderia jurar que era uma voz real, uma voz de menina — sussurrou: *meu neném*.

Albert viu a multidão de crianças indo para a praça. Podia sentir o medo. Podia sentir o desespero delas.

Nenhuma colheita aconteceria. O mercado não abriria mais.

Era o fim. E o tempo era curto.

Crianças esbarravam nele, paravam, percebiam em quem haviam trombado, até que uma disse:

— O que vai acontecer, Albert?

— O que isso significa?

— O que a gente deve fazer?

Sentir medo, pensou Albert. Sentir medo, porque não resta mais nada a fazer. Portanto sintam medo, depois pânico e depois espalhem a violência e a destruição.

Sentiu-se nauseado.

Em algumas horas tudo que ele havia construído sumiria. Podia ver isso acontecendo com muita clareza.

— Mas você sempre soube que isso culminaria num final ruim — sussurrou ele.

— O quê?

— O que ele disse?

Olhou para as crianças. Agora havia um grupo grande ao redor dele. As multidões eram perigosas. Precisava mantê-las calmas para escapar.

Levantou uma sobrancelha em desaprovação.

— Vocês podem começar não pirando de vez. O rei vai cuidar disso. — Depois, com sua característica arrogância fria, acrescentou: — E se ele não cuidar, eu cuido.

Virou-se e saiu andando. Atrás dele ouviu alguns aplausos inseguros e algumas palavras encorajadoras.

Por enquanto eles haviam engolido.

Idiotas.

Enquanto andava, repassou mentalmente uma lista. Sua empregada, Leslie-Ann, porque havia salvado sua vida. E Alicia, porque era capaz de usar uma arma mas não era ambiciosa. Além de bonita. Um dos seus seguranças? Não. Qualquer um poderia se virar contra ele. Não, ele pegaria a tal garota que chamavam de Pug: ela era muito forte e burra demais para causar algum problema.

Só eles quatro pegariam o barco para a ilha.

Isso bastaria para manter a vigilância e usar os mísseis que ele havia conseguido mandar em segredo para a ilha. E para explodir qualquer um que chegasse pela água sem ser convidado.

VINTE E DOIS | 14 HORAS E 44 MINUTOS

— VENHA, REI Caine — provocava Penny.

Caine arrastava o bloco entre as pernas, curvado. O sangue dos grampos na cabeça havia secado, mas de vez em quando os ferimentos minúsculos voltavam a sangrar. E, então, o sangue escorria para o olho direito e tudo o que ele enxergava era o vermelho, até conseguir piscar para limpá-lo.

Às vezes juntava toda a sua força, levantava o bloco e caminhava dolorosamente. Mas não conseguia fazer isso por muito tempo.

Era uma caminhada — um arrastar-se — longa, lenta, infinitamente dolorosa e humilhante até a praça.

Estava exausto de uma forma inacreditável. Sua boca e a garganta estavam secas.

E por um longo tempo achou que ainda devia ser noite. A rua estava escura, mas com uma qualidade fantasmagórica que não parecia o luar. A luz parecia brilhar levemente, vinda do alto. Como uma lanterna fraca.

As sombras eram horripilantes. Eram as sombras estreitas do luar alto mas fraco. O próprio ar parecia ter assumido uma cor sépia, como se estivesse olhando para uma foto antiga.

Caine notou Penny esticando o pescoço e olhando para o céu. Piscou para tirar o sangue dos olhos e torceu o pescoço dolorosamente para ver também.

A cúpula estava preta. O céu era um buraco azul numa esfera preta.

Caine começou a notar crianças na rua, todas indo para a praça. Suas vozes tinham o som frívolo, saltado, que as crianças produziam quando estavam apavoradas. Ele ficou vendo suas nucas enquanto elas se inclinavam para olhar o céu.

As pessoas andavam encurvadas, como se achassem que o céu poderia cair em cima delas.

Demorou um tempo até que a primeira pessoa notasse Penny e Caine. Os gritos daquela criança fez todos os olhares se voltarem para o rei.

Ele não sabia o que esperar. Ultraje? Alegria?

O que obteve foi silêncio. As crianças conversavam entre si, depois se viravam para vê-lo arrastando seu bloco de cimento e as palavras morriam nas suas bocas. Os olhos se arregalavam. Se sentiam algum prazer, tinham escondido muito bem.

— O que está acontecendo com o céu? — perguntou Penny, finalmente notando algo além de si mesma. Olhou irritada para as crianças mais próximas. — Respondam ou eu faço com que vocês desejem estar mortos!

Ombros encolhidos. Cabeças balançando. Recuando para longe rapidamente.

— Continue andando — rosnou para Caine.

Tinham chegado na praça, e Penny empurrou Caine na direção da prefeitura.

— Preciso de água — disse Caine, rouco.

— Suba a escada — ordenou Penny.

— Vá se catar.

E instantaneamente um par de cães hidrofóbicos, com enormes coleiras de ferro no pescoço, os dentes reluzindo em cor-de-rosa por trás de bocas cheias de espuma da hidrofobia, o atacaram por trás.

Ele pôde sentir os dentes se cravando nas nádegas.

A dor — não, não, disse ele a si mesmo, a ilusão, a ilusão. Mas era real demais; era impossível não acreditar que os cães o rasgavam, e ele gritava em agonia e fúria e arrastava o fardo, subindo o primeiro degrau.

Os cães recuaram, mas continuaram rosnando, espumando e latindo tão alto que ele sentiu que poderia ficar surdo.

Caine arrastou seu fardo, um degrau após o outro.

No topo, no mesmo lugar onde havia se dirigido às multidões como rei, desmoronou, tremendo de fadiga. Caiu sobre as mãos aprisionadas.

Depois de um tempo, alguém empurrou sua cabeça para trás, e ele sentiu uma jarra encostar em seus lábios. Bebeu a água, engolindo rapidamente, sem se importar em estar engasgando.

Abriu os olhos e viu que a multidão havia aumentado. E tinha avançado lentamente. Os rostos mostravam expressões de horror e medo.

Ele havia feito inimigos nos quatro meses que ficou no poder. Mas o que estava acontecendo obliterava tudo isso. Naquele momento a multidão estava apavorada. Muito assustada. Os olhares se desviavam para o céu repetidamente, verificando se ainda havia luz, alguma luz.

Caine examinou a multidão com os olhos remelentos. Tinha uma esperança: Albert.

Albert não permitiria aquilo. Albert tinha guardas armados. Provavelmente estava pensando naquele exato minuto num modo de salvar Caine.

Mas outra parte da mente de Caine balbuciava que não havia como se livrar do concreto. Ele sabia: tinha infligido isso contra aberrações, logo no início. E o único motivo que levou qualquer um deles a escapar havia sido a intervenção do Pequeno Pete.

Na ocasião Caine não soube que era coisa do Pequeno Pete. Tinha sido surdo, cego, mudo e idiota ao não perceber que o esquisitinho autista era o verdadeiro poder. E agora o Pequeno Pete já estava morto.

Com isso restava quebrar o concreto, lasca por lasca, com uma marreta.

A dor seria insuportável. Cada osso das suas mãos seria quebrado. Lana poderia ajudar, mas primeiro viria a dor.

Assim que Albert cuidasse de Penny.

— Aí está o rei de vocês! — gritou Penny numa voz cheia de zombaria. — Estão vendo? Estão vendo a coroa que eu dei a ele? Gostaram dela?

Ninguém respondeu.

— Eu perguntei: gostaram dela? — guinchou Penny.

Poucas crianças assentiram e murmuraram:

— Ahã.

— Certo — disse Penny. — Está certo, então. — Ela parecia não ter certeza do que fazer em seguida. Sua fantasia não tinha ido além disso. E agora, Caine sabia, ela estava tentando descobrir como desfrutar da vitória.

Da sua vitória temporária.

— Já sei! — disse Penny. — Vamos ver se o rei Caine consegue dançar. Que tal?

Mais uma vez a plateia atordoada e traumatizada não soube como reagir.

— Dance! — rugiu Penny numa voz que desapareceu num chiado. — Dance, dance, dance!

E de repente o calcário embaixo dos pés de Caine explodiu em chamas. A dor foi instantânea e insuportável.

— Dance, dance, dance — gritou Penny, pulando. Estava balançando os braços desajeitados na direção das crianças, instigando-as a cantar com ela.

Enquanto as chamas queimavam a carne de suas pernas, Caine chutava e se sacudia loucamente, numa bizarra paródia de dança.

As chamas sumiram.

Caine ofegou, esperando o próximo ataque.

Mas agora Penny parecia sem pique. Afrouxou o corpo um pouco e olhou para ele. Os olhares dos dois se encontraram, e ele lançou todo o ódio para ela. Mas isso não causou efeito. Caine sabia que ela era insana. Sabia o tempo todo que ela era psicótica, mas os psicóticos podem ser úteis.

No entanto, aquilo não era algo tão simples quanto a implacabilidade maligna de Drake. Era loucura. Ele estava olhando para olhos que não captavam mais a realidade.

Ela era insana.

Ele havia ajudado a deixar Penny louca.

E agora toda a fúria dela, todo o ciúme, todo o ódio que Caine havia usado para seus propósitos tinha virado contra ele.

Ele era um brinquedo impotente nas mãos de uma lunática que tinha o poder de deixá-lo tão louco quanto ela.

O LGAR, pensou Caine, desanimado. Eu sempre soube que o LGAR culminaria na loucura ou na morte.

Pela primeira vez pensou no bebê que Diana esperava. Seu filho ou sua filha. Tudo que restaria dele quando Penny terminasse.

Naquele momento a situação poderia ter seguido qualquer direção, com Penny. A multidão estava nervosa e insegura.

— Agora sou a rainha, estou no comando — anunciou Penny. — E não preciso dizer a nenhum de vocês o que sou capaz de fazer, preciso?

Não teve resposta. Silêncio cauteloso.

Então uma voz veio dos fundos.

— Solte ele. A gente precisa dele!

Caine não reconheceu a voz. Nem Penny, aparentemente.

— Quem disse isso?

Silêncio.

Caine podia ouvir Penny ofegando. Ela estava muito agitada. E acima de tudo não sabia o que fazer em seguida. Ela havia esperado...

alguma coisa. Mas não tinha esperado ser completamente suplantada por aquela escuridão terrível.

— Cadê o Albert? — perguntou ela, petulante. — Quero ele aqui, para dizer a ele como tudo vai ser a partir de agora.

Não houve resposta.

— Eu mandei trazerem Albert! — gritou ela. — Albert! Albert! Aparece, seu covarde.

Nada.

Mas a multidão estava passando de temerosa a louca. As pessoas não estavam gostando daquilo. Estavam apavoradas e tinham vindo buscar ajuda. O que encontraram, no entanto, foi uma garota berrando, uma garota que havia inutilizado a pessoa mais poderosa da cidade, justo quando eles precisavam desesperadamente de alguém para fazer algo com relação ao fato de que a luz estava morrendo.

— Solte ele, sua bruxa idiota!

Caine gostou daquilo, mas a parte fria e calculista de sua mente se perguntava onde Albert estaria. Albert tinha meia dúzia de garotos que atirariam em Penny se ele mandasse. Para isso, Albert poderia até mesmo dizer algo tão simples como: "Todo mundo que quiser ter um emprego amanhã ataque ela agora."

Onde estava ele?

O terço superior da cúpula estava clareando. Mas isso só tornava mais fácil ver os tentáculos da mancha, como um círculo de dentes, avançando devagar.

Onde estava Albert?

Quinn levou seus barcos para dentro da marina.

Pela última vez, provavelmente, pensou ele. Isso fez com que seu coração quisesse se partir.

Tinha acordado muito cedo, no acampamento fora da cidade — seu relógio biológico funcionava em ritmo de pescador — e vira que a mancha iria engolir o sol.

Tinham pescado durante o tempo que puderam, nas primeiras horas. Mas o ânimo deles havia sumido. A greve estava encerrada, quer quisessem ou não: o mundo deles estava morrendo e eles tinham problemas maiores do que a injustiça feita ao Charuto ou a lealdade que deviam a ele.

Albert e três garotas vinham pelo cais em sua direção. Cada uma das três tinha uma mochila. Albert carregava o grande livro-caixa que usava para registrar os negócios.

— Por que não estão pescando? — perguntou Albert.

Quinn não engoliu aquele fingimento.

— Aonde você vai, Albert?

Albert não disse nada. Que raro, pensou Quinn, Albert sem fala.

— Não é da sua conta, Quinn — disse Albert finalmente.

— Você está fugindo.

Albert suspirou. Aos três acompanhantes disse:

— Vão em frente e entrem no barco. O Baleeiro de Boston. É, aquele. — Virando-se de volta para Quinn, acrescentou: — Foi bom fazer negócios com você. Se quiser, pode vir com a gente. Temos espaço para mais um. Você é uma boa pessoa.

— E minhas equipes?

— Os recursos são limitados, Quinn.

Quinn deu uma risadinha.

— Você é uma tremenda figura, não é, Albert?

Albert não pareceu incomodado.

— Sou um homem de negócios. Isso se resume a lucrar e sobreviver. Por acaso mantive todo mundo vivo durante meses. Por isso lamento se você não gosta de mim, Quinn, mas o que está vindo não é da minha conta. O que está vindo é loucura. Vamos voltar aos dias de fome. Mas dessa vez no escuro. Doideira. Loucura.

Os olhos dele brilharam quando disse essa última palavra. Quinn viu o medo ali. Loucura. É, isso aterrorizaria até o homem de negócios eternamente racional.

— Tudo que vai acontecer se eu ficar é alguém decidir me matar. Já cheguei muito perto de ser morto uma vez.

— Albert, você é um líder. Um organizador. Nós vamos precisar disso.

Albert fez um gesto com a mão, impaciente, e olhou para ver se o Baleeiro de Boston estava pronto.

— Caine é um líder. Sam é um líder. Eu? — Albert refletiu por um segundo e descartou a ideia. — Não. Eu sou importante, mas não sou um líder. Só que vou lhe dizer uma coisa, Quinn: na minha ausência você fala por mim. Se isso ajudar, bom para você.

Albert entrou no Baleeiro de Boston. Pug ligou o motor, e Leslie-Ann soltou as cordas. O pouco de gasolina restante que havia em Praia Perdida fez o barco se afastar lentamente da marina.

— Ei, Quinn! — gritou Albert de volta. — Não vá à ilha sem mostrar uma bandeira branca. Não quero explodir você!

Quinn imaginou como algum dia ele conseguiria chegar à ilha. E como Albert poderia ver uma bandeira branca se ele levasse uma. A não ser que alguma coisa mudasse, ninguém veria nada. Seria um mundo de cegueira universal.

Esse pensamento o fez lembrar de Charuto. Charuto e seus assustadores olhinhos de bola de gude. Precisava encontrá-lo. Independentemente do que fosse acontecer, ele ainda fazia parte da sua tripulação.

Ouviu uma onda de sons vindo da praça, gente gritando e uma voz esganiçada berrando. Ele conhecia aquele berro.

Seguiu em direção à cidade, depois parou e esperou enquanto seus pescadores se reuniam em volta.

— Pessoal, eu... eu, é, não sei o que está acontecendo. Talvez a gente nunca mais pesque. Mas, sabem... acho que seria melhor ficarmos juntos de qualquer modo.

Como um discurso inspirador, era bem ruinzinho. Mas mesmo assim deu certo. Seguiu na direção dos sons de medo e raiva com todo o seu pessoal atrás.

* * *

Lana manteve o capuz abaixado em volta do rosto. Não queria ser reconhecida por ninguém na multidão. Tinha ido até à cidade só para ver se Caine arranjaria uma escolta armada para ela. E o que encontrou foi uma cena saída de algum romance de terror degringolado.

Em meio a sombras fantasmagóricas, a multidão formada por cerca de duzentas crianças, armadas com bastões de beisebol cheios de pregos, pés de cabra, pés de mesa, correntes, facas e machados, vestindo trapos e restos de fantasias, estavam diante de uma lunática que pulava balançando os punhos, com os olhos arregalados e descalça, e de um garoto bonito com uma coroa grampeada na cabeça e as mãos presas num bloco de concreto.

Então as crianças começaram a entoar:

— Solte ele. Solte ele.

Estavam gritando pelo Caine. Estavam morrendo de medo e agora, finalmente, queriam mesmo um rei. Queriam mesmo alguém que as salvasse.

— Solte ele! Solte ele!

E um segundo canto:

— Queremos o rei! Queremos o rei!

Gritos súbitos por parte dos que estavam mais perto dos degraus. Lana podia ver crianças caindo para trás, arranhando o rosto, gritando.

Penny havia atacado!

— Matem a bruxa! — berrou uma voz.

Um porrete veio voando pelo ar. Não acertou Penny. Um pedaço de concreto, uma faca, todos erraram o alvo.

Penny levantou a mão sobre a cabeça e gritou palavrões. Um pedaço de alguma coisa acertou seu braço, que ficou sangrando.

As crianças que tinham sido golpeadas por suas visões entraram em pânico e correram para longe dela, mas outras avançavam. Era uma confusão, um emaranhado de braços, pernas e armas, gritos, ordens; e de repente, de longe, veio uma cunha de garotos disciplinados movendo-se de braços dados, abrindo caminho entre os degraus e a multidão.

Lana reconheceu o garoto no centro daquela cunha. Riu numa surpresa pesarosa.

— Quinn — disse a si mesma. — Ora, ora.

Penny estava olhando, hipnotizada, para o ferimento em seu braço, mas desviou o olhar para ir ao encontro de Quinn.

— Você!

Quinn gritou em agonia. Não havia como saber o que Penny estava fazendo com ele, mas devia ser algo medonho.

Lana já estava farta daquilo. Havia crianças feridas. Mais crianças iriam acabar se ferindo logo. Sua missão de alertar Diana não iria acontecer.

Sacou a pistola.

— Saiam do meu caminho — disse ela rispidamente para duas crianças que bloqueavam a passagem. Moveu-se rapidamente pela Primeira Avenida, sem ser notada, rodeando a multidão pela direção oposta à tomada por Quinn.

Um tumulto provocado pelo pânico havia irrompido na base dos degraus enquanto Penny provocava todos os danos que sua mente doentia podia conjurar. As crianças atacavam umas às outras, vendo monstros que não existiam.

Lana se encolheu quando ergueram e abaixaram um pé de cabra com um estalo enjoativo.

Chegou à escadaria da igreja e de lá atravessou para a prefeitura. Caine a viu. Penny não.

Lana apontou a arma para Penny.

— Pare — disse Lana.

O rosto vermelho de Penny ficou pálido. Quaisquer visões que estivesse infligindo às pessoas embaixo foram suspensas. Crianças gritavam de dor, soluçavam com as lembranças.

— Ah, todo mundo precisa puxar seu saco, não é, Curadora? — Penny cuspiu essa última palavra. Em seguida fez garras com as mãos e pateou o ar. Seus lábios estavam repuxados num rosnado animal, deixando os dentes à mostra.

— Se eu atirar em você, não vou curar depois — disse Lana com calma.

Isso pegou Penny desprevenida. Mas ela se recuperou rapidamente. Baixou a cabeça e começou a rir. O riso começou baixo e subiu alguns decibéis de cada vez.

O braço de Lana irrompeu em chamas.

Um laço de forca foi arremessado da parede arruinada da igreja. A corda baixou sobre sua cabeça, pousou nos ombros e apertou sua garganta.

As pedras embaixo de seus pés se transformaram subitamente numa floresta de facas perfurando-a.

— É — disse Lana. — Isso não vai funcionar comigo. Eu estive cara a cara com o gaiáfago. Ele poderia ensinar umas coisas a você, aliás. Pare com isso. Agora. Ou eu atiro.

Penny se engasgou com o riso. Ela parecia magoada. Como se alguém tivesse lhe dito alguma coisa cruel. As visões cessaram subitamente como se alguém tivesse desligado a TV.

— Não sou muito a favor do assassinato — disse Lana. — Mas se você não der meia-volta e for embora, vou abrir um buraco bem onde seu coração deveria estar.

— Você não pode... — disse Penny. — Você... não.

— Eu deixei de matar um monstro uma vez. Sempre me arrependi disso. Mas você é humana. Ou quase. Por isso vou dar uma chance: ande. E continue andando.

Durante o que pareceu um longo tempo Penny ficou encarando Lana. Não com ódio, mas com incredulidade. Lana a via com muita, muita clareza: uma cabeça pousada em cima da mira de sua pistola.

Penny deu um passo atrás. E outro. Houve um olhar louco e provocativo, mas logo depois sumiu.

Penny girou nos calcanhares e saiu andando rapidamente.

Quinn sinalizou em silêncio para três pessoas das suas equipes a seguirem.

Uma dúzia de crianças, ou mais, estavam gritando, pedindo o sangue dela, exigindo que ela fosse morta.

Lana enfiou a arma de volta no cinto.

— Acho que Caine não está em condições — disse ela. Depois ergueu a voz para ser ouvida. Como sempre, parecia irritada e impaciente: — Então é o seguinte: Quinn é o chefe. Por enquanto. Se mexerem com ele estão mexendo comigo. E eu não curo mais quem fizer isso. Se a pessoa perder uma perna, vou ficar de longe olhando-a sangrar. Fui clara?

Aparentemente sim.

— Ótimo. Agora tenho trabalho a fazer. Saiam da frente. — Ela desceu para o estrago deixado por Penny. Quinn apareceu ao seu lado.

— Eu? — perguntou ele.

— Por enquanto. Certifique-se de que Penny saia da cidade. Pode matá-la se quiser, porque ela vai causar confusão se ficar viva.

Quinn fez uma careta.

— Acho que não sou um cara que mata gente.

Lana abriu seu sorriso extremamente raro.

— É, acho que deduzi isso sobre você, Quinn. Mande alguém da sua equipe trazer Sanjit aqui para baixo. Ele precisa falar com Sam. Portanto arranje uma arma para ele. Taylor já era, e precisamos trabalhar junto com Sam, de modo que vamos nos comunicar como antigamente. Se continuarmos divididos vamos todos morrer.

— Falou e disse.

O sorriso de Lana morreu.

— A Escuridão está indo atrás de Diana. Ela precisa ser alertada.

— Diana? Por quê?

— Porque ela está esperando um bebê. E a Escuridão precisa nascer.

VINTE E TRÊS | 14 HORAS E 39 MINUTOS

DRAKE EMERGIU.

Não tinha ideia de onde estava. Era um lugar apertado e úmido que cheirava a óleo. Moveu a cabeça ligeiramente e sentiu um impacto que nos velhos tempos seria de dor. Tinha batido em alguma coisa de aço.

Piscou. A luz estava muito fraca. Vinha de um quadrado no teto baixo. Percebeu que era a borda de algum tipo de alçapão. A alguns centímetros acima dele.

Com a mão e o tentáculo tateou o espaço minúsculo ao redor. Demorou algum tempo para entender o que estava acontecendo. O complexo objeto de metal. O modo como o chão parecia se mover levemente sob ele. O cheiro de óleo.

Estava num barco.

No compartimento do motor.

Praticamente sem espaço para se mexer.

Deu uma risada. Ora, ora: Brittney esperta. Bom trabalho. De algum modo havia encontrado um jeito de entrar num dos barcos. Era provável que não fosse o barco onde ele tinha visto Diana. Será que ela poderia ter conseguido isso? A Brittney simplória, boca de metal?

Não. Mas era um barco. Era definitivamente um barco.

Maneiro.

E agora? Ainda precisava encontrar Diana.

Era mais fácil falar do que fazer. Primeiro precisava descobrir onde estava. Passou uns bons vinte minutos tentando espremer o corpo de modo a encostar a cabeça no alçapão. Não conseguiu manter a posição por muito tempo.

Manteve-se no lugar pressionando a mão contra o bloco do motor, depois usou a ponta do tentáculo para empurrar o alçapão bem suavemente.

A abertura se moveu com facilidade. Meio centímetro. Um centímetro. E então pôde ver uma fatia comprida e muito estreita do mundo do outro lado. Um único raio de um timão. Um balde. E então um pé.

Baixou o alçapão tão silenciosamente quanto havia levantado.

Alguma coisa havia batido na lateral do barco. Escutou uma voz abafada, de um cara.

Então uma segunda voz masculina que congelou seu tutano. Sam.

Sam!

Drake escutou vozes de alguém subindo pela lateral. Agora podia ouvi-las com mais nitidez.

— E aí, Roger? — disse Sam. — Ei, Justin, ei, Atria. Como vão as coisas?

A primeira voz masculina — presumia-se que era de "Roger", quem quer que fosse ele — disse:

— A gente está bem. Tudo bem.

— Que bom. Só vim aqui colocar umas luzes para vocês.

— Samsóis? Então... — Roger hesitou. — Por que vocês não vão brincar, pessoal? Isso é conversa de gente grande. — Escutou o som de pés correndo, mas nenhuma voz aguda. E depois: — Então é assim?

— Bem, Roger, a gente não sabe direito. — Sam parecia cansado.

Será que Drake poderia dominá-lo? Ali, naquele momento, enquanto ele estava sozinho, sem Brianna ou Dekka para ajudar?

Não, disse Drake a si mesmo. Ele jamais sairia daquela escotilha antes que Sam começasse a queimá-lo. E sua missão era pegar Diana, e não matar Sam.

— Vai ficar totalmente escuro? — perguntou Roger tremendo só um pouco a voz.

— Totalmente escuro, não — disse Sam, tentando tranquilizá-lo.

— É por isso que estou aqui. Vocês vão ter luz suficiente a bordo. Ela está lá em cima ou dormindo?

Nesse ponto eles saíram do alcance da audição, pois deviam ter entrado na cabine. Mas Drake tinha ouvido um pronome feminino.

Seria possível? Diana estaria exatamente naquele barco?

Riu no escuro. Esperaria para ter certeza. A oportunidade surgiria. Sua fé no gaiáfago ainda não o havia deixado na mão.

De barco em barco, um depois do outro, Sam remava.

Em cada barco subia a bordo e se agachava para entrar na cabine. Nos veleiros e lanchas menores instalava um ou dois Samsóis.

Os Samsóis eram a manifestação duradoura de seu poder. Em vez de disparar luz num raio mortal, ele podia formar bolas de luz, que depois queimavam sem produzir calor e pairavam no ar. Eles haviam experimentado um pouco e descobriram que o Samsol ficaria no lugar relativo ao barco quando este se movesse, o que era uma consideração bastante importante.

Alguns barcos, como os barcos-casas, recebiam até três ou quatro Samsóis.

No meio do processo, Sam percebeu que estava ficando muito cansado. Tivera a mesma sensação depois de batalhas em que precisara usar os poderes. Sempre havia presumido que fosse apenas a depressão que vinha depois de qualquer luta. Agora se perguntava se o uso do poder, em si, teria algum efeito desgastante.

Talvez. Mas isso não importava. Os Samsóis levariam conforto para as crianças. Ninguém — e muito menos Sam — podia tolerar a ideia de ficar preso na escuridão perpétua. Era inconcebível. Aterrorizava até o âmago.

Os últimos Samsóis foram para o grande barco-casa. Cinco no total, inclusive um especialmente grande, flutuando ao lado da amurada na proa.

Eles ficariam no escuro. Mas não totalmente cegos.

— Isso ajuda — disse Edilio, recebendo-o de volta.

— Durante um tempo — respondeu Sam, sério.

— Durante um tempo — concordou ele.

Sam não conseguiu evitar, pegou o binóculo e examinou a margem. Orc ainda estava lá fora, procurando. O que era bom. Se tivessem sorte ele poderia encontrar Drake e Sam correria para ajudar.

Mas não estava realmente interessado em vigiar Orc. Era Astrid que ele procurava.

Se ela tivesse conseguido chegar a Praia Perdida, quanto tempo demoraria para estar de volta? Precisava ser antes que o céu se fechasse. Se ficasse presa lá no escuro, teria de, literalmente, se arrastar pela estrada. E nem tudo precisava de luz para caçar e matar. A escuridão poderia manter Drake à distância, mas os coiotes, as cobras e as ezecas...

Ele precisava fazer alguma coisa. Mas não sabia o quê. Isso corroía suas entranhas, esse não saber o que fazer.

— Eu poderia pendurar Samsóis ao longo da estrada — disse ele.

— Assim que tivermos um acordo com Albert e Caine — concordou Edilio. — Mas se fizermos isso agora, vai funcionar só um farol atraindo todo mundo de Praia Perdida até aqui. Não estamos preparados para isso.

Sam fechou a boca com força. Não havia esperado que Edilio fosse mesmo dizer alguma coisa. Só estava pensando em voz alta. E ainda estava furioso com Edilio. Precisava sentir raiva de alguém, e Edilio estava ali.

Pior, Edilio não parecia temer a escuridão que se aproximava. Estava do seu jeito calmo de sempre, capaz. Normalmente isso era tranquilizador. Mas Sam tinha dificuldade até mesmo para respirar fundo. Sentia-se exausto depois de pendurar Samsóis e passar todo tipo de mensagem tranquilizadora para o seu pessoal nos barcos.

Não acreditava no que estava dizendo. Astrid continuava lá fora, em algum lugar. A escuridão estava chegando. O fim do jogo estava sendo travado. E ele não tinha nenhum plano.

Não tinha nenhum plano.

Olhou para cima. O sol ia começando a aparecer enquanto passava da altura da borda da mancha. Alto, alto demais no céu. Mas a luz era bem-vinda. Bem-vinda e de partir o coração, quando ele contemplava o fato de que talvez nunca mais fosse vê-la.

A água cintilava. Os cascos brancos clarearam. O povoado, o pequeno camping e a floresta próxima se iluminaram.

Edilio observava um dos barcos pelo binóculo.

— É a Sinder — informou ele. — Quer permissão para ela e Jezzie irem para a terra, colher as verduras.

— É. Faz sentido. — Sam levantou a voz para gritar. — Brisa! Dekka! No convés! — Então, em um tom de voz normal, disse a Edilio: — Sinder vai precisar de alguém para vigiá-la.

Brianna apareceu segundos após o som de seu apelido morrer. Dekka veio alguns instantes depois.

— Está claro o suficiente para você, Brisa — disse Sam.

— É, parece a Flórida em julho — respondeu Brianna, revirando os olhos para a estranha luz cor de chá.

— Achei que você queria sair de novo — comentou Sam, tenso.

— Cara. Claro que quero. Fica tranquilo. Eu só estava brincando.

— Sei — respondeu Sam, com os dentes ainda trincados. Seu queixo doía. Os ombros eram nós de dor. — Assim que Sinder chegar perto da margem, vá se encontrar com ela. Fique de olho nela até que ela e Jezzie tenham terminado.

— Não preciso ficar em cima delas — disse Brianna com falsa inocência. — Quero dizer, eu posso ficar indo e vindo, saca? Dou uma olhada nelas, corro pela estrada numa direção, vejo o que...

Antes que Sam pudesse responder, Edilio disse:

— Nós precisamos de uma estratégia, e não de um monte de gente correndo para todo lado. Astrid provavelmente já está em Praia Perdida. Se Drake nos atacar aqui, vamos precisar de você, Brianna. Mas se você trombar com ele sem Sam, o melhor que pode fazer é recuar.

Fazia todo o sentido lógico. Mas não serviu em nada para atender ao desejo desesperado que Sam sentia de fazer alguma coisa. De agir. Não falar, nem olhar, nem se preocupar, e sim agir.

A missão para pegar os mísseis não tinha adiantado muito para aplacar seu desejo de ação. Sem pensar, levantou as palmas das mãos diante do rosto. Quanto tempo havia se passado desde que tinha disparado a luz assassina, em vez de apenas pendurar luzes?

Percebeu que Edilio e Dekka estavam olhando-o com expressão solene. Brianna estava dando um risinho. Os três tinham lido seu pensamento.

— Bem, pelo menos podemos comer uns rabanetes grandões — murmurou ele, sem graça.

— Só temos que suportar tudo isso — disse Dekka. — Nada disso tem a ver com vencer.

— Drake está aqui. Em algum lugar. O gaiáfago está... ninguém sabe exatamente onde — observou Edilio. — Nem sabemos o que está acontecendo em Praia Perdida. Não sabemos o que Albert está aprontando. Não sabemos o que Caine acha de tudo isso. Não sabemos por que Taylor não ricocheteou para dizer o que está acontecendo.

— É, saquei — disse Sam. — Astrid estava certa em tentar chegar a Praia Perdida. E enquanto isso, estamos travados. Amarrados. Que nem moscas naqueles papéis grudentos.

Suas palmas coçavam. Ele apertou os punhos com força.

Existia a lógica. E existia o instinto. O instinto de Sam estava gritando, dizendo que ele estava perdendo a luta a cada segundo passivo e paciente que passava.

O sol nascente lançou sombras profundas na alma de Astrid. Uma coisa era saber que aquilo iria acontecer. Outra muito diferente era ver.

O próprio céu estava desaparecendo. Aquela seria a última luz do dia no LGAR.

Olhou ao redor, tentando se orientar. O resultado foi algo perto do pânico. A estrada do lago para Praia Perdida seguia uma direção sudoeste ao longo da encosta oeste das montanhas Santa Katrina. Depois cruzava com a via expressa.

Mas ela havia perdido a estrada de vista. E de algum modo tinha conseguido entrar numa abertura entre dois morros.

As montanhas Santa Katrina não eram as maiores, mas de perto podiam ser imponentes. Estavam secas, claro, pois havia tempos não chovia no LGAR. Ela se lembrou de tê-las visto da estrada muito tempo atrás, depois das chuvas de dezembro, quando ficaram subitamente verdes. Mas agora eram apenas pedras, mato ressequido e árvores mirradas, lutando para sobreviver.

Assim, podia-se presumir que a estrada estava atrás, a oeste. Mas poderiam estar a quilômetros de distância e ela conseguiria alcançá-la a apenas 2 ou 3 quilômetros do lago Tramonto. Seria humilhante se Sam tivesse mandado Brianna atrás dela. Isso faria com que a missão de Astrid de alertar Praia Perdida parecesse muito menos a cavalgada de Paul Revere e mais um plano idiota de uma garota incompetente.

Já estava atrasada. O alvorecer — se é que era isso — havia chegado. O pessoal em Praia Perdida poderia vê-lo sem a ajuda dela.

O que significava que tudo que poderia fazer então era mandar uma mensagem de solidariedade e oferecer os serviços de Sam como portador da luz.

Até mesmo isso dependia da velocidade. Astrid tinha certeza de que pelo menos algumas crianças já estariam saindo de Praia Perdida.

Se quisesse velocidade precisaria ir pelos morros. Se aquele vale cruzasse completamente as montanhas numa linha mais ou menos reta, não teria problema. Se acabasse num beco sem saída em algum morro que ela tivesse de escalar, então teria problema.

Astrid partiu em velocidade média. Estava muito em forma depois dos meses vivendo na floresta e conseguia mover-se nesse ritmo intermediário entre corrida e caminhada durante horas, desde que tivesse água.

Os morros se erguiam dos dois lados. O da direita começou a parecer opressivo, íngreme e raivoso. O pico era uma rocha exposta onde uma tempestade ou um terremoto antigo havia arrancado o fino solo da superfície. E aquela rocha exposta parecia uma cabeça com expressão séria.

A trilha continuava bastante fácil. Antigamente teria existido água corrente, mas agora o fino leito de riacho estava sufocado pelo mato seco.

Astrid viu algo se mover à direita, sobre a encosta íngreme que ela passou a chamar de Monte Cara Séria. Não parou, continuou andando, olhou outra vez, mas não viu nada.

— Não se assuste — disse a si mesma.

Esse tipo de situação acontecia com frequência na floresta: um barulho, um movimento súbito, um clarão de uma coisa ou outra. E inevitavelmente ela sentira medo de que fosse Drake. Mas também poderia ser um pássaro, um esquilo ou um gambá.

Mas agora o sentimento de que estava sendo vigiada era difícil de afastar. Como se o Monte Cara Séria fosse mesmo um rosto e estivesse vigiando-a e não gostando do que via.

À frente, o caminho fazia uma curva para a esquerda, e Astrid gostou da chance de se afastar da montanha sinistra, mas ao mesmo tempo, enquanto fazia a curva, teve um sentimento quase avassalador de que o que estivera vigiando-a estava agora atrás dela.

E se aproximando.

Era difícil resistir à ânsia de começar a correr depressa. Mas não poderia parecer que estava fugindo, em pânico.

Chegou a uma curva cega e quase trombou nele.

Parou. Olhou. Gritou.

Gritou a ponto de se esquecer de sacar a arma e quando viu já estava gritando e recuando, e finalmente pegou a espingarda e seus dedos procuraram o gatilho. Levantou a arma na altura do ombro e mirou ao longo do cano.

Apontou para os olhos. Aqueles medonhos olhos do tamanho de bolas de gude em órbitas pretas e cor de sangue.

Era um garoto. Esse fato demorou longos instantes para penetrar em sua consciência. Não era um monstro gigante, era um garoto. Tinha ombros fortes e uma pele bastante bronzeada. Havia cortes em seu rosto, como as marcas de garras de algum animal selvagem. Pareciam recentes. E ela viu sangue em suas unhas.

Era impossível ler a expressão dele — os olhos, aqueles medonhos olhos do tamanho de grãos-de-bico — tornavam impossível adivinhar o que ele sentia.

— Não se mexa ou eu explodo sua cabeça — disse Astrid.

O garoto parou de andar. Os olhos pareciam incapazes de localizá-la, olhando para cima, para a esquerda e para todo canto, menos diretamente para ela.

— Você é real? — perguntou o garoto.

— Eu sou real. Essa espingarda também.

Astrid ouviu o tremor na própria voz, mas segurava a arma com firmeza e estava mantendo-a fixa no alvo. Bastaria puxar o indicador e, com um som alto, explodiria aquela cabeça horrível como se fosse um balão cheio d'água.

— Você... Você é Astrid?

Ela engoliu em seco. Como aquela coisa sabia seu nome?

— Quem é você?

— Bradley. Mas todo mundo me chama de Charuto.

A arma baixou vários centímetros por vontade própria.

— O quê? Charuto?

A boca do garoto abriu uma espécie de sorriso. O sorriso revelou alguns dentes quebrados e outros faltando.

— Estou vendo você — disse Charuto. Ele estendeu uma mão sangrenta para ela, mas parecia um cego procurando algo que não conseguia exatamente localizar.

— Fique onde está — disse ela rispidamente, e a arma voltou ao seu ombro. — O que aconteceu com você?

— Eu... — Ele tentou dar outro sorriso, que se transformou numa careta e depois num gemido terrível, num grito de agonia que se estendeu cada vez mais, antes de terminar numa gargalhada louca.

— Escute, Charuto, você precisa me contar o que aconteceu — insistiu Astrid.

— Penny — sussurrou ele. — Ela me mostrou coisas. Minhas mãos eram... — Ele levantou as palmas das mãos para olhá-las, mas seus olhos estavam em outro lugar, e um gemido saiu do fundo de sua garganta.

— Penny fez isso? — Astrid baixou a arma. Até a metade. Depois, hesitando, até embaixo. Mas não pendurou-a de volta no ombro. Continuou segurando-a firme, com o dedo pousado na guarda do gatilho.

— Eu gosto de doces, sabe? E fiz uma coisa ruim, então o doce estava no meu braço e aí eu comecei a comer e ah, o gosto era bom demais, sabe? Penny me deu mais, por isso eu comi, e doeu e começou a sangrar, talvez, sangrar muito, talvez, talvez.

Os olhos minúsculos giraram subitamente para espiar além de Astrid.

— É o menininho — disse Charuto.

Astrid olhou por cima do ombro, só por um momento, só um olhar de relance, quase de forma involuntária porque ainda não estava pronta para baixar a guarda, não estava pronta para se virar. Sua cabeça já ia retornando na direção de Charuto quando percebeu o que tinha visto.

Visto? Não muita coisa. Uma distorção. Um tremular no campo de visão.

Olhou de novo. Nada.

Depois se virou de volta para Charuto.

— O que foi aquilo?

— O menininho. — Charuto riu e depois pôs a mão na boca, como se tivesse falado um palavrão. Depois, num sussurro: — O menininho.

A garganta de Astrid estava apertada. Os pelos de seus braços se arrepiaram.

— Que menininho, Charuto?

— Ele conhece você — disse Charuto, muito confidencial, como se estivesse contando um segredo. — Cabelo amarelo que grita. Olhos azuis penetrantes. Ele me disse que conhece você.

Astrid tentou falar, mas não conseguiu. Não podia fazer a pergunta. Não podia aceitar a provável resposta. Mas, por fim, algumas palavras sufocadas saíram de sua boca.

— O menininho. O nome dele é Pete?

Charuto levantou a mão para tocar o próprio olho, mas parou. Por um momento pareceu que estava escutando alguma coisa, apesar de não haver nada além dos sons da brisa suave e dos grilos. Depois assentiu avidamente e falou:

— O menininho disse: olá, irmã.

FORA |

O SARGENTO DARIUS Ashton era muito bom com motores de caminhão. Isso não significava que fosse necessariamente bom com um compressor de ar. Mas seu tenente disse que precisava de um mecânico num local do lado oposto da cúpula.

— Isso é na base aérea, tenente — protestou Darius. — Eles não têm um técnico de ar-condicionado lá?

— Ninguém com sua autorização de segurança — respondeu o tenente.

— Uma autorização de segurança para um ar-condicionado?

O tenente não era um sujeito mau, era jovem mas não arrogante. Ele disse:

— Sargento, eu esperava que agora, com sua experiência usando uniforme, você saberia melhor que ninguém que não deveria esperar que tudo fizesse sentido.

Darius não pôde questionar isso. Prestou continência e se virou. Uma animada motorista, uma cabo que conhecia bem o caminho, o estava esperando atrás do volante de um Humvee. Darius pôs suas ferramentas na traseira. Como saberia o que levar, se nem sabia o que estava indo consertar?

A cabo havia prestado serviço em Cabul, algo que ela e Darius tinham em comum, então conversaram a respeito disso, no longo percurso tortuoso. E falaram do novo jogador de beisebol cubano, su-

249

postamente fantástico, que havia chegado de balsa aos Estados Unidos. Os Angels iriam contratá-lo.

O caminho seguia pela via expressa, depois por uma séria de estradinhas de cascalho. Havia outro modo de chegar à Base Evanston, da Guarda Aérea Nacional, mas implicaria ir até a I-5 e depois voltar para o sul. Aquele caminho era esburacado e poeirento, porém mais rápido.

Durante boa parte da viagem podiam ver a cúpula. Darius havia se acostumado com ela. Dezesseis quilômetros de altura, 32 de diâmetro. Parecia que alguém tinha largado uma lua pequena e polida no litoral do sul da Califórnia.

Mas não existia cratera, nem linhas quebradas. Ela não havia pousado; não havia explodido; havia apenas surgido subitamente. Um terrário gigantesco.

— Você está aqui há muito tempo? — perguntou Darius, assentindo para a cúpula.

— Fui transferida no mês passado — respondeu a cabo. — Vi pela TV, como todo mundo. Mas ao vivo é outra coisa.

— É mesmo.

— É estranho pensar que existem crianças aí dentro.

Pararam numa instalação que sem dúvida fora construída recentemente. Tinha toda a arrumação e a ordem militar obsessivas, de sempre. Uma dúzia de construções em linhas retas. Um alojamento de soldados, um de oficiais, vários trailers de comando, um prédio de comunicações cheio de parabólicas e antenas.

A base era uma colmeia de atividade. Homens e mulheres andando de um lado para o outro com expressões que mostravam que estavam muito ocupadas. Ninguém estava à toa, fumando ou batendo papo ao telefone. Havia um sentimento de Coisas Muito Importantes Acontecendo.

A instalação ficava dentro de uma cerca encimada por arame navalha de aparência extremamente séria. O portão era guardado por policiais militares que não sorriam. Os documentos dos dois foram comparados com um manifesto que mostrava que sim, eles eram esperados.

Um dos policiais militares acompanhou-os até um dos trailers. A cabo se afastou, e Darius entrou num sopro de ar-condicionado.

Um sargento pediu seus documentos de novo. Depois entregou a Darius um papel que ele deveria assinar. O papel exigia que ele não revelasse nada sobre o objetivo da visita, sobre a existência da instalação, sobre o trabalho feito ali, sobre qualquer pessoa que trabalhava no local.

Havia um bocado de oficialês e linguagem decididamente ameaçadora.

— O senhor sabe que é governado por esse protocolo rígido, sargento?

— Sim, sargento. Sei.

— Sabe que qualquer violação resultará em processo criminal?

A palavra "resultará" tinha sido enfatizada, e não de modo sutil.

— Acho que estou captando a mensagem, sargento.

O sargento sorriu.

— Eles mantêm a tampa muito fechada. Apresente-se ao prédio 014. Sua motorista sabe onde é.

Ela sabia.

O prédio 014 ficava a 800 metros do resto do campo, ou seja, a um quilômetro e meio da parede da cúpula. Era uma enorme estrutura de zinco, estilo hangar. Enorme e imponente. Fora pintada com a cor do deserto ao redor.

Darius pegou sua maleta de ferramentas e foi recebido à porta por um PM. Mais uma verificação de documentos. Então entrou no hangar.

O que viu o deixou imóvel. Meia dúzia de caminhões cheios de terra. Uma torre que parecia ter sido construída com pedaços de uma ponte pênsil ou talvez da Torre Eiffel.

O PM levou-o até um civil com capacete de operário e o deixou ali. O civil apertou sua mão e se identificou:

— Charlie. Só Charlie. Desculpe arrastar você até aqui, mas nossa técnica chefe de refrigeração está de licença-maternidade, e o assistente dela conseguiu quebrar o tornozelo surfando. Você não tem claustrofobia, tem?

A pergunta surpreendeu Darius.

— Por quê?

— Porque vamos para o fundo. A unidade que precisamos que você dê uma olhada é um soprador no quilômetro seis.

— Como assim?

— Quer dizer que vamos descer 6 quilômetros, meu chapa. Dois direto para baixo e quatro para o sul. Quilômetro seis.

Darius sentiu frio.

— Isso deixaria a gente... junto da cúpula. Porque... quero dizer, o que...

Charlie deu de ombros e disse:

— Meu amigo, a primeira coisa que você aprende trabalhando aqui é a não fazer perguntas.

A descida de elevador parecia interminável.

No entanto foi mais rápida do que o trem de bitola estreita que levou Darius por um túnel impressionante e opressivo, largo o bastante para acomodar duas vias férreas e com espaço de sobra dos dois lados. O túnel era sustentado a intervalos regulares por dormentes ferroviários.

Por acaso o quilômetro seis se revelou uma caverna maior do que o hangar. A extremidade mais distante era formada pela barreira. Ali a barreira era preta, e não cinza perolado.

— Foi uma sorte achar essa caverna — disse Charlie. — Seria um trabalho demorado e difícil, se tivéssemos que cavá-la. Você sabe, geralmente teríamos uns cem caras aqui embaixo. Mas, como você provavelmente pode sentir, o ar está ficando um pouco denso.

— É por isso que estou aqui, certo?

Na caverna havia um andaime alto inclinado num ângulo estranho, tipo a Torre de Pisa. Darius sabia o suficiente sobre máquinas para reconhecer uma plataforma de perfuração.

A partir desse ponto estavam perfurando mais fundo ainda, abaixo da cúpula. Não era um túnel para humanos. Só um buraco redondo onde uma bomba poderia ser colocada até o ponto mais baixo sob a cúpula.

Charlie devia ter visto o que o olhar de Darius expressava. Segurou o braço dele e puxou-o para o lado. Estavam sozinhos, mas mesmo assim Charlie sussurrou:

— Certo, você não é idiota. Entendeu o que está acontecendo aqui. Mas deve saber que a segurança vigia todo mundo que entra ou sai desse lugar. Isso quer dizer que de agora em diante seu celular vai ser monitorado, e seu quarto vai ser grampeado. Quem avisa, amigo é.

Darius assentiu.

— O que aconteceu de verdade com o seu cara do ar-condicionado?

Charlie deu um riso sem humor.

— Abriu a boca num bar. Trinta minutos depois o FBI o pegou enquanto ele estava entrando no carro.

VINTE E QUATRO | 14 HORAS E 2 MINUTOS

ASTRID HAVIA CONSEGUIDO que Charuto a acompanhasse para fora do caminho. Estava preocupada achando que alguém poderia aparecer — se ela conseguira se perder indo do lago para Praia Perdida, outros também poderiam.

Encontrou um lugar ao lado do que havia sido o riacho, escondido por um enorme arbusto de rododendro quase morto. Pediu para Charuto sentar-se. Ajudou-o a se posicionar numa laje de pedra que quase formava um banco.

Sentou-se a pouco mais de um metro dele, tomando cuidado para manter o rosto virado para o Monte Cara Séria. Mesmo agora a sombra da montanha a incomodava de um modo que ela não conseguia definir.

Ainda sentia o tique-taque, tique-taque implacável instigando-a na direção de Praia Perdida. Mas era possível que aquilo fosse ainda mais importante.

E, de qualquer modo, não podia ir embora. Não depois do que ouviu de Charuto.

— Bradley. Quero que isso seja fácil para você. Vou fazer algumas perguntas. Você só precisa dizer sim ou não. Está bem?

Os olhos minúsculos giraram loucamente. Mas ele respondeu:

— OK. Por que ele diz que seu cabelo grita? Você é um anjo com asas e brilha, brilha, e tem uma espada longa com chamas e...

— Só escute, certo?

Ele assentiu e revelou um riso tímido.

— Você fez uma coisa ruim.

— É — respondeu ele, solene.

— E eles o castigaram deixando você com Penny por meia hora.

— Meia hora. — Ele deu um risinho e seu queixo se retorceu tanto que ela pensou que iria se deslocar. Como se ele estivesse tentando quebrar os próprios dentes. — Não foi meia hora.

— Eles entregaram você a Penny — repetiu Astrid com paciência.

— Nascer do sol ao pôr do sol.

A princípio Astrid achou que ele estava falando do céu fantasmagórico. Só gradualmente a suspeita cresceu e tomou forma.

— Eles deixaram você com Penny durante um dia inteiro? O dia todo?

— É — respondeu Charuto, subitamente calmo e parecendo bastante razoável.

Astrid não se sentia razoável. Que tipo de depravado condenaria esse garoto a um dia inteiro com Penny? Não era de espantar que ele estivesse insano.

Ocorreu-lhe então que ele havia arrancado os próprios olhos. A imagem a fez querer vomitar. Mas não podia. Não.

— Esses olhos novos — perguntou Astrid. — São de Lana?

— Lana é um anjo também. Mas a coisa toca nela. Tenta pegá-la.

— É, tenta — disse Astrid. — Mas ela é forte demais.

— Muito poderosa!

Astrid assentiu. Então ele fora enlouquecido por Penny. E Lana tinha feito o possível. E de algum modo ele acabara vagando perdido fora da cidade, sozinho.

O que significava que as coisas estavam muito ruins em Praia Perdida. Charuto era um dos pescadores de Quinn, ou tinha sido, na última vez em que ela ficara sabendo.

— Você é um dos pescadores de Quinn, não é?

— Sou! — disse Charuto, e abriu seu sorriso lunático enquanto sua testa se franzia, formando profundas rugas de ansiedade. — Peixe. Rá, rá.

— Agora, o menininho...

— Peixe! Peixe!

— O menininho — insistiu Astrid. E pôs a mão sobre a dele. Charuto reagiu como se tivesse levado um choque, puxando a mão de volta. Ela teve medo de que ele saísse correndo.

— Fique, Charuto. Fique. Quinn diria para você ficar e conversar comigo.

— Quinn — disse ele, soluçando e então finalmente gritou. — Ele foi me buscar. Bateu em Penny. Não pude ver mas ouvi; Quinn e bam e uááá e a gente vai chamar Lana e eu vou matar você, bruxa.

— Quinn é um cara legal.

— É — concordou Charuto.

— Ele quer que você me fale sobre o menininho.

— O menininho? Ele está do seu lado.

Astrid lutou contra a ânsia de se virar e olhar. Ninguém estava ao seu lado.

— Não estou vendo.

Charuto assentiu como se soubesse disso, como se fosse um fato.

— Ele é um menininho. Mas também é grande. Pode tocar o céu.

Astrid engasgou com as palavras.

— Pode?

— Ah, pode. O menininho é melhor do que um anjo, sabe; ele tem uma luz tão forte que brilha através de você. Tchiiiu! Passa direto por você.

— E o nome dele é Pete?

Charuto ficou em silêncio. Baixou a cabeça. De novo pareceu que estava ouvindo algo. Mas talvez só estivesse ouvindo os terríveis gritos de pesadelo em sua própria cabeça.

Então, com uma lucidez perfeita que era mais estranha do que todos os seus tiques, as erupções súbitas e os gestos estranhos, disse:

— Ele era Pete.

Astrid soluçou.

— Esse era o nome do corpo dele.

— É — disse Astrid, tão paralisada a ponto de não conseguir enxugar as lágrimas. — Eu posso... Ele pode me ouvir?

— Ele pode ouvir... qualquer coisa! — E de novo o riso louco, um som quase de êxtase.

— Sinto muito, Petey — disse Astrid. — Sinto muito mesmo.

— O menininho está livre agora — disse Charuto com sua voz cantarolada. — Está brincando com um jogo.

— Eu sei. Petey? Você não pode brincar com esse jogo. Você está machucando pessoas.

Mais uma vez Charuto baixou a cabeça para ouvir. Mas apesar de Astrid ter esperado muito tempo, ele não disse mais nada.

Então, numa voz baixa, Astrid acrescentou:

— Petey, a barreira está ficando escura. Você pode fazer isso parar? Você tem o poder de fazer isso parar?

Charuto gargalhou.

— O menininho foi embora.

E Astrid reconheceu a verdade daquilo. A sensação de que alguma coisa invisível a observava havia sumido.

Sanjit não viajava sozinho. Tinha pretendido fazer isso, e Lana havia dito que ele deveria, mas quando chegou à via expressa, indo na direção da estrada do lago, acabou parando no meio de um bando de crianças.

As pessoas estavam fugindo de Praia Perdida. Sanjit podia ver pelo menos umas vinte, em grupos de dois ou três. Um trio havia se formado ao redor dele. Duas meninas de 12 anos, Keira e Tabitha, e um menino que devia ter 3 anos, com o nome muito adulto de Mason.

Mason estava tentando ser um bom soldadinho, mas a apenas 400 metros da cidade já estava tropeçando em suas pernas muito cansadas. As meninas eram mais resistentes — haviam trabalhando nas plantações, por isso eram fortes e tinham energia para longas horas na estrada. Mas Mason era uma criança pequena carregando uma mochila cheia com suas coisas prediletas: alguns brinquedos quebrados, um livro ilustrado com o título *Bebês Corujas*, uma foto emoldurada de sua família.

As meninas empurravam suas coisas, além de um pouco de comida e água, num carrinho de supermercado com uma roda ruim, que chacoalhava ao se mover. Sanjit sabia que o carrinho jamais sobreviveria à estrada de terra e cascalho que levava ao lago.

Mason complicava mais as coisas insistindo em usar um capacete plástico do Homem de Ferro que cobria toda a sua cabeça. Tinha uma pequena faca de descascar enfiada num cinto branco, de mulher.

Lana havia insistido com Sanjit pela necessidade de ser rápido quando lhe entregou o envelope sujo com o bilhete dentro. E ele sabia que poderia ir mais rápido do que aqueles três companheiros de viagem. Mas, de algum modo, por ter passado um tempo com eles, não conseguia se forçar a apertar o passo. Em vez disso terminou colocando Mason nas costas.

— Você e Lana estão, tipo, juntos? — perguntou Tabitha.

— Ah... é. Acho que sim.

— Ouvi dizer que ela é má — observou Keira.

— Não — protestou Sanjit. — Ela é durona. Só isso.

— Sabe quem é mau de verdade? — perguntou Tabitha. — Turk. Ele me empurrou uma vez, eu caí e ralei os dois joelhos.

— É uma pena...

— E depois fui procurar Lana, e ela disse para eu ir me lavar no mar e não incomodar mais ela. — Tabitha baixou a voz e acrescentou: — Só que ela falou de um jeito ruim, com um monte de palavrão.

Sanjit segurou o riso que queria se espalhar no seu rosto. É. Aquilo era a cara de Lana.

— Talvez ela só estivesse ocupada na hora.

Era bom ter uma conversa boba para distrair todos. E as duas meninas pareciam ter um fluxo interminável: quem gostava de quem, quem não gostava de quem, quem poderia gostar de quem.

Sanjit não conhecia metade das pessoas de quem elas estavam falando, mas mesmo assim era melhor do que ficar olhando o céu e ver a mancha se expandir e o círculo irregular de luz diminuir.

O que iriam fazer quando a luz se apagasse?

Como se lesse seus pensamentos, ou talvez só notasse sua expressão preocupada, Keira disse:

— Sam Temple pode fazer luz.

— Com as mãos — explicou Tabitha.

— Que nem lâmpadas. — Depois, sem que ninguém instigasse, Keira deu um tapinha no capacete do Homem de Ferro de Mason e disse: — Não se preocupe, Mase, é por isso que estamos indo para o lago.

E, nesse momento, Mason começou a chorar.

Sanjit não podia culpá-lo. Nada parecia mais vazio do que uma tentativa de tranquilizar alguém naquele lugar.

Assim que desse a mensagem a Sam precisaria voltar a Praia Perdida. Será que haveria alguma luz até lá? Como iria voltar para Lana atravessando 16 quilômetros de vazio no escuro?

De uma coisa ele tinha certeza: iria voltar.

— Preciso fazer cocô — disse Mason.

Sanjit deixou-o descer.

Mais atraso. Menos probabilidade de alguma luz na volta.

O sol já havia atravessado a maior parte do caminho no céu estreito. Sanjit sabia que precisava ir logo, precisava sair correndo. Poderia correr até lá. Entregaria a mensagem mais cedo, voltaria mais cedo e...

Viu algo se movendo pela mata rasteira nos limites de sua visão excelente. Algo baixo e rápido, deslizando pela mata.

Coiotes.

Lana lhe havia oferecido uma pistola, tinha insistido.

— Não sei atirar — dissera ele, devolvendo-a.

— Leve ou eu mesma atiro com ela em você.

Depois disso tinham se beijado. Só um beijo apressado, à sombra da igreja, enquanto Lana andava em meio a crianças feridas. E ele havia grudado no rosto seu sorriso elegante, dado um aceno elegante e ido embora.

E se nunca mais a visse?

Mason terminou o serviço. Os coiotes não estavam mais à vista. O sol tocou a borda mais distante do que restava do céu.

Caine tinha esperado. Pacientemente, pois as circunstâncias o haviam forçado a ter paciência. Lana ajudava as vítimas do ataque de Penny.

Quinn estava correndo de um lado para o outro, trazendo os poucos peixes que pescaram de manhã e cozinhando-os numa fogueira na praça. Caine reconheceu isso como um gesto inteligente. O cheiro de peixe cozido e o som tranquilizador de uma fogueira impediria as crianças de saírem correndo.

Bem, pelo menos algumas crianças.

Agora Quinn estava pronto para Caine.

— Me tire disso — exigiu Caine.

— Não é tão fácil — disse Quinn. — Você deve saber, pois foi o sacana que inventou essa coisa de cimentar as mãos.

Caine deixou isso para lá. Não tinha escolha. Por um lado, era verdade. Por outro, ele estava impotente. E finalmente havia molhado as calças. Nem tinha notado quando isso aconteceu, mas em algum momento, durante um dos ataques de pesadelo de Penny, tinha feito isso, e agora estava fedendo.

Todas essas coisas o deixavam numa posição vulnerável.

— Vamos ter de quebrar um pedacinho de cada vez — sugeriu Quinn. — Se tentarmos dar uma marretada podemos errar e acertar sua cabeça ou seus pulsos.

Ele escolheu dois pescadores, Paul e Lucas, para começarem o serviço. Eles tinham uma marreta pequena, de cabo curto, e um cinzel. Isso deu algum trabalho, pois as duas ferramentas eram usadas como armas. As crianças que as entregaram tiveram de ser pagas. E ninguém aceitava mais Bertos; era estritamente escambo.

— Avise se doer — disse Paul, e baixou a marreta sobre o cinzel que Lucas segurava.

CLANG!

Doeu. A força do golpe se traduziu numa dor surda que Caine sentiu nos ossos das mãos. Não era tão ruim quanto ser acertado diretamente pela marreta, mas chegava perto.

Trincou os dentes.

— Continue.

Lana veio andando insolente, com um cigarro aceso pendurado nos lábios. Ainda havia crianças feridas chorando, mas Caine não via mais muitos casos graves. Dahra Baidoo estava com ela, ajudando a cuidar dos feridos. Dahra parecia meio estranha para Caine, como uma sonâmbula ou uma paciente mental dopada de remédios. Mas o que tinha de novidade naquilo? A loucura estava virando a norma. E Dahra tinha mais motivos do que a maioria — havia suportado a pior parte do ataque dos insetos ali na cidade.

Lana parou ao lado de Dahra, pôs a mão na cabeça dela e por um segundo puxou-a na direção do ombro, num abraço. Dahra fechou os olhos brevemente e pareceu a ponto de chorar. Depois esfregou o rosto com as mãos e balançou a cabeça quase de forma violenta.

Lucas deu um segundo golpe e um pedaço de concreto de 7 centímetros caiu.

— Caine — disse Lana.

— É, Lana. Quer fazer algum comentário engraçadinho sobre ironia e carma?

Lana deu de ombros.

— Não. Seria fácil demais. — Ela se ajoelhou ao lado de Caine, e então, sentindo-se cansada, sentou-se, de pernas cruzadas. — Escute, Caine, mandei Sanjit avisar ao Sam sobre...

— Sobre a massa de refugiados que está indo para lá? Ele vai deduzir isso logo, não é? Ele pode fazer luz. — Caine olhou para o alto, sentindo como se o céu fosse um inimigo pessoal. — Daqui a umas duas horas a luz vai ser a única coisa com que todo mundo vai se preocupar.

— Não foi por isso que mandei Sanjit. Eu ia pessoalmente, antes desse último fiasco. Fiz isso porque acho que Diana está correndo perigo.

O coração de Caine falhou uma batida. A reação o surpreendeu. Assim como o nó na garganta quando disse, com o máximo de frieza que pôde:

— Perigo? Quer dizer, mais do que o resto de nós?

CLANG!

O tempo todo Paul e Lucas estavam quebrando o concreto. A cada martelada Caine se encolhia. Imaginou se ossos estariam sendo quebrados. Imaginou como eles tirariam o pedaço final do cimento — a parte grudada na pele. Entre cada dor aguda e súbita havia uma dor surda e constante, e uma coceira de enfurecer.

— Às vezes eu posso sentir a mente da coisa — disse Lana.

Ele olhou-a rapidamente.

— Da coisa?

CLANG!

— Não banque o burro, Caine.

Ela encostou a mão na cabeça dele, onde ainda brotava sangue dos furos do grampeador. Quase instantaneamente a dor em sua cabeça diminuiu. Mas nada ajudou quando o golpe seguinte da marreta e do cinzel lhe deram a impressão de que seus dedos estavam sendo quebrados.

CLANG!

— Ahhhh! — gritou ele.

— Você esteve com a coisa — disse Lana. — Sei que você ainda a sente, às vezes.

Caine fez uma careta.

— Não. Não sinto.

Lana fungou.

— Ahã.

Ele não iria discutir. Os dois sabiam qual era a verdade. Isso era algo que ele compartilhava com a Curadora: muito tempo de intimidade com o gaiáfago. E sim, isso deixava cicatrizes, e sim, às vezes era como se a criatura pudesse tocar a beira da sua consciência.

Ele fechou os olhos, e o pesadelo veio como uma onda de tempestade. Na época se resumia totalmente à fome. O gaiáfago precisava do urânio da usina nuclear. Aquela fome havia sido tão gigantesca, tão frenética, que Caine ainda podia senti-la sufocando-o, acelerando seu coração, fazendo-o engasgar.

CLANG!

— AHHHH! — Com os dentes trincados, disse: — Não deixo a Escuridão me tocar.

Agora o cinzel estava cortando mais perto, depois de mais da metade do concreto ter sido retirado. Na verdade Penny não havia feito uma mistura muito boa. Não tinha usado cascalho. Era o cascalho que o deixava duro. Ele e Drake tinham aprendido isso.

— Desculpe — disse Lucas, sem sinceridade.

CLANG!

Não, pensou Caine, nenhuma preocupação gentil pelo bem-estar dele. Os outros precisavam dele, mas isso não significava que gostavam dele.

— O sol está se pondo — observou Lana, quase sem emoção. — As crianças vão pirar de vez. Vão fazer fogueiras. Essa é a grande preocupação, provavelmente, que elas acabem o serviço do Zil queimando o resto da cidade.

— Se eu conseguir sair disso, vou impedir — rosnou Caine, mordendo os lábios para conter um grito de dor enquanto a marreta subia e descia de novo.

— Ela vai atrás de Diana — disse Lana. — Ela quer o neném. O seu neném, Caine.

— O quê?

A marreta esperou, suspensa. Não estavam tendo aquela conversa em particular, e Paul ficou chocado. Ele superou o choque e deu outro golpe medonho.

CLANG!

— Você não sente? — perguntou Lana.

— Só sinto meus dedos sendo quebrados! — gritou Caine.

— Eu conserto os seus dedos — disse Lana com impaciência. — Estou perguntando: você sente? Consegue sentir? Vai se deixar sentir?

— Não!

— Está com medo?

Os lábios dele se retesaram num rosnado.

— Você está certíssima: eu estou com medo. Consegui me afastar da coisa. E você está dizendo que eu deveria me abrir para ela de novo?

CLANG!

— Eu não estou com medo — disse Lana. Caine se perguntou se ela estava falando a verdade. — Eu a odeio. E me odeio por não ter matado a coisa quando tive a oportunidade. Eu a odeio. — Seus olhos estavam escuros mas ardentes como carvão no fogo. — Eu a odeio.

CLANG!

— Ah. Ahhhh! — Caine estava respirando em haustos curtos. — Eu não vou... Por que você tem tanta certeza de que vai atrás de Diana?

— Não tenho certeza. É por isso que estou falando com você. Porque achei que você poderia se importar um pouquinho se soubesse que aquele monstro talvez esteja indo atrás do seu filho.

As mãos de Caine estavam mais leves. O bloco de concreto havia se partido. Uma cunha mais ou menos do tamanho de duas fatias de pizza continuava pendendo da mão esquerda. As mãos ainda estavam coladas numa massa que parecia uma pedra de onde um escultor faria um par de mãos.

Paul e Lucas se ajeitaram, e Caine levantou as mãos e com muito, muito cuidado usou um pedaço de concreto para coçar o nariz.

— Caine... — disse Paul.

— Me dá um minuto — respondeu ele — Todos vocês. Me. Deem. Um. Minuto.

Fechou os olhos. Dor nas mãos, uma dor profunda de alguma coisa — ou mais de uma coisa — quebrada. A dor era terrível.

E muitíssimo pior: a humilhação.

Penny havia sido mais esperta do que ele. Fraqueza.

Tinha sido obrigado a suportar a tortura que ele e Drake haviam inventado. Fraqueza.

Estava sentado nos degraus da prefeitura, nos degraus de onde, menos de dois dias antes, estivera governando como rei. Agora estava sentado ali com a calça fedendo a mijo, obrigado por Lana a sentir-se fraco, pequeno e covarde.

Não estivera tão por baixo desde que havia saído derrotado e mandado para o deserto com Líder da Matilha. Desde que havia se arrastado, chorando e desesperado, para ter a mente chafurdada por aquele monstro malévolo e reluzente.

Lana podia deixar que aquilo tocasse a mente dela. Ela era forte.

Ele não podia. Porque não era.

Que importância tinha isso agora?, pensou ele. Afinal, aquele era o fim. A escuridão cairia e o sol nunca mais nasceria, e eles vagueariam perdidos num breu total até morrerem de fome. Os mais inteligentes simplesmente entrariam no oceano e nadariam até se afogar.

O que ele, Caine, importava? Quanto mais Diana. Ou o... sei lá. Bebê. A criança. Tanto faz.

Fechou os olhos e pôde ver Diana. Garota linda, Diana. Esperta. O suficiente para acompanhá-lo. O suficiente para jogar com ele.

Os dois tinham sido felizes na ilha, na maior parte do tempo. Ele e Diana. Boas lembranças. Então Quinn aparecera com a mensagem de que precisavam dele para salvar Praia Perdida.

Tinha voltado. Diana o havia alertado para não voltar. Mas ele voltou. E se proclamou rei. Porque as crianças precisavam de um rei. E porque, depois de salvar as malditas vidas delas, ele merecia ser esse rei.

Diana havia alertado contra isso, também.

E mal assumiu o comando, já percebeu que Albert é que era o verdadeiro chefe. E ninguém respeitava Caine de verdade. Não percebiam o quanto Caine fazia por eles.

Ingratos.

Agora o queriam, mas só porque todos estavam com medo do escuro.

— Vamos tentar com um martelo menor — disse Paul, ansioso.

Caine trincou os dentes, antecipando o golpe.

CLANG!

— Ahhhh! — O cinzel havia errado. A ponta de aço duro resvalou e cortou seu pulso. O sangue jorrou no concreto.

Ele queria chorar. Não de dor, mas pelo horror absoluto de sua vida. Precisava ir ao banheiro. Nem poderia baixar a calça ou se limpar.

Lana segurou seu pulso. O sangramento diminuiu.

— Você precisa deixar eles continuarem — disse ela. — Vai ser muito pior no escuro.

Caine assentiu. Não tinha mais nada a dizer.

Baixou a cabeça e chorou.

VINTE E CINCO | 12 HORAS E 40 MINUTOS

SINDER CHORAVA ENQUANTO ela e Jezzie arrancavam as verduras. Tudo estava acabado. O trabalho difícil havia quase terminado. Aquela seria a última colheita.

Seu pequeno sonho de ajudar a melhorar as coisas para todo mundo estava no fim. E, como todas as esperanças fracassadas, agora aquilo parecia idiotice. Elas tinham sido idiotas em ter esperança. Idiotas.

Isso era o LGAR. A esperança rendia um chute na cara.

Idiotas.

Encheram sacos plásticos de lixo com cenouras e tomates. E choravam em silêncio enquanto Brianna montava guarda, fingindo não notar.

Para Orc era difícil inclinar a cabeça para trás e olhar o céu. Seu pescoço de pedra simplesmente não gostava de se dobrar daquele jeito. Mas fez o esforço enquanto o sol, com uma velocidade chocante, era engolido pela borda oeste daquele buraco dentuço no céu.

Diretamente acima, sobre sua cabeça: céu azul. O céu azul-claro do início de tarde na Califórnia. Mas abaixo desse céu havia uma parede vazia e preta. Ele estava a apenas algumas centenas de metros dela. Poderia ir até lá e tocá-la, se quisesse.

Não queria. Era muito... muito alguma coisa. Ele não tinha uma palavra para descrever aquilo. Howard teria.

Orc estava zumbindo com um tipo estranho de energia. Não havia dormido. Tinha procurado durante a noite, certo de que Drake estaria por ali, certo de que poderia encontrá-lo. Ou, se não o encontrasse, pelo menos estaria por perto quando ele aparecesse.

Então despedaçaria Drake. Iria rasgá-lo em pedacinhos, comer os pedaços, cagá-los e depois enterrá-los no chão.

É. Pelo Howard.

Ninguém se importava com a morte de Howard. Sam, Edilio, aqueles caras: não se importavam. Não com Howard. Para eles só importava que alguma coisa ruim estava acontecendo. Alguém precisava se preocupar porque Howard estava morto. E nunca voltaria.

Orc precisava se importar, só ele. Charles Merriman precisava se importar com a morte de seu amigo Howard.

As pessoas não sabiam, mas Orc ainda podia chorar. Todas achavam que não... Não, isso não era verdade. Elas não achavam nada. Nunca viam nada além de um monstro feito de cascalho.

Ele não podia culpá-las.

O único que enxergava além disso era Howard. Talvez Howard usasse Orc, mas não tinha problema, porque Orc também o usava. As pessoas faziam isso. Até as pessoas que gostavam de verdade umas das outras. Bons amigos. Melhores amigos.

Só amigos.

Orc estava andando seguindo um padrão, para lá e para cá. Andava quase desde a cúpula até o cais, depois avançava uns 100 metros, ia para a frente e para trás, e avançava mais 100 metros. Tinha ido até a outra extremidade do lago e voltado. Mas alguma coisa lhe dizia que Drake não iria tão longe assim.

Não, não, Drake, não. Orc conhecia Drake um pouco, de quando Drake cuidava das coisas para Caine, muito tempo antes, em Praia Perdida. Quando Drake era só um babaca, mas era um babaca comum, humano.

E Orc conhecera Drake de certa forma quando ele e Howard eram seus carcereiros. Tinha passado um bocado de horas ouvindo Drake arengar com raiva.

Era culpa de Orc Drake ter fugido.

Drake podia ser cheio de truques, sem dúvida, mas não era como Astrid, Jake ou uma daquela pessoas inteligentes de verdade. Ele não tinha um grande plano. Só iria se esconder até encontrar um modo.

Um modo de fazer o quê? Orc não sabia. Sam e os outros não tinham dito nada sobre isso. Só que Drake tinha matado Howard e deixado que os coiotes o comessem. E que ele estava à solta.

Orc mantinha a cabeça baixa na maior parte do tempo. Desse jeito era mais fácil. Além disso, estava procurando alguma coisa: uma pegada, talvez. Pegadas de coiotes, se pudesse encontrar. Mas melhor ainda seriam as pegadas de Drake.

Tinha ouvido dizer que não era possível matar Drake. A pessoa podia esmagá-lo, cortá-lo em pedacinhos, e ele ainda conseguiria se regenerar.

Bem, isso poderia desencorajar a maioria das pessoas. Mas ainda que um Orc bêbado se desgastasse com facilidade, um Orc sóbrio, decidido, tinha tempo e energia suficientes. Ele não se importaria em apenas despedaçar Drake repetidas vezes. E não se cansaria. Sentia-se mais acordado o tempo todo.

Orc estava andando à sombra de um afloramento rochoso. Existiam fendas em todas aquelas pedras, e ele havia decidido verificar todas. Uma a uma. Cada fenda. Embaixo de cada pedra.

Orc gelou Será que aquilo era... É, era uma pegada. Grande parte de uma pegada. O chão era duro, e o único motivo para a pegada aparecer era porque um esquilo ou seja lá qual fosse o bicho que cavava buracos tinha revirado um pouco de terra fresca.

Nessa terra havia meia pegada. Um pé descalço, e não um sapato.

Orc olhou para aquilo. Pôs o pé ao lado. Isso fez a pegada parecer ainda menor. Parecia muito pequena para ser de Drake. Drake era um cara bem grande. Aquela parecia mais com a pegada de uma criança pequena, ou com a de uma menina.

Dava para ver três dedos: os menores. Os dedos apontavam para a água.

Orc seguiu a direção com o olhar. Estranha, a luz estava estranha. A margem do lago parecia estranha. Alguma coisa não estava certa.

Então foi distraído pela visão de Sinder e Jezzie trabalhando na horta. E lá estava Brianna, espiando-o, quando deveria estar vigiando as duas.

Levantou o braço enorme para acenar para Brianna, e segundos depois ela estava ao seu lado.

— Ei, Orc. Troque de serviço comigo. Sam me colocou de babá daquelas jardineiras choronas. Você poderia vigiar as duas.

— Não. — Ele balançou a cabeça.

Brianna inclinou a cabeça, meio como um pássaro. Orc também se lembrava dela, de quando a conheceu e ela estava descendo da Coates com Sam. Desde aquele tempo ela havia ficado muito cheia de si.

— Você está procurando Drake, certo? — perguntou Brianna. — Uma vingançazinha pelo Howard? Eu entendo isso. Totalmente. Howard era seu amigo.

— Não finja que se importa — resmungou Orc.

— O quê? Não ouvi.

Orc rugiu:

— Não finja que se importa. Ninguém se importava com Howard. Ninguém se importa com o fato de ele está morto. Só eu. — Falou tão alto que ecoou. Orc pegou uma pedra pequena e, numa frustração violenta, atirou-a.

Ela voou 6 metros e bateu com força no penhasco. Isso provocou duas coisas: uma pequena avalanche de pedras pequenas e de tamanho médio.

E uma correria súbita de coiotes em pânico.

Orc olhou para eles. Os olhos de Brianna se iluminaram.

Ela chegou perto de Orc e disse num sussurro áspero:

— Aposto que aqueles foram os coiotes que comeram ele. Você tem uma escolha: quer que eu pegue eles ou não?

Orc engoliu em seco. Os coiotes já estavam em cima do penhasco e em segundos chegariam ao chão, correndo livres. Ele jamais conseguiria alcançá-los.

— Guarde um para mim — disse ele.

Brianna piscou e partiu.

Albert havia feito com cuidado o trabalho de base.

Era muito difícil para quem não tinha poderes como os de Caine ou de Dekka simplesmente sair do mar e ir para a ilha. Por isso fez Taylor levar uma corda enrolada até a ilha, amarrá-la numa árvore forte e jogar a ponta pelo penhasco.

Ela estava bem ali, à vista. Qualquer um que andasse um pouco ao redor do lado oeste da ilha, passando pelo iate destruído, poderia ver. Ele havia prendido — bem, havia pagado uma criança para prender — pedaços de pano colorido para que, mesmo naquele momento, na sombra fantasmagórica, fosse fácil achar a corda.

Guiou o barco para lá. Não havia ondas, só o balanço fraco de sempre. Albert não era bom em manobrar um bote, mas tinha aprendido o suficiente, apenas o suficiente para posicioná-lo junto à corda. A corda caía até tocar a água, o que significava que era mais comprida — e portanto mais cara — do que o necessário. Mas essa não era a questão. A corda estava onde ele havia planejado que estivesse.

As laçadas a faziam quase parecer uma escada. Uma escada muito sem jeito e que tinha a tendência infeliz de se afastar quando alguém tentava enfiar os pés nos laços. Mas, depois que começava, dava para subir muito bem, especialmente depois que a corda foi amarrada ao baú no fundo do barco.

Era uma subida longa, e Albert se arrependeu de não ter chegado antes. Não deveria ter esperado tanto. Mais uma ou duas horas e ele não teria conseguido ver a escada, quanto mais subir por ela.

Foi o primeiro a chegar ao topo do penhasco. Com o último esforço, puxou-se para o capim alto, rolou e, deitado de costas, olhou para o céu.

Que estranho! Era que nem estar dentro de um ovo mole, com o topo da casca quebrado. O céu — um céu de aparência normal — cobria apenas cerca de um quarto do espaço.

E a mancha crescente não era noite. Não havia estrelas. Não havia absolutamente nada. Só o negrume.

Ele se levantou e ajudou os outros enquanto, um a um, chegavam ao topo.

O mar se espalhava por quilômetros antes de bater na cúpula preta. Longe, ao sul e a leste, estava Praia Perdida, iluminada em sépia, como uma foto antiga e amassada.

Ao se virar, Albert viu a mansão, com uma satisfação silenciosa. Estava escura, claro. Ninguém estava cuidando do gerador, o que significava que Taylor não estava ali.

Ela era a única preocupação de Albert. Taylor podia aparecer e sumir quando quisesse. Isso seria útil para ele — Taylor poderia avisá-lo do que acontecia em Praia Perdida e no lago.

Por outro lado, Taylor era difícil de controlar. Motivo pelo qual ele havia trazido uma pequena sacola com cadeados de segredo. Um iria para a copa, outro para a tampa do interruptor do gerador. Só Albert saberia as combinações, para que só ele pudesse controlar a comida e as luzes. Isso esfriaria um pouco a independência de Taylor.

Ordenou que as garotas puxassem a corda e a enrolassem bem longe da beira do penhasco. Depois examinou o mar entre Praia Perdida e a ilha. Nenhum sinal de barcos. O que provavelmente significava que ninguém apareceria tão cedo.

Mas apareceria. Aterrorizadas no escuro, famintas e desesperadas, as crianças veriam um ponto de luz distante. Perceberiam que era a ilha e que a luz significava esperança.

Assim, logo que tivessem descansado um pouco, comido algo e dado uma olhada ao redor, Albert iria deixar todo mundo ocupado levando uns dois mísseis para o andar de cima da mansão. Porque quando o tal barco chegasse, também teria uma luz. Um único ponto de luz na escuridão.

Albert suspirou. Tinha sobrevivido. Mas tinha desistido de tudo. De toda a Companhia Albert. Tudo que havia realizado. Tudo que havia construído.

Sentiria falta do desafio dos negócios.

— Venha, pessoal — disse ele. — Venham ver nosso novo lar.

Drake tinha quase certeza de que Brittney teria emergido pelo menos uma vez enquanto ele estava naquele espremido compartimento do motor. Mas ele estava de volta, e Brittney não tinha se mexido.

Talvez ela estivesse ficando mais esperta.

Tentou escutar a voz de Sam. Não ouviu nada. Isso não provava que Sam teria ido embora. Mas significava que Drake poderia se arriscar um pouquinho.

Com o tentáculo levantou o alçapão meio centímetro.

A luz estava definitivamente diferente. Estranha. Como se brilhasse através de uma garrafa de Coca, ou algo assim. Não era natural.

Inquietante.

Empurrou o alçapão só mais um pouco. Viu um pé. Não estava se mexendo. Só permanecia ali, os dedos voltados para ele. Drake se remexeu. Um segundo pé. Havia alguém sentado bem ali, a apenas uns 60 centímetros de distância. Virado na sua direção.

Problema ou oportunidade?

Essa era a questão.

O alçapão baixou de repente, empurrado para o lugar por pés correndo.

— Ei, pessoal, tenham cuidado!

A voz de Diana! Ele a reconheceria em qualquer lugar.

— Justin, você vai quebrar o pescoço!

Drake fechou os olhos e deixou aquele prazer inundá-lo. Ela estava bem ali. E, pelo barulho, havia crianças pequenas a bordo.

Perfeito.

Absolutamente. Perfeito.

Do outro lado da via expressa, no vazio da beira do deserto, Penny pisou numa garrafa quebrada.

Era o fundo da garrafa, a base do que devia ter sido uma garrafa de vinho. Vidro verde. Cheio de pontas. Um caco furou a sola calejada de seu pé e penetrou na carne do calcanhar.

— Ahhhh!

Doeu!

Lágrimas encheram seus olhos. O sangue jorrou do pé, formando uma poça na areia. Ela sentou-se com força, puxou o pé e olhou o corte. Lana teria de...

Curativos. Band-Aids.

— Aiiii! Aiiii!

Começou a gritar alto. Estava machucada e ninguém iria ajudá-la. E o que aconteceria com ela quando escurecesse?

Tudo era muito injusto. Injusto demais. Errado demais.

Ela havia ficado por cima durante poucos minutos. Tinha colocado Caine bem onde queria, mas ninguém gostava dela, e tudo que fizeram foi odiá-la, e agora seu pé estava machucado e sangrando.

Mas não era tão ruim como quando quebrara as pernas. Nem de longe. E ela havia sobrevivido àquilo, não é? Tinha sobrevivido e saído por cima. Imaginou o que Caine havia achado de ter as mãos num bloco de cimento. Se tentassem tirá-lo, quebrariam as mãos dele que nem as pernas dela tinham sido quebradas.

Só que Lana iria ajudá-lo, não iria?

Penny deveria ter dado um jeito em Lana quando teve a chance. A Curadora podia ser quase imune ao seu poder, mas seria imune a uma arma? Penny deveria ter mandado Turk matá-la. É, era o que deveria ter feito.

As sombras não estavam se expandindo; a luz não vinha realmente de um lugar. Era como se ela estivesse num poço com o sol brilhando a pino, em algum lugar logo acima, de modo que a luz precisava ricochetear para chegar até ali.

Logo estaria escuro.

E depois?

Diana se levantou pesadamente quando Justin passou correndo de novo, cheio de ânimo, alegria e energia.

Atria havia diminuído o pique. Agora estava na proa, lendo.

Justin tropeçou e caiu de cabeça, como se fosse um projétil apontado direto para a barriga gigante de Diana.

Mas não acertou.

O menininho voou para a frente, de boca aberta, os braços abertos como que para se defender; depois parou, foi puxado para trás e bateu no convés com força.

Diana estava correndo até ele, preocupada, quando viu o tentáculo enrolado no tornozelo de Justin. Congelou. Aquilo não fazia sentido. O tentáculo estava saindo do chão!

Não. De uma escotilha.

E num átimo a escotilha foi jogada para trás, e Drake se levantou desajeitadamente.

Diana lançou olhares desesperados em todas as direções, procurando uma arma. Nada.

275

Drake saiu do compartimento do motor. Estava de pé no convés. Rindo para ela.

Ela sabia que deveria gritar, mas seu fôlego havia sumido. Seu coração martelava no peito sem ritmo, apenas batucando feito doido.

Drake levantou o garoto do convés sem fazer esforço, carregou-o por cima da amurada e mergulhou-o na água.

Diana observou a cena horrorizada. Como ele poderia estar ali? Como era possível?

— O que foi? Nenhum comentário irônico, Diana?

Diana viu pernas se debatendo abaixo da superfície da água. Drake torceu o tentáculo só um pouco, para que o rosto do menino ficasse visível. Para que ela pudesse ver seus olhos arregalados, brancos. Para que visse que ele estava gritando com o resto de ar que tinha nos pulmões, formando uma explosão de bolhas suicidas.

— Solte ele — disse Diana, mas sem força, porque sabia que Drake não iria ouvir.

— Tem um bote amarrado. Desça com seu belo traseiro até ele, Diana. Quando você estiver lá, eu trago o garoto de volta. Antes disso, não. Portanto eu me apressaria, se fosse você.

Diana soluçou só uma vez, uma exalação súbita e aguda.

Dava para ver o medo nos olhos do menino. Implorando.

Se hesitasse ele se afogaria. E Drake continuaria ali.

Correu para a proa. Passou por cima da amurada e desceu desajeitadamente para o bote.

— Estou aqui! — gritou ela. — Solte ele.

Drake veio andando presunçoso por toda a extensão do veleiro. O braço de chicote continuava na água. Estava arrastando o menino pela água, mantendo-o submerso.

Atria então viu e gritou.

Houve um som de pés correndo, vindo de baixo. Roger emergiu no convés, ofegando. Drake sorriu para ele.

— Não creio que já tenha tido o prazer — disse ele. Depois levantou Justin para fora d'água. O menininho estava em silêncio, os olhos fechados, pálido como a morte.

A expressão de Roger ficou assassina. Com um rugido, correu na direção de Drake, que girou Justin como uma bola de demolição molhada e acertou Roger com tanta força que ele caiu na água.

Quando chegou à proa encarou o olhar lacrimoso de Diana. Largou Justin no bote, como um saco de lixo.

— Acho que ele está tirando um cochilo — disse Drake, e pulou no bote.

Diana se ajoelhou junto a Justin. Os olhos dele estavam fechados. Os lábios, azuis. Quando tocou o rosto dele, estava frio como a morte.

Lembranças antigas voltaram. Teria sido num vídeo mostrado em sala de aula? Em um mundo diferente?

Com aquela barriga, era difícil para Diana se curvar o suficiente para encostar a boca nos lábios do menino. Precisou levantar a cabeça dele e mal tinha forças para isso.

Soprou na boca de Justin. Pausa. Soprou de novo. Pausa.

Drake desamarrou a corda e se acomodou com os remos. Enrolou 60 centímetros de tentáculo no remo direito.

Sopro. Pausa. Sopro.

Pulsação. Ela deveria verificar a pulsação. Diana apertou dois dedos no pescoço do garoto.

Drake tinha começado a cantar. Era a música que tocava no brinquedo Piratas do Caribe do parque Disney World.

Alguma coisa. Um tremor no pescoço do menino.

Sopro. Pausa. Sopro.

Ele tossiu. Tossiu de novo e cuspiu água. Diana puxou-o até que ficasse sentado.

— Ora, olhe só, Diana: você salvou a vida dele — disse Drake.

— Quer que ele continue vivo? — E esperou, como se quisesse uma resposta. Como ela não disse nada, continuou: — Se quiser mantê-lo vivo, não abra sua boquinha malvada. Basta um som seu, e eu o afogo feito um gatinho.

O bote já estava perto da margem. Não faltavam mais do que umas vinte remadas.

Diana lançou um olhar para a casa-barco. Viu Dekka no convés superior, mas ela não estava olhando na sua direção. Olhava para o céu que encolhia.

Nada de Sam. Nada de Edilio.

— É, é um saco, hein? — disse Drake, animado. — De qualquer modo, Dekka não poderia fazer nada. Pelo menos não daquela distância.

Diana examinou a margem que se aproximava. Não havia ninguém. Espere. Sinder. Ela estava arrastando um enorme saco com alguma coisa pela margem. Jezzie vinha atrás.

Drake viu a esperança nos olhos dela. Piscou.

— Ah, não se preocupe: vamos parar e conversar com elas. Vamos dizer que você decidiu tirar umas férias. Que vai voltar para Caine.

Será que Drake podia ser tão idiota a ponto de achar que alguém engoliria essa história? De imaginar que Sinder e Jezzie ficariam calmamente discutindo coisas com o Mão de Chicote?

Talvez. Quem sabia o que Drake andara aprontando? Quem poderia dizer o quanto sua mente psicopata havia se deteriorado?

Ele estava cantando de novo, quase no ritmo das remadas.

— O que você quer, Drake? — perguntou Diana, tentando demonstrar coragem.

Drake sorriu.

— Já agradeci por você ter serrado meu braço, Diana? Fiquei furioso na hora. Mas, se você não tivesse feito isso por mim, eu não seria o Mão de Chicote.

— Eu deveria ter serrado o seu pescoço. — Diana cuspiu as palavras.

— É — respondeu ele, enfrentando seu olhar furioso, aterrorizado, sem se abalar. — Deveria. Deveria mesmo.

FORA |

O SARGENTO DARIUS Ashton viu os sinais de que, enquanto estivera fora, alguém havia entrado em seu alojamento. Nada que a maior parte das pessoas pudesse notar, mas, por hábito antigo, ele era um homem organizado. Tinha um pequeno quarto no alojamento dos oficiais não comissionados, na verdade não era muito maior do que um closet. A cama era estreita e o cobertor dado pelo exército ficava tão esticado que daria para ricochetear uma moeda em cima. O cobertor ficava exatamente alinhado. E agora havia uma reentrância minúscula onde alguém tinha sentado na beira da cama e depois tentado alisar.

— Pfff, assim não dá — disse ele sem dar importância. — Não no exército desse cara.

Foi até o armário. É. Eles tinham tomado cuidado, mas também o revistaram.

A questão era: onde haviam posto o grampo? Certamente iriam grampear seu celular — isso era fato — e usariam o GPS do telefone para rastrear seus movimentos. Mas será que tinham posto um grampo no quarto também?

Desligou o rastreamento do telefone. Mesmo assim eles ainda poderiam saber que torres haviam recebido seu sinal, mas esse era um modo muito menos exato de rastreá-lo. O GPS estreitaria sua localização a pouco mais de um metro. Rastrear os sinais das torres só iria situá-lo num raio de um quilômetro e meio de onde ele estivesse.

Tendo feito isso, virou-se para procurar um equipamento de grampo. Não demorou muito para achar. Era um quarto pequeno, sem muitas opções. O grampo fora colocado na base de uma luminária. Alguém havia feito um buraco muito pequeno na base para permitir a melhor recepção por parte de um microfone que não era mais grosso do que um fio de macarrão cabelo de anjo.

Bem. Certo, então.

Ele precisaria ser muito cuidadoso.

Já havia decidido contar a Connie. Ele estava sob aviso. Tinha assinado o documento de sigilo. Mas o sargento Darius Ashton estava no exército havia tempo suficiente para saber que, quanto maior o segredo, mais provável que fosse uma besteira completa.

E isso — colocar uma arma nuclear embaixo de um bando de crianças que lutavam pela vida — era uma besteira completa. Para não dizer errado.

Se a notícia fosse divulgada, o povo americano não permitiria. Ele era um soldado americano. Obedecia à cadeia hierárquica que ia de seu tenente ao seu capitão, ao coronel, ao general e chegava até o presidente dos Estados Unidos.

Mas soldado americano algum deveria — ou poderia ser ordenado legalmente — a matar cidadãos americanos em solo americano. De jeito nenhum. Não. Não era isso que ele havia prometido fazer quando ergueu a mão e prestou juramento como soldado.

Eu, Darius Lee Ashton, juro solenemente apoiar e defender a Constituição dos Estados Unidos contra todos os inimigos, externos e domésticos; manter a fé e a aliança com a mesma; e obedecer às ordens do presidente dos Estados Unidos e às ordens dos oficiais nomeados acima de mim, segundo os regulamentos e o Código Uniforme da Justiça Militar. Com a ajuda de Deus.

Primeira coisa: defender a Constituição. Ele não era nenhum erudito em lei constitucional, mas tinha quase certeza de que ela não permitia jogar uma bomba nuclear num bando de crianças da Califórnia.

E a parte de obedecer às ordens? Dizia "segundo o Código Uniforme da Justiça Militar". Que definitivamente não dizia que um soldado americano deveria se meter no negócio de matar crianças americanas. Não.

Ao mesmo tempo, Darius não estava interessado em passar o resto da vida numa cela sem janelas em Fort Leavenworth. Essa seria a parte difícil: fazer a coisa certa e conseguir não ser pego.

Deitou-se na cama e pensou um pouco. O tempo era curto. Tinha certeza. Havia atividade demais por lá. Aquele pessoal estava com pressa.

Se deixasse o celular ali e saísse eles saberiam que ele estava tramado alguma coisa. Precisariam ver seu celular em movimento. Mensagens de texto, e-mail, tudo isso seria interceptado. O negócio precisaria ser feito do jeito mais antigo. Cara a cara. E se mais tarde as coisas acabassem dando errado, ele não deveria ter deixado nenhuma prova.

Tentou lembrar tudo que sabia sobre Connie Temple. O que ela estaria fazendo naquele exato momento? Onde estaria? Que dia era aquele? Quinta? Não, sexta.

Era cedo demais para Connie estar assando costelas. Mas não era cedo demais para estar fazendo as compras para o churrasco de sexta.

Era uma hipótese remota.

Mas se Connie Temple ia fazer costelas, só havia dois lugares onde poderia comprá-las. Felizmente a mercearia Vons e a barraca de costelas Fat N' Greezy ficavam na mesma rua.

Darius enfiou o telefone no bolso. Parou no quarto de um amigo na saída, disse que ia até a Vons comprar uns salgadinhos e cerveja. O colega pediu para que ele comprasse uns Cheetos. Os de sabor apimentado.

Levava vinte minutos de carro até a Vons. E como o caminho seguia direto pela estrada, ele teve quase certeza de que não estava sendo seguido. Eles não tinham motivos para suspeitar dele afinal; e havia muitas outras pessoas para vigiar.

No caminho passou pelo trailer de Connie. Seu Kia prateado não estava na vaga de sempre.

Infelizmente também não estava no estacionamento da Vons.

Darius enrolou enchendo o tanque do carro no Chevron. Dali tinha uma boa visão do estacionamento.

Parou no McDonald's para tomar um café.

Depois disso tudo o que podia fazer era esperar. Uma hora ele poderia explicar. Duas horas? Seria forçar a barra.

Então encontrou a solução: o cinema. Três filmes passando, todos ruins, mas ele tinha visto um. Perfeito. Foi ao cinema e comprou um ingresso com o cartão de crédito. Entrou e gastou quinze dólares com pipoca e doces.

Assim que começaram os trailers, largou a comida e saiu por uma das portas laterais. Tomou o cuidado de guardar o canhoto do ingresso.

Lá fora viu quase instantaneamente o Kia prateado.

Haveria câmeras de segurança dentro da Vons, aonde Connie tinha ido. Por isso ele estacionou o carro ao lado do de Connie. E esperou.

Ela saiu empurrando um carrinho cheio até a metade de sacos plásticos. Não o notou sentado ali até estar atrás do volante do carro. Então ele baixou a janela.

Ela fez o mesmo.

Ele olhou para ela.

— Estou colocando minha vida nas suas mãos, Con — disse ele.

— Do que você está falando?

— O resto da vida na prisão se eu for pego e condenado.

Franziu a testa. Isso a fez parecer mais velha. O que, para ele, não era problema; Darius gostava de mulher que parecesse uma mulher.

— O que foi, Darius?

— Eles vão explodir uma bomba atômica na cúpula.

VINTE E SEIS | 11 HORAS E 28 MINUTOS

ROGER ENGENHOSO GRITOU do convés do veleiro. Edilio escutou e soube instantaneamente que havia algo terrivelmente errado.

Roger estava acenando furiosamente, indicando para Edilio olhar para a margem.

Edilio sentiu o coração descer para o estômago. Um bote a remo se movia depressa para a terra. Edilio correu para o andar debaixo, pegou o binóculo de Sam e correu de volta para cima, com Sam e Dekka ofegando atrás.

Encostou o binóculo nos olhos. O bote estava a centímetros da margem, raspando no cascalho. Não havia como se enganar com o braço de tentáculo que empurrou Diana de forma grosseira e jogou-a no chão.

— É Drake — disse Edilio. — Ele pegou Diana. E Justin.

Drake, como se magicamente ouvisse seu nome, virou-se para ele, levantou um dos remos e acenou.

Então bateu com o remo no chão, partindo-o ao meio. Agora estava com o cotoco pontudo preso no tentáculo. Apontou-o para a garganta de Justin. O menino estava chorando. Edilio podia ver as lágrimas escorrendo pelo rosto dele.

Com a mão, Drake fez um gesto zombeteiro de "venha me pegar".

A mensagem era clara. E Edilio não tinha dúvida de que Drake faria aquilo.

— Cadê a Brisa? — perguntou Sam, furioso. — Edilio. Atire!

Edilio não ouviu ou pelo menos não conectou as palavras com ação alguma. Virou-se para olhar Roger, que parecia arrasado.

Edilio levantou uma das mãos com o punho fechado, para Roger ver. Para Roger saber que Edilio entendia e não tinha perdido a esperança.

Sam pegou a pistola de Edilio e disparou três tiros para o ar.

Se Brianna estivesse em algum lugar por perto, ouviria e saberia o que significava.

Drake subiu rapidamente o morro com Diana tropeçando à frente e Justin tentando ajudá-la, digno de pena. Em segundos desapareceriam de vista.

Sam xingou Brianna por ser uma idiota imprudente e irresponsável. Dekka já estava correndo pelo cais. Mas havia zero chance de alcançar Drake a essa distância.

Sam se virou para correr atrás dela. Era provável que não conseguisse alcançá-los, também, mas Edilio sabia que ele não aguentaria ficar parado.

— Sam, não! — gritou Edilio.

Sam errou um passo, depois parou. Olhou para Edilio, perplexo.

— Nós estamos espalhados. E não podemos arriscar você. Se você morrer, a luz também morre.

— Você pirou? Acha que vou deixar Drake vir aqui e pegar Diana?

— Você, não, Sam. Dekka, sim. Orc, sim. Ele também está lá fora. E mande Jack também. Qualquer um, menos você.

Sam parecia ter levado um soco. Como se alguém tivesse tirado seu fôlego. Piscou e começou a dizer alguma coisa, mas parou.

— Você não é substituível, Sam. Entenda isso, está bem? Está escurecendo e você faz a luz. Por isso essa batalha não vai ser sua. Agora, não. O resto de nós tem de assumir.

Edilio lambeu os lábios, parecendo arrasado.

— Eu também. Meu lugar é aqui. Não posso pegar Drake. Eu só seria mais uma vítima. — Ele olhou para Roger, que levantou as mãos num gesto de incompreensão que Edilio interpretou com facilidade.

Por que você não vai atrás de Justin?

Por que você e Sam estão aí parados sem fazer nada?

Edilio podia ver que toda a população estava nos conveses dos vários barcos espalhados. Todos tinham ouvido os tiros. Todos olhavam intensamente para os líderes, para Sam e Edilio. Alguns notaram Dekka correndo pela margem, tentando chegar ao lugar onde Drake havia desembarcado. Apontavam para ela e depois olhavam de volta, franzindo a testa para Sam e Edilio.

Encarando seus líderes subitamente impotentes.

Edilio viu Jack numa lancha. Ele estava longe demais para escutar, mas Edilio apontou para ele.

Jack fez um gesto como se perguntasse *quem, eu?*

Sam enfatizou a ordem de Edilio apontando o dedo claramente na direção de Jack. Depois girou o braço e apontou para a margem.

Jack foi relutante para a popa do barco e logo escutaram a tosse de um motor sendo acionado.

Edilio levantou outra vez o binóculo para olhar Roger. Ele estava sofrendo. Desamparado.

Obrigou-se a desviar o olhar, para seguir Jack indo para a margem, para varrer o morro e encontrar Dekka levitando por cima de pedras.

E ali, indo na direção dela, Orc.

Edilio sentiu uma pequena esperança.

Orc, Jack e Dekka. Será que eles conseguiriam?

Os coiotes trotavam com os movimentos implacáveis que os caracterizava como predadores bem-sucedidos.

Brianna os viu talvez a 800 metros de distância.

— Ah.

E além deles, no limite da visão, um segundo grupo. O resto da matilha. Ou era uma matilha diferente? Mas não importava: todos os coiotes deveriam ser mortos assim que fossem vistos. Na verdade, por causa disso eles eram bem raros.

Pegar essa matilha mais próxima. Depois dar uma olhada rápida em busca de Drake antes que Sam ao menos notasse que ela havia sumido.

Um dos coiotes a viu. O resultado foi um pânico muito gratificante. Ela escolheu quatro deles. Estavam correndo a toda velocidade.

A luz era bastante ruim. E o terreno bem irregular. Por isso ela não poderia usar a velocidade máxima. Mas tudo bem: um coiote podia correr a 40, 50 quilômetros por hora. Mas até mesmo a marcha lenta de Brianna tinha o dobro disso.

Correu ao lado do coiote mais próximo. Ele espiou-a, e ela viu a morte naqueles olhos imbecis.

— É — disse Brianna. — Todos os cães vão para o céu. Os coiotes vão para o outro lugar.

Girou seu facão.

O corpo deu dois passos, tropeçou na cabeça e tombou no chão.

Dois coiotes decidiram ficar lado a lado e resistir. Estavam ofegando, as línguas pendendo, já exaustos. O pelo de um estava cheio de sangue seco.

— Ei, cachorrinhos — chamou Brianna.

Ela cambaleou para a frente, e eles rosnaram para ela. Mas não era uma disputa. Brisa decapitou um. A parceira dele, marcada com sangue seco que provavelmente já dera a vida a Howard Bassem, virou as costas e correu, e Brianna acertou sua coluna.

— Nunca gostei de Howard — disse Brianna ao cadáver. — Mas gosto menos ainda de vocês.

Teve dificuldade para achar o quarto animal. Ele provavelmente havia decidido se encolher para se esconder. Na luz fraca era difícil enxergar. Tudo era marrom sobre marrom, até o ar, pelo que parecia.

Aguardou com paciência, vigiando.

Mas se o coiote esperasse, provavelmente poderia escapar quando chegasse a escuridão final.

De qualquer modo, se o tempo era curto, havia um alvo mais importante. Os coiotes eram meros acessórios: Drake era o objetivo principal.

Brianna partiu no passo cauteloso de um puro-sangue galopando, perseguida por um sentimento de culpa e preocupação com o que Sam diria se ela voltasse sem nada além de três coiotes mortos.

Teria de pegar Drake. Isso acabaria com a reclamação de Sam.

Onde estavam os coiotes? Drake estava esperando que eles fosse se aproximar assim que ele chegasse ao penhasco. Deveriam estar esperando ali.

Nenhum coiote.

Isso não era bom. Eles o haviam abandonado. O que significava que estavam abandonando seu dono também. Como ratos desertando de um navio que afundava.

Não pela primeira vez, Drake sentiu a ponta afiada do medo. Talvez os cachorros idiotas estivessem certos em dar o fora. Talvez o poder do gaiáfago estivesse diminuindo. Talvez ele estivesse servindo a um dono fracassado.

Bem, não se Drake tivesse sucesso. Então a gratidão do gaiáfago seria maior ainda.

Precisava agir depressa. Depressa! Assim que a noite chegasse estaria em segurança, talvez, mas até lá...

Drake temia duas coisas. Uma era que Brittney emergisse justo quando ele precisava estar em condições de lutar.

A segunda era Brianna.

Até então ela não havia surgido. Mas com Brianna a coisa era assim: ela podia aparecer muito depressa.

A noite acabaria com a utilidade de Brianna. Mesmo aquela luz fraca, de mate gelado, era perigosa para a Garota Veloz. Mas ele não conseguiria parar de se preocupar com ela até que a escuridão total chegasse.

E ainda havia o problema de encontrar o caminho de volta para o gaiáfago. Os coiotes poderiam fazer isso usando o faro e o sentido inato de orientação, mas ele não era um coiote.

— Deixe a gente ir, Drake — disse Diana. — A gente só está atrasando você.

— Então andem mais depressa — disse ele, e estalou o chicote, rasgando a camisa dela e deixando uma risca vermelha nas costas. Isso era legal. Era bom. Não havia tempo para curtir de verdade. Mas, sim, era bom.

Ela havia gritado de dor. Isso também era bom. Mas não era o serviço dele. Não, ele precisava alertar a si mesmo: já havia cometido esse erro antes. Tinha se deixado distrair pelos próprios prazeres.

Desta vez precisava conseguir. Precisava entregar Diana ao seu dono.

— Ou você anda ou vou ver se o garotinho gosta do velho Mão de Chicote.

Ele ouviu um barulho e olhou por cima do ombro, encolhendo-se com a expectativa de um facão chegando subitamente à velocidade de uma motocicleta.

Deveria ter acabado com Brianna na época da Coates. Naquele tempo ela não passava de uma chata insignificante. Ele mal sabia que ela existia. Agora ela era seu pesadelo vivo. Deveria ter acabado com Brianna.

Garotinha maligna. A lembrança das provocações dela ainda era uma ferida vermelha em sua psique. Ele a odiava. Como odiava Diana. E aquela esnobe fria da Astrid.

Adorava a lembrança de ter humilhado Sam, mas mesmo agora a lembrança de seu triunfo sobre Astrid lhe dava um calor no corpo todo. Ele podia odiar os caras, podia querer destruí-los, podia gostar de fazê-los sofrer, mas nunca era tão profundo e intenso como com as garotas. Não, as garotas eram especiais. Seu ódio por Sam era uma brisa fresca comparado a fúria borbulhante, quente, que sentia por Diana. E por Astrid. E por Brianna.

As três: tão arrogantes. Tão superiores.

Estendeu a mão de chicote e agarrou o tornozelo de Diana, fazendo-a tropeçar e cair de barriga com força.

Isso o apavorou. Ele podia ter machucado o bebê. Não conseguia pensar nas consequências daquilo.

Justin se virou, fechou os punhos e gritou:

— Deixe ela em paz!

Drake deu um risinho. Moleque corajoso. Quando Brianna aparecesse, ele arranjaria um modo de usá-lo como escudo. Ia ver como Brianna era durona quando isso implicava abrir caminho por um garoto pequeno.

Onde estava ela?

Onde estava a suposta Brisa?

Diana parou de se mexer. Virou-se para encará-lo, desafiante.

— Por que você não me mata e acaba logo com isso, Drake? É o mais próximo que você vai chegar do prazer, seu cretino doente...

— *Ande!* — rugiu ele.

Diana se encolheu mas não correu.

— Está com medo, Drake? — Ela estreitou os olhos. — Com medo de Sam? — Ela inclinou a cabeça para o lado, avaliando-o. — Ah, não, claro que não. É Brianna, não é? Claro, um sujeito que odeia as mulheres, como você? Por sinal, que negócio é esse que você tem com as mulheres? Descobriu que sua mãe era uma prostituta, ou algo assim?

A explosão chocou até mesmo ele. Drake berrou numa fúria súbita, incandescente, sedenta de sangue. Voou para cima ela, acertou-a com o punho, derrubou-a no chão e parou com a mão de chicote levantada.

— Justin! *Foge!* — gritou Diana quando o chicote baixou.

O menino gritou:

— Não! — Mas então se virou e correu o mais depressa que suas pernas curtas permitiam.

Drake estalou o tentáculo na direção do garoto mas errou por centímetros.

Seu rugido de fúria era um som puramente animalesco. Um véu vermelho baixou sobre sua visão.

— Ei! — gritou uma voz.

Drake precisou escutar de novo antes de ao menos conseguir focalizar os olhos na fonte.

Jack Computador dobrou os joelhos e saltou uns 15 metros. Drake nunca tinha visto isso. A névoa vermelha estava recuando. Ele teve uma vaga consciência de que Diana se arrastava para longe.

— Ei! — gritou Jack Computador. E aterrissou a apenas uns 100 metros de distância. Justin estava correndo para ele.

O negócio do pulo: isso era um problema. Jack podia se mover mais depressa do que Drake, especialmente Drake empurrando Diana como uma vaca relutante por um deserto que ia escurecendo.

Drake andou na direção de Jack.

— Ei, Jack, quanto tempo, cara. O que está fazendo aqui?

— Nada — respondeu Jack, na defensiva.

— Nada? Só saiu para um passeio, é? — Drake continuou diminuindo a distância entre os dois.

— Deixe Diana e Justin irem — disse Jack. Sua voz estava trêmula. Nesse momento Justin o alcançou e se jogou nas suas pernas, agarrando-se a ele, aterrorizado.

Drake começou a correr. Diretamente para Jack.

Jack empurrou Justin para longe. O chicote rasgou o ar e tentou acertar o pescoço de Jack. Errou e em vez disso acertou o ombro.

Jack gritou de dor.

Drake nunca hesitava e rapidamente enrolou o tentáculo no pescoço de Jack e apertou com força. Para sua perplexidade, Jack apenas retesou os músculos e resistiu à força de Drake. Era como tentar esganar um tronco de árvore.

Então Jack agarrou o chicote, tentando segurá-lo com firmeza. Drake foi rápido, mas por pouco. Cambaleou para trás e tropeçou, recuou dois passos desajeitados e mal conseguiu ficar de pé.

Se Jack houvesse atacado naquele momento, naquele exato momento, teria uma chance. Mas Jack não era de brigar. Ficara mais forte, mas não pior. Drake viu sua hesitação e riu.

Voltou instantaneamente para o ataque, girando o braço de chicote por cima da cabeça, golpeando e golpeando enquanto Jack recuava, recuava, e de novo Drake correu na sua direção.

Chicoteou Jack no peito. No braço. E em seguida fez um corte súbito e maligno no pescoço de Jack.

O sangue espirrou.

Jack levou a mão ao pescoço, afastou-a e olhou numa incredulidade absoluta para a mão não somente suja, mas encharcada de sangue.

O pescoço. Não podia ser esganado, entretanto podia ser cortado.

Justin estava choramingando ao lado de Jack quando ele tombou de joelhos no chão.

Drake enrolou o chicote no menininho e simplesmente jogou-o na direção de Diana.

Então, deixando Jack caído de lado e sangrando no chão, disse a Diana:

— Certo, isso foi divertido para todo mundo. Agora ande antes que eu perca o bom humor.

Orc e Dekka eram semelhantes no sentido de que nenhum dos dois era rápido. Jack pudera saltar adiante. Aos olhos de Dekka, tinha sido uma coisa surpreendentemente corajosa. Talvez até imprudente. Talvez até um pouco idiota.

Mas corajosa.

Dekka não queria gostar de Jack. Mas valorizava uma virtude acima de todas as outras, e Jack a havia demonstrado.

Agora encontraram-no caído de lado na lama formada por seu próprio sangue.

— Ele tem pulsação — disse Dekka. Não precisava tocar, podia ver.

— Hum — disse Orc. — Foi Drake.

— É. — Ela estava com a palma da mão apertando o ferimento que bombeava sangue do pescoço de Jack. — Rasgue a camisa dele, para mim.

Orc rasgou facilmente a camiseta, como se estivesse rasgando um lenço de papel, e entregou a ela. Dekka manteve a palma da mão no lugar mas empurrou a camisa por baixo, pressionando-a contra o corte.

O sangue não parou de escorrer.

— Vamos, Jack, não morra nos meus braços — disse ela. E para Orc: — É uma artéria ou algo assim. Não consigo fazer parar. O que devo fazer? Não quer parar! Você é mais forte do que eu. Pressione!

Orc obedeceu. Esmagou o trapo sangrento no pescoço de Jack. A pulsação parou mas a pressão pareceu tornar a respiração de Jack áspera e difícil.

Dekka olhou em volta, frenética, como se esperasse encontrar um kit de primeiros socorros.

— Precisamos de agulha e linha. Alguma coisa. — Ela xingou furiosa. — Precisamos levar ele de volta ao lago. Pelo menos alguém lá pode dar um ponto. Temos de ir depressa. Agora.

— E Drake? — perguntou Orc.

— Orc, você precisa carregar ele. Não consigo impedir o sangramento. Temos de levar e Jack de volta. Depois vamos atrás de Drake.

— Logo vai escurecer.

— Não podemos deixar que ele morra, Orc.

Orc olhou na direção por onde Drake tinha ido. Por um momento Dekka se perguntou se Orc iria atrás dele. E parte dela, uma parte da qual não se orgulhava, desejou que Jack simplesmente morresse, porque provavelmente iria morrer de qualquer modo e Drake ia fugir.

— Eu levo ele — disse Orc. — Você vai atrás de Drake. Só não lute com ele até eu chegar.

— Acredite, eu vou ficar feliz em esperar os reforços — disse ela. E percebeu em silêncio que, sozinha, não poderia derrotar Drake.

Começou a correr atrás dele, de suas pegadas — e mais dois conjuntos de pegadas — ainda levemente visíveis à luz fraca.

Agora Sanjit fazia parte de um grupo cada vez maior de crianças com medo, hesitantes. Estava irritado com o atraso. Nada estava dando certo. Ele já deveria ter chegado ao lago. E a escuridão, a escuridão verdadeira, séria, tipo *é isso aí, cheguei* estava se aproximando depressa.

A segunda matilha de coiotes atacou sem aviso prévio quando a turba ruidosa, desorganizada, saiu da via expressa para a estrada de cascalho que levava ao lago.

Havia morros à direita, e à distância, a oeste da estrada, uma linha escura de árvores que alguém disse a Sanjit que era provavelmente o limite do Parque Nacional Stefano Rey.

As duas garotas de 12 anos, Keira e Tabitha, e o menino, Mason, não eram os alvos imediatos. Nem Sanjit. Os coiotes chegaram correndo pela estrada como se tivessem sido mandados do lago. Vinham direto pela estrada, cinco deles. Desviaram-se de alguns garotos maiores e de repente convergiram para uma menina de 2 anos.

A primeira coisa que Sanjit notou foram os gritos enquanto os coiotes iniciavam o ataque. Saiu correndo. Sacou a pistola que Lana havia lhe dado mas não tinha uma linha de tiro limpa. As crianças em pânico estavam correndo de volta na sua direção. Outras se espalhavam à esquerda e à direita, gritando, gritando, chamando os nomes umas das outras.

O coiote que vinha na frente mordeu o braço da menina. Ela gritou. O coiote a arrancou do chão e começou a puxá-la para fora da estrada. Mas acabou soltando-a sem querer e a criança se levantou e saiu correndo.

Os coiotes, quase num movimento casual, formaram um círculo, prontos para derrubá-la de vez.

— Saiam da frente! — gritou Sanjit. — Saiam da frente!

Agora os gritos eram generalizados. A poeira subia. A luz inclinada, cor de chá, lançava sombras sinistras de crianças correndo e dos coiotes amarelos.

Um segundo coiote agarrou a menina pelo vestido e começou a puxá-la para longe.

Sanjit disparou para cima.

Os coiotes se encolheram. Dois trotaram para uma distância segura. O que estava com a menina nos dentes não se mexeu.

Sanjit estava a poucos metros, podia ver sangue, podia ver os dentes amarelos e os olhos inteligentes do coiote.

Apontou a arma, a curta distância, e atirou.

BAM!

O coiote largou a garota e fugiu. Mas não para longe. Nem um pouco longe.

Sanjit alcançou à garota no mesmo instante que a irmã dela. A menina estava sangrando, mas viva. E gritando, todo mundo gritava e chorava. As crianças estavam segurando os cassetetes e as facas, tarde demais, cheias de ameaça e temor.

Os coiotes se movimentavam ansiosos, ao alcance da pistola, mas Sanjit sabia que não tinha chance de acertar um.

— Continuem andando! — gritou ele asperamente. — Se a gente ainda estiver aqui quando a noite chegar, todo mundo vai morrer.

O grupo de talvez duas dúzias de crianças, todas se encolhendo juntas, moveu-se pela estrada enquanto olhos famintos de coiotes as vigiavam com as línguas pendendo, esperando a carne fresca.

* * *

Brianna tinha ido pela estrada até os morros. Quando viu crianças vindo para Praia Perdida soube que Drake não havia passado por ali. O que significava que ele poderia ter recuado em direção à base da guarda nacional. Então correu até lá e olhou em volta. Mas não achou nada.

O que a deixou pasma. Certamente teria visto se ele estivesse perto do lago. Sem dúvida ele não tinha seguido pela estrada. E não estava na base e em nenhum lugar entre aqueles três pontos.

Estava cansada e frustrada. E preocupada com a ideia de Sam gritar com ela. O que a acabou mandando na direção da Coates, porque não podia voltar de mãos vazias. Ela era a Brisa: era a anti-Drake, pelo menos em sua mente. E se ele estava por aí, correndo livre, era ela quem iria achá-lo e derrubá-lo.

Mas não encontrou. Tinha encontrado crianças saindo de Praia Perdida, comentando sobre o céu que morria, e tinha descoberto que os coelhos estavam proliferando perto da Coates e também um vidro de Nutella caído na trilha entre o lago e a base aérea, e comeu tudo rapidamente.

Mas nada de Drake.

O céu estava muito esquisito. A luz estava errada demais. Aquele negrume vazio em volta, subindo do horizonte até formar um horizonte novo, serrilhado, estava totalmente errado.

E se realmente escurecesse e permanecesse assim? E aí? O que ia acontecer com Brisa? Ela iria tropeçar pelo escuro como todo mundo. Passaria de importante a apenas mais uma garota.

Sam nem precisaria dela. Não iria chamá-la para as reuniões. Ela não seria a pessoa do movimento. A poderosa Brianna. A Garota Veloz. A pessoa mais perigosa no LGAR depois de Sam e Caine.

Precisava ficar em um lugar alto; era isso. Ter a visão mais ampla enquanto ainda existisse algo para ver.

Correu para as Montanhas Santa Katrina. Passou por dois conjuntos de pegadas, registrou-as tarde demais, depois correu de volta para encontrá-las de novo.

Eram bastante claras. Um par de botas. E um par de tênis. Ambas indo dos morros na direção geral de Praia Perdida. Nenhuma era grande o suficiente para ser de Drake. E ele não iria naquela direção.

Brianna olhou ansiosa para o céu. Não podia ficar ali. E não podia voltar para Sam de mãos abanando. Seria o seu fim. Já tinha desobedecido ordens antes, mas sofrer um fracasso tão grande, não tendo nada além de alguns coiotes mortos... e ser um fracasso quando seus poderes podiam se tornar quase inúteis...

Ela não era nada se não pudesse ser a Brisa.

Correu até o topo do morro mais próximo, uma elevação careca com cerca de 600 metros de altura. Podia ver o lago, reluzindo estranhamente àquela luz que não era natural. Virando-se para o outro lado dava para ver o oceano. A estrada fora de vista.

O que fazer?

Então viu o que parecia uma pessoa andando. Para o norte. Era difícil ter certeza por causa da luz e da abertura estreita entre os dois morros. Mas achou ter visto uma única pessoa se movendo.

Rezou para que fosse Drake. Tinha um plano para lidar com ele. Um plano que deixaria Sam orgulhoso. Iria fatiá-lo e usar a velocidade para espalhar os pedaços por todo o LGAR.

Rá! Então ia ver se Drake conseguiria se regenerar.

Seria fantástico. Se.

VINTE E SETE | 10 HORAS E 54 MINUTOS

AS PERNAS DE Diana doíam. Os pés descalços estavam sangrando. Justin tentava ajudá-la, mas não havia como aliviar a dor das solas descalças sobre pedras afiadas.

Sempre que diminuía o passo ou tropeçava, Drake estalava o chicote, e essa dor era muito pior.

Não conseguia se imaginar chegando viva ao gaiáfago.

Diana sabia que esse era o objetivo. Drake tinha começado a alardear. Ela tivera oportunidades suficientes para pensar em respostas irônicas. Mas cada uma delas custaria outro corte na pele. Ou, pior ainda, na de Justin. Por isso continuava andando cambaleante em silêncio.

— Não sei o que ele quer com você — disse Drake, não pela primeira vez. — Mas o que ele deixar de sobra vai ser meu. Só sei disso. Faça seus comentários espertinhos com o gaiáfago. Rá. Tente isso.

Ele continuava olhando constantemente por cima do ombro. Diana tinha começado a pensar naquilo como Brisanoia: um medo terrível de Brianna.

— Ela pode vir correndo para mim se quiser — disse Drake. — Vamos ver se consegue me cortar sem cortar o moleque. Vamos ver se ela consegue.

Drake estava numa espiral descendente quase igual à de Diana. Seu medo era palpável. E não somente o medo de Brianna. A morte da luz o apavorava também.

— Preciso chegar lá antes que escureça — murmurou ele mais de uma vez.

Diana percebeu que, assim que a noite absoluta chegasse, Drake estaria tão perdido quanto qualquer um. E então como ele poderia controlar Diana e Justin?

Isso não era consolo. Eles poderiam escapar de Drake. Talvez. Mas e depois?

A mão de Diana foi até a barriga. O neném chutou.

O neném. O neném três barras. Era o neném que ele queria, é claro. Diana não tinha dúvida. A criatura sombria queria seu bebê.

Quando conseguia afastar a mente da agonia nos pés, nas pernas e nas costas, quando conseguia suspender por breves segundos o medo esmagador que a comprimia, Diana tentava entender. O que a coisa queria com seu neném?

Por que aquilo estava acontecendo?

Errou o passo, tropeçou e caiu de joelhos. Gritou de dor, depois gritou de novo quando o chicote acertou suas costas.

Num ataque de fúria, partiu para cima dele. Seus punhos socavam e as unhas rasgavam, mas ele era rápido demais. Deu-lhe um soco no rosto. Não foi um tapa. Foi um soco em cheio. A cabeça dela girou, e ela viu estrelas.

Como um desenho animado, pensou ela. Depois caiu para trás.

Quando voltou a si, encontrou Justin ao lado, agarrado a ela e chorando.

Brittney estava sentada a pouco mais de 1 metro de distância.

O círculo de céu azul era da cor de uma calça jeans nova e menor, perceptivelmente menor do que antes. O céu era uma tigela preta e lisa.

— Você está grávida, não é? — perguntou Brittney, quase tímida.

Diana demorou alguns instantes para entender o que estava acontecendo. Drake não estava ali. Drake não poderia estar, enquanto Brittney estivesse.

O Mão de Chicote não estava ali.

Diana se levantou depressa.

— Venha, Justin, vamos embora daqui.

— Eu achei umas pedras — disse Brittney. E levantou uma de bom tamanho em cada mão. — Posso acertar você.

Diana gargalhou na cara dela.

— Manda ver, aberração zumbi. Você não é a única que pode arranjar uma pedra.

— É, é verdade. Mas não vou sentir dor quando você me acertar. E você não pode me matar. — Então, como um pensamento tardio, acrescentou: — De qualquer modo, não sou zumbi. Eu não como gente.

— Por que está fazendo isso, Brittney? Você foi uma das que lutaram com a gente na usina nuclear. Você estava do lado de Sam. Ou não se lembra disso?

— Eu me lembro.

A mente de Diana estava girando em velocidade máxima. Se mandasse Justin correr de volta para o lago, até onde ele iria antes que a escuridão total chegasse? O que seria pior? Andar sozinho no escuro até cair de um penhasco ou ser farejado por um coiote, entrar num campo de ezecas ou... ou... ou...

— Então o que aconteceu com você? Por que está ajudando Drake? Você deveria estar lutando contra ele sempre que tivesse uma chance.

Ela sorriu, e Diana viu o fio de aço quebrado saindo do aparelho dentário.

— Eu não posso lutar com Drake, você sabe. Nós nunca estamos juntos.

— Exatamente. Então sempre que ele for embora você pode...

— Não estou fazendo isso pelo Drake — disse Brittney, séria. — Estou fazendo isso pelo meu senhor.

— Seu... seu o quê? Seu o quê? Você acha que Deus quer que você faça isso? Ficou idiota, além de morta-viva?

299

— Cada um de nós deve servir — recitou Brittney, como se fosse uma lição que tivesse aprendido muito tempo antes.

— E você acha que Jesus quer que você faça isso? Isso? Ameaçar uma grávida com uma pedra? Essa é a sua teoria religiosa? Jesus quer que você ajude um maluco sádico a me entregar a um monstro? Devo ter pulado essa parte da Bíblia. Isso faz parte do Sermão da Montanha?

Brittney olhou para ela, muito séria, e esperou até Diana ficar sem fôlego, mas não sem escárnio.

— Esse era o Deus antigo, Diana. Esse Deus era de antes. Ele não vive no LGAR.

Diana sentiu vontade de esganar aquela garota. Se adiantasse alguma coisa, esganaria, e com prazer. Imaginou se poderia atordoar Brittney por tempo suficiente para fugir. Sem dúvida uma pedra grande iria ao menos deixá-la tonta.

Mas infelizmente, todo mundo conhecia a história de quando Brianna lutou com Drake. Ela o havia fatiado como um açougueiro faria com um porco. No entanto, ele tinha sobrevivido. O mesmo aconteceria com Brittney. E Diana não tinha um facão.

— Deus está em toda parte — disse Diana. — Você era uma garota da igreja; deveria saber isso.

Os olhos de Brittney ficaram brilhantes, ansiosos, e ela se inclinou para a frente.

— Não. Não. Eu não preciso mais seguir um deus invisível. Eu posso vê-lo! Posso tocá-lo! Sei onde ele mora e como ele é. Chega de histórias para crianças. Ele quer você. Por isso nós viemos. — Ela fez uma cara de censura. — Você deveria estar empolgada.

— Sabe de uma coisa? Estou preparada para quando Drake voltar. Ele é mau, mas pelo menos não é idiota.

Diana se levantou. Brittney também.

— Justin — disse Diana.

— O quê?

— Está vendo o lugar bem onde o morro termina? O lago fica logo depois. Comece a correr.

— Você vem? — gritou Justin.

— Vou logo atrás. Agora *corra!*

Brittney não foi atrás de Diana, apesar de Diana partir para cima dela de novo. Brittney correu atrás de Justin.

Pegou-o com facilidade. Diana tentou agarrar Brittney, mas uma garota grávida correndo na areia...

Brittney prendeu Justin com um braço. Com a mão livre segurava uma pedra afiada muito perto da boca do garoto, que falava sem parar, com medo. Era uma paródia de proteção maternal, uma paródia de partir o coração.

Diana se lembrou de novo de quem Brittney já havia sido. A garota corajosa e decente que se recusava a desapontar Sam e Edilio.

Tinha sido Diana, junto com Caine e Drake, que haviam criado esta Brittney. Eles e, claro, a Escuridão. Que grupinho fatal. Veja o dano que tinham causado, ela, Caine e Drake. E o gaiáfago.

Agora iriam se reencontrar. Diana, Drake e o gaiáfago. E o papel de Caine seria representado por seu filho ou filha.

Ela queria tanto escapar de tudo aquilo! Por um momento brevíssimo pensara que tinha mudado Caine. E foi então que criaram o bebê dentro dela.

— Continue andando — disse Brittney, na verdade acariciando o rosto de Justin com a pedra. — Por favor.

Não era Drake. A figura distante que Brianna tinha visto não era Drake. Era Dekka. E Brianna havia corrido para perto com o facão desembainhado quando percebeu.

Parou derrapando.

Dekka estava coberta de sangue da mão ao cotovelo, além do sangue respingado no rosto.

— Por onde você andou? — perguntou Dekka sem ao menos dizer olá.

Brianna guardou o facão e decidiu não responder.

— Que sangue é esse?

— É do seu namorado — respondeu Dekka, irritada.

— Meu o quê?

— Jack. Ele foi sozinho atrás de Drake. Drake cortou a garganta dele.

Brianna a encarou.

— Pirou de vez? Jack foi atrás de Drake? Jack não faz esse tipo de coisa.

— Faz, quando não há outra opção.

Dekka continuou olhando para além dela. Brianna fazia a mesma coisa. O mundo estava acabando, Jack estava ferido, talvez morrendo, talvez já tivesse morrido, e elas continuavam sem graça.

— Drake está com Diana e Justin. Está indo para a mina encontrar o gaiáfago.

Brianna balançou a cabeça, sentindo que estava deixando algo escapar.

— Quem é Justin?

— Onde você estava? Você deveria estar ao alcance da audição. Sam deu uns tiros e nada de Brianna.

— Estava procurando Drake — disse ela, na defensiva.

Dekka encarou-a com pura fúria.

— Você não ama Jack. Você nem se importa com ele, não é? Você nem perguntou como ele está.

Brianna deu um passo para trás.

— Por que está jogando seu ódio todo em mim?

O queixo de Dekka caiu. Seria quase engraçado, se não fosse Dekka.

— Você é tão sem noção assim? Como consegue não entender como é irresponsável? Nesse momento Orc está correndo de volta para o lago com as mãos mal conseguindo segurar todo o sangue de Jack. E Drake provavelmente está chicoteando Diana deserto afora.

Brianna balançou a cabeça violentamente.

— Não é culpa minha! Não jogue em cima de mim! Eu estava procurando Drake.

De repente o punho sangrento de Dekka estava voando na direção do nariz de Brianna. Mas ela conseguiu desviar com facilidade e Dekka tombou para a frente.

Brianna ficou atônita demais para contra-atacar.

Dekka não havia acabado. Chutou Brianna. Isso a desequilibrou totalmente e ela caiu com todo o peso para o lado.

Então Brianna se viu numa coluna de areia que flutuava. Tentou correr mas não havia chão sólido. A gravidade estava suspensa.

Foi a gota d'água. Brianna sacou sua espingarda de cano serrado e apontou para Dekka.

— Me bote no chão ou eu atiro!

Dekka havia se levantado.

— Você atiraria mesmo, não é? — gritou Dekka.

Ela fez um gesto com a mão, irritada, e colocou Brianna de volta no chão.

— Você é capaz de pensar em alguma outra coisa além de você mesma? — berrou Dekka.

Para a perplexidade de Brianna havia lágrimas nos olhos de Dekka. Ela os enxugou tão violentamente que foi como se desse um tapa em si mesma. Deixou uma mancha de sangue, parecendo tinta vermelha.

— Ei, desculpe, ou sei lá o quê — disse Brianna, acalorada. — O que você quer que eu diga? Espero que Jack esteja bem. E vou matar Drake se tiver oportunidade. O que você quer de mim?

O rosto de Dekka era uma feia máscara de emoção, ilegível para Brianna. Afora ser óbvio que Dekka estava furiosa com alguma coisa.

— Quatro meses, e você nem falou nada comigo — disse Dekka.

— Eu falei com você — respondeu Brianna. Ela desviou o olhar ao dizer isso, ficando subitamente mais desconfortável ainda. Ela podia enfrentar a raiva. A necessidade era algo diferente.

— Eu disse... — começou Dekka antes que sua voz embargasse. E demorou alguns segundos para dominá-la. Depois, incapaz de olhar nos olhos de Brianna, continuou: — Eu achei que estava acabada. Quero dizer, eu não me amedronto com facilidade. A dor... — Ela fez outra pausa; depois balançou a cabeça com raiva, como se estivesse abrindo caminho à força. — Foi ruim, só isso. E eu estava morrendo. Deveria ter morrido. Mas não queria morrer sem contar a você.

— É, tudo bem — disse Brianna, remexendo-se de um lado para o outro e praticamente incapaz de resistir ao desejo de partir a 150 quilômetros por hora.

— Eu disse que amava você.

— Ahã.

— E você não disse nada. Nada. Durante quatro meses.

Brianna deu de ombros.

— Olhe, tá legal, olhe. — Ela engoliu em seco. — Olhe, sem contar comigo, você é a garota mais corajosa, mais durona do LGAR. Quero dizer, sempre pensei que a gente era que nem irmãs, saca? Tipo umas irmãs barra pesada.

Os olhos de Dekka, tão ardentes e furiosos, ficaram vazios. Durante um longo tempo só ficou olhando para lugar algum. Para o espaço ao lado de Brianna. Por fim, suspirou.

— Tipo irmãs.

— É, mas tipo irmãs super-hiper-mega-fodonas.

— Mas... você não...

Essa era uma Dekka para a qual Brianna não estava preparada. Ela parecia menor. Parecia uma grande boneca de pano sem metade do enchimento. A escuridão estava chegando mais depressa. As sombras eram mais profundas, e eram apenas sombras de outras sombras.

Dekka alinhou os ombros. Parecia estar discutindo consigo mesma. E finalmente disse:

— Você não é gay. Você não gosta de garotas.

Brianna franziu a testa.

— Acho que não.

— Você gosta de garotos? — perguntou Dekka, com a voz tensa.

Brianna deu de ombros. Cada parte daquilo a deixava desconfortável.

— Não sei, nossa! Eu fiquei com Jack umas duas vezes. Mas só porque estava entediada.

— Entediada.

— É. E não ajudou muito.

— Você não está apaixonada pelo Jack?

Brianna soltou uma gargalhada de surpresa.

— Pelo Jack? O Jack Computador? Quero dizer, eu gosto dele numa boa. Ele é legal. Quero dizer, é um doce. E se estou lendo um livro e não entendo alguma coisa, ele sempre consegue me explicar. Ele é inteligente. Mas não é... — Ela fez mais uma pausa.

Para surpresa de Brianna, isso provocou um riso incrédulo em Dekka.

— Essa é você, não é? Você de verdade.

Brianna estreitou os olhos. Que tipo de pergunta era aquela?

— Todo esse tempo... — Dekka não terminou o pensamento. — Por que não me disse simplesmente?

— O quê?

Dekka fechou os punhos.

— Juro por Deus que vou matar você, se continuar a bancar a burra!

— Eu gosto de garotos, OK? Eu acho. É. Provavelmente. Quero dizer, eu só tenho 13 anos! Poxa! Sei que aqui é o LGAR e coisa e tal, mas eu sou só... uma criança!

305

Brianna ficou vermelha. Por que havia dito aquilo? Ela não era uma criança. Era a Brisa. Era a pessoa mais perigosa... certo, a terceira pessoa mais perigosa... mas não era uma criança. Não era uma criancinha.

Bem, ela era rápida, mas não podia retirar o que disse. Era bem provável que Jack estivesse morrendo. A luz sumindo. Talvez fosse bom dizer coisas.

Dekka sugou o ar rapidamente.

— Você é, não é? — disse Dekka baixinho. — Eu esqueço. — E repetiu com tristeza. — Eu esqueço.

— Quero dizer... é, tipo... saca, eu sou meio a fim de Sam ou sei lá o quê, que nem qualquer outra garota... bem, menos você, acho... mas não é assim. É tipo... saca... — Ela interrompeu a fala, sem jeito. Então acrescentou: — Eu só gosto de ser A Brisa. "A" maiúsculo, "B" maiúsculo.

Toda a raiva de Dekka se esvaiu.

— Eu esqueci, Brianna. Quero dizer, vejo você fazer coisas tão corajosas... E vejo como Sam precisa de você. Como todo mundo precisa. E vejo você entrar numa briga com Drake e, uau, quero dizer, quando eu olho, você é tipo... tipo tudo que eu queria numa namorada. E esqueço que você ainda é só uma criança.

— Não sou tão nova assim — disse Brianna, agora desejando mesmo que pudesse retirar parte do que havia dito.

Dekka soltou um suspiro longo e profundo.

— Quero dizer, talvez daqui a uns dois anos — disse Brianna, definitivamente sentindo que estava saindo do pior lado da conversa.

Dekka riu.

— Não, Brianna. Não. A fim de Sam? Beijando Jack. Não. Não. Eu estava deixando minha... Eu estava vendo o que queria ver. Era isso que eu estava fazendo. Não estava vendo você.

— Mas você e eu... estamos numa boa?

Dekka estava chorando de novo, mas dessa vez enxugou as lágrimas com um riso.

— Brisa, como é que a gente poderia não ficar numa boa? Definitivamente nós somos as irmãs barra pesada.

— O que a gente faz agora? Não posso correr muito depressa no escuro.

— É. Mas mesmo assim vamos atrás de Drake. Ele está com Diana e não podemos deixá-la com ele. Ele odeia mulheres, você sabe.

— É. Notei isso. — Brianna sentiu a energia fluindo de novo. O cansaço, a frustração, tinham ido embora. E a escuridão que se aproximava? Bem, ela ainda podia usar o facão com muita, muita rapidez.

— O garoto odeia meninas, certo? Vamos dar a ele um bom motivo para isso.

Astrid caminhava segurando a mão de Charuto. Às vezes isso o deixava louco, e ele se convencia de que ela iria comê-lo. Sua mente havia sumido. Ou, se não havia sumido para sempre, pelo menos por agora. Até que, de algum modo, ele conseguisse ajuda.

Mas ele podia ver o que ela não podia. Podia ver o irmão dela. Astrid havia sentido isso desde o início, ao ver o coiote com rosto humano. Não era uma coisa idiota, e sim ignorante, negligente. Alguma coisa ou alguém com um enorme poder e sem saber como usá-lo.

O Pequeno Pete era um deus invisível e todo-poderoso que fazia jogos ignorantes, negligentes, com as criaturas desamparadas do LGAR.

Talvez a mancha também fosse por causa dele.

Talvez ele é que estivesse apagando a luz.

Bem, era óbvio, não era? Cedo ou tarde o jogo tinha de acabar.

Ela caminhava com os pés cansados na direção de Praia Perdida, sabendo que agora esse era um esforço sem esperança.

Todos eles eram meros seres humanos, afinal de contas. E a coisa mais próxima que tinham de um Deus era uma criança imprudente, indiferente.

VINTE E OITO | 10 HORAS E 35 MINUTOS

— ISSO É o melhor que posso fazer — disse Roger. A metade inferior de seu rosto e a frente da camisa estavam cobertas de sangue. O convés estava sujo.

Sam olhou para Jack sob um cobertor. Eles não podiam movê-lo. Não podiam fazer muita coisa por ele, a não ser que encontrassem um modo de trazer Lana.

Roger havia começado com uma linha verde. A princípio foi só isso que conseguiram encontrar. Foi o que ele usou para costurar a artéria, veia ou o que quer que fosse que fora cortada e exposta pelo golpe furioso no pescoço de Jack.

A parte externa do ferimento estava costurada com linha branca, mas seria melhor dizer ex-branca. Agora era vermelha.

Tinham espalhado um pouco do precioso estoque de Neosporin no ferimento e o coberto com uma bandagem rasgada de uma bandeira velha. O pescoço de Jack estava vermelho, branco e azul, se bem que a bandagem também ficava encharcada com o sangue que escorria.

Roger era o enfermeiro não oficial. Principalmente porque parecia gente boa e era bom com as crianças. Tinha assumido o trabalho de costurar o pescoço de Jack.

Tinha dito que era igual a tentar costurar um fio de macarrão. Um fio de macarrão que pulsava e espirrava sangue.

— Obrigado, Roger — disse Sam. — Você foi incrível, cara.

— Ele está pálido demais — respondeu Roger. — Parece um pedaço de giz.

Sam não tinha o que dizer. Lana poderia salvar Jack. Mas estava longe, e logo praticamente não haveria como entrar em contato com ela.

Onde estava aquela idiota da Taylor? Eles precisavam dela.

Não sentia mais raiva de Brianna, porque agora estava simplesmente preocupado demais com ela. Se ela estivesse por aí, correndo atrás de Drake, Sam iria matá-la. Primeiro iria abraçá-la. Depois matá-la.

Não era possível. Não era. Coitado de Jack, que talvez nem sempre tivesse sido o cara mais confiável do mundo, mas que nunca tivera um grama de maldade naquele corpo de nerd. E Brisa sumida. E Diana. Howard morto. Orc... em algum lugar.

E Astrid.

Tudo estava se despedaçando nas suas mãos. Ele estava olhando todo o seu mundo sangrar assim como Jack.

— Temos Astrid, Dekka, Diana, e espero que Brianna, aí pelo deserto com Drake — disse Sam. — Orc a caminho. E daqui a uma hora eles vão estar na escuridão absoluta.

— E Justin — disse Roger, enfático.

— E Justin — concordou Sam.

Edilio enxugou o rosto com a mão, um sinal de nervosismo no Edilio geralmente impassível.

De repente Sam se lembrou de quando tinha encontrado Edilio pela primeira vez, depois da chegada do LGAR. Tinha sido no Penhasco. Edilio estava tentando cavar por baixo da barreira. Prático, já naquela época.

— Olhe — pressionou Sam —, o pessoal aqui tem luzes. Não é muita, mas eles têm alguma coisa; ao menos podem enxergar. Que chance as pessoas lá no deserto têm?

— Drake provavelmente já chegou à mina — disse Edilio.

— Não — contrapôs Roger rapidamente. — Não. Não faça isso. Não descarte Justin desse jeito.

Sam viu a vergonha no rosto de Edilio.

— Desculpe, cara; você sabe que eu adoro aquele moleque. Não quis falar desse jeito.

Edilio estendeu a mão para Roger, depois, com um olhar rápido de lado para Sam, conteve-se.

Roger fez um movimento idêntico, e também parou depois de lançar um olhar sem jeito para Sam.

Sam ficou imóvel, e durante alguns segundos incômodos ninguém falou.

Por fim, Sam disse:

— Edilio, eu preciso ir atrás deles.

— Não podemos arriscar você, Sam. E se for morto? E se não existir mais luz, e você for isso; e se você for a única coisa entre nós e a escuridão total?

— Então vamos todos estar mortos de qualquer jeito, Edilio. — Sam abriu os braços num gesto de impotência. — A gente mal consegue ficar vivo nesse lugar. Imagine na escuridão total? Uns poucos Samsóis não vão nos salvar.

— Olhe, a gente precisa manter o pessoal calmo. Isso é o mais importante.

Todo o trabalho ficou subitamente muito mais difícil quando uma dúzia de crianças veio correndo loucamente, descendo a encosta atrás do Fosso.

— Socorro! Socorro! Ajude a gente!

Os coiotes sabiam que as presas estavam se aproximando da segurança. Essa foi a conclusão de Sanjit ao vê-los chegarem mais perto.

A quantidade de pessoas na estrada havia aumentado. As crianças tinham ficado mais próximas à medida que a escuridão se aprofundava. Crianças que haviam partido mais tarde corriam até cair, desesperadas para alcançar as outras.

As que tinham saído primeiro começaram a duvidar da sabedoria de estar na frente. Assim frente e trás se juntaram ao meio e agora formavam um bando de trinta crianças, espalhando-se pela estrada, movendo-se em grupo, andando o mais rápido que podiam, chorando, gemendo, reclamando alto, exigindo... Sanjit não conseguia imaginar de quem elas exigiam.

Aquilo era oficialmente um fiasco, ele sabia. Um daqueles esforços condenados desde o início. Sua pequena missão de contar ao Sam o que estava acontecendo em Praia Perdida, de passar o pedido de Lana para colocar luzes em Praia Perdida, era uma grande perda de tempo.

Tarde demais. E desnecessário, de qualquer modo, pois o grupo de refugiados faria a mesma coisa.

Um esforço idiota, desperdiçado.

Não culpava Lana por tê-lo mandado. Nunca lhe passou pela cabeça culpá-la. Ele estava atarantado, perdido, perdido, perdido de amor por ela. Mas ela concordaria — se algum dia ele a visse de novo — que aquilo não tinha dado muito certo.

Mal conseguia enxergar 30 metros de cada lado da estrada. A penumbra que já tivera uma estranha cor de chá havia se aprofundado e mudado de tom no espectro. O próprio ar parecia azul-escuro. Havia um elemento de opacidade na luz que permanecia. Como se existisse uma névoa, mas claro que não existia.

Trinta metros era o suficiente para enxergar a matilha de coiotes. As línguas pendendo. Os olhos amarelos, inteligentes e hiperalertas. O modo como as orelhas se levantavam e giravam para captar cada som.

Assim que escurecesse totalmente, eles viriam. A não ser que as crianças chegassem ao lago antes disso. Sanjit podia ler a ansiedade nas suas expressões ávidas e no modo como eles andavam para trás e para a frente.

— Todo mundo fique junto e continue andando — insistiu ele.

De algum modo, estava no comando. Talvez por ser o único que tivesse uma arma de fogo. Os outros contavam as armas variadas de sempre, mas a dele era a única de fogo.

Ou talvez fosse sua ligação com a reverenciada Lana. Ou o fato de que ele era um dos três mais velhos.

Sanjit suspirou. Sentia falta de Chu. Sentia falta de todos os irmãos, mas especialmente de Chu. Chu era o pessimista, o que permitia a Sanjit ser o otimista petulante.

Um dos coiotes já estava farto e começou a trotar objetivamente na direção das crianças.

— Não faça isso! — gritou Sanjit, e apontou a pistola. Chance zero de acertar o animal dali, naquela luz, com sua total falta de habilidade. Mas o coiote parou e o encarou. Mais curioso do que com medo.

Sanjit sabia que o animal estava avaliando a situação. Na matemática de um coiote o passo inteligente a dar era matar o máximo que a matilha pudesse. Para eles a carne não precisava ser fresca; eles poderiam arrastar os corpos para longe, com tranquilidade, e comer durante semanas.

Então o coiote falou. A voz foi um choque, gutural, engrolada como uma pá se arrastando em cascalho.

— Dê os pequenos para a gente.

— Vou atirar em você! — disse Sanjit, e avançou, segurando a arma com ambas as mãos, imitando sem jeito uma centena de seriados policiais da TV.

— Dê três para a gente — disse o coiote sem evidenciar medo algum.

Sanjit disse alguma coisa grosseira e desafiadora.

Mas outra pessoa gritou:

— É melhor do que todo mundo ser comido!

— Não seja burro. Eles sabem que estamos perto do lago. Estão tentando distrair a gente para... — Ele percebeu a realidade horrível de suas próprias palavras.

Tarde demais.

Ele se virou e gritou:

— Cuidado! — Três coiotes, sem ser observados pelas pessoas que se fixavam no Líder da Matilha, atacaram as crianças que estavam mais atrás.

Houve gritos de dor e terror. Gritos que fizeram Sanjit sentir como se sua própria pele estivesse sendo rasgada.

Sanjit correu para a retaguarda, mas esse foi o sinal para Líder da Matilha e outros dois atacarem a frente.

Todo mundo saiu em disparada, crianças derrubando umas às outras, pisando umas nas outras, sendo derrubadas em meio a gritos, berros, pedidos e aos rosnados medonhos dos coiotes que iam atrás das crianças lentas e indefesas.

Sanjit atirou. *POU! POU! POU!*

Se os coiotes ao menos notaram, não deram sinal.

Ele viu Mason caindo entre dois animais que rosnavam. As garotas mais velhas já estavam longe, na estrada. Keira se virou, olhou, com a boca escancarada de horror e saiu correndo.

Sanjit pulou e aterrissou com os pés em cima de um coiote. O animal rolou para longe e ficou de pé de novo enquanto Sanjit ainda absorvia o pouso. Uma criança ou um coiote, ele não viu o que era, derrubou-o e num instante um coiote foi parar em cima dele, as presas se fechando diante do seu rosto.

POU!

O olho direito do coiote explodiu, e o animal desmoronou em cima de Sanjit.

Dois coiotes estavam brigando por causa de Mason, como cachorros disputando um brinquedo. Morto. Agora ele estava morto, morto.

Sanjit mirou, mas mal, com as mãos tremendo, o peito arfando.

POU!

Um dos coiotes saiu correndo com uma perna de criança na boca.

Crianças na frente e outras crianças de trás estavam sendo destroçadas pelos coiotes. E a multidão, o rebanho — porque era isso que tinham se tornado, um rebanho aterrorizado não diferente de antílopes em pânico com um ataque de leões — corria o mais depressa que podia.

Não havia nada que Sanjit pudesse fazer.

Líder da Matilha estava de pé com as patas abertas. Havia alguma coisa medonha em suas mandíbulas. Ele olhou para Sanjit e rosnou.

Sanjit correu.

Diana olhou para o céu. Isso tinha se tornado um hábito. Um hábito temeroso.

Era um esfíncter no topo de uma tigela preta. Um comentário adequado sobre o LGAR, pensou Diana. Um esfíncter gigante.

Justin se mantinha agarrado a ela enquanto caminhavam. E ela a ele.

O que seria pior?, pensou ela. Chegar à mina antes que a escuridão baixasse? Ou não?

Havia arrastado os pés e embromado a cada passo do caminho, pensando que, independente do que o gaiáfago quisesse, ela queria o oposto. Mas então Drake reemergiu, e cada pequeno atraso significava dor.

Ele os impelia com o chicote. Como um senhor de escravos de antigamente. Como algum antigo egípcio espancando um hebreu, ou um não tão antigo feitor chicoteando um escravo negro.

Mas ela viu que ele também olhava para o céu. Ele também estava com medo da escuridão que se aproximava.

Tinham chegado à cidade fantasma. Não restava muita coisa dela. Algumas estacas e tábuas. Sugestões de lugares onde um bar, um hotel e um estábulo podiam ter existido. Havia uma construção mais bem conservada, longe das outras, e foi dessa construção, através de uma porta que rangia, que Brianna saiu.

Diana quase desmaiou de alívio.

— E aí, pessoal — disse Brianna —, estão dando um passeio?

— Você — sibilou Drake.

— Não estava me esperando? — perguntou ela. E fez cara de sem graça. — Não fui convidada?

Drake estalou o chicote e enrolou-o em volta de Justin. Puxou o garoto aterrorizado pelo ar e segurou-o acima da cabeça.

— Se você se mexer eu esmago o cérebro dele — disse Drake.

— E depois? — perguntou Brianna em seu sussurro sedoso.

— Depois Diana.

— Ah, acho que não, Drake Mão de Verme; acho que você não a trouxe até aqui só para matá-la. — Depois, falou para Diana: — O que acha, Diana? Ele contou o que quer?

Ela estava embromando. Diana sabia, mas será que Drake também sabia? E se alguém tão cabeça dura e impetuosa feito Brianna estava tentando ganhar tempo era porque tinha algum aliado. Alguém obviamente mais lento do que ela.

— É o meu neném que ele quer — disse Diana.

Brianna fez uma cara falsamente perplexa.

— É verdade, Drake? É porque você adora bebês?

Drake lançou um olhar pelo caminho que ia da cidade, subindo o morro, até a entrada da mina. Estava a apenas algumas centenas de metros da abertura. Confiante de que iria achar o caminho até lá no escuro. Mas não podia ter certeza de que Brianna se importaria com Justin. Mesmo mais lenta por causa da escuridão, ela provavelmente poderia correr mais depressa do que ele e interceptá-lo.

— Se você tropeçar no escuro, Brianna, tudo estará acabado. E se tropeçar a 150 por hora, bater numa pedra? Isso vai matar você. E se não matar, eu farei isso.

Ele continuava segurando Justin no alto.

— Me bote no chão — choramingava o menino, digno de pena. — Por favor, me bote no chão. Estou com medo aqui em cima.

— Ouviu, Brianna? Ele está com medo. Está com medo de eu largá-lo depressa demais. Ai!

Brianna assentiu como se estivesse considerando a hipótese. Embromando. Respirou fundo e soltou o ar lentamente. Embromando.

Diana viu o olhar dela se virar para a direita. Quem viria? Quem ela estava esperando? Brianna devia ter passado por eles na vinda. Ela devia ter optado por não atacar Drake sozinho, em vez disso havia ido na frente para bloquear o caminho enquanto o reforço chegava.

Isso indicava que era alguém um pouco mais inteligente do que ela. Sam. Ou talvez Dekka. Não Orc. Sam ou Dekka, eram os únicos dois que poderiam ajudar Brianna numa luta com Drake e ser espertos e ter influência suficiente para convencê-la a esperar assim.

Diana ousou ter esperança. Se fosse Dekka, ela poderia impedir Justin de cair. Se fosse Sam, talvez, finalmente, ele livrasse o universo do Mão de Chicote.

Ouviram um som.

Vinha da penumbra da rua principal da cidade fantasma, esquecida havia muito tempo.

Diana viu o maligno sorriso de triunfo no rosto de Brianna.

Brianna sacou seu facão.

E da escuridão saiu — mancando — uma garota pequena, descalça, usando um vestido de alcinha.

FORA |

— PROFESSOR STANEVICH?

— Sim? — A voz estava tensa. Chateada. Com um sotaque forte.

— Quem é? Este é um número particular.

— Professor Stanevich, ouça, por favor — implorou Connie Temple. — Por favor. Nós participamos de um programa da CNN. O senhor provavelmente não se lembra. Sou mãe de uma das crianças.

Houve uma pausa do outro lado. Ela estava num telefone público antigo, cheio de pichações, perto de uma loja de conveniência em um posto de gasolina em Arroyo Grande. Não podia usar o próprio celular por medo de trair Darius. Não tinha ligado para o número do escritório de Stanevich por medo de ele também estar grampeado.

— Como conseguiu esse número? — perguntou Stanevich de novo.

— A internet pode ser muito útil. Por favor, ouça. Tenho uma informação. Preciso que o senhor me explique uma coisa.

Stanevich suspirou profundamente do outro lado da linha.

— Estou com meus filhos no Dave & Buster's. Aqui é muito barulhento. — Outro suspiro, e sem dúvida Connie pôde ouvir os sons de videogames e talheres batendo. — Diga qual é a informação.

— A pessoa que me deu a informação corre sério perigo se for descoberta. O exército cavou um túnel secreto; fica na borda leste da cúpula. É muito profundo. E a segurança é muito, muito forte.

— Imagino que estejam cavando para ver a extensão dessa mudança recente na assinatura de energia.

— Discordo, professor, com o devido respeito. Há equipes de resposta nuclear aqui. E o túnel que eles cavaram tem 81 centímetros de diâmetro.

Nada além dos sons do Dave & Buster's.

Connie insistiu:

— Eles não precisam de um buraco desse tamanho para mandar uma sonda ou uma câmera. E minha fonte disse que há um trilho descendo.

Ainda não houve resposta. Então, quando ela teve certeza de que ele havia decidido desligar:

— O que a senhora está sugerindo é impossível.

— Não é impossível, e o senhor sabe. O senhor foi uma das pessoas que alertaram que pode ser perigoso romper a cúpula. O senhor é um dos motivos para as pessoas terem tanto medo dessa coisa. — Connie prendeu o fôlego. Será que o tinha pressionado demais?

— Eu estava discutindo várias possibilidades teóricas — bufou Stanevich. — Não sou responsável pelos absurdos sem noção da mídia.

— Professor. Quero que o senhor discuta as possibilidades teóricas disso. De uma arma nuclear... Por favor. Se isso vai libertar as crianças, é uma coisa. Mas...

— Claro que não vai libertar as crianças. — Ele bufou um riso no ouvido dela. — Vai acontecer uma de duas coisas. Nenhuma das duas implica libertar pacificamente as crianças que estão lá dentro.

— As duas coisas. O que são? — Uma radiopatrulha parou e ela agarrou o telefone com mais força. O carro parou numa vaga. O policial olhou para ela. Teria reconhecido-a da TV?

— Depende — disse Stanevich de forma ambígua. — Há duas teorias sobre as tais ondas J. Não vou entediá-la com os detalhes, a senhora não entenderia mesmo.

O policial saiu. Espreguiçou-se. Trancou o carro e entrou no minimercado.

— Um dispositivo nuclear liberaria muita energia. O que poderia sobrecarregar a cúpula, poderia fazer com que explodisse. Pense num secador de cabelo, digamos. Sim, um secador de cabelo que funciona a 110 volts. E de repente é ligado em 220.

Ele parecia manter certa distância como se estivesse dando uma palestra para uma sala cheia de estudantes. Satisfeito com a analogia do secador de cabelo.

— Ele explodiria. Entraria em combustão.

— É — concordou Connie, tensa. — E também não explodiria tudo que estivesse perto?

— Ah, certamente. Não o dispositivo em si, a senhora entende, não se ele estiver enterrado bem fundo. Mas uma esfera de 32 quilômetros que de repente fica sobrecarregada? Provavelmente eliminaria tudo que está dentro. E, talvez, dependendo de vários fatores, destruiria uma área ao redor da cúpula.

O estômago de Connie estava na garganta.

— O senhor falou em duas possibilidades.

— Ah — disse Stanevich. — A outra é mais interessante. Pode ser que a barreira não fique sobrecarregada. Pode ser que ela consiga converter a energia. Ela pode pegar a liberação súbita de energia e essencialmente estocá-la. Sugá-la como uma bateria muito eficiente. Ou, digamos, uma esponja. — Ele fez um som de insatisfação. — Não é uma analogia perfeita. Não, longe disso. Ah, aqui está: a assinatura de energia da barreira está mudando, não é? Enfraquecendo. Então imagine um homem faminto que finalmente está recebendo uma alimentação boa, saudável.

— Se isso acontecer, a coisa da absorção. O que vai fazer com a barreira? Talvez torne mais fácil atravessá-la.

— Ou a reforce. Pode alterá-la de um modo que ainda não podemos prever. Mas será fascinante. Várias dissertações de PhD resultariam disso.

Connie desligou o telefone. Andou rapidamente até o carro.

Sua cabeça estava zumbindo. Stanevich havia sido tão metido a besta quanto no programa da CNN. Mas agora sua disposição em especular era bem-vinda, mesmo que os detalhes fossem horripilantes.

Havia tempo para fazer aquilo parar. Ela jogaria a sujeira no ventilador. Só precisava pensar em como fazer isso. Falar com a mídia, claro, mas qual seria o melhor modo de pressionar o exército e o governo para impedir aquela loucura imprudente?

Foi dirigindo pela Avenida 101 e quase trombou com uma fileira de veículos do exército vindo em sua direção. Caminhões. Carretas levando trailers.

A 3 quilômetros de Praia Perdida viu luzes de carros da polícia, piscando. Um bloqueio de estrada. Estavam desviando o tráfego da via expressa para uma estrada secundária e mandando-o de volta para o sul.

Connie parou no acostamento, ofegando. Claro que eles a tinham visto. Ela não podia ultrapassá-los; iriam pará-la e perguntar por que ela havia fugido, e então exigiriam explicações.

Foi até o bloqueio. Guardas rodoviários e policiais militares estavam trabalhando juntos. Ela conhecia os PMs.

Inclinou-se para fora da janela.

— Ei, o que está havendo?

— Sra. Temple — disse o cabo —, houve um vazamento químico na estrada. Um caminhão carregando gás tóxico.

Connie olhou o rosto jovem do cabo.

— Essa é a sua história?

— Senhora?

— Essa estrada está fechada há quase um ano. E sua história é que algum motorista carregando produtos químicos mortais fez o quê? Fez a curva errada e bateu?

O tenente da PM se aproximou.

— Sra. Temple, é pela sua própria segurança. Nós estamos mandando todo mundo retornar até descobrirmos como conter o vazamento.

Connie gargalhou. Aquela era a história deles? Ela deveria acreditar? Seria um esforço ao menos fingir que acreditava.

— Pegue a estrada secundária, ali — disse o tenente, e apontou com uma espécie de golpe de caratê. Depois, numa voz ao mesmo tempo compassiva e firme, acrescentou: — Não é opcional, senhora. A senhora conhece o aeroporto do condado de Ocean? É o ponto de encontro. Tenho certeza de que os soldados de lá vão colocá-la a par de todos os detalhes.

VINTE E NOVE | 10 HORAS E 27 MINUTOS

SAM PULOU DO convés superior direto para o píer e correu na direção dos refugiados que chegavam.

Sem muita gentileza empurrou-os para o lado e continuou correndo, passando pelo Fosso, subindo a estrada de cascalho até onde podia ouvir os rosnados e uma arma disparando.

Sanjit trombou com ele e por um instante Sam não soube quem era. Segurou-o pelo braço e disse:

— Fique fora do caminho. — E partiu para o local da matança.

Estava claro que estava atrasado. Àquela altura, os coiotes não estavam matando; já estavam se alimentando e desmembrando.

Levantou as palmas das mãos, de onde um facho de luz verde-esbranquiçada e de uma intensidade insuportável saiu. O facho acertou parte de um corpo e da cabeça de um coiote. A cabeça do coiote inchou como um vídeo em câmera acelerada de um marshmallow queimando.

Sam virou o facho pela estrada, onde os coiotes já estavam correndo para longe, arrastando corpos ou pedaços de corpos pelo chão. Pegou um segundo coiote nas ancas, que irromperam em chamas. O coiote uivou de dor, caiu, tentou continuar correndo só com as patas da frente, mas acabou tombando de lado para morrer.

Naquele momento o resto já estava fora do alcance, alguns até abandonando a carne.

Sanjit veio correndo e parou ao lado de Sam que arfava, ofegante.

Um garoto, de cerca de 12 anos, irreconhecível mas vivo e chorando de dar pena, estava partido em dois pedaços, num arbusto junto à estrada.

Sam respirou fundo, foi até ele, mirou com cuidado e queimou um buraco na lateral da cabeça do menino. Depois alargou o facho e passou sobre o cadáver, até não restar nada além de cinzas.

Lançou um olhar raivoso para Sanjit.

— Tem alguma coisa a dizer sobre o que eu fiz?

Sanjit balançou a cabeça. Não conseguia formar um pensamento completo. Sam imaginou se o garoto vomitaria. Imaginou se ele próprio faria isso.

— Se fosse eu... — começou Sanjit, e ficou sem palavras.

Isso embotou a raiva de Sam. Mas só um pouco. A culpa era sua. Era seu serviço proteger... Por que não havia mandado Brianna exterminar os últimos coiotes meses antes? Por que não tinha pensado em mandar uma patrulha pela estrada, para encontrar os refugiados inevitáveis?

Agora estava diante da tarefa de cremar o resto dos mortos. De jeito nenhum deixaria irmãos, irmãs e amigos verem o que os coiotes haviam deixado para trás. Aquelas postas de carne mutilada, quase irreconhecíveis, não poderiam ser o que os entes queridos carregariam na memória pelo resto da vida.

— Por que você está aqui? — perguntou Sam enquanto começava seu trabalho abominável. — Você trouxe essas crianças para cá?

— Lana me mandou.

— Explique. — Ele não conhecia Sanjit direito. Só sabia que ele tinha feito quase um milagre pilotando um helicóptero desde a ilha até Praia Perdida.

— Aconteceram coisas ruins em Praia Perdida — começou Sanjit. — Penny conseguiu cimentar Caine. Vão tentar libertá-lo, mas na última vez que vi ele estava chorando, com uma marreta batendo nas mãos cimentadas.

A reação de Sam surpreendeu-o: seu primeiro sentimento foi de preocupação, e até de ultraje, a favor de Caine.

Caine havia sido um inimigo desde o início. Caine era responsável por uma batalha sangrenta atrás da outra. Tinha chegado perto de matar Sam em mais de uma ocasião. Talvez, refletiu Sam, ele estivesse reagindo ao fato de que, afinal de contas, Caine era seu irmão.

Mas não. Não, era porque Caine era forte. E por mais que fosse um sacana louco pelo poder, Caine tentaria manter algum tipo de ordem. Ele teria — provavelmente — se esforçado para evitar o pânico. Sempre por motivos pessoais, mas mesmo assim...

— Então Albert está no comando — disse Sam, pensativo, e queimou um pé que estava quase comicamente virado para cima.

— Albert se mandou — respondeu Sanjit. — Quinn falou com ele enquanto estava indo para a ilha com três garotas.

Aquela era uma notícia pior do que a incapacitação de Caine. Muito pior. Havia três poderes importantes no LGAR: Albert, Caine e Sam. Três pessoas cuja combinação de poder, autoridade e capacidade poderia manter as coisas no lugar por alguns dias ou uma semana até... até que acontecesse algum tipo de milagre.

Albert, Caine e Sam. Esse era o alicerce da estabilidade e da paz nos últimos quatro meses.

— Você viu Astrid? — perguntou Sam.

— Astrid? Não. Nem sei se eu reconheceria; só vi Astrid uma vez, há meses.

— Ela foi alertar vocês sobre a mancha. E oferecer meus... meus serviços de pendurar luzes.

— Bem, acho que fico aliviado porque não sou o único que partiu numa missão sem sentido.

Sam olhou-o rapidamente. Havia algum aço naquele garoto. Ele havia sido o último a fugir dos coiotes. E, a julgar pela pistola enorme em sua mão e pelas armas descartadas ao longo da estrada, tinha sido o único a lutar de verdade.

E não havia questionado quando Sam teve a atitude difícil, porém misericordiosa.

— Sanjit, não é? — disse Sam. E estendeu a mão.

Sanjit apertou-a.

— Sei quem você é, Sam. Todo mundo sabe.

— Bem, por enquanto você está com a gente. — Ele inclinou a cabeça rapidamente para o céu.

— Eu tenho família. Preciso voltar.

— Ser corajoso é bom. Ser idiota é outra coisa. Aqueles coiotes não precisam de luz para encontrar você. Você é amigo de Lana, certo?

Sanjit assentiu.

— É. A gente mora no Penhasco com ela.

— A Curadora deixou vocês morarem com ela? — perguntou Sam, incrédulo. — Hoje estou descobrindo um monte de coisas.

— Acho que ela é minha namorada.

Sam disparou contra o que parecia um naco de hambúrguer usando parte de uma camiseta.

— Se você está com Lana, então sua família está mais segura do que qualquer outra. Ser morto não vai ajudá-los. Agora você está com a gente. Só uma coisa: só fale livremente com Edilio, com mais ninguém. Entendeu? Se o pessoal ouvir falar que Albert se mandou... — Ele balançou a cabeça. — Eu tinha uma ideia melhor sobre ele.

Isso deixou um gosto amargo na sua boca, o fato de Albert ter fugido. Sem dúvida fazia sentido em termos empresariais. Mas a palavra "traição" estava na ponta da língua.

Ele tinha dado uma facada pelas costas.

Covarde.

Astrid estava indo oferecer aliança a um "rei" derrotado e humilhado e a um "empresário" covarde.

Afastou da mente a imagem dos coiotes encontrando-a antes que ela chegasse à cidade. Havia pensamentos dolorosos demais para serem permitidos.

Precisava pensar, pensar com clareza, e não deixar a mente ser dominada e paralisada por imagens sinistras de Astrid derrubada em algum lugar deserto por coiotes, ezecas ou Drake.

Fechou os olhos com força.

— Você está bem? — perguntou Sanjit.

— Bem? — Sam balançou a cabeça. — Não. Não estou. Os caras com quem eu estava contando que estivessem comigo não estão. Antes já estávamos sem esperança. Agora?

— Lana ainda está lá — disse Sanjit. — E Quinn.

— Quinn? — Sam franziu a testa. — O que ele tem a ver com tudo isso?

— Lana colocou ele no comando. Quinn tem o pessoal dele.

Sam assentiu, distraído. Estava visualizando um tabuleiro na mente. A maioria das peças com as quais poderia ter jogado, os poderes que poderiam ter ajudado, seus bispos, cavalos e torres estavam caídos ou faltando. Dekka, Brianna, Jack, Albert, possivelmente Caine, todos caídos ou faltando. Seu cavaleiro fiel, Edilio, teria de cuidar do lago. O que deixava Sam sem peões.

Do outro lado Drake. Talvez Penny. Os coiotes.

E o oposto de um rei, o gaiáfago, tão bem protegido que poderia ser impossível de alcançar, quanto mais de destruir.

— Qual era aquele programa de TV? — perguntou Sam, coçando o rosto para afastar a fumaça dos corpos queimando. — Aquele em que o público votava para a pessoa sair da ilha?

— *No limite*?

— É. "Ser o mais esperto, o melhor no jogo, durar mais." Certo?

— Acho que sim — disse Sanjit, em dúvida.

— O menos esperto e o pior no jogo. Esse sou eu, Sanjit. Você acaba de entrar para a equipe perdedora. Não me resta nada. E sabe o que vai acontecer logo mais? Vou estar cego.

— Não. Você, não, Sam. Você é o único que não vai estar.

— Samsóis? — Sam deu um riso de escárnio. — É o mesmo que velas.

— Em terra de cego quem tem um olho é rei.

— No escuro, o único cara com uma vela é um alvo fácil — contrapôs Sam.

Uma coisa estava totalmente clara para Sam: seu trabalho não era ficar ali parado e proteger seu pessoal no lago. Esse era um movimento que levaria à derrota. Seria esperar o inimigo juntar forças para vir até ele. Talvez ele tivesse sido o menos esperto e o pior no jogo. Mas ainda não fora mandado embora.

Sem outra palavra para Sanjit, voltou ao lago.

Diana viu Penny e seus joelhos cederam. Sentou-se com força na terra. Não conseguia respirar.

Não, mexeu a boca mas não produziu som algum.

Penny olhou primeiro para Drake. Para seu tentáculo horrível. Para o menininho suspenso no ar. Olhou curiosa para Brianna, como se não tivesse certeza de quem ela era.

Depois olhou para Diana e seus olhos se arregalaram de prazer. Seu sorriso começou pequeno e cresceu, cresceu, até virar uma gargalhada de puro deleite. Bateu palmas.

— Que bom — disse Penny. — Muito, muito bom.

A mente de Diana tinha parado de funcionar. Não conseguia formar pensamentos. As reações não tomavam forma. O medo a dominou. Um som baixo e agudo veio do fundo da sua garganta.

Aquilo não era mais dor: o terror havia chegado.

Drake lançou um olhar para Penny.

— Quem é você?

— Sou Penny — disse ela. — Você ficava me empurrando para fora do caminho na Coates. Para você eu era ninguém.

— Você tem algum problema comigo? — perguntou Drake, só um pouquinho preocupado.

Penny sorriu.

— Ah, você só era um sacana, Drake. Nada especial. Enquanto Diana... — Ela deu sua gargalhada demente, deliciada. — Eu absolutamente adoro Diana. Ela cuidou tão bem de mim na ilha.

— Me deixe em paz. — Diana ouviu-se implorando. Mas parecia estar escutando outra pessoa, não como se as palavras saíssem dela, porque não tinha palavra alguma em seu cérebro; dava para ver o que viria; ela sabia o que viria.

Deus me salve, implorou. Deus me salve, me salve, me salve.

— Como está o neném, Diana? — perguntou Penny, a voz melíflua, os olhos brilhantes. — Você quer um menino ou uma menina?

E de repente o bebê acordou e suas garras se projetaram como as de um tigre e seu rosto de inseto com mandíbulas de sabre rasgaram as entranhas dela, destroçando a pele da sua barriga, arrancando-se para fora, um animal selvagem, não havia nada de humano ali, mas não, não era verdade: ele tinha o rosto de Caine, o rosto dele, mas misturado com um rosto de formiga, sem alma, e as garras e a dor, e ela gritou e gritou.

Diana estava com o rosto no chão. Os pés descalços de Penny — um deles com uma crosta de lama sangrenta — à frente dela.

Não havia bebê monstro.

Sua barriga não tinha se aberto.

Diana chorou no chão.

— Maneiro, não é? — disse Penny.

— O que você fez com ela? — perguntou Drake, fascinado.

— Ah, ela só viu uma coisa. Viu o bebê como um monstro. E o viu rasgá-la de dentro para fora. E sentiu também — disse Penny.

— Você é uma aberração? — perguntou Drake.

Penny gargalhou.

— A mais aberrante das aberrações.

— Não machuque o bebê — avisou Drake. Em seguida jogou Justin de lado, pronto para atacar aquela intrusa, se necessário. O menino caiu de forma violenta, mas não quebrou nada.

Penny não se intimidou com o Mão de Chicote.

— O que tem ali? — Ela indicou o caminho estreito que dava na entrada da mina.

Drake não respondeu. Seu chicote estava pronto para golpeá-la. Mas hesitou, sem saber se ela era amiga ou inimiga.

— Eu senti, desde que cheguei perto — disse Penny, olhando para além de Drake, pelo caminho. — Só estava andando por aí. Indo a lugar nenhum. E então, aos poucos, fui percebendo que estava indo a algum lugar. — Ela disse isso numa voz cantarolada. — Estava vindo para cá. — E então, como se acordasse de um sonho: — É aquela coisa para onde Caine foi, não é? A Escuridão. A coisa que deu a Mão de Chicote a você.

— Quer que eu apresente você a ela?

— É. Eu gostaria — disse Penny, muito séria.

Diana havia lançado olhares distorcidos pelas lágrimas para Brianna, que parecia contente em deixar aquilo continuar, desde que perdessem mais tempo assim. Brianna então falou:

— Acho que vocês dois não vão a lugar algum.

E voou para cima de Drake.

Mas Diana já estivera presente em ocasiões em que Brianna se movia em velocidade máxima. Quando ela fazia isso não dava para ver os braços nem as pernas; não a via sacar seu facão mortal. Como Diana pôde ver essas coisas soube que a Brisa havia diminuído a velocidade.

Mas ainda era rápida.

O facão girou, e o chicote de Drake foi cortado ao meio. Um metro e meio de tentáculo cor de carne estava no chão, feito uma jiboia morta.

Brianna se virou, voltou depressa, mas com os olhos cuidadosamente voltados para o chão, cautelosa, distraída, e de repente gritou, escorregou, pulou por cima de alguma coisa que Diana não pôde ver.

Penny havia atacado!

Drake pegou seu tentáculo cortado e juntou os dois cotocos. Parecia menos furioso do que impaciente. Na pior das hipóteses o dano era uma inconveniência temporária.

Brianna estava pulando feito uma maluca, saltando de um lugar para o outro, concentrada loucamente em cada movimento, com os braços girando em busca de equilíbrio.

— O que ela está fazendo? — perguntou Drake.

Penny gargalhou.

— Tentando não cair na lava. E sabe a amiga dela, Dekka? A que ela estava esperando aparecer? Está por aí... Ela virou a cabeça em direção ao deserto escuro. — Tentando trazer o cerebrozinho de volta à realidade.

Diana viu uma preocupação cautelosa no rosto de Drake. Ele estava começando a perceber que talvez Penny fosse mais do que ele poderia controlar.

— Vamos. O gaiáfago está esperando.

— Você me acha bonita? — perguntou Penny.

Drake ficou imóvel, parado, e seu olhar era mais do que apenas cauteloso.

— É — respondeu ele. — É. Você é bonita.

Seu tentáculo havia crescido de volta, os cotocos se fundindo rapidamente, alisando-se como se ele fosse feito de argila e uma mão invisível juntasse as bordas e depois enrolasse a coisa toda como uma cobra de massinha de modelar. Ele levantou o chicote bem alto e estalou-o diante do rosto de Diana.

— Agora ande — ordenou ele.

Diana ficou olhando Brianna, ainda saltando desesperadamente, presa em alguma ilusão de perigo.

E viu o menininho, Justin, engatinhar na frente dela, para o escuro.

Dekka estava soluçando no escuro. Mal conseguia enxergar as mãos diante do rosto.

Não sabia o que tinha acontecido com ela. Só que num instante fora totalmente imobilizada. Paralisada.

Tinha ficado coberta por uma gosma branca e translúcida, como argila ou geleca. E aquilo cobria cada centímetro de seu corpo. Havia entrado nos ouvidos. Como se dedos invisíveis cutucassem lá dentro, preenchendo-a até os tímpanos.

De modo que não conseguia ouvir nada além das batidas do próprio coração.

De modo que ouvia a cartilagem no pescoço enquanto se retorcia impotente.

A gosma branca foi empurrada para dentro do nariz. Bem fundo, nos sinuses. Precisava respirar pela boca, mas, assim que a abriu, a coisa branca entrou e foi se empurrando pelo espaço entre os dentes e as bochechas, embaixo da língua, depois pela garganta. Ela engasgou, mas não fez diferença; a coisa encheu a boca e a garganta e ela podia senti-la, fria e densa, nos pulmões.

Gritou, mas não saiu som algum.

Em algum canto livre de pânico na mente, algum pequeno resquício de Dekka sabia que aquilo não era real. Não podia ser real. Sabia que Penny tinha feito aquilo, que havia enchido sua mente com essa visão.

Mas não conseguia respirar. Não. Conseguia.

Estava enterrada viva naquilo, enterrada viva, e seu cérebro gritava de um modo que o corpo não conseguia mais.

Tinha de ser uma ilusão. Tinha de ser um truque. Mas seria mesmo? Será que ela tinha tanta certeza de que aquilo não era real naquele mundo de pesadelo?

Não conseguia respirar, mas percebia também que não estava morrendo. Seu coração ainda batia. Estava coberta por aquela coisa branca, preenchida por ela, e deveria estar morrendo, mas não estava.

Então sentiu a gosma branca endurecer. Não parecia mais uma geleca, e sim argila de secagem rápida. Seus dentes já mordiam uma coisa dura como porcelana.

Então os insetos estavam dentro dela.

Os insetos.

Não era real — ela sabia disso em algum canto minúsculo e encolhido da mente — não podia ser real; os insetos tinham sido eliminados. Tinham sido lançados na inexistência. Portanto não poderiam estar dentro dela de novo, de jeito nenhum podiam estar se espalhando pelas tripas, e não havia Sam para arrancá-los e liberá-los; ela estava presa dentro daquele túmulo de porcelana, e eles estavam dentro dela outra vez.

Gritou e gritou e gritou.

De repente tudo isso desapareceu.

Ela estava no chão. Havia ar em seu nariz. Seus olhos se abriram.

Uma garota estava parada ali e disse:

— Essa é nova para mim. Gostou?

E, tremendo como uma folha prestes a cair, Dekka não respondeu nada. Apenas respirou. Respirou.

— Não venha atrás de mim — disse Penny.

E Dekka não foi.

TRINTA | 10 HORAS E 4 MINUTOS

— TOQUE O sino — disse Sam.

Edilio assentiu para Roger, que correu para tocar o sino em cima do escritório da marina.

— O que você vai fazer? — perguntou Edilio.

— Por que você não me disse que era gay? — quis saber Sam.

Edilio pareceu ter levado um soco. Mas se recuperou rapidamente, passando para uma expressão que era meio cautelosa, meio sem graça.

— Você já tem coisas suficientes com as quais se preocupar.

— Isso não é uma coisa da qual eu tenho de me preocupar, Edilio. Minha namorada perdida, o mundo acabando, ter de ir atrás do Drake, essas são coisas com as quais eu tenho que me preocupar. Eu descobrir que você gosta de alguém desse modo? Como isso pode ser uma coisa com a qual eu devo me preocupar?

— Não sei, eu só... Quero dizer, eu demorei um tempo para, tipo, descobrir. Você sabe.

— Todos além de mim já sabiam? — perguntou Sam.

Ele percebeu que aquela era uma preocupação idiota; não era hora de se preocupar com o que tinha acabado de notar. Mas ninguém estivera mais próximo de Edilio do que ele, quase desde o primeiro dia. Incomodava-o pensar que todo mundo sabia algo e ele não, feria seus sentimentos.

— Não, cara — garantiu Edilio. — Não. E não é porque eu sinta, você sabe, vergonha ou sei lá o quê. É que... Olhe, eu tenho um monte de responsabilidades. Preciso que as pessoas confiem em mim. E algumas pessoas só vão me chamar de viado e coisas assim.

— Sério? A gente está quase mergulhando na escuridão eterna e você acha que essas crianças vão se preocupar em saber de quem você gosta?

Edilio não respondeu. E Sam teve a sensação de que talvez Edilio soubesse mais do que ele sobre o assunto. Deixou para lá.

— Preciso dizer a verdade, cara — disse Sam, balançando a cabeça devagar, de um lado para o outro, enquanto falava. — Não vejo saída para isso. Não vejo nem o ponto de partida para achar uma saída. Acho que não vamos sobreviver.

Edilio assentiu. Como se soubesse disso. Como se estivesse pronto para isso ser dito.

— Então, para o caso de ser o fim, Edilio, para o caso de eu ir até lá e não voltar, quero dizer obrigado. Você foi um irmão para mim. Meu irmão de verdade. — Sam tomou cuidado para não olhar para Edilio.

— É, bem, ainda não estamos acabados — disse Edilio, carrancudo. Depois, mais objetivamente: — Então você vai?

— Tudo que você disse antes está certo. Não podemos nos dar ao luxo de eu ser morto. Pelo menos a curto prazo. Mas depois que eu acender algumas luzes vamos continuar ferrados se não acharmos um modo de reverter a situação. Não podemos plantar, pescar nem sobreviver no escuro. A próxima coisa que vai acontecer é as pessoas começarem a acender fogueiras. Da próxima vez Praia Perdida vai queimar até o fim. A floresta vai queimar. Tudo. As crianças não vão sobreviver no escuro.

Ele foi interrompido pelo toque forte do sino. Quando o som parou, disse:

— Não sou o único que está com medo do escuro, Edilio. De qualquer modo, isso é só uma parte de alguma coisa maior. Alguma coisa está acontecendo. Não sei o que é, mas é uma coisa grande e... definitiva. Então, sim, a curto prazo, eu sou importante. Mas se eu quiser ser importante a longo prazo, preciso ir até lá e achar uma saída.

— Você vai falar com todo mundo?

— Vou.

Quase invisíveis no escuro, meras sombras na água, os barcos balançavam e se moviam à deriva, preguiçosamente. Os Samsóis brilhando através das escotilhas eram a única luz. Os corpos das pessoas só podiam ser vistos quando passavam diante de uma daquelas luzes.

— Então garanta que vai dizer a verdade.

— Totó! — gritou Sam para baixo. — Suba aqui.

Quando Totó estava no convés, Sam acendeu um Samsol logo acima de sua cabeça. Como um refletor precário. A luz revelou Edilio, Totó e ele.

— Totó está aqui para vocês saberem que estou dizendo o que acredito que é verdade. — Sam gritava para ser ouvido acima da água. — Em primeiro lugar, acho que não precisamos nos preocupar com a hipótese de Drake estar aqui no lago. Ele foi embora, pelo menos por enquanto.

— Ele acredita nisso mesmo — disse Totó, mas num sussurro.

— Fale alto — instigou Edilio.

— Ele acredita nisso!

— Então vocês todos vão voltar para a terra. Temos gente que veio de Praia Perdida. Eles perderam pessoas vindo para cá, e vamos receber todos e cuidar deles.

Alguns resmungos e umas duas perguntas desafiadoras vieram do escuro.

— Porque as pessoas boas ajudam aqueles que precisam de ajuda. Por isso — gritou Sam em resposta —, escutem. As coisas estão feias em Praia Perdida. Parece que Caine está fora do jogo. E Albert também.

— Ele acredita nisso!

— O que é ruim. Astrid está... — A emoção apertou sua garganta, mas ele foi em frente. Percebeu que não tinha o que esconder. Até parece que todo mundo não sabia que ele estava preocupado com ela. — Ela está lá fora no escuro, em algum lugar. E Brianna, Dekka e Orc também. Jack, bem, não sabemos se ele vai resistir.— Verdade — disse Totó. E depois mais alto: — É verdade!

— Drake está com Diana e Justin, que é só um garotinho, e não sabemos ao certo o que Drake está tramando. O que quer que seja, acredito que tenha a ver com essa mancha que está bloqueando a luz.

Totó assentiu, mas ninguém pareceu se importar.

Sam ergueu os olhos. A mancha não estava mais bloqueando a luz. Tinha terminado o serviço. O pequeno círculo azul-escuro tinha se transformado em um preto chapado.

— Portanto, não tenho nenhum grande plano. Simplesmente não tenho. — Ele repetiu isso, sentindo-se pasmo por ser verdade. — Tenho a reputação de ser o cara que acha um caminho para sair das enrascadas. Bem, não agora.

Alguém estava chorando, alto o suficiente para ser ouvido. Outra pessoa o silenciou.

— Tudo bem. Chorem se quiserem, porque eu sinto vontade de chorar com vocês.

— É — disse Totó.

— Vocês podem ficar tristes e podem ficar com medo. Mas nós construímos esse lugar e fomos em frente permanecendo aqui juntos. Certo?

Ninguém respondeu.

— Certo? — perguntou Sam com mais insistência.

— Certo sim — gritou uma voz de volta.

— Então vamos continuar juntos. Edilio está aqui. Ouçam Edilio.

— Mas você é o líder! — gritou uma voz diferente, e outras a acompanharam. — Nós precisamos de você! Sam!

Sam olhou para baixo, não satisfeito, verdade, mas talvez um pouco grato. Mas ao mesmo tempo estava começando a perceber uma coisa. Ela demorou alguns instantes para se formar de modo coerente em seu pensamento. Ele precisava compará-la com o que sabia, porque a princípio parecia errada.

Por fim disse:

— Não. Não. Não sou nenhuma porcaria de líder.

Houve uma pausa antes de Totó dizer:

— Ele acredita nisso.

Sam gargalhou, pasmo por acreditar naquilo de verdade.

— Não, eu sou uma porcaria de líder — repetiu ele. — Olhem, eu tenho boa intenção. E tenho poderes. Mas era Albert quem mantinha as pessoas alimentadas e vivas. E aqui é Edilio quem realmente comanda as coisas. Até Quinn é um líder melhor do que eu. Eu? Eu fico pê da vida quando vocês precisam de mim e depois fico emburrado quando não precisam. Não. Edilio é um líder. Eu... não sei o que sou, a não ser o cara que dispara luz com as mãos.

Ele recuou, saindo do brilho direto do Samsol, pasmo com a virada inesperada do seu discurso. Tinha pensado em dizer para todos ficarem juntos e serem disciplinados. Acabou sentindo-se um bobo, aproveitando uma ocasião importante só para se fazer de idiota.

Edilio tomou a palavra. Tinha uma voz mais suave. E conservava um traço de seu sotaque hondurenho.

— Eu sei o que Sam é. Talvez, como ele disse, ele não seja um grande líder. Mas é um grande lutador. É o nosso guerreiro; é isso que ele é. O nosso soldado. Então o que ele vai fazer, o que Sam vai fazer é sair no escuro e lutar contra os nossos inimigos. Tentar manter a gente em segurança.

— Ele acredita nisso — disse Totó desnecessariamente.

— É — sussurrou Sam. Em seguida olhou para as mãos, com as palmas viradas para cima. — É — disse mais alto. Depois, ainda para si mesmo: — Bem. Olhe só. Eu não sou o líder. Sou o soldado. — Ele riu e olhou para Edilio, cujo rosto não passava de sombras à luz do Samsol. — Eu sou lerdo para perceber as coisas, não é?

Edilio riu.

— Faça um favor. Quando encontrar Astrid, repita isso para ela, palavra por palavra, a parte sobre você ser lerdo. Depois grave a reação exata dela e me conte.

Então, sério de novo, Edilio disse:

— Vou cuidar do pessoal aqui, Sam. Vá encontrar nossos amigos. E se trombar com Drake, mate aquele filho da puta.

O céu se fechou.

Escuridão. Escuridão absoluta, completa.

Astrid ouvia sua própria respiração.

Ouviu os passos hesitantes de Charuto. Mais devagar. Parando.

— Não estamos longe de Praia Perdida — disse Astrid.

Como era estranho o que o negrume absoluto fazia com as palavras. Com o som de seu próprio coração.

— Precisamos tentar nos lembrar da direção. Caso contrário vamos começar a andar em círculos.

Não vou entrar em pânico, disse a si mesma. Não vou deixar que o medo me paralise.

Estendeu a mão para Charuto. Não tocou em nada.

— A gente deveria dar as mãos — disse ela. — Para não se separar.

— Você tem garras — respondeu Charuto. — Elas têm agulhas venenosas.

— Não, não, isso não é real. Isso é um truque da sua mente.

— O menininho está aqui.

— Como você sabe? — Astrid chegou mais perto da fonte da voz dele. Achou que estava bem perto. Tentou invocar os outros sentidos. Será que podia ouvir os batimentos cardíacos dele? Será que podia sentir o calor de seu corpo?

— Estou vendo ele. Você não?

— Não consigo ver nada.

Ela deveria ter trazido algo para usar como tocha. Algo com que pudesse queimar. Claro, mostrar luz ali, em terreno aberto, iria torná-la visível para as pessoas e as coisas que ela não queria que a vissem.

Só que a pressão do escuro — e era assim que parecia, como uma pressão, como se não fosse uma ausência de luz, e sim um feltro preto ou algo pendurado como cortinas em volta de tudo — estava contendo-a. Como se fosse uma obstrução física.

Nada havia mudado, a não ser a luz que fora subtraída. Cada objeto estava exatamente no mesmo lugar de antes. Mas a sensação não era essa.

— O menininho está olhando para você — disse Charuto.

Astrid sentiu um arrepio.

— Ele está falando?

— Não. Ele gosta do silêncio.

— É. Sempre gostou. E da escuridão. Ele gostava do escuro. Isso o acalmava.

Será que Petey fizera tudo aquilo acontecer? Só para obter seu silêncio e sua paz abençoados?

— Petey? — disse ela.

Ela se sentiu ridícula. Estava falando com alguém que não podia ver. Alguém que provavelmente não estava ali. Alguém que, se existisse mesmo, não era humano, não era nada físico ou tangível.

A ironia a fez rir alto. Tinha acabado de abrir mão de falar com uma entidade espiritual que talvez nem fosse real. Agora estava fazendo isso de novo.

— Ele não gosta quando você ri — disse Charuto, censurando-a.

— Que pena — respondeu Astrid.

Isso causou um silêncio. Ela podia ouvir Charuto respirando, por isso sabia que ele ainda estava ali. Não sabia se ele ainda estava olhando para Petey. Ou para uma coisa que supostamente era Petey.

— Ele estava na minha cabeça — sussurrou Charuto. — Eu senti. Ele entrou dentro de mim. Mas foi embora.

— Você está dizendo que ele dominou você?

— Eu deixei. Queria que ele me fizesse ser como eu era antes. Mas ele não podia.

— Onde ele está agora?

— Foi embora — disse Charuto com tristeza.

Astrid suspirou.

— É. Como um deus, nunca está presente quando a gente precisa.

Ela tentou ouvir com atenção. E farejou o ar. Tivera uma impressão, apenas uma impressão, de que sabia para qual lado ficava o oceano.

Mas também sabia que o terreno entre o lugar onde estava e o oceano era em grande parte repleto de terras férteis fervilhando de ezecas. Ezecas que provavelmente não eram alimentadas havia um tempo.

Existiam plantações entre ela e a via expressa, mas assim que chegasse à via expressa poderia segui-la até a cidade. Mesmo no escuro poderia permanecer numa pista de concreto.

Sam queria seguir a estrada do lago até a via expressa, porque era onde Astrid estaria. Mais provavelmente. Apesar de nenhum dos refugiados tê-la visto enquanto iam de Praia Perdida para o lago.

Mas encontrar Astrid não era a coisa certa a fazer. Ainda não. Ela iria atrasá-lo, mesmo que ele a encontrasse. E ela não era um soldado. Não era Dekka, Brianna nem Orc. Eles poderiam ajudá-lo a vencer uma luta; Astrid não.

Mas, ah, Deus, como ele a queria agora. Não para fazer amor, mas só para tê-la no escuro ao seu lado. Ouvir sua voz. Acima de tudo. O som da voz dela era o som da sanidade, e ele estava entrando no vale das sombras. Entrando na escuridão pura, absoluta.

Andou até estar fora do leve círculo de luz formado pelos numerosos Samsóis do lago. Então criou uma luz nova, sendo consolado pela esfera que crescia em suas mãos.

Mas a luz só alcançava pouco mais de um metro. Virando-se de volta enquanto andava, podia vê-la. Mas ela só lançava uma luz fraca, uma luz cujos fótons pareciam se cansar facilmente.

Entrando no escuro. Um passo. Outro.

Algo estava apertando seu coração.

Seus dentes iriam quebrar se ele os apertasse com mais força.

— Tudo está como sempre — disse a si mesmo. — A mesma coisa, só que no escuro.

Nada muda quando a luz se apaga, Sam. Sua mãe havia dito isso mil vezes. *Está vendo? Clic. Luz acesa. Clic. Luz apagada. A mesma cama, a mesma penteadeira, a mesma roupa para lavar que você espalhou pelo chão...*

Não é isso, pensava aquele Sam mais novo. A ameaça sabe que sou impotente no escuro. De modo que não é a mesma coisa.

Não é a mesma coisa se a ameaça pode enxergar e eu não.

Não é a mesma coisa se a ameaça sabe que não precisa se esconder, que pode agir.

É inútil fingir que na escuridão não é diferente.

É diferente.

Alguma coisa ruim aconteceu com você no escuro, Sam? Eles sempre queriam saber. Porque presumiam que todo medo devia vir de alguma coisa ou algum lugar. Um acontecimento. Causa e efeito. Como se o medo fizesse parte de uma equação de álgebra.

Não, não, não, não estavam entendendo o que era o medo. Porque o medo não tinha a ver com o que fazia sentido. O medo tinha a ver com possibilidades. Não com coisas que aconteciam. Coisas que poderiam.

Coisas que poderiam... Ameaças que poderiam estar lá. Assassinos. Loucos. Monstros. Parados a alguns centímetros dele, podendo vê-lo enquanto seus olhos eram inúteis. As ameaças podiam rir dele em silêncio. Podiam erguer suas facas, armas, garras bem na cara dele e ele não poderia ver.

A ameaça poderia estar. Bem. Ali.

Suas pernas já doíam devido à tensão. Olhou de volta para o lago. Estivera subindo, e agora o lago estava abaixo dele, parecendo uma triste coleção de estrelas como uma galáxia fraca e distante. Muito distante.

Não podia ficar olhando para trás por muito tempo porque as possibilidades estavam a toda volta.

A luz do dia mostrava os limites da possibilidade. Mas andar no escuro, na escuridão absoluta e total, tornava as possibilidades ilimitadas.

Criou um Samsol. Não queria deixá-lo para trás. Era a luz que revelava as pedras. Um pedaço de pau. Um arbusto seco.

Era quase melhor não se incomodar. Ver alguma coisa só fazia a escuridão parecer mais escura. Mas as luzes também formavam uma espécie de trilha de migalhas de pão, como a de João e Maria. Ele poderia achar o caminho de volta para casa.

Também esperava ser capaz de saber se estava se desviando para a esquerda ou a direita.

Mas as luzes tinham outro efeito: seriam vistas por quem estivesse por ali.

Em terra de cego quem tem um olho é rei. Mas na escuridão quem carrega uma vela é um alvo.

Sam continuou andando no escuro.

Quinn havia atraído todo mundo para a praça com um peixe grelhado. O fogo ainda queimava, mas cada vez mais baixo.

Lana havia curado todos que precisavam.

Por enquanto pairava a calma.

As crianças tinham invadido a casa de Albert e voltado com parte de seu estoque de lanternas e pilhas. Quinn as confiscou rapidamente. Elas valiam muito mais do que ouro, muito mais até do que comida.

Alguns tripulantes de Quinn usavam a luz de uma única lanterna e vários pés de cabra para despedaçar os bancos da igreja e trazê-los para fora, para manter o fogo aceso.

Ninguém estava indo embora. Pelo menos por enquanto.

O brilho vermelho-alaranjado lançava uma cor tremeluzente nas pedras da prefeitura, no McDonald's abandonado, na fonte quebrada. Em rostos jovens e sérios.

Mas as ruas que levavam para longe tinham simplesmente desaparecido. O resto da cidade estava invisível. O oceano, às vezes levemente audível acima do som da madeira sendo partida e das conversas baixas, podia até ser um mito.

O céu estava preto. Chapado.

Todo o LGAR era apenas aquela fogueira.

Caine estava sentado perto dela. As pessoas deixavam bastante espaço para ele. Ele fedia. E ainda gritava de dor enquanto uma nova dupla de garotos — a terceira dupla — quebrava lascas de concreto de suas mãos à luz da fogueira. Só faltavam os pedaços pequenos. Restavam os golpes muito dolorosos, fracos, que frequentemente tiravam sangue.

De vez em quando Lana ia curar um ou dois cortes de modo que o sangue não deixasse o concreto escorregadio demais para o cinzel.

Quinn estava ali no momento em que um golpe firme separou as mãos de Caine, portanto, não estavam mais ligadas uma à outra.

— As palmas primeiro — ordenou Caine, de algum modo ainda autoritário, apesar de tudo.

Eles usaram alicates de bico fino para arrancar pedaços. A pele também saía junto. Toda vez que perguntavam se estava tudo bem, e a cada vez ele trincava os dentes e dizia:

— Façam!

Suas mãos estavam sendo esfoladas. Pedaço a pedaço.

Quinn mal conseguia olhar. Mas precisava admitir uma coisa: Caine podia ser um bandido, um egomaníaco, um matador, mas não era covarde.

Lana puxou Quinn um pouco de lado, indo para a escuridão fora do alcance da luz da fogueira. Seguiram pela Avenida Alameda até que Quinn não pudesse ver nada. Nem mesmo a mão diante de seu rosto.

— Eu queria que você visse como está escuro — disse ela.

Lana estava a centímetros dele. Quinn não podia ver nada.

— É. Está escuro.

— Você tem algum plano?

Quinn suspirou.

— Para a escuridão total? Não, Lana. Nenhum plano.

— Eles vão queimar as casas se a fogueira apagar.

— Podemos manter a fogueira acesa por mais um tempo. Vamos colocar a cidade inteira nela, pedaço a pedaço, se for preciso. E temos água. A nuvem do Pequeno Pete ainda está produzindo. O problema é a comida.

Os dois tinham muitas lembranças da fome. Silêncio.

— Vamos trazer toda a comida. Do depósito no Ralphs, do complexo de Albert. As pessoas não têm muita comida em casa. Se a gente somar tudo conseguimos talvez uns dois dias de rações magras. Depois é que começa.

— A fome.

— É. — Ele não sabia qual era o objetivo daquela conversa. — Você tem algum plano?

— Não vai demorar dois dias, Quinn. Você sente o que essa escuridão faz com a gente? O modo como ela nos enclausura? De repente o pessoal percebe que está num grande aquário redondo. Medo do escuro, medo de estar trancado. A maioria vai ficar bem durante um tempo, mas o problema não é a "maioria". São os elos mais fracos. Aqueles que já estão no limite.

— Se alguém pirar, a gente cuida da pessoa — disse Quinn.

— E Caine?

— Foi você que me colocou no comando, Lana. Espero que não tenha pensado que eu tinha alguma resposta mágica.

Uma terceira respiração foi ouvida.

— Oi, Patrick. Bom garoto.

Quinn ouviu-a se remexendo no escuro, procurando o pelo do cachorro, encontrando e depois coçando vigorosamente.

— Eles vão começar a ficar malucos — disse Lana. — Totalmente malucos. Quando isso acontecer... peça ajuda ao Caine.

— O que ele vai fazer?

— O que for preciso para manter o pessoal sob controle.

— Espere um minuto. Epa! — Quinn teve o instinto de segurar o braço dela. Mas não sabia onde o braço estava. — Está dizendo para eu soltar Caine em cima de quem sair da linha?

— Você pode impedir sozinho um grupo que decidir roubar a comida? Ou que pirar e começar a queimar coisas?

— Lana. Por que isso importa? — Quinn sentiu a energia se esvaindo. Ela havia pedido que ele assumisse o comando. Agora estava dizendo para usar Caine como arma. Para quê? — Que importância tem qualquer coisa, Lana? Pode me dizer? Por que eu deveria machucar alguém que perdeu a cabeça quando isso pode acontecer com qualquer um?

Lana não disse nada. Não disse nada por tanto tempo que Quinn se perguntou se ela teria ido embora em silêncio. Depois, numa voz tão baixa que nem parecia dela, falou:

— Numa escuridão como essa eu posso sentir a coisa. Muito mais perto. Para mim ela é mais real do que você porque eu posso vê-la. Posso ver a coisa na minha cabeça. Não há mais nada para ver, por isso eu a vejo.

— Você não está me dizendo por que eu deveria machucar alguém, Lana.

345

— Ela está viva. E apavorada. Muito apavorada. Como se estivesse morrendo. Tem um medo desse tamanho. Eu vejo... vejo imagens que não significam nada. Ela não está mais tentando me alcançar. Não tem mais tempo para isso. É o bebê que ela quer. Todas as suas esperanças estão no bebê.

— O bebê de Diana?

— Ela ainda não tem o bebê, Quinn. O que significa que isso ainda não acabou. Mesmo aqui no escuro, com todos nós tão apavorados. Não acabou. Acredite nisso, certo? Acredite que não acabou.

— Não acabou — concordou Quinn, sentindo-se perplexo e provavelmente parecendo perplexo.

— Se as pessoas começarem a entrar em pânico, vão se machucar. Eu não vou poder encontrar cada um e ajudar, por isso elas vão morrer. E, veja bem, essa é uma coisa que não vou deixar que ele, o gaiáfago, faça. Eu não posso matá-lo, não posso impedir que ele pegue o bebê. O que posso fazer, e o que você pode fazer também, Quinn, é manter o máximo de pessoas vivas, pelo maior tempo possível. Talvez porque seja a coisa certa a fazer. Mas também... também... — Ele sentiu-a tocar em seu peito, tatear até achar seu ombro, depois descer para pegar sua mão e segurá-la com um aperto surpreendentemente forte. — Também porque não vou deixar que ele vença. Ele quer todos nós mortos, porque enquanto nós vivermos, seremos uma ameaça. Bem, não. Não. Não vamos desistir. — Ela soltou sua mão. — É o único modo que me resta para lutar contra ele, Quinn. Não morrendo, e não deixando nenhuma daquelas crianças ali morrer.

TRINTA E UM | 8 HORAS E 58 MINUTOS

PENNY NUNCA HAVIA se sentido daquele jeito. Nunca tinha sentido tamanho espanto. Nunca ao menos soubera do que as pessoas falavam quando arengavam sobre um pôr do sol ou a enormidade de estrelas num céu noturno límpido.

Mas agora estava sentindo alguma coisa.

Não conseguia enxergar. Tudo estava preto como se seus olhos tivessem sido arrancados. (Um pensamento que a fez sorrir, pois a lembrou de Charuto.) E no entanto sabia para onde estava indo.

Seu pé cortado não importava mais. Quando deu uma topada numa pedra, não se importou. O fato de ter que tatear pelo caminho estreito com as mãos estendidas como uma cega não importava, nem um pouco, porque podia sentir... sentir uma coisa tão grande, tão, tão magnífica.

Nunca havia estado ali, mas mesmo assim era uma volta ao lar.

Gargalhou.

— Você pode sentir, não pode?

Penny se espantou com a voz. Ela vinha de onde Drake estivera, mas era a voz de uma garota. Claro: Brittney.

— Eu sinto — confirmou Penny. — Eu sinto.

— Quando chegar mais perto vai escutar a voz dele dentro de você — disse Brittney. — E não é um sonho ou algo assim; é real. E depois, quando você chegar lá no fundo, vai poder tocar nele.

Penny achou aquilo estranho. Não que tivesse um grande problema com a estranheza. Mas Brittney não era Drake. Drake ela podia respeitar. A mão de chicote — e, mais que isso, a vontade de usá-la — tornava Drake poderoso.

E atraente também, pelo que ela lembrava dos velhos tempos. Na época não havia prestado muita atenção nele porque só tinha olhos para Caine. Caine tinha a beleza morena e cérebro. Era tão inteligente. Drake era um garoto muito diferente: como um tubarão. Parecia um tubarão, com olhos mortos e boca faminta.

Bem, ela estivera errada com relação a Caine. Ele estava totalmente sob o domínio daquela bruxa da Diana. Mas Drake certamente não amava Diana. Na verdade, ele a odiava. Ele a odiava tanto quanto Penny.

Talvez Drake fosse mais bonito, afinal de contas. Enfim, boa sorte para Diana se tentasse roubá-lo, como havia feito com Caine.

Brittney vinha na retaguarda. Depois Penny. Diana e Justin cambaleavam, choravam e caíam para a frente, tateando desajeitados.

Infelizmente Penny não conseguia sustentar a ilusão que mantinha Brianna paralisada àquela distância. A ilusão já teria se esvaído. O que significava que Brianna estava livre para vir atrás deles.

Penny riu no escuro. Que ela tentasse pegá-los! Que Brianna tentasse alcançá-los de novo! Agora sua velocidade era inútil. Ela não era mais nada. A Brisa? Rá. Se conseguisse chegar, Penny iria fazê-la correr, correr de verdade, correr até suas pernas se quebrarem. Rá!

— Ele vai falar comigo; ele vai falar com você — disse Brittney numa voz cantarolada. — Ele vai nos dizer o que fazer.

— Feche a matraca — disse Penny rispidamente.

— Não — censurou Brittney numa voz que pingava sinceridade. — Não devemos lutar entre nós.

— Não devemos? — zombou Penny. — Cale a boca até Drake voltar. — Depois, insatisfeita com o silêncio de Brittney, silêncio que soava como desaprovação, disse: — Não recebo ordens de ninguém.

Nem de você. Nem do Drake. Nem mesmo desse não-sei-quem. — Mas ela lambeu os lábios nervosa ao dizer isso.

— O gaiáfago — disse Brittney. E riu, não de forma cruel, mas com uma condescendência de quem sabia das coisas. — Você vai ver.

Penny já estava "vendo". Não que pudesse enxergar alguma coisa, nem mesmo um dedo erguido diante do olho, mas conseguia sentir o poder daquilo. Tinham chegado à entrada da mina. A escuridão, já absoluta, se apertava ao redor deles.

Era mais fácil achar o caminho, bastava tatear as madeiras dos lados. Mas era mais difícil respirar.

Um gemido baixo escapou de Diana.

Penny teve um impulso fugaz de lhe dar alguma coisa para sentir medo. Mas esse era o problema: o medo tinha se tornado o próprio ar que estavam respirando.

— Tem uns lugares difíceis — avisou Brittney. — Tem uma queda grande, bem grande. Vai quebrar as pernas de vocês, se caírem.

Penny balançou a cabeça, um gesto que ninguém podia ver.

— De jeito nenhum. De jeito nenhum. Já passei por isso, não vou passar de novo.

A voz de Brittney era sedosa.

— Você sempre pode ir embora.

— Você acha que eu... — Penny precisou se esforçar para respirar. — Você acha que eu não iria?

— Você não iria. Você vai ao lugar onde sempre quis estar.

— Ninguém me manda... — rosnou Penny. Mas a provocação morreu no meio da frase. Tentou de novo. — Ninguém...

— Cuidado — disse Brittney, presunçosa. — Essa parte agora é cheia de pedras caídas. Você vai ter de se arrastar por cima. — Depois, naquela estranha voz cantarolada que usava de vez em quando, disse: — Vamos nos arrastar de joelhos, de joelhos nos arrastamos até nosso senhor.

* * *

Brianna estava ofegando, sem se mexer.

A escuridão era a sua kriptonita. Não era possível usar a supervelocidade sem saber aonde ia.

Estava escuro demais. Na verdade era pior do que as imagens que Penny havia inserido em sua cabeça. De certa forma aquilo havia sido maneiro. Mas isso... isso era simplesmente nada.

Simplesmente nadinha de nada.

Bom, não era o nada total, pensando bem. Quando segurava o facão diante do rosto sentia o cheiro travoso de aço. Sacou a espingarda e experimentou a sensação do cano curto e o cheiro de resíduo de pólvora.

Podia imaginar o clarão saindo do cano. Seria barulhento.

E seria claro, também.

Isso era uma ideia. Ela teria o quê? Doze balas?

É. Interessante.

Havia sons, também. Podia ouvi-los seguindo por todo o caminho. Era provável que já estivessem na entrada da mina.

Brianna podia sentir a presença sombria do gaiáfago. Não era imune àquele peso sombrio na alma. Mas não ficava paralisada por ele. Sentia o gaiáfago, mas ele não a apavorava. Era como um aviso, como uma voz interior terrível dizendo: "Fique longe, fique longe!" Mas Brianna não sentia medo algum. Escutava o aviso; sentia a maldade por trás; sabia que não era fingimento nem piada; sabia que aquilo representava a força de um grande poder e de um mal profundo.

Mas Brianna não tinha as mesmas conexões da maioria das pessoas. Sabia disso sobre si mesma — e sobre outras pessoas — havia algum tempo. Desde antes do LGAR, porém muito mais agora, desde que tinha se tornado a Brisa.

Lembrou-se de uma ocasião em que era pequena. Quantos anos tinha? Uns três? Ela e algumas crianças mais velhas, aquele menino e a irmã idiota dele, que moravam a três casas da sua. Eles disseram: "Vamos entrar no velho restaurante que pegou fogo."

Era um velho restaurante italiano, grande. Do lado de fora parecia bem normal, só que havia fitas amarelas da polícia na frente da porta queimada.

As duas crianças, ela não tinha ideia de quais eram seus nomes, tentaram assustar a pequena Brianna.

— Ah, olhe, foi ali que um cara pegou fogo. O fantasma dele provavelmente está assombrando esse lugar. Buuu!

Ela não sentiu medo. Na verdade ficou frustrada ao perceber que não havia fantasma.

Então apareceram os ratos. Deviam ser pelo menos duas dúzias. Vieram correndo como se estivessem sendo perseguidos, saindo rápido da cozinha incendiada para o salão fedendo a fumaça, onde estavam as três crianças, e os Olafson — esse era o nome deles, Jane e Todd Olafson; não era de espantar que ela não lembrasse —, aqueles dois gritaram e saíram correndo. A garota, Jane, tropeçou e ralou feio o joelho.

Mas Brianna não tinha saído correndo. Ficou firme, com seu boneco falante do Woody numa das mãos. Lembrava-se de que um rato havia parado e inclinado a cara de rato para ela. Como se não acreditasse que ela não estava correndo. Como se quisesse dizer: "Ei, garota, eu sou um rato enorme: por que não está correndo?"

E ela quis responder: "Porque você é só um rato idiota."

Agora tateava pelo caminho, passo a passo. Devagar demais para uma pessoa normal, quanto mais para a Brisa.

— Ah, estou sentindo você, seu velho, escuro e apavorante — murmurou ela. — Mas você não passa de um rato idiota.

Sam podia olhar para trás e ver uma fileira de dez luzes. A linha que elas formavam oscilava um pouco, mas era basicamente reta. Claro que ele não podia mais ver o lago nem suas luzes parecendo vaga-lumes.

Pensou em todos os outros vagando naquela escuridão terrível. Alguns talvez tivessem lanternas que iam enfraquecendo aos poucos.

Alguns podiam ter feito fogueiras. Mas muitos só estavam andando no escuro. Apavorados. Mas sem parar.

Andando no escuro.

Seus pés subiam um morro. Ele permitiu isso. Talvez enxergasse alguma coisa do alto. Era estranho. Desejou que Astrid estivesse ali para comentar como era estranho andar daquele jeito, cego, sentindo um morro mas não o vendo, sem saber se estava perto do topo ou muito longe.

Agora tudo se resumia a sensação. Sentia a encosta com os tornozelos, em vez de enxergar com os olhos. Sentia-a em sua postura inclinada. Quando o ângulo aumentava ele era pego de surpresa e tropeçava. Mas então o ângulo diminuía e isso também o pegava de surpresa.

Pendurou um Samsol. Demorou um tempo para entender o ambiente ao redor. Para começar, havia uma velha lata de cerveja enferrujada.

Além disso, estava a menos de 2 metros do que podia ser uma queda íngreme. Poderia matá-lo se ele caísse. Mas, afinal de contas, poderia ser apenas uma queda de 60 centímetros. Ou de 2 metros. Parou na beirada e tentou ouvir. Quase podia escutar o vazio daquele espaço. Parecia grande. Sentia que era enorme. E talvez um dia ele pudesse desenvolver esses sentidos. Mas não agora, não agora na beira de uma queda de meio metro, 10 metros ou 30 metros.

Pegou a lata de cerveja enferrujada e jogou pelo penhasco.

Ela caiu talvez por um segundo inteiro antes de bater em alguma coisa.

E depois caiu mais um pouco.

Parou.

Sam respirou, e o som da própria respiração pareceu dramático no escuro.

Teria de descer aquele morro de volta. Ou se arriscar em uma queda longa. Virou-se com cuidado, devagar, a 180 graus. Tinha quase certeza de que o lago estava bloqueado da visão pelo volume do morro. Mas não tinha certeza absoluta. Um único ponto de luz apareceu. Era pequeno como uma estrela, muito mais fraco e laranja, em vez de branco.

Um único ponto de luz quase invisível. Provavelmente uma fogueira em Praia Perdida. Ou no deserto. Ou mesmo lá na ilha. Ou talvez fosse só sua imaginação.

A visão daquilo fez Sam suspirar. Aquela luz não tornava a escuridão menos escura; fazia a escuridão parecer vasta. Infinita. O minúsculo ponto de luz só servia para enfatizar a sua totalidade.

Começou a descer o morro. Foi necessária toda a sua força de vontade para virar à esquerda quando alcançou a luz mais baixa no morro e seguir em direção à cidade fantasma.

Ou onde ele pensava, esperava, que fosse a cidade fantasma.

— Aaaahhh, aaaahhh, aaaahhh.

Dekka gritava no chão. Um som de desespero. Gritava, ofegava no ar misturado com terra e gritava de novo.

Penny havia pegado seu medo mais terrível — de que os insetos pudessem retornar — e o duplicado. Dekka preferiria morrer a suportar aquilo. Preferiria morrer mil vezes. Imploraria pela morte antes de passar por aquilo de novo.

Ouviu alguém chorando, depois gritando e balbuciando, tudo junto, tudo saindo de sua própria boca.

Presa e comida viva.

Comida de dentro para fora, para sempre, sem fim, presa dentro de uma pedra branca e sem emendas, alabastro, um túmulo que entrava nela, imobilizava-a de modo que ele nem podia golpear, não podia se mexer enquanto eles comiam suas entranhas...

Jamais deixar que isso acontecesse de novo.

Jamais.

Primeiro ela se mataria.

Agarrou a terra com as mãos e a apertou como se estivesse segurando-se à realidade. A terra escorreu pelos dedos e ela pegou mais, e de novo a terra escorreu e ela agarrou mais e mais, precisando de algo em que se segurar e de algo que doesse. Precisando sentir o corpo se mexer e não estar naquela terrível prisão de pedra branca.

Ela era só uma garota. Só uma garota. Só uma garota com o nome idiota de Dekka. Tinha lutado bastante. E para quê? Para o vazio. Para a solidão. E tudo dera nisso. Nesse nada. Em agarrar a areia e balbuciar feito uma louca, derrotada.

Morra aqui, Dekka. Tudo bem se você morrer. Tudo bem ficar deitada aqui no escuro e deixar suas pálpebras se fecharem, porque não há mais nada para ver, Dekka; está me ouvindo? Está? Dekka, porque não há nada para você além do medo. E a morte é melhor, porque a morte é o fim do medo, não é?

Silêncio. Paz.

Não seria suicídio. Isso você jamais poderia fazer, certo? Nunca poderia se matar. Mas deixar-se ir? Onde estava o pecado disso?

— Quer que eu explique como posso desejar isso, Deus? Vou lhe dizer uma coisa, aperte o botão de retrocesso e repasse a última hora... não, não, o último... quanto tempo foi, quase um ano?

"Nem de longe é o bastante. Qual é, Deus, o senhor quer ver, certo? Dar uma boa gargalhada. Ver o que fez comigo. Me tornar corajosa e depois acabar comigo. Me tornar forte e depois me deixar chorando no chão.

"Me fazer amar e depois... e depois...

"Só me mate, certo? Desisto. Aqui estou. O senhor pode enxergar no escuro, certo, Deus? Não tem óculos de visão noturna? O senhor sabe, daqueles que deixam tudo verde e reluzindo? Bem, coloque esses óculos, ó, Senhor, ó, Deus, ó cara barbudo lá do céu, coloque os óculos como um agente secreto divino e olhe para mim, está bem? Dê uma boa olhada no que fez.

"Está vendo? Está me vendo aqui de cara no chão?

"Está me ouvindo? Está ouvindo os sons que meu cérebro empurra pela boca, todo esse absurdo? Estou parecendo uma louca empurrando um carrinho de supermercado pela rua, não é?

"O senhor consegue sentir o meu cheiro? Porque quando o medo me dominou eu me sujei toda. O medo faz isso, você sabe; sabia? Bem, provavelmente não, sendo Deus e coisa e tal e não sentindo medo de nada.

"Só. Um favor. Certo? Só me mate. Porque enquanto eu viver ela pode fazer isso de novo comigo, pode me cobrir daquele jeito e aquilo pode me espremer como fez, e aí eu posso sentir aqueles... posso saber o que eles estavam fazendo, sabe, porque eu não deixei de vê-los se derramando das minhas tripas quando Sam me abriu.

"Então eu imploro, certo? Ó Senhor altíssimo: me mate. Será que preciso implorar? É isso? Você sente um barato com isso? Certo. Imploro que o Senhor me mate."

— Não quero matar você.

Dekka gargalhou. Em sua mente febril pensou por um segundo que tinha escutado uma voz de verdade. A voz de Deus.

Esperou, em silêncio.

Havia alguma coisa ali. Podia sentir. Alguma coisa perto.

— É você, Dekka? Está parecendo você.

Dekka não disse nada. A voz era familiar. Provavelmente não pertencia a Deus.

— Eu estava aqui. Escutei você chorando, gritando e coisa e tal — disse Orc.

— É — respondeu Dekka. Seus lábios estavam cobertos de terra. O nariz entupido pela terra. Seu corpo estava úmido de suor.

Não conseguia pensar em mais nada para falar.

— Como se você quisesse morrer.

Ele não podia ver que ela estava caída de cara no chão. Não podia ver que ela estava acabada. Derrotada.

— Você não pode se matar — disse Orc.

— Não posso... — começou Dekka, mas depois não conseguiu formar mais palavra alguma sem cuspir a terra da boca.

— Se você se matar, vai para o inferno.

Dekka fungou, um som de desprezo, enquanto cuspia terra.

— Você acredita no inferno?

— Quer dizer, tipo, se é um lugar real?

Dekka esperou enquanto ele pensava. E de repente quis ouvir a resposta. Como se ela importasse.

— Não — respondeu Orc finalmente. — Porque todos somos filhos de Deus. Então ele não faria isso. Foi só uma história que ele inventou.

Mesmo contra a vontade, Dekka estava escutando. Era difícil não escutar. Falar bobagem era melhor do que lembrar.

— Uma história?

— É, porque ele sabia que às vezes nossa vida seria bem ruim. Tipo, talvez a gente se transformasse num monstro e depois nosso melhor amigo acabaria morto. Por isso ele inventou essa história de inferno, para que a gente pudesse sempre dizer: "Bem, poderia ser pior. Poderia ser o inferno." E aí a gente conseguiria seguir em frente.

Dekka não tinha resposta para aquilo. Orc a havia deixado completamente pasma. E ela estava quase com raiva dele, porque ficar pasma era diferente de ficar desesperada. Ficar pasma significava que ainda estava... envolvida.

— O que você está fazendo aqui, Orc?

— Vou matar Drake. Se encontrá-lo.

Dekka suspirou. Estendeu a mão e acabou encontrando uma perna de cascalho.

— Me dê uma mão para eu me levantar. Estou meio abalada.

As mãos enormes dele a encontraram e a levantaram. As pernas de Dekka quase cederam. Ela estava exaurida, vazia, fraca.

Mas não morta.

— Você está bem?

— Não — respondeu ela.

— Eu também não.

— Eu estou... — Dekka olhou para a escuridão, sem nem mesmo saber se estava olhando na direção dele. Esperou até que um soluço passasse. — Estou com medo de nunca mais ser eu mesma.

— É, eu também sinto isso — disse Orc. E soltou um longo suspiro, como se tivesse andado um milhão de quilômetros e estivesse cansado demais. — Em parte são coisas que eu fiz. Em parte são coisas que acabaram acontecendo. Tipo os coiotes me comerem. E aí, você sabe, o que aconteceu depois. Eu nunca quis me lembrar isso. Mas nada disso vai embora, nem quando estou bêbado de verdade ou sei lá o quê. Tudo continua ali.

— Até no escuro — disse Dekka. — Especialmente no escuro.

— Para que lado a gente deveria ir?

— Duvido que importe muito. Comece a andar. Eu vou seguir o som dos seus passos.

— Aaaahhh — berrou Charuto. Sua mão apertou a de Astrid com uma força incrível.

Não era a primeira vez que ele gritava de repente. Era uma coisa razoavelmente regular. Mas naquele caso havia outros sons. Um sopro de vento, um fedor que parecia de carne podre e depois um rosnado.

Charuto foi arrancado de Astrid.

Ela se agachou instintivamente. Como consequência, um coiote errou o ataque e, em vez de fechar as mandíbulas na perna dela, acabou só trombando nela com força suficiente para derrubá-la de costas.

Astrid tentou pegar a espingarda no escuro, sentiu algo metálico, sem saber para que lado estava apontando, remexeu-se desajeitada e foi empurrada de lado por um coiote correndo, cheio de pelos sobre músculos.

Eles podiam caçar no escuro, mas o trabalho de matança era mais difícil sem a visão.

Astrid rolou, esticando o braço, tentando achar a espingarda. Um dedo tocou no metal.

Charuto estava gritando com aquela sua voz sem esperança, derrotada. E os rosnados se intensificavam. Os coiotes também pareciam frustrados, incapazes de encontrar a presa, mordendo às cegas onde seus ouvidos e narizes diziam que a presa estaria.

Astrid rolou para a arma e ficou em cima dela, sentindo-a com os dedos trêmulos, procurando... isso! Segurou firme o cabo. Empurrou a arma para a frente, provavelmente enchendo o cano de areia, provavelmente emperrando o gatilho. Tentou perceber onde Charuto estava, rolou de novo, puxando a espingarda para cima do corpo, e disparou.

A explosão foi chocante. Um raio de luz muito maior do que jamais parecera antes.

No clarão que durou uma fração de segundo Astrid viu pelo menos três coiotes e Charuto cercado por eles, além de um quarto a alguns metros de distância, que tinha os beiços repuxados num rosnado, tudo isso congelado pela duração do clarão.

O barulho foi espantoso.

Ela se apoiou num dos joelhos, mirou no lugar onde tinha visto o quarto coiote e puxou o gatilho de novo. Nada! Tinha se esquecido de colocar outra bala na câmara. Fez isso, mirou trêmula para o espaço vazio e disparou outra vez.

BUUUM!

Desta vez esperava o clarão e viu que o coiote em que havia mirado não estava mais lá. Charuto não estava mais cercado pelas feras. Seus terríveis olhos brancos de bola de gude olhavam fixamente.

Algo havia acontecido com os coiotes. Eles tinham explodido.

O clarão não fora suficiente para mostrar mais. Só que suas entranhas apareciam onde antes era o lado de fora.

Silêncio.

Escuridão.

Charuto ofegando. Astrid também.

O cheiro de tripas de coiote e pólvora.

Passou-se um tempo até que Astrid pudesse dominar a própria voz. Antes que pudesse juntar os pensamentos despedaçados formando algo parecido com coerência.

— O menininho está aqui? — perguntou ela.

— Está — respondeu Charuto.

— O que ele fez?

— Encostou neles. Isso... isso é real? — perguntou Charuto, hesitando.

— É. Acho que é real.

Ela se levantou com a espingarda fumegante nas mãos e olhou para o nada. Seu corpo inteiro estava tremendo. Como se estivesse frio. Como se a escuridão fosse feita de lã úmida enrolada ao seu redor.

— Petey. Fale comigo.

— Ele não pode — disse Charuto.

Silêncio.

— Ele disse que isso vai machucar você — afirmou Charuto.

— Me machucar? Por que não machuca você?

Charuto riu, mas não foi um som alegre.

— Já estou machucado. Na minha cabeça.

Astrid tomou fôlego e lambeu os lábios.

— Ele quer dizer que isso vai me deixar... — Ela procurou uma palavra que não magoasse Charuto.

O próprio Charuto não estava ligando para eufemismos.

— Maluca? — indagou ele. — Meu cérebro já está maluco. Ele não sabe como fazer isso. Talvez isso deixe você maluca.

Os dedos de Astrid doíam, tamanha a força com que estava apertando a arma. Não havia mais nada em que se segurar. Seu coração batia tão alto que ela tinha certeza de que Charuto devia estar escutando. Estremeceu.

Qualquer outra coisa. Isso, não. A loucura, não.

Podia conseguir todas as respostas de que precisasse através de Charuto. Só que Charuto só era coerente durante alguns intervalos, antes de espiralar para as arengas e os berros lunáticos.

— Não — disse Astrid. — Não vou correr o risco. Não. Vamos indo.

Como se soubesse para onde ir. Estivera seguindo Charuto que estivera seguindo o Pequeno Pete, ou pelo menos era o que ele dizia.

Pânico. Fazia cócegas nela, provocava-a. Havia algo sufocante na escuridão. Como se fosse densa e dificultasse a respiração.

O escuro era totalmente absoluto. Ela poderia andar em círculos e jamais saber. Poderia entrar num campo de ezecas e só perceber quando as minhocas já estivessem dentro dela.

— Só ligue a porcaria da luz, Petey! — gritou ela.

Suas palavras pareceram mal penetrar no negrume.

— Conserte isso! Foi você que fez. Conserte!

Silêncio.

Charuto começou a andar de novo, gemendo e rindo, falando de como os doces eram gostosos.

Astrid teve uma visão de si mesma no lago, deitada na cama com Sam. Adorava tocar os músculos dele. Que coisa mais embaraçosa e juvenil. Como as garotas que ela desprezava, sempre gemendo por causa de algum astro de rock, alguma estrela de cinema, algum cara com barriga de tanquinho e no entanto, no entanto, ela não tinha sido assim o tempo todo?

Lembrou-se com detalhes íntimos de ter posto a mão nos bíceps de Sam quando ele os flexionou para pegá-la no colo e do modo como o músculo simplesmente dobrou de tamanho e ficou rígido como se fosse esculpido em carvalho. Sam a havia levantado como se ela não pesasse nada. E colocou-a de volta no chão, gentilmente, com as mãos dela deslizando para o peito dele em busca de equilíbrio e...

E agora ela estava ali. Com um fantasma e um lunático. No escuro.

Por quê?

Arrisque a sua sanidade e talvez você fique sabendo de alguma coisa. Mas talvez não. Talvez só seja destruída. E o que ela saberia então, se Petey estragasse sua mente?

Cérebro embaralhado, cheio de coisas que ela precisava saber, mas que não saberia de verdade se o cérebro fosse retorcido durante o aprendizado.

— Conserte! Conserte! — gritou ela para o escuro.

— Minha perna não é minha perna; é um pedaço de pau, um pedaço de pau com pregos enfiados — gemeu Charuto.

Uma ânsia terrível e sombria de virar a espingarda e acabar com o sofrimento de Charuto deixou Astrid ofegando e trincando o maxilar. Não. Não, já havia bancado o Abraão e usado Petey como Isaque. De novo, não. Não se permitiria tirar uma vida inocente, nunca mais.

Inocente, provocou uma voz em sua cabeça. Inocente? Astrid Ellison, promotora, júri e carrasco.

Não há nada inocente no Petey, provocou a voz. Ele construiu isso. Tudo isso. Ele fez esse universo. Ele é o criador e tudo é culpa dele.

— Vamos — disse Astrid. — Me dê a mão, Charuto. — Ela pôs a espingarda no ombro. Tateou no escuro ao redor até encontrar Charuto, e então procurou mais um pouco até achar a mão dele. — Levante.

Ele se levantou.

— Para onde vamos? — perguntou Charuto.

Astrid gargalhou.

— Vou contar uma piada para você, Charuto. A razão e a loucura foram passear numa sala escura, procurando a saída.

Charuto riu como se isso tivesse sido engraçado.

— Você até sabe qual é o desfecho, não sabe, pobre garoto louco?

— Não — admitiu Charuto.

— Nem eu. Que tal a gente só andar até não conseguir mais?

FORA |

CONNIE TEMPLE ESTAVA sentada tomando café num reservado do Denny's. À sua frente estava uma repórter chamada Elizabeth Han. Han era jovem e bonita, mas também inteligente. Já tinha entrevistado Connie várias vezes. Trabalhava para o *Huffington Post* e cobria a história da Anomalia de Praia Perdida desde o início.

— Eles estão colocando uma bomba nuclear?

— O suposto vazamento químico é um truque. Eles só querem manter todo mundo longe da cúpula. Devem ter deixado isso deliberadamente para o último minuto, para que parecesse uma emergência de verdade.

Han abriu as mãos.

— Uma explosão nuclear, mesmo no subsolo, vai aparecer em sismógrafos de todo o mundo.

Connie assentiu.

— Eu sei. Mas... — Nesse momento Abana Baidoo entrou no restaurante, passou pela recepcionista e deslizou para o reservado junto de Connie. Connie a havia chamado, mas sem contar nada. Rapidamente, e sem revelar o nome de Darius, recomeçou a contar a história.

— Eles enlouqueceram? — perguntou Abana. — Estão insanos?

— Só apavorados — disse Connie. — É a natureza humana: não querem só esperar, sentindo-se impotentes. Querem fazer algo. Querem fazer alguma coisa acontecer.

— Todos queremos fazer alguma coisa acontecer — disse Abana rispidamente. Depois, colocou a mão no ombro de Connie, tranquilizando-a. — Estamos todos desgastados com tanta preocupação. Estamos enjoados de não saber nada.

Elizabeth Han deu uma risada que mais pareceu um latido.

— Eles não podem fazer isso sem aprovação lá do alto. Quero dizer, da altura máxima. — Ela balançou a cabeça, pensativa. — Eles sabem de alguma coisa. Ou pelo menos suspeitam de alguma coisa. O presidente não vai agir precipitadamente.

— Precisamos impedir que isso aconteça — insistiu Connie.

— Ainda não temos ideia do que causou isso — disse a repórter.

— Mas, o que quer que seja, reescreveu as leis da natureza para criar aquela esfera. Eles não decidiram isso de uma hora para a outra; devem ter um plano há muito tempo. Queriam ter isso como alternativa. Então por que usar essa alternativa agora, de repente?

— A cúpula está mudando — disse Connie. — Eles nos informaram isso. Há alguma mudança na assinatura de energia ou sei lá o quê. — Ela olhou para a amiga. — Abana. Eles não querem que nossos filhos saiam. É por isso. Eles acham que a barreira está enfraquecendo. Não querem que nossos filhos saiam.

— Eles não querem que a coisa que fez isso saia — falou Abana.

— Não acredito que o alvo seja nossos filhos. É o que quer que seja que tenha feito isso acontecer.

Connie baixou a cabeça, ciente de que estava fazendo uma pausa na conversa, consciente de que Abana e Elizabeth trocavam olhares preocupados.

— Certo — disse ela, envolvendo a caneca de cerâmica com as mãos e recusando-se olhar para qualquer uma das duas mulheres. — O que aconteceu lá dentro... quero dizer, as crianças que desenvolveram poderes... eu nunca contei isso, e lamento muito. Mas com o Sam... — Ela mordeu o lábio. Levantou a cabeça rapidamente, com o queixo travado. — Sam e Caine. Os poderes deles se desenvolveram antes da anomalia. Eu vi os dois. Sabia o que estava acontecendo. As mutações vieram antes da barreira. O que significa que alguma coisa causou isso, além da barreira.

Elizabeth Han estava digitando freneticamente em seu iPhone, tomando notas, ao mesmo tempo em que dizia:

— Por que isso iria apavorar o governo mais do que... — Ela franziu a testa e levantou os olhos. — Eles acham que a cúpula é a causa das mutações.

Connie assentiu.

— Se é assim, então quando a cúpula sumir as mutações vão acabar. Mas se for o contrário, se as mutações vieram antes da barreira então talvez elas tenham causado a barreira. O que significa que tudo isso não é só uma loucura da natureza, algum fluxo quântico ou sei lá o quê, ou mesmo uma intrusão de um universo paralelo, todas aquelas teorias. Isso quer dizer que existe alguma coisa ou alguém lá dentro daquela cúpula com um poder inacreditável.

Elizabeth Han ficou séria enquanto voltava a tomar notas.

— Você precisa me dar o nome da pessoa que contou sobre a bomba. Preciso de uma fonte.

Com o canto do olho, Connie viu Abana recuar. Uma distância fria surgiu entre elas pela primeira vez desde o começo da anomalia. Connie havia mentido para ela. Durante todo aquele tempo, enquanto sofriam juntas, Connie Temple estivera escondendo alguma coisa.

E agora, Connie sabia, Abana estava se perguntando se de algum modo sua amiga poderia ter impedido que isso acontecesse.

— Não posso dizer o nome dele — disse Connie.

— Então não posso publicar a história.

Abana se levantou de repente. Bateu na mesa com força, chacoalhando as canecas.

— Vou fazer isso parar. Vou chamar os pais, as famílias. Vou passar em volta daquele bloqueio, e se eles quiserem explodir minha filha, vão ter de me explodir junto.

Connie observou-a ir embora.

— O que você quer que eu faça? — perguntou a repórter a Connie, com raiva e frustrada. — Você não quer dizer quem deu a informação. O que devo fazer?

— Eu prometi.

— O seu filho...

— Darius Ashton! — disse Connie com os dentes trincados. Depois, mais baixo, com mais calma, porém odiando-se, repetiu: — O sargento Darius Ashton. Eu tenho o telefone dele. Mas se você vazar esse nome ele vai acabar na prisão.

— Se eu não divulgar isso, e agora mesmo, parece que todas aquelas crianças lá dentro podem morrer. O que você prefere?

— Sargento Ashton? Sargento Darius Ashton?

Ele ficou imóvel. Aquela voz, vinda de trás, era desconhecida. Mas o tom, a repetição do seu nome, dizia tudo que ele precisava saber.

Forçou um sorriso agradável e se virou, vendo um homem e uma mulher, nenhum dos dois sorrindo, ambos segurando crachás de modo que ele pudesse ler.

Seu celular tocou.

— Sou Ashton — disse ele. E depois: — Com licença. — E levou o telefone ao ouvido.

Os agentes do FBI pareceram momentaneamente inseguros, sem saber se deveriam ou poderiam impedi-lo de atender a ligação.

Darius levantou um dedo querendo pedir *só um minuto*. Ouviu durante um tempo.

Estava se destruindo e sabia disso. Com dois agentes do FBI olhando, cometeria o que poderia muito bem ser chamado de suicídio.

— Sim — disse ao telefone. — O que ela contou é cem por cento verdade.

Então os agentes do FBI pegaram seu telefone.

TRINTA E DOIS | 7 HORAS E 1 MINUTO

DIANA SE ARRASTAVA e caía. Tinha cortes e tantos hematomas nos mais diversos lugares que nem conseguia identificar. As palmas das mãos, os joelhos, as canelas, os tornozelos, as solas dos pés, tudo ralado e cortado. E os cortes do chicote de Drake estavam nas suas costas, nos ombros, na parte de trás das coxas, na bunda.

Mas estava sentindo pouca dor. A dor era uma coisa distante. Uma coisa que acontecia com uma pessoa real que não era ela. Alguma casca que ela havia habitado, talvez, mas não ela, não esta pessoa, porque esta pessoa, esta Diana, sentia uma coisa muito mais medonha.

Estava dentro dela.

O bebê. Estava dentro dela, empurrando e chutando.

E estava crescendo. Ela sentia a barriga crescer a cada vez que levava a mão para segurá-la. Ficava cada vez maior, como se alguém estivesse enchendo um balão com água de uma mangueira e não tivesse o bom senso de parar, não soubesse que ele iria explodir se continuasse fazendo isso.

Um espasmo atravessou-a, agarrando as entranhas, tomando cada grama de sua força e fazendo-a se concentrar naquele espasmo.

Contração.

A palavra veio das profundezas da sua memória.

Contração.

Sua barriga estava crescendo mesmo? Será que a impaciência do bebê dentro dela era real ou seria Penny brincando com a sua realidade?

Sentiu a mente sombria do gaiáfago. Sentiu o medo que espremia o ar dos seus pulmões. E, mais horrível ainda, sentiu a ansiedade daquela mente maligna. Aquilo se esforçava para apressá-la. Chegava das profundezas até ela. Como uma criancinha impaciente pelo sorvete. Me dá, me dá!

Mas muito pior era o eco que vinha do bebê.

O bebê sentia a força da vontade do gaiáfago. Ela sabia. O bebê seria dele.

Fazia quanto tempo que ela vinha se arrastando daquele jeito? Quantas vezes Drake a havia agarrado violentamente com a mão de chicote e jogado-a em um barranco íngreme, onde ela se agarrava com as unhas quebradas à parede de rocha?

E cega. Sempre cega. Uma escuridão tão completa que chegava à memória e bloqueava o sol das imagens que estavam lá.

Então, finalmente, uma claridade. A princípio parecia que devia ser alucinação. Ela havia aceitado que a luz se fora para sempre, e agora havia ali um brilho fraco, doentio.

— Vá! — instigou Drake. — Agora o terreno é plano e reto. Vá!

Ela cambaleou para a frente. Sua barriga estava impossivelmente grande, a pele esticada feito um tambor. E a próxima contração sacudiu-a, como um torno dentro dela, apertando-a tanto que parecia que iria quebrar seus ossos.

O lugar era quente e sem ar. Ela estava banhada de suor, o cabelo grudando no pescoço.

O brilho se intensificou. Mantinha-se grudado no chão e nas paredes da caverna. Revelava os contornos da rocha, as estalagmites brotando do chão, as pilhas de pedras caídas parecendo cachoeiras feitas com blocos de construção infantis.

E então, sob seus pés descalços, o choque elétrico da barreira, forçando-a a subir para garantir a segurança em pedaços do próprio gaiáfago.

Podia sentir o gaiáfago movendo-se embaixo dela, como se ela pisasse em um milhão de formigas comprimidas; as células do monstro fervilhavam e vibravam.

Drake cabriolava na câmara, estalando o ar com o chicote, gritando:

— Eu consegui! Eu consegui! Eu trouxe Diana para você! Eu, Drake Merwin, consegui! O Mão de Chicote! Mão! De! Chicote!

Justin. Onde ele estava? Diana percebeu que não o via havia algum tempo.

Onde ele estava? Diana olhou em volta, frenética, pasma em ter olhos para enxergar. Sua visão era de um verde borrado. Nada de Justin.

Penny captou o olhar frenético. Seu rosto estava sério. Ela também percebia, agora, que tinham perdido o garotinho em algum ponto dos quilômetros sangrentos que os haviam levado até ali.

Penny também não havia se saído bem. Estava quase tão derrotada, machucada e ensanguentada quanto Diana. A viagem por um túnel totalmente preto não fora boa para ela. Em algum ponto devia ter batido a cabeça com força, porque o sangue de um galo no couro cabeludo escorria para dentro de um olho.

Mas Penny já havia perdido o interesse em Justin. Agora espiava com olhos estreitos e ciumentos para Drake em toda a sua alegria. Drake estava ignorando-a. Não a havia apresentado. *Gaiáfago, esta é Penny. Penny, este é gaiáfago. Sei que vocês dois vão se dar bem.*

A imagem teria feito Diana rir, não fosse uma contração que a obrigou a se ajoelhar.

Foi nessa posição que Diana sentiu de repente uma umidade. Era quente e escorria pelo interior das coxas.

— Impossível — choramingou ela.

Mas sabia, no fundo do coração, e havia algum tempo, que esse bebê não era normal. Ele já era um três barras, uma criança com poderes ainda não definidos.

A criança de um pai maligno e de uma mãe que havia tentado, que havia desejado... havia tentado... mas de algum modo havia fracassado.

O arrependimento não a salvara. As lágrimas ardentes não tinham bastado para lavar a mancha.

A água que havia jorrado de dentro dela não tinha lavado a mancha.

Diana Ladris, espancada, flagelada e gritando ao céu por perdão, ainda seria mãe de um monstro.

Brianna tinha um pequeno pombo assado na mochila. Seu apetite era mais do que saudável e ela gostava de ter sempre comida à mão. Um histórico de fome fazia isso com as pessoas: tornava-as nervosas com relação à comida.

Ela arrancou um pedaço do peito do pombo, tateou a carne com os dedos sujos, em busca de qualquer fragmento de osso ou cartilagem. Depois encontrou a mão do menininho e pôs a carne ali.

— Coma isso. Vai fazer você se sentir um pouquinho melhor.

Estavam dentro do poço da mina. Ela quase havia acertado Justin com seu facão antes de perceber que ele estava fungando, e não rosnando.

Mas e agora? Poderia andar com ele até a entrada da mina, mas que diferença isso faria? Estava escuro ali e da mesma forma que estava lá fora. Se bem que, pelo menos do lado de fora, aquela opressão da mente que resultava da proximidade do gaiáfago poderia diminuir.

— O que você pode me contar, garoto? Você viu a coisa?

— Não consigo ver nada — fungou ele. Mas estava sem capacidade de chorar. Na verdade parecia estar em choque. Brianna sentiu uma estranha pontada de simpatia. Coitadinho. Como uma coisa dessas podia acontecer com uma criança pequena? Como ele iria conseguir esquecer isso algum dia?

Esqueceria quando estivesse morto, pensou Brianna severamente, e era provável que isso não demorasse muito.

Então, Justin disse, surpreendendo-a:

— Tem um buraco bem fundo.

— Aí na frente?

— Foi onde eles se esqueceram de mim.

— É? Muito bem, garoto, saber disso me ajuda.

— Você vai salvar Diana?

— Estou mais pensando em matar Drake. Mas se isso acabar salvando Diana, por mim tudo bem. — Ela arrancou mais um pedaço de sua preciosa carne de pombo e deu a ele. O que importava? Aquela era uma missão suicida. Ela não iria voltar. Não precisaria de muita coisa para comer.

Aquele não foi um pensamento feliz.

— A moça. Diana. Acho que o neném dela vai nascer.

— Bem, isso tornaria tudo praticamente perfeito — disse Brianna, suspirando. — Garoto. Eu preciso ir. Entende? Você pode continuar indo para a entrada. Ou pode ficar sentado aqui, me esperando.

— Você vai voltar?

Brianna deu um riso curto.

— Duvido. Mas eu sou assim, carinha. Eu sou a Brisa. E a Brisa não para. Se você conseguir sair dessa, e se sair do LGAR e voltar para casa com sua mãe, seu pai e todas as outras pessoas do mundo, conte isso às elas, certo? Talvez encontre minha família...

Sua voz embargou. Ela podia sentir as lágrimas nos olhos. Uau, de onde isso tinha vindo? Balançou a cabeça com raiva, jogou o cabelo para trás e disse:

— Só estou querendo dizer: conte às pessoas que a Brisa nunca amarelou. A Brisa nunca desistiu. Você faria isso?

— Sim, senhora.

— Senhora — ecoou Brianna num tom irônico. — Tudo bem. Até logo, certo?

Ela começou a seguir pelo túnel. Tinha bolado um modo de andar um pouco mais rápido do que uma pessoa normal faria. Usava o facão, girando-o à frente numa variedade de padrões diferentes para não ficar entediada — formando um oito, uma estrela de cinco pontas, uma estrela de seis pontas. Podia girar o facão talvez duas ou três vezes mais rápido do que uma pessoa comum. Nem de longe na sua velocidade usual, mas era preciso se adaptar.

Quando o facão batia em alguma coisa ela diminuía a velocidade até encontrar um caminho livre. Era como um cego usando uma bengala, mas muito mais barra pesada.

De vez em quando pegava uma pedra e jogava à frente, tentando ouvir algo que se parecesse com, como Justin havia dito, "um buraco muito profundo".

Ela era bastante contrária a buracos muitos profundos.

Finalmente jogou uma pedrinha e não a ouviu bater em pedra alguma.

— Ah, acho que encontramos o buraco muito profundo.

Esgueirou-se à frente até que, de fato, pôde sentir um vazio no chão.

Arrastou-se de quatro até a beirada. Posicionou-se de modo a olhar diretamente para baixo.

— Olhos abertos, não pisque — disse a si mesma.

Mirou a espingarda para o buraco e puxou o gatilho.

Espingardas nunca foram exatamente silenciosas. Mas nos confins da mina foi como uma bomba explodindo.

O clarão golpeou até 10 metros abaixo, pintando uma imagem indelével de paredes de pedra, uma laje talvez a uns 6 metros abaixo.

O eco do tiro permaneceu durante algum tempo. Parecia um pouco como um jato quebrando a barreira do som. Provavelmente Drake escutaria, a não ser que aquele buraco fosse ainda mais fundo do que ela imaginava.

Brianna sorriu.

— Isso, mesmo, Drakezinho, meu garoto, estou indo.

Duas explosões. Dois clarões de luz.

Não havia como saber a que distância haviam sido. O som dizia que tinham sido longe. A luz parecia mais próxima. Impossível dizer.

Poderia ser qualquer pessoa. Brianna. Astrid. Ou qualquer pessoa armada que estivesse perdida na escuridão.

— Sem dúvida foi uma arma — disse Sam a ninguém. Como era estranho um disparo de arma de fogo ser tranquilizador.

Não acreditava que tinha vindo da direção da mina. E sim do lado direito. Mais provavelmente alinhado com o lugar onde ele achava que era Praia Perdida. O que não era seu objetivo. Não estava numa missão para encontrar e resgatar Astrid, se é que aquilo tinha sido coisa dela. Estava numa missão para...

— Que pena — disse ele rispidamente, mais uma vez falando em tom desafiador para ninguém.

Se fosse Astrid, e se ela estivesse numa luta, o fato de a pessoa com quem ela estava lutando — talvez fosse até Drake — ver uma linha de Samsóis se aproximando entregaria tudo. Se fosse Astrid — e ele já havia se convencido de que era — Sam precisava andar rápido. Não precisaria simplesmente andar hesitante no escuro, iluminando o caminho de volta para casa com uma fileira de luzes. Teria de correr direto para a escuridão.

Fixou o olhar da mente na direção de onde os clarões tinham vindo. Começou a correr, levantando os pés bem alto para não tropeçar. Chegou surpreendentemente longe antes que uma coisa dura batesse no seu pé e o fizesse cair de cara no chão.

— Um — disse ele. Em seguida se levantou e começou a correr de novo.

Era insanidade, claro. Correr às cegas. Correr de olhos fechados. Correr sem ter absolutamente nenhuma ideia de onde seu pé iria pousar, correr quando talvez houvesse uma parede, um galho ou um animal selvagem bem ali. Bem ali, a um centímetro de seu nariz.

Essa era a sua escolha: avançar de forma lenta e cautelosa, tentar não cair, mas jamais chegar a lugar algum. Ou correr, e talvez chegar a algum lugar, mas talvez acabar apenas despencando de um penhasco.

É, isso é a vida, pensou ele, e enquanto o sorriso torto se formava bateu num arbusto que o fez tropeçar, emaranhou em suas pernas e ameaçou não deixá-lo escapar.

Por fim rolou livre, levantou-se e começou a correr de novo, arrancando espinhos das palmas das mãos e dos braços enquanto seguia em frente.

Durante toda a sua vida Sam havia temido a escuridão. Quando era criança ficava deitado na cama à noite, tenso com o ataque da ameaça não vista porém bem imaginada. Mas então naquela escuridão definitiva, parecia que o medo do escuro era medo de si mesmo. Não um medo do que poderia estar "lá fora", mas um medo de como reagiria ao que estivesse lá fora. Tinha passado centenas, talvez milhares de horas na vida imaginando como enfrentaria a coisa terrível que sua imaginação havia conjurado. Isso costumava envergonhá-lo, essa incessante fantasia de heróis, aquele interminável jogo de guerra mental contra ameaças que jamais se materializavam. Uma série interminável de situações em que Sam não entrava em pânico. Não fugia. Não chorava.

Por que era isso, mais do que qualquer monstro, que Sam temia: ser fraco e covarde. Ele sentia um medo terrível de ter medo.

E a única solução era se recusar a ter medo.

Mais fácil falar do que agir, quando a escuridão é absoluta e nada é antevisto, e realmente existem monstros genuínos, verdadeiros, deitados à espreita.

Agora não havia nenhuma luz noturna. Nenhum Samsol. Só a escuridão tão completa que negava a simples ideia de visão.

Ter pensado no medo não o diminuía. Mas continuar a correr direto em frente sim.

— Então só não chore — disse Sam.

— Sinto falta de Howard — disse Orc.

Dekka não estava exatamente falante. Na verdade, mal dizia uma palavra. Normalmente Orc também não falava tanto, mas não havia nada para ver. Nem para fazer.

Orc ia andando na frente, com Dekka logo atrás, seguindo o som dos seus passos. O bom de ser como ele, refletiu Orc, é que era muito difícil qualquer coisa fazê-lo tropeçar.

Ele simplesmente passava por cima da maior parte das coisas. E se fosse um arbusto, um calombo ou outra coisa, ele poderia avisar Dekka.

Em alguns sentidos era um passeio agradável. Nada para ver, rá, rá. Mas não estava muito quente nem muito frio. O único problema de verdade era que eles não sabiam aonde estavam indo.

— Sinto muito pelo que aconteceu com Howard — disse Dekka, tarde demais. — Sei que vocês eram amigos.

— Ninguém gostava de Howard.

Dekka não quis discordar.

— Todo mundo só o via como o cara que vendia drogas, birita e coisa e tal. Mas às vezes ele era diferente. — Orc esmagou uma lata com um pé e no passo seguinte achatou a terra por cima do que achou que fosse um buraco de algum roedor. — Ele gostava de mim, pelo menos.

Dekka ficou quieta.

— Você tem um monte de amigos, por isso provavelmente não entende por que Howard...

— Eu não tenho um monte de amigos — interrompeu Dekka. Sua voz ainda estava trêmula. O que quer que tivesse acontecido lá atrás, devia ter sido bastante ruim. Porque, até onde Orc sabia, Dekka era

374

uma garota durona, bem durona. Howard sempre dizia isso sobre ela. Às vezes ele a xingava. Provavelmente porque Dekka tinha um modo de olhar para Howard, tipo com o rosto abaixado, mas os olhos em cima dele, como se estivessem observando-o através das sobrancelhas, tipo assim. E daquela direção só dava para ver suas sobrancelhas grossas, a testa larga e aquele olhar firme.

— Sam — disse Orc.

— É. — A voz de Dekka se suavizou. — Sam.

— Edilio.

— A gente trabalha junto. Não somos amigos de verdade. E você e Sinder? Ela gosta um bocado de você.

A ideia surpreendeu Orc.

— Ela é legal comigo — admitiu ele. E pensou mais um pouco sobre isso. — E é bonita.

— Eu não estava dizendo que ela gostava de você desse modo.

— Ah. Não. Eu sabia — disse Orc, sentindo que teria ficado vermelho se tivesse mais do que alguns centímetros de pele. — Não era isso que eu estava falando. Não. — Ele forçou um riso. — Esse tipo de coisa não é para mim. Não são muitas garotas que se interessam por alguém como eu. — Ele não queria que parecesse que estava sentindo pena de si mesmo, mas provavelmente pareceu.

— É, bem, por acaso não existem muitas garotas interessadas em mim, também — disse Dekka.

— Você quis dizer garotos.

— Não. Quis dizer garotas.

Orc errou o passo de tão chocado que estava.

— Você é uma daquelas sapatas?

— Lésbica. E não sou "uma daquelas" nada neste lugar; parece que sou a única assim.

Aquilo estava deixando Orc muito desconfortável. Sapata era só uma palavra usada para xingar alguma garota feia, na época em que ele ia à escola. Não tinha pensado muito nisso. E agora precisava pensar.

Então uma ideia lhe ocorreu.

— Ei, então você é igual a mim.

— O quê?

— Uma única. Que nem eu. Eu sou o único igual a mim.

Ele ouviu uma risada de escárnio vinda de Dekka. Era um som irritante, não um riso feliz. Mas era o melhor que ela havia feito até então.

— É — continuou Orc. — Você e eu somos únicos, é isso aí. A única pessoa feita de pedras e a única sapata.

— Lésbica — corrigiu Dekka. Mas não parecia muito chateada.

Alguma coisa bateu na cabeça de Orc e cutucou seus olhos.

— Cuidado. Aqui tem uma árvore. Segure na minha cintura que a gente consegue desviar.

Lana estava certa. Não demorou muito até a confusão começar. Quinn segurou um garoto que havia pegado um pedaço de pau aceso na fogueira e estava indo para casa.

— Só quero pegar minhas coisas.

— Nada de fogo fora da praça — disse Quinn. — Desculpe, cara, mas não queremos outro negócio tipo do Zil, com a cidade inteira pegando fogo.

— Então me dê uma lanterna.

— Nós não temos nenhuma para...

— Então cuide da sua vida. Você não passa de um pescador idiota.

Quinn agarrou a tocha. O garoto tentou arrancá-la de sua mão, mas ele, diferentemente de Quinn, não tinha passado meses com as mãos segurando um remo.

Quinn puxou a tocha de volta com facilidade.

— Você pode ir aonde quiser. Mas não com fogo.

Ele acompanhou o garoto de volta à praça bem a tempo de ver duas tochas se afastando pelo lado oposto.

Quinn xingou e mandou alguns dos seus tripulantes atrás. Mas os pescadores estavam exaustos. Tinham cortado, arrastado e serrado madeira, depois distribuído comida e organizado uma vala séptica.

Lana estivera certa. Olhava para ele, sem dizer nada, mas sabendo que ele chegava à mesma conclusão.

— E o Caine? — perguntou Quinn. — Você deu um jeito?

Caine havia desaparecido por um tempo. Mais tarde Quinn percebeu que ele havia ido até o oceano para se lavar. Suas roupas estavam molhadas, porém mais ou menos limpas. O cabelo puxado para trás e as feridas dos grampos que Penny havia cravado na sua cabeça tinham sido curadas por Lana.

As mãos — pelo menos as costas das mãos — ainda estavam cobertas por uma camada de cimento que ia de meio centímetro até um centímetro e meio. Ele tinha muita dificuldade para articular os dedos. Mas as palmas estavam quase totalmente limpas.

Caine parecia cinzento, mesmo à luz da fogueira. Parecia uma pessoa muito mais velha, como se tivesse passado direto de adolescente bonito para um velho cansado e arrasado.

Mas quando ficava de pé sustentava-se com alguma dignidade.

Caine se virou para a escadaria. A igreja fora esvaziada de qualquer coisa que queimasse. O resto do teto havia caído produzindo uma sequência de estrondos que levantou poeira, provocando fagulhas no fogo. Agora as tripulações cansadas estavam arrancando corrimões e velhas cadeiras de escritório, quadros com molduras e mesas quebradas de dentro do prédio da prefeitura.

Caine se concentrou no maior fragmento, uma mesa quase inteira. Estendeu a mão com a palma para fora.

A mesa se elevou do chão.

Voou pelo ar, por cima dos rostos virados. Caine colocou-a gentilmente em cima da pilha de madeira pegando fogo.

Quinn se preparou para ver Caine anunciar que estava de volta. Que estava no comando. Que ainda era o rei. E a triste realidade era que Quinn teria gostado disso: ficar no comando de tudo aquilo não era o que ele desejava.

— Diga o que mais eu posso fazer — disse Caine baixinho. Depois sentou-se de pernas cruzadas e olhou para a fogueira.

Lana se aproximou.

— Preciso admitir: o cara tem um gênio para fazer a coisa errada. Na verdade a gente precisa que ele seja mau, e de repente ele é o próprio senhor humilde e gentil.

Quinn estava cansado demais para pensar numa resposta inteligente. Seus ombros estavam frouxos. Deixou a cabeça baixar.

— Eu gostaria de saber por quanto tempo a gente precisa manter isso sob controle.

— Até não podermos mais — disse Lana.

Então começou o pânico. Quinn não viu nenhum motivo aparente. De repente as crianças do outro lado da fogueira estavam gritando e algumas guinchavam. Talvez só tivessem visto um rato passando.

Mas as que estavam ali perto não sabiam o que era e o pânico se espalhou rápido como um relâmpago.

Lana xingou e começou a correr. Quinn foi logo atrás. Mas o pânico veio ao encontro deles, crianças gritando subitamente sem saber por quê, correndo, circundando de volta para a fogueira, ficando assustadas e correndo de novo, trombando umas nas outras, berrando.

A irmã de Sanjit, Paz, trombou em Quinn. Ele agarrou os ombros dela e gritou:

— O que foi?

Ela não tinha resposta, apenas balançou a cabeça e se afastou.

Um menino correu para o escuro. Sua roupa estava pegando fogo; as chamas se estendiam para trás enquanto ele fugia gritando. Dahra Baidoo derrubou-o como um jogador de futebol americano e rolou-o no chão para apagar as chamas.

Outras crianças pegaram tochas e se juntaram em grupos paranoicos, de costas umas para as outras, como antigos guerreiros cercados por inimigos.

E então, para o completo horror de Quinn, uma garota correu direto para a fogueira. Estava gritando:

— Mamãe! Mamãe!

Ele saltou para interceptá-la, mas era tarde demais. O calor o impeliu para trás enquanto ele gritava:

— Não! Não! Não!

Então, como se fosse pega por uma mão invisível, a garota voou para trás, para longe da fogueira. Rolou pelo chão. Foi uma coisa violenta mas eficaz. O fogo que havia acabado de pegar em sua bermuda se apagou.

Quinn se virou para Caine, agradecido. Mas Caine não olhou para ele. Quinn ouviu Lana gritar com as crianças, dizendo para pararem de agir feito idiotas, para se acalmarem.

Algumas ouviram. Outras não. Mais de uma tocha acesa se afastou pela escuridão. Quinn se perguntou quanto tempo demoraria até que ele começasse a ver focos de incêndio se espalhando por aquela pobre cidade arrasada.

Lana voltou furiosa, praticamente cuspindo raiva.

— Ninguém nem sabe o que foi. Algum idiota gritou alguma coisa e eles dispararam. Feito gado. Odeio as pessoas.

— Vamos atrás dos que fugiram? — pensou Quinn em voz alta.

Mas Lana não estava preparada para uma discussão calma.

— Às vezes eu realmente, realmente odeio todo mundo.

Deixou-se cair nos degraus. Quinn notou um leve sorriso nos lábios de Caine, que lançou-lhe um olhar curioso.

— Uma pergunta, Quinn, quanto tempo você teria permanecido em greve?

— O quê?

— Bem, parece que você estava preparado para deixar todo esse pessoal passar fome por causa de Charuto.

Quinn baixou os punhos e os deixou ao lado do corpo.

— Por quanto tempo você teria defendido Penny?

Caine deu um pequeno riso.

— Estar no comando não é fácil, não é?

— Eu não torturei ninguém, Caine. Não entreguei ninguém para uma garota psicopata que ia deixar a pessoa maluca.

Caine amoleceu um pouco ouvindo isso. Desviou o olhar.

— É, bem... Você tinha praticamente me derrotado, Quinn. Albert já estava pensando em "como" se livrar de mim, e não "se".

— Albert já estava com o plano de fuga preparado.

Os olhos de Caine brilharam com a luz da fogueira.

— Veremos. Eu gostava daquela ilha. Nunca deveria ter saído de lá. Diana me disse para não sair. Há outros barcos. Talvez eu faça uma visita ao velho Albert um dia desses.

— Você deveria fazer isso — respondeu Quinn. Estava se lembrando daqueles minúsculos olhos feito feijões nas órbitas enegrecidas da cabeça de Charuto. Deixar Caine ir até a ilha. Talvez fosse bom ver se aqueles mísseis que Albert dizia que tinha iriam funcionar.

Mas Caine já parecia ter perdido o interesse na raiva de Quinn.

— Provavelmente vamos morrer logo — disse ele.

— É — concordou Quinn.

— Eu gostaria de ver Diana de novo. Sem bebê.

— Você está aliviado? — perguntou Lana asperamente.

Caine pensou nisso durante tanto tempo que parecia ter esquecido a pergunta. E finalmente respondeu:

— Não. Só meio triste.

TRINTA E TRÊS | 5 HORAS E 12 MINUTOS

AQUILO ERA UMA luz?

Astrid arregalou os olhos. Olhou.

É. Um brilho laranja. Uma fogueira.

Uma fogueira!

— Charuto, acho que estou vendo a cidade. Acho que estou vendo uma fogueira.

— Também estou vendo. Parecem diabos dançando!

Avançaram ansiosos. Astrid registrou o fato de que o chão sob suas botas não estava mais liso e duro, e ocasionalmente era interrompido por algum mato. Mas tinha ficado mais cheio de calombos, torrões de terra seca que a faziam tropeçar, subindo e formando fileiras, e dessas fileiras surgiam plantas bem ordenadas.

O que ela notou foi a luz.

E depois os gritos de Charuto.

Mas Charuto gritava um bocado, por isso Astrid continuou andando e ignorou os berros loucos dele, dizendo que havia alguma coisa nos seus pés.

Então tudo se encaixou e Astrid soube. Sentiu alguma coisa pressionando o couro da bota.

— Ezecas! — gritou ela e cambaleou para trás, caiu, pulou alto como se o chão estivesse eletrificado, arrastou-se, ficou de pé, correu para trás, para trás, até que o chão estivesse duro e liso de novo.

Tateou no escuro, os dedos procurando e depois encontrando a minhoca que se agitava feito um chicote, a cabeça já atravessando o couro e tocando sua pele. E envolveu-a com as mãos enquanto o bicho lutava, e puxou-o com toda a força. A ezeca se soltou e se enrolou, rápida como uma cobra, e cravou a boca maligna, com o círculo de dentes, em seu braço, mas Astrid estava segurando a cauda e gritou: "Não! Não!" e depois o bicho estava longe dela.

Ela o havia jogado. Em algum lugar.

Charuto gritava de dar pena.

E então, de um jeito muito mais terrível, ele riu e riu no escuro.

Com as mãos trêmulas, Astrid pegou a espingarda e disparou uma vez.

Viu o limite do campo.

Viu Charuto congelado na queda, retorcendo-se.

Ele estava na plantação.

Ela ouviu as bocas cobiçosas se enterrando nele. Um som parecido com o de cachorros famintos comendo.

— Petey! *Petey!* Ajude ele!

— Ah — disse Charuto, numa voz pequena e desapontada.

E o único som no escuro era o das minhocas se alimentando implacavelmente.

Astrid ficou ali parada, ouvindo, sem opção além de ouvir. Lágrimas escorriam. Ficou sentada com os joelhos unidos, a cabeça nas mãos que se retorciam, chorando.

Não soube quanto tempo passou até que as minhocas não fizessem mais barulho. O fedor... isso permaneceu.

Agora estava sozinha. Completa e absolutamente sozinha numa escuridão que quase parecia uma coisa viva, como se ela tivesse sido engolida inteira e estivesse então na barriga de algum animal indiferente.

— Certo, Petey — disse ela finalmente. — Não tenho escolha, hein, irmão? O louco atrás da porta número um ou o louco atrás da porta número dois. Mostre o que tem para me mostrar, Peter.

Ela o viu. Não ele, pois não havia luz, mas alguma coisa, como se a escuridão tivesse se enrolado em si mesma. Uma sugestão de uma forma. Um menininho.

— Você está aí? — perguntou ela.

Uma coisa fria, como se alguém tivesse cravado uma pedra de gelo através do seu couro cabeludo e do crânio e empurrado fundo no cérebro. Não havia dor. Só um frio terrível.

— Petey? — sussurrou ela.

Peter Ellison não se moveu. Ficou muito, muito imóvel. Sua mão tocou-a na cabeça, mas só um pouco, só um pouquinho, e ele ficou totalmente imóvel.

Dentro do avatar que era sua irmã tinha uma incrível complexidade de linhas e desenhos, signos dentro de labirintos dentro de mapas que eram partes de planetas e...

Recuou. Dentro dela havia um jogo de complexidade belíssima.

Era assim, a garota de cabelo amarelo e dos olhos azuis penetrantes. Aquilo tirou seu fôlego. Ou teria tirado, se ele tivesse fôlego e corpo.

Não deveria brincar com aqueles redemoinhos e padrões complexos. Toda vez que havia tentado tinha quebrado o avatar, que se despedaçava. Não podia quebrar esse.

— *Sou eu, Petey* — disse ele.

O avatar estremeceu. Padrões se retorceram em volta de seu toque, tentando senti-lo como minúsculas serpentes de luz.

— Você pode consertar, Petey? O LGAR? Você pode fazer com que isso pare?

Ele podia escutar a voz dela. Vinha diretamente através do avatar, palavras de luz flutuando para ele.

Pensou. Podia consertar? Podia desfazer a coisa grande e terrível que havia feito?

Sentiu a resposta como uma espécie de pesar. Procurou o poder, a coisa que o tornara capaz de criar aquele lugar. Mas lá não havia nada.

Estava no meu corpo, disse ele. *O poder.*

— Você não pode acabar com isso?

Não.

Não, irmã Astrid, não posso.

Sinto muito.

— Você pode trazer a luz de volta?

Ele se afastou. As perguntas dela faziam com que ele se sentisse mal por dentro.

— Não. Não vá embora — pediu ela.

Ele se lembrava do quanto a voz dela doía quando ele era o antigo Pete. Quando tinha um corpo, com um cérebro todo ligado de modo maluco, de modo que as coisas eram sempre barulhentas demais, até as cores.

Parou de se afastar. Resistiu à ânsia de tocar o interior daquele avatar hipnotizante e tirar a tristeza dele. Mas não, seus dedos eram desajeitados demais. Agora sabia. A garota chamada Taylor, ele havia tentado melhorá-la e tinha despedaçado o avatar.

— Petey. O que a Escuridão está fazendo?

Pete pensou. Não tinha olhado aquela coisa ultimamente. Podia vê-la, um brilho verde, com tentáculos como os de um polvo se retorcendo, estendendo-se através do lugar sem lugar onde Pete estava vivendo.

A Escuridão estava fraca. Seu poder, espalhado por toda a barreira, estava enfraquecendo. Pete a havia usado para criar a barreira. Naquele momento de pânico com os sons terríveis e altos e o medo em todos os rostos, quando Pete havia gritado dentro da própria cabeça e estendido seu poder, tinha esticado a Escuridão para formar aquela barreira.

Agora ela estava se enfraquecendo. Logo iria se partir e rachar. Morrendo.

— A Escuridão, o gaiáfago, está morrendo?

Ela quer renascer.

— Petey. O que acontece se ela renascer?

Ele não sabia. Não tinha palavras. Abriu a mente para ela. Mostrou à irmã Astrid imagens da grande esfera que ele havia construído, a barreira que havia descartado todas as regras e leis, a barreira feita a partir do gaiáfago, que havia se tornado o ovo para seu renascimento, os números todos retorcidos juntos, 14, e a distorção retorcida, berrante, quando qualquer coisa passava de um universo para o outro, e agora a irmã Astrid estava gritando e segurando a cabeça; ele podia ver isso no avatar, gritos engraçados, como palavras que estalavam e explodiam ao redor dele e...

Afastou-se.

Estava machucando-a.

Tinha feito isso. Com seus dedos desajeitados e sua estupidez estúpida, estúpida, havia machucado-a.

O avatar dela se afastou girando como um floco de neve numa tempestade.

Petey se virou e correu.

— Ah, meu Deus, está chegando! — gritou Diana.

Ela suava, fazendo força, deitada de costas com as pernas abertas, os joelhos erguidos. Agora as contrações vinham em intervalos de minutos, apenas, mas duravam tanto que era como se ela não tivesse descanso nos intervalos, só a chance de engolir um pouco de ar fétido superaquecido.

Não tinha mais energia para gritar. Seu corpo havia assumido o controle. Fazia o que deveria fazer dali a cinco meses. Ela não estava pronta. O bebê não estava pronto. Mas o inchaço enorme em sua barriga dizia outra coisa. Dizia que a hora era agora.

Agora!

Quem estava ali para ajudá-la? Ninguém. Drake olhava num fascínio horrorizado. Penny enrolava o lábio com desprezo. Nenhum dos dois interferia nem falava, porque estava claro, estava claro para qualquer um que tivesse coração ou cérebro, que a única outra coisa ali que se importava com o bebê era o monstro verde e pulsante.

Diana sentiu a vontade faminta da coisa.

Era a perdição para seu neném.

Ela soubera que haveria dor. E mesmo sendo ruim, não era tão ruim quanto o golpe do chicote de Drake.

Não era a dor que a fazia gritar, e sim o desespero, a certeza de que nunca seria a mãe do neném. Que fracassaria até nisso. A realidade entorpecedora era que continuava sem ser perdoada, continuava exilada da raça humana, que ainda tinha a marca de seus atos malignos.

O gosto de carne humana.

Ela estivera tão faminta. Tão perto da morte.

Eu pedi desculpa, eu me arrependi, implorei por perdão; o que você quer de mim? Por que não ajuda esse bebê?

Penny chegou mais perto, tomando cuidado com os pés feridos, sangrentos. Inclinou-se para olhar o rosto tenso de Diana

— Ela está rezando — disse Penny. E gargalhou. — Será que devo dar a ela um Deus para quem rezar? Posso fazer com que ela veja qualquer...

Através de um véu de lágrimas sangrentas Diana viu Penny girar para trás e como uma marionete, bater com força, de cara, numa parede.

Drake gargalhou.

— Garota idiota. Se o gaiáfago quiser alguma coisa, vai dizer. Caso contrário é melhor não passar muito tempo aqui embaixo pensando em como você é poderosa. Só tem um Deus aqui em baixo, e não é o de Diana, e certamente não é você, Penny.

Diana tentou se lembrar do que tinha lido nos livros sobre gravidez. Mas mal havia olhado as partes que falavam do parto. Faltavam meses para o parto, não era agora!

Contração. Ah, ah, uma dolorida. E mais e mais.

Respire. Respire.

Outra.

— Ahhhh! — gritou ela, provocando um riso de deboche em Drake. Mas, ao mesmo tempo em que ria, ele estava mudando. Um fio de metal brilhante cruzou seus dentes expostos.

Espere, espere, disse Diana a si mesma. Não pense. Só espere por..

Outra contração, como se suas entranhas fossem espremidas por um punho gigante.

E então Brittney estava ali, ajoelhada entre as pernas de Diana.

— Estou vendo a cabeça. O topo da cabeça.

— Eu preciso... preciso... preciso... — ofegou Diana. Depois: — Empurre! — gritou, ela instigando-se.

Um movimento súbito. Uma coisa muito rápida. A cabeça de Brittney rolou de cima do pescoço. Pousou na barriga de Diana e depois rolou pesada para o lado.

BLAM!

O braço esquerdo de Penny levou um golpe parcial. Um pedaço do tamanho de um bife pequeno foi vaporizado, deixando uma espécie de torrão no seu ombro, um torrão que espirrava sangue.

O rosto de Brianna apareceu, olhando para Diana.

— Vamos embora daqui!

— Não posso... não posso... oh, oh, aaaahhhhh!

— Você está fazendo isso logo agora? — perguntou Brianna, incrédula e ofendida. — Precisa ser logo agora?

Diana agarrou a camisa de Brianna num aperto de aço.

— Salve o meu neném. Esqueça de mim. Salve meu neném!

Sam encontrou-a, não através da visão, mas sim pelo som. Pelos choros e risos.

Pendurou luzes no ar, mais de uma, iluminando uma área do tamanho de um quintal. Viu Astrid caída e inconsciente.

Viu um esqueleto a apenas uns 4 metros dali, ainda fervilhando de ezecas.

Sentou-se ao lado de Astrid sem falar nada. Passou o braço em volta do ombro dela.

A princípio era como se ele não estivesse ali. Como se ela não o notasse. Depois, com um soluço súbito e alto, ela enterrou o rosto em seu pescoço.

Os sons que ela fazia mudaram. Os risos loucos pararam. Assim como o gemido agudo, desolado. Agora ela apenas chorava.

Sam ficou ali sentado totalmente imóvel, sem dizer nada, e deixou as lágrimas de Astrid escorrerem por seu pescoço.

O guerreiro que havia saído do lago para salvar seu povo matando o perverso era agora só um menino sentado no chão com os dedos numa juba de cabelos louros.

Olhava para o nada. Não esperava nada. Não planejava nada.

Só continuava sentado.

Brianna pegou a cabeça de Brittney. Era surpreendentemente pesada. Jogou-a o mais forte que pôde pelo túnel.

O corpo de Brittney se levantou, oscilou um pouco e parecia pronto para ir atrás da cabeça, por isso Brianna atirou na perna dela, bem de perto. A perda de uma perna sem sangue fez todo o corpo tombar.

Penny estava obviamente em choque, olhando o ferimento terrível por onde sua vida esvaía, espirrando, espirrando, espirrando.

Vá acabar com ela, disse Brianna a si mesma. Mas hesitou. Penny era um ser humano. Não era grande coisa como ser humano, mas era um. Ao passo que Drake/Brittney, bem, o que quer que fosse aquilo, não era humano, porque os seres humanos praticamente nunca se levantavam e tentavam ir atrás das cabeças decepadas.

Brianna pôs uma bala na câmara e apontou para Penny.

Então a arma estourou nas suas mãos. Explodiu!

Brianna largou-a, mas ao fazer isso percebeu que era um truque. Uma ilusão criada por Penny.

A garota estava espirrando sangue feito uma mangueira de jardim e ainda podia mexer com a cabeça de Brianna.

Brianna se abaixou para pegar a espingarda, decidida a ignorar qualquer outra interferência, mas Diana soltou um enorme grito de dor e de repente havia uma cabeça se projetando quase inteira fora de um lugar que Brianna jamais quisera ver, em Diana.

— Iaaa-aahh-ah! — gritava Brianna. — Ah, isso está errado.

Mas aquilo continuou saindo enquanto Diana grunhia feito um animal, e se Brianna não se abaixasse ali e fizesse a coisa certa, o bebê acabaria caindo no chão, numa pedra.

Brianna pegou a espingarda, deu um tiro rápido, mal mirado, com uma das mãos, na direção geral de Penny — *POU!* — E pôs as mãos em concha em volta da cabeça que saía.

— Ele tem uma cobra em volta do pescoço! — gritou ela.

Diana sentou-se — espantada por ainda conseguir pensar em sentar-se — e gritou:

— É o cordão umbilical. Está em volta do pescoço. Ele vai se enforcar!

— Ah, cara, eu odeio coisas gosmentas — gemeu Brianna. Em seguida empurrou a cabeça do bebê um pouco para trás, o que não era fácil, porque ele estava pronto para sair, e gritou: — Eeeeeca! — algumas vezes enquanto esticava o cordão e lutava para passá-lo em volta da cabeça do bebê, libertando-o.

E então, num jorro, o bebê saiu. Derramou-se com sons líquidos e um hediondo saco translúcido preso e uma coisa pulsante, feito uma cobra, indo até o umbigo.

Diana estremeceu.

— Não posso fazer isso de jeito nenhum — disse Brianna com fervor. Em seguida lançou um olhar para ver se Penny estava morta ou viva, mas não a viu.

O corpo de Brittney também havia sumido, sem dúvida tinha saído se arrastando para procurar a cabeça.

— Você precisa cortar o cordão — disse Diana.

— O quê?

— O cordão — ofegou Diana. — A coisa tipo cobra.

— Ah. A coisa tipo cobra.

Brianna pegou o facão, levantou-o e cortou o cordão umbilical.

— Está sangrando.

— Amarre ele!

Brianna rasgou uma tira da bainha de sua camiseta, torceu para que ficasse mais fácil manusear e amarrou-o em volta do cotoco de 15 centímetros do cordão umbilical.

— Ah, cara, é tudo gosmento.

Brianna enfiou as mãos por baixo do bebê. As costas também estavam escorregadias. Depois olhou para baixo e viu algo que a fez sorrir.

— Ei. É uma menina — disse ela.

— Segure ela — gritou Diana.

— Ela está respirando — avisou Brianna. — Ela não deveria chorar? Nos filmes eles choram.

Franziu a testa para o bebê. Os olhos estavam fechados. Havia alguma coisa estranha. O bebê não estava chorando. Parecia perfeitamente calmo. Como se nascer não fosse lá grande coisa.

— Leve-a embora daqui! — gritou Diana. Sua voz estava vindo de longe.

Brianna levantou a menininha e, ah! Os olhos dela se abriram. Pequenos olhos azuis. Mas não podia ser, podia?

Brianna olhou aqueles olhos. Só olhou. E a menininha a encarou de volta, os olhos claramente focalizados, não os olhinhos apertados de um bebê recém-nascido, e sim os olhos de uma criança inteligente.

— O que foi? — perguntou Brianna. Porque quase parecia que o bebê estava dizendo alguma coisa. Ela queria que Brianna a pegasse e a colocasse naquele berço.

Bem, é claro, quem não iria querer se deitar naquele lindo berço branco?

Havia uma sirene tocando ali no hospital, um guincho insistente que Brianna apenas ignorou. Enquanto deitava o bebê e...

Mas espere. Não. Não era uma sirene.

Era uma voz.

Corra. Corra. Cooooorra! — dizia a sirene.

A respiração de Brianna estava curta; ela estava sufocando porque o bebê queria que ela a colocasse naquele berço bonito com lençóis verdes.

Verdes? Não eram brancos?

Verde era uma cor legal, também.

Brianna estava incrivelmente cansada de segurar o bebê. Ele devia pesar um milhão de quilos. Cansada demais, e os lençóis verdes, e...

Coooorra! Corra! Nããããão!

Brianna piscou. Engoliu o ar.

Olhou para baixo e viu o bebê deitado numa pedra coberta por um verde doentio que parecia ser formado por um milhão de formigas minúsculas.

O verde começou a subir num enxame pelas perninhas e bracinhos gorduchos do bebê.

— Não, Brianna! Nããããão! — gritou Diana.

Paralisada de horror pelo que tinha acabado de fazer, Brianna ficou olhando a massa verde e fervilhante subir pelos braços, pelas pernas e pela barriga do bebê, depois se derramar feito água em suas narinas e sua boca.

Penny, pressionando um trapo no buraco sangrento no ombro, cambaleou para trás, gargalhou e de repente desmoronou no chão.

— O que foi que eu fiz? — gritou Brianna.

Um barulho. Ela girou, abaixou-se e mal conseguiu evitar o chicote.

Pegou a espingarda — *POU!* — e disparou na barriga de Drake. Ele deu seu riso de tubarão.

Era demais. Demais!

Brianna correu.

FORA |

ABANA BAIDOO ESTAVA tremendo quando alcançou seu carro do lado de fora do Danny's. Mal conseguia respirar.

Não. De jeito nenhum deixaria isso acontecer. Mas se quisesse impedir aquilo precisava se concentrar. E não se concentrar em toda a sua raiva de Connie Temple.

Mentirosa!

Pegou seu iPhone e, apesar dos dedos desajeitados, trêmulos, encontrou a lista de e-mails das famílias.

Primeiro, mandar um e-mail.

Pessoal! Emergência! Eles vão explodir a cúpula. Tenho provas sólidas de que eles vão explodir a cúpula. Todas as famílias liguem imediatamente para seus senadores, congressistas e para a mídia. Façam isso já. E se estiverem perto da área, venham! A história do vazamento químico é mentira! Não deixe que eles impeçam vocês!!!!!

Depois torpedos. A mesma mensagem, porém mais curta.

Explosivo nuclear está sendo usado para explodir a anomalia. Liguem para todo mundo! Não é uma piada nem um engano!!!

Depois, sem demora, abriu o aplicativo do Twitter.

#FamíliasdePerdida. Explosão nuclear planejada. Não é piada nem erro. Ajudem agora. Venham se puderem!

Aplicativo do Facebook, mesma mensagem, só um pouco mais longa.

Pronto. Agora era tarde demais para alguém tentar encobrir.

Connie vinha correndo do restaurante. Foi até o próprio carro, entrou, deu a partida e parou, com os pneus cantando, ao lado de Abana, que baixou a janela.

— Me odeie mais tarde, Abana — disse Connie. — Agora me siga. Acho que conheço uma estrada de terra.

Connie não esperou e partiu, queimando borracha no estacionamento.

— É isso aí, cara — disse Abana, e dirigiu com uma das mãos enquanto os tweets e mensagens começavam a chegar ao seu telefone.

TRINTA E QUATRO | 4 HORAS E 21 MINUTOS

— ELE NÃO consegue controlar — disse Astrid. As primeiras palavras que havia dito no que pareceu uma eternidade para Sam.

Depois de um tempo ele tinha percebido que ela havia parado de chorar. Mas ela não se afastou. E por um longo tempo, depois, ele se perguntou se ela estaria dormindo. Tinha decidido que, se ela estivesse dormindo, deixaria que continuasse.

Sabia que Edilio e todo o resto estavam esperando que ele resolvesse alguma coisa, resolvesse tudo. Lembrou-se do barato de perceber que não era o líder, carregando tudo nos ombros. Lembrou-se da libertação ao acreditar que seu papel era o de guerreiro. O grande e poderoso guerreiro, e só. E ele era isso. É, era sim. Tinha o poder nas mãos e sabia que tinha força, coragem e violência para usar esse poder.

Mas também, pelo menos igualmente, era o garoto que amava Astrid Ellison. Naquele momento não tinha forças para deixar de lado essa parte. Não podia sair de perto quando ela estava daquele jeito, jamais, nem se Drake aparecesse e o desafiasse para um combate mortal.

Era um guerreiro. Mas também era isso. O que quer que isso fosse.

— Quem? — perguntou ele.

— Petey. Pete. Não parece mais certo chamá-lo de Petey. Ele mudou.

— Astrid, Petey está morto.

Ela suspirou e se afastou. Sam estendeu o braço e em troca sentiu umas agulhadas. Seu braço estava dormente.

— Eu deixei que ele entrasse. Na minha cabeça — disse Astrid.

— A memória dele?

— Não, Sam. E não estou maluca. Mas cheguei bem perto disso, e então você apareceu. E eu joguei tudo em cima de você. Que fraca, hein? Estou sem graça. Mas eu estava no limite. O negócio me deixou desordenada. Torceu meus pensamentos até... Bem, me deixou desordenada, é só o que posso dizer. Agora estou tendo dificuldade para encontrar as palavras. Sinto como se tivesse machucado meu cérebro. Mais uma vez me desculpe se não estou sendo coerente.

Ele deixou-a arengar, mas não estava entendendo nada. Quando ela estava se sentindo louca, ele se perguntou se ela teria, bem, ficado... estressada.

Quase como se pudesse ler seus pensamentos, Astrid riu baixinho e disse:

— Não, Sam. Estou bem. Eu chorei tudo. Desculpe. Sei que chorar assusta demais os garotos.

— Você não chora muito.

— Não choro nunca — disse Astrid com um pouco de sua rispidez usual.

— Bem, raramente.

— É o Pete. Ele é... não sei o que ele é. — Havia uma admiração nas palavras dela, o som exaltado de Astrid descobrindo alguma coisa nova. — Há algum tipo de espaço, algum tipo de realidade aqui no LGAR. Ele é como um espírito. O corpo dele se foi. Ele está do lado de fora. Não no cérebro antigo. Como um padrão de dados ou algo assim, como se ele fosse digital. É, sei que estou falando bobagem. Não é algo que eu entenda. É como um pensamento escorregadio, e Pete não pode explicar.

— Certo. — Sam não conseguiu pensar em nada melhor para dizer.

— De uma coisa eu me lembro claramente: do gaiáfago, Sam. Agora eu entendo. Sei o que aconteceu.

Durante a meia hora seguinte ela explicou. Começou de um modo desconexo, mas, sendo Astrid, os pensamentos foram ficando mais claros, as explicações, mais nítidas, e no fim ela estava ficando irritada com Sam porque ele não conseguia captar alguns detalhes logo de cara.

Nada era mais tranquilizador para ele do que uma Astrid sem paciência, condescendente.

— Certo. O gaiáfago faz parte da barreira — resumiu Sam. — E a barreira faz parte do gaiáfago. Ele é o material de construção que Pete usou para criar a barreira. E agora o gaiáfago está ficando sem energia. Está faminto de energia. Por isso a barreira está caindo, escurecendo, e talvez comece a se abrir. Isso é uma boa notícia, então. Na verdade é uma notícia ótima.

— É — disse Astrid. — Seria a melhor notícia possível. A não ser que, de algum modo, o gaiáfago escape da barreira.

— Mas como ele, ou a coisa, ou seja lá o que for vai fazer isso?

— Não sei, mas posso supor. Olhe, Sam, quando o gaiáfago deu a Drake aquele braço de chicote nojento, ele precisou dos poderes de Lana para conseguir isso. Desde então, ele tentou atraí-la de volta. E o tempo todo também tentou atrair Pete. Agora que Pete perdeu a maior parte dos poderes, pode interferir com o que vê como padrões de dados, pessoas e animais, porém não consegue fazer milagres, como antes. De algum modo o poder de Pete era uma função do corpo dele. Assim como o poder de Lana é parte do corpo dela.

— O bebê — disse Sam. — O gaiáfago quer o bebê. Isso nós adivinhamos, mas não sabíamos por quê.

— Diana consegue ler os níveis de poder. Alguma vez ela...

Sam assentiu.

— Ela disse que o bebê é três barras. Mesmo ele ainda sendo um feto. Quem sabe o que vai ser quando nascer? Ou quando crescer?

Diana só está com, tipo, quatro ou cinco meses de gravidez. Eu deveria saber exatamente, mas esqueci. Quando ela falava sobre isso eu meio que... você sabe. — Ele teve um tremor como se aquilo lhe provocasse arrepios.

Astrid balançou a cabeça, incrédula.

— Sério? De tudo isso o que faz você estremecer é a gravidez?

— Diana me fez tocar nela, você sabe, na barriga. E falou sobre os... é, os negócios dela. — Ele apontou para o peito e sussurrou: — Os mamilos.

— É — disse Astrid secamente. — Dá para imaginar como isso seria devastador.

Diante disso Sam não teve escolha a não ser ir até ela, envolvê-la com os braços e beijá-la. Porque agora ela era cem por cento Astrid de novo.

— E agora? — perguntou Astrid alguns minutos depois.

— Drake teve tempo suficiente para levar Diana até a mina. Ir atrás deles é serviço para um exército, e não para mim sozinho — disse Sam, pensando alto. — De qualquer modo, por pior que seja para Diana, eles não vão matá-la até ela ter o bebê, e isso vai demorar meses para acontecer.

— Isso deve significar que o gaiáfago tem meses até a barreira romper. Como vamos sobreviver tanto tempo?

Sam deu de ombros.

— Isso eu não sei. Ainda. Mas se vamos mesmo atrás daquela coisa na mina, vamos precisar de ajuda. De Brianna, se ela ainda estiver viva. Dekka, Taylor, Orc. E Caine. Especialmente Caine. Se ele quiser ajudar.

— Então vamos a Praia Perdida?

— Devagar. Com cuidado. Vamos. E vamos deixar uma trilha de luzes para quem precisar de um caminho seguro. Preciso reunir minhas tropas de novo. Depois vamos nos preocupar em ir atrás do gaiáfago.

* * *

Depois de um tempo Drake levantou o bebê com sua mão de chicote. Foi gentil. Ele sabia o que o bebê era. Quem era.

Colocou-o com a mesma gentileza na barriga de Diana.

— Dê de mamar — ordenou ele.

Diana balançou a cabeça.

É, pensou Drake com um risinho, toda a presunção dessa garota foi arrancada a pancadas. Mesmo assim ele adoraria fazer com que ela implorasse... Mas não. A vontade do gaiáfago era clara em sua mente. O corpo do bebê precisava ser alimentado, protegido. Agora o bebê era o gaiáfago. O Deus de Drake. E ele iria segui-lo. Iria obedecer a ele.

Mesmo que o bebê em si fosse uma menina.

Isso era uma pena. Seria muito mais maneiro se fosse o corpo de um cara. Mas tudo bem: o que era um corpo, senão uma ferramenta ou uma arma?

Drake deu o bebê a Diana, que fechou os olhos, espremendo uma lágrima.

O bebê grudou nela e mamou.

Então, por insistência irresistível do gaiáfago, Drake foi até Penny. Ela estava branca como um fantasma. Tremia como se sentisse frio, apesar de ali dentro estar quente como sempre.

Estava caída na poça do seu próprio sangue.

Para Drake, tudo bem. Ela se achava muito. Impressionada demais com o próprio poder. O gaiáfago não precisava dela.

Mas uma voz na cabeça dele o fez se virar. O bebê estava sentado na barriga de Diana. Sentado. Olhando para Drake.

Drake não sabia nada sobre bebês, mas aquilo não estava certo. Disso ele sabia. Definitivamente não estava certo. Bebês ainda cobertos de gosma não deveriam se sentar e fazer contato visual.

E para seu choque ainda maior, o bebê parecia estar tentando falar. Nenhum som saiu, mas ele soube claramente o que o gaiáfago queria.

— É — disse Drake, chateado mas submisso.

Ele enrolou o braço de tentáculo em volta de Penny. Por ser pequena ela não era difícil de carregar. Por isso levou-a, tremendo e murmurando de forma incoerente, para o bebê gaiáfago.

Drake colocou-a no chão e o bebê tombou. Teria sido cômico em outro tempo e outro lugar. A cabeça gigante do bebê era grande demais para que o corpo conseguisse sustentar bem.

Por isso ela tombou, mas então, com uma velocidade surpreendente, o bebê ficou de quatro. E engatinhou os poucos centímetros até Penny.

Estendeu a mão gorducha e tocou o ferimento medonho.

Penny ofegou, um som que poderia ser de dor ou prazer.

Drake sentiu uma pontada de ciúme, achando que o gaiáfago poderia dar a Penny o presente de uma mão de chicote. Mas não, tudo que ele fez foi curar o ferimento.

O bebê curou em segundos a carne destruída pela espingarda.

E então se arrastou de volta para a mãe e mamou.

Brianna não tinha esperado que iria voltar para Justin. Mas ali estava ele, respirando suavemente no breu total. E ali estava ela, uma confusão de cortes e hematomas, porém viva.

— Sou eu, garoto — disse ela, cansada.

— Você a salvou?

— Não. Não salvei. Não consegui. Era uma luta que eu não podia vencer. Não sozinha. Além disso... — Ela parou, pois não queria explicar o bebê. Nem a ânsia avassaladora de colocar o bebê em cima do gaiáfago.

— Preciso achar Sam. O que vai ser bem difícil no escuro.

— Me leve também, pode ser?

— Certo. Claro, carinha, o que eu iria fazer, deixar você aqui? — Na verdade essa ideia havia ocorrido a Brianna. Ela já estava lenta demais por causa do escuro. Com Justin andaria mais devagar do que se engatinhasse.

Começaram tateando pelo caminho, centímetro a centímetro, ralando-se, na direção da entrada da mina. Em sua imaginação, com seu otimismo ilimitado, Brianna ainda esperava que, quando saíssem, pudessem encontrar o mundo magicamente restaurado. O sol brilhando. Luz em toda parte.

Mas quando, depois de um tempo terrivelmente longo, Brianna finalmente sentiu o ar mais puro e mais limpo no rosto, soube que a esperança havia sido inútil.

A viagem fora da escuridão apertada para a escuridão escancarada. Ainda estava cega. E lenta.

Agora a fogueira na praça era muito menor. Eles haviam percebido que teria de ser assim, se quisessem que ela continuasse acesa. Mesmo com a ajuda mal-humorada de Caine, arrancando materiais inflamáveis das construções e levando-os à fogueira, não era fácil. De modo que agora aquilo mais parecia uma fogueira de acampamento. E a luz mal clareava o primeiro círculo de crianças. A maioria estava sentada no escuro, olhando o fogo, incapaz até mesmo de ver a pessoa ao lado.

No escuro irrompiam brigas. E não havia nada que Quinn pudesse fazer, a não ser gritar com as pessoas.

Uma luta passou de xingamentos para pancadaria com alguma arma rombuda de carne e osso.

Alguns segundos depois alguém — não dava para saber quem — correu e pegou uma perna de cadeira em chamas e partiu noite adentro.

O primeiro incêndio numa casa havia irrompido na extremidade oeste da cidade. Lançava fagulhas 30 metros no ar, e Quinn tinha certeza de que se espalharia. Aparentemente isso não aconteceu, pelo menos não depressa, mas o brilho mais forte atraiu algumas pessoas.

Elas podiam ser ouvidas se empurrando e chamando umas às outras enquanto tateavam naquela direção como mariposas atraídas por uma lâmpada.

— Gostaria de saber se Sanjit está em segurança — disse Lana.

— Por algum motivo eu estava agora mesmo pensando no Edilio — disse Quinn. — De algum modo sempre sinto que, se Edilio ainda estiver de pé, nós ainda não fomos totalmente derrotados. — Ele riu.

— É estranho, acho, porque antes eu não gostava dele. Costumava chamá-lo de *cucaracha*. Não é a pior coisa que eu já fiz, imagino, mas gostaria de não ter feito.

Caine estava descansando ao lado deles, tendo usado seu poder para arrancar ruidosamente algumas portas de casas e depois levá-las para alimentar a fogueira.

— É idiotice perder tempo se preocupando com o que você fez — disse Caine. — Isso não vai importar.

— O seu irmão, Sam, se preocupa com isso o tempo todo — respondeu Quinn. E se encolheu, achando que talvez estivesse violando um segredo. Mas eles não já haviam superado isso? Superado tudo, na verdade? Será que aquela não era a última conversa pacífica antes do fim?

— É mesmo? — perguntou Caine. — Idiota.

Isso é que era uma conversa pacífica. Caine estava retornando à forma antiga. Logo se cansaria de fingir que se dava bem com os outros. Claro que por enquanto ainda gostava do fogo, como todos. Não era de espantar que os nossos antepassados cultuassem o fogo. Numa noite escura, cercados por leões, hienas ou qualquer coisa assim, o fogo devia parecer algo mais do que apenas gravetos acesos.

— Estou com fome! — gritou uma voz no escuro.

Quinn ignorou-a. Não era o primeiro grito desses. Não seria o último. Nem de longe.

Lana estivera em silêncio por um longo tempo. Quinn perguntou se ela estava bem. Não houve resposta. Então ele deixou para lá. Mas alguns minutos depois Patrick veio roçar o focinho em Quinn, por isso ele disse:

— Lana, acho que Patrick também está começando a pensar no jantar.

E de novo ela não respondeu. Portanto, Quinn se inclinou por cima de seu ex-rei e viu Lana espiando o fogo com os olhos arregalados.

Ele estendeu a mão por cima de Caine e a sacudiu.

— O quê? — reagiu ela rispidamente. Como se tivesse sido acordada de um sonho.

— Você está legal?

Lana balançou a cabeça, com uma ruga aprofundando as linhas pretas e laranjas do rosto.

— Nenhum de nós está legal. Ele se libertou. Ah, meu Deus, ele finalmente conseguiu.

— O que você está falando? — perguntou Caine, irritado.

— O gaiáfago. Ele está vindo.

Quinn viu Caine fechar a boca bruscamente. Viu os olhos de Caine se arregalando. O maxilar se apertar com força.

— Estou sentindo — disse Lana.

— Provavelmente é só... — Quinn começou a dizer alguma coisa tranquilizadora, mas Caine o interrompeu.

— Ela está certa. — Ele compartilhou um olhar estranho, amedrontado, com Lana. — Ele mudou.

— Ele está vindo — disse Lana. — Ele está vindo!

Então Quinn viu o que jamais esperava presenciar na vida: o puro terror nos olhos de Lana.

TRINTA E CINCO | 4 HORAS E 6 MINUTOS

O BEBÊ TENTOU andar. Mas não conseguiu. Tombou, com as pernas ainda fracas demais, sem coordenação. Mas ele não deveria tentar. Nem deveria ter nascido, quanto mais tentar ficar de pé.

— Eu carrego — anunciou Drake.

— Não — disse Penny. — Você pode precisar de sua mão de chicote livre. Eu carrego. Meus poderes não precisam que eu use as mãos.

Diana pôde ver que Drake não estava feliz. Nem um pouco feliz com Penny. Ficaria mais feliz se a visse morrer. Agora Drake estava preso com garotas que ele não podia simplesmente espancar ou intimidar.

— O que vamos fazer com ela? — Penny apontou para Diana com total desprezo, enrolando os lábios diante da aparência desgrenhada dela. As roupas rasgadas, mal recolocadas no lugar. As manchas. Os ferimentos. A fraqueza.

O descontentamento sombrio de Drake ficou ainda mais sombrio.

— O gaiáfago diz que ela precisa viver.

Penny fungou.

— Por quê? O gaiáfago está ficando sentimental agora que tem corpo de garota?

— Cale a boca — reagiu Drake rispidamente. — É só um corpo. É uma arma que o senhor usa. Ele ainda é homem. Ele ainda é o que sempre foi.

— Ahã. — Penny deu um risinho.

Drake se agachou na frente de Diana.

— Você está um horror. Parece um bicho morto na estrada. Está até fedendo. Você dá nojo.

— Então me mate — disse Diana, falando sério. Desejando que ele fizesse aquilo. — Ande, Drake. Seu grandão. Ande.

Drake deu um suspiro teatral.

— Os bebês precisam de leite. E você é a vaca, Diana. Muuu.

Isso o fez rir, e Penny o acompanhou, depois de uma hesitação durante a qual Diana viu desprezo por Drake nos olhos dela. De forma muito mais terrível, a menininha, o bebê de Diana, também riu, um sorriso estranho revelando gengivas rosadas e nenhum dente.

— Vamos, vaca — disse Drake.

— Você é imbecil? — perguntou Diana. — Eu acabei de ter um bebê. Não posso...

Então eles a atacaram, ambos, competindo para ver quem conseguiria forçá-la a ficar de pé. A mão de chicote de Drake ou as visões doentias de Penny. Diana ficou de pé, tonta, sentindo que iria vomitar, mas seu estômago estava vazio.

O brilho esverdeado do gaiáfago — já que nem todo o verde sinistro havia fluído para o bebê — tinha desbotado, de modo que quase não havia luz. Depois de poucos metros, eles se viram no negrume completo.

Diana lembrou que havia lugares de onde poderia se jogar numa fenda e acabar com sua vida infernal. Se Drake não a impedisse.

Não, agora não era Drake; agora era Brittney. O som da respiração dela era diferente da dele. Será que as trocas estavam ficando mais rápidas? Ela ousou ter esperança de que Drake estivesse enfraquecendo. Ousou criar esperanças de que ele e Penny fossem partir um para cima do outro.

Relaxou um pouco. Brittney era uma ferramenta do gaiáfago tanto quanto Drake, mas não tinha a insanidade pessoal alimentada pelo ódio, como ele.

Além disso, infelizmente, ela conhecia menos o caminho. E não intimidava Penny.

— Sabe o que seria assustador, Diana? — perguntou Penny. — Se você engravidasse de novo. Só que desta vez, digamos, sua barriga estaria cheia de ratos! Ratos famintos!

Diana sentiu a barriga inchando, sentiu as centenas de...

— Não — disse Brittney com calma. — Não. Ela é a mãe de nosso senhor.

A ilusão, mal começada, terminou abruptamente.

— Cale a boca, Brittney — disse Penny. — Talvez eu ouça Drake, mas não ouço você. Você não é ninguém.

Brittney não discutiu. Só disse:

— Ela deu à luz nosso senhor.

Penny devia ter tropeçado numa pedra, porque caiu esparramada com o bebê no colo. Chocou-se contra Diana, quase derrubando-a.

O bebê bateu numa rocha sólida com uma pancada nauseante.

Do escuro veio um fino uivo de fúria de bebê. Era a primeira vez que ele chorava. Chorou como qualquer bebê.

Diana sentiu o coração reagir. E o corpo, enquanto os seios vazavam leite.

Tateou no escuro e achou o braço do bebê. Puxou o filho desajeitadamente e o aninhou no colo. Ele se agarrou de novo e começou a mamar com vigor.

Naquele primeiro contato Diana conseguiu ler o nível de poder do bebê. Agora era quatro barras. Igual a Caine ou Sam.

Um quatro barras. E ainda era só um bebê!

— Nossa senhora deve carregar nosso senhor — disse Brittney.

— Você é maluca? — Penny não estava acreditando. — É tão idiota assim? Você acha que isso aí é Jesus na manjedoura e ela é Maria, sua caipira doida de sorriso metálico?

— Eu vou na frente — anunciou Brittney. — Vou preparar o caminho do senhor.

Diana olhou para o bebê. Podia ver sua bochecha. Impossível. Não dava para ver nada naquela escuridão absoluta.

E no entanto, ela via a bochecha do bebê. E os olhos fechados com força. E a boquinha de botão de rosa se segurando. E depois o bracinho gordo e o punho minúsculo apertado contra o seio da mãe.

— Ela brilha! — disse Brittney. — Nosso senhor nos dá sua luz!

— Chega. Eu tentei aguentar sua...

— Quieta! — Brittney levantou a mão, espantosamente visível no brilho que vinha do bebê. — Ela está falando comigo. Nós devemos seguir em frente...

— Seguir em frente — ecoou Penny com um sarcasmo feroz. — Aleluia. Drake é um psicopata, mas pelo menos não é imbecil.

— Temos de ir até a barreira e nos prepararmos para o nosso renascimento.

Diana ouviu tudo isso, mas só conseguia pensar no neném em seu seio. Afinal de contas era o seu neném. O gaiáfago podia estar dentro dele, podia tomar conta dos pensamentos dele e usá-lo. Mas algo ali dentro ainda era sua filha. Dela e de Caine.

E se coisas terríveis esperavam por aquela menininha, de quem era a culpa? De Diana e Caine.

Diana não tinha o direito de rejeitar Gaia.

O nome lhe veio como se ela soubesse o tempo todo. Isso a deixou triste. Teria sido muito melhor se pudesse chamar o bebê de Sally, Chloe ou Melissa. Mas nenhum desses seria o nome certo.

Gaia.

Os olhos de Gaia se abriram. Ela franziu os olhos azuis na direção de Diana.

— É — disse Diana. — Sou a sua mamãe.

— É uma trilha de luzes — disse Dekka. — Uau. Consigo ver minhas mãos.

Ela chegou perto do Samsol e verificou o corpo, procurando marcas. A visão provocada por Penny tinha sido poderosa. Mesmo agora era quase impossível acreditar que havia sido apenas uma ilusão. Mas sua pele não estava marcada.

— A maioria segue naquela direção.

Orc apontou e Dekka pôde vê-lo. Não muito bem, claro. Cada pedrinha que compunha o corpo dele estava rodeada por sombras pretas. Os olhos ficavam dentro de poços fundos. O pequeno trecho de pele humana em volta da boca e parte de uma bochecha pareciam ser de um verde-cinzento igual ao de todas as outras partes dele.

Mas ele era real, e não somente um som e uma resistência na ponta dos dedos.

— É. Mas o que significa haver mais luzes indo numa direção? — Ela podia ver talvez meia dúzia de sóis seguindo para a direita. Só quatro à esquerda. — Quero dizer, eles podem estar escondidos. E de qualquer modo não apareceriam até o final. Se a gente tivesse uma bússola... Quero dizer, Orc, a gente não sabe que lado é qual. Não sabemos se Sam está indo para a direita ou a esquerda a partir desse ponto.

— Tenho uma ideia. Mas provavelmente é idiota.

— Tudo que nós temos são ideias idiotas. Qual é?

— Bem, você não enxerga melhor do alto?

— É mesmo — disse Dekka. — E não é nem um pouco idiota. Na verdade não sei por que não pensei nisso.

Orc encolheu os ombros enormes.

— Você está tendo um dia ruim.

Isso era um tremendo eufemismo, no entanto foi tão gentil que Dekka teve que rir.

— Pode-se dizer que sim. Então, Orc, quer voar um pouco?

— Eu?

— Por que não você? Tem umas pedras ali na frente. É melhor do que terra, porque quando anulo a gravidade a terra tende a flutuar e entrar nos olhos.

Foram até um afloramento de rochas. Orc ficou rígido, como se estivesse numa vitrine e quisesse mostrar boa aparência. Dekka fez sua coisa e Orc levitou. A três metros de altura soltou um grande e deliciado berro.

— Rá! Isso é maneiro!

A dez metros ela não podia mais vê-lo.

— O que está vendo, Orc?

— Fogo — respondeu ele. — E acho que os Samsóis estão indo para lá.

— Vou trazer você para baixo.

Quando ele estava de novo em terra firme, Dekka disse:

— O fogo. Parecia o quê?

— Tipo umas duas ou três fogueiras, mas todas próximas.

— Praia Perdida?

— Talvez — disse ele com relutância.

— Certo, então vamos seguir os Samsóis até a cidade.

Mas Orc hesitou.

— Você pode fazer isso, Dekka. Mas eu saí para achar Drake e matar ele.

— Orc, você deve saber que a gente não pode procurar nada. Não nesse breu. A gente pode levar uma eternidade para trombar por acaso com Drake.

Ele assentiu, mas não estava concordando de verdade.

— Não me importo com o escuro tanto quanto você, Dekka. No escuro eu não preciso ser como eu sou. Saca? As pessoas não podem me ver. De qualquer modo, provavelmente tem alguma birita lá na cidade. Por isso vou continuar no escuro. É provável que seja melhor para mim assim.

Ele estendeu a mão gigante e Dekka sentiu-se estranhamente comovida ao segurá-la.

— Obrigada, grandão. Sabe que você me salvou, não é?

— Não.

— Não, escute, Orc. Sei que você tem coisas ruins na consciência.

Ele assentiu e murmurou:

— Mas fui perdoado. Eu rezei e fui perdoado. — Depois acrescentou: — Mas isso não quer dizer que o peso tenha diminuído.

— É isso que estou falando, Orc. Quando tudo isso pesar, quero que você lembre que me salvou. Certo?

Ele não pareceu muito seguro. Mas pode ser que tenha sorrido. Era difícil dizer. E depois foi andando pesadamente para o escuro.

Dekka seguiu as luzes que iam para a esquerda.

— Tem uma luz lá na frente. Na estrada. Acabou de aparecer! — disse Lana.

— Um Samsol! — confirmou Quinn. O sentimento de alívio era incrível. Sam estava chegando.

Ele sentiu que poderia desmaiar só pelo alívio da tensão.

Quinn, Lana e Caine — com Patrick também — tinham se afastado da fogueira agonizante, deixando alguns tripulantes de Quinn no comando. Não que alguém pudesse fazer algo mais do que gritar: "Pare com isso!"

As tochas estavam se espalhando por Praia Perdida, pequenos grupos de crianças procurando comida, água, brinquedos amados ou só uma cama.

Agora os Samsóis estavam brotando como flores radiativas na via expressa.

Patrick latiu uma vez, anunciando-se, e correu para a rodovia.

— Salve o herói conquistador — murmurou Caine. — O Sr. Sol.

Depois de dez minutos um novo Samsol apareceu, talvez a não mais de 30 metros de distância, e eles andaram para lá, ainda cuidadosamente. A estrada estava cheia de entulho, inclusive caminhões inteiros.

Então Quinn pôde ver duas formas levemente delineadas.

Os dois grupos se juntaram, e Sam iluminou a cena.

— Quinn, Lana — disse ele. Uma das suas mãos estava coçando o pelo de Patrick. — Caine.

— Ei, irmão. Como vai? Que tempo esquisito, hein?

— O que aconteceu com as suas mãos? — perguntou Sam.

Caine levantou as mãos, ainda com pedaços de concreto.

— Ah, isso? Não é nada. Só preciso de um pouco de hidratante.

— Astrid? — disse Lana. — Você voltou?

— Já não era sem tempo — murmurou Quinn.

— Bem, então é um final feliz — disse Caine selvagemente. — Adoro finais felizes.

Quinn ia dizer alguma coisa a Caine, algo tipo *cale a boca*. Mas se conteve. Caine era uma ferramenta poderosa, mas tinha passado pelo inferno naquele dia. O sarcasmo não era a pior coisa da qual ele era capaz.

— Você veio para acender algumas luzes? — perguntou Lana. — Porque, por melhor que isso seja, temos problemas maiores. O gaiáfago está vindo.

— Como? — perguntou Astrid enfaticamente. — Todo mundo diz que o gaiáfago é uma incrustação verde no fundo do poço de uma mina.

— Não sei como — respondeu Lana, sendo pouco evasiva — Simplesmente está vindo. É por isso que viemos para cá. Não estávamos esperando vocês. Estávamos esperando por ele.

— Não vou perguntar como você sabe — disse Astrid.

— É? — contra-atacou Lana. — Bem, aqui vai a minha pergunta, Astrid: por que você não está mais questionando? Eu digo que isso está acontecendo e você aceita numa boa? Você sabe de alguma coisa.

— Ah, a Astrid? Ela sabe tudo — disse Caine.

— Ele está com Diana — respondeu Astrid. Em seguida inclinou a cabeça e avaliou Caine. — E o seu bebê, Caine. Pelo menos Diana diz que é seu.

— É — respondeu Caine. Ele parecia a ponto de falar mais alguma coisa, mas se conteve e só murmurou: — É. Um bebê.

— Espere — interrompeu Lana. — Sanjit. Ele...

— Conseguiu por pouco — respondeu Sam. — Mas, pelo que sei, está em segurança no lago. Recebi seu recado. Tarde demais. E Astrid também estava trazendo uma mensagem para vocês.

— É engraçado como dá tudo errado quando a luz se apaga — disse Quinn. — Um monte de planos, e nada funciona.

— O gaiáfago está procurando um corpo — disse Astrid. — Ele precisa de um corpo físico. A barreira está morta. Vai rachar e se abrir. Finalmente isso vai acabar. Mas quando isso acontecer, o gaiáfago vai tentar sair.

— E você sabe disso por causa de sua genialidade incrível? — perguntou Caine, com um risinho. — E sabe quando isso tudo deve acontecer? Porque preciso dizer, estou pronto para sair desse lugar. Já não vejo a hora. Estou doido por um sorvete.

— Não sei quando. Pode demorar meses. O seu filho ou sua filha só deve nascer...

— Pare com isso! — rosnou Caine, abandonando a pose presunçosa. — Não faça esse jogo comigo, Astrid. O que você acha que eu vou fazer? Virar uma pessoa diferente, de uma hora para outra, só porque fiz sexo com Diana?

— Você a engravidou — disse Astrid calmamente. — Achei que talvez isso pudesse fazer você pensar em alguma coisa além de si mesmo.

— Ah, faz, Astrid — disse ele com um sarcasmo violento. — Isso me dá vontade de jogar bola no quintal. Talvez fazer um churrasco. Coisas de um papai de verdade. O único probleminha é essa porcaria de escuridão.

Uma chama saltou no ar, não longe da estrada. Eles ouviram as vozes agitadas de crianças pequenas.

— Obrigado, assim está melhor — gritou Caine por cima do ombro. — Então Lana diz que o gaiáfago está vindo e vocês dizem que ele está com Diana. Falando nisso, você fez um belo trabalho protegendo ela, Sam. E eu deveria estar tendo aulas de como ser um bom pai. Além disso, ah, por sinal, a barreira vai cair. Algum dia. Provavelmente depois que todos nós morrermos de fome.

O tempo todo Sam ficou observando Caine como se ele fosse um espécime sob um microscópio. Tentando entendê-lo.

— Você vai lutar ou não?

— Quem, eu? — Gargalhou Caine. — Qual é o seu problema, Sam? A garota gênio diz que a barreira vai se partir. E você quer sair correndo e ser morto antes disso? Deixe a barreira se rachar feito um ovo. Se o gaiáfago quer sair, acho que devemos desejar tudo de bom para ele, esperar até que ele esteja bem longe na estrada e então poderemos sair também.

— Levando Diana e o seu... e o bebê — disse Sam.

— Você soube o que Albert fez? Soube? — Caine tentou apontar na direção do oceano e da ilha, mas isso atraiu a atenção para sua mão ainda cheia de crostas de concreto, por isso ele baixou-a ao lado do corpo. — Assim que Albert percebeu o que estava acontecendo, pegou um barco e fugiu para a ilha. E sabe o que é melhor? Ele vinha planejando isso havia um tempão. Subornou Taylor. Parece que ele arranjou uns mísseis; quem sabe como? Afinal de contas ele é Albert. E levou os mísseis para lá também.

Quinn viu o queixo de Sam se contrair diante disso.

— Agora — continuou Caine — Albert está lá sentado, comendo queijo com biscoito e morrendo de rir de nós, os idiotas.

Sam ignorou tudo isso, ou pelo menos fingiu ignorar. Então disse:

— Olhe, Caine, não sei onde Brianna está, nem Dekka nem Orc. Jack talvez já esteja morto. De qualquer modo ele não virá para a luta. Por isso, talvez eu consiga derrotar Drake, talvez não. Mas nem sei o que significa dizer que o gaiáfago está vindo. Vindo como? Vindo como o quê? Com que tipo de poder? Nem sei se...

Quinn levantou a mão, e Sam parou de falar.

— Penny — disse Quinn. — Nós fomos atrás dela, que acabou atravessando a estrada. Ela está em algum lugar por aí, também. No escuro.

— Não há motivo para achar que ela iria encontrar Drake — disse Lana, mas pareceu preocupada.

— Bem — disse Caine, levantando seu indicador cheio de crostas —, aí está uma pessoa com quem eu lutaria. Me mostre a Penny, e eu mato ela para você. Mato duas vezes.

A conversa morreu. E eles ficaram parados em silêncio, os cinco e um cachorro, embaixo de uma fraca paródia de luz.

Quinn disse:

— Todo mundo viu você, Caine. Arrastando aquele bloco de cimento. Encurvado feito um macaco andando com as mãos no chão. Com aquela coroa grampeada na cabeça. Você foi derrotado. Você era o rei Caine, e tudo que conseguiu foi virar o macaquinho de Penny. O pessoal vai rir disso durante muito tempo. É. Se a barreira cair, você vai ouvir histórias sobre isso na TV. Piadas na internet. — Quinn olhava cauteloso para as mãos de Caine. Esperava que alguém impedisse Caine antes que ele golpeasse jogando-o contra a parede mais próxima.

Caine se virou para Quinn numa lentidão ameaçadora. Quinn sentiu o calor de sua malignidade. Era perigoso brincar com a humilhação.

— Como você acha que vão contar sua história, Caine? Sempre metido a besta, bancando o mau e o durão. Você fez uma coisa certa, Caine: foi lá e ajudou Brianna lutando contra aqueles insetos, e foi por isso que as pessoas disseram: é, ele pode ser o nosso rei.

— Eu ajudei Brianna? — questionou Caine rispidamente. — Ela me ajudou.

— Mas tudo isso foi apagado porque o fim da história é Penny humilhando você...

— Chega, está bem? — reagiu Caine.

— O que as pessoas se lembram é do fim da história. E se a barreira cair, o fim da história vai ser como você chorou, se cagou e dançou para Penny feito um macaco adestrado.

Não havia como saber se Caine estava tão pálido quanto parecia, à luz do Samsol. Seus olhos estavam apertados e os lábios repuxados para trás, quase como um lobo mostrando os dentes. Seu rosto estava junto ao de Quinn.

Ele manteve o olhar fixo em Quinn mas falou com Sam.

— Seu amigo fracassado, aqui, deve ter ganhado um par de bagos, Sam.

— É o que parece — disse Sam, pasmo.

Então Caine falou com Quinn:

— Vou lhe dizer uma coisa, Quinn, pois você está tão preocupado com meu... legado. Essa é a palavra certa, Astrid? Já que está preocupado com meu legado, Quinn, eu vou caçar Drake com meu irmão, se...

— Se o quê? — perguntou Quinn.

— Se você for com a gente — respondeu Caine com um sorriso cruel. — Você tem sido um pé no meu saco, pescador. É por sua causa que tive problema com Penny, para começar. Está escuro lá fora, e provavelmente Drake e talvez até nossa velha amiga Penny estejam lá. Para não mencionar o próprio Sr. Maldoso.

Quinn não pôde deixar de olhar para a escuridão absoluta onde ele sabia que os monstros se escondiam.

— Ele é um pescador — disse Sam. — Ele nem tem uma arma.

Caine gargalhou.

— Você já esteve em Praia Perdida? É uma bela cidadezinha. Não tem muita comida, nem diversão, mas tem um monte de armas. As armas são a única coisa que a gente tem. E ele vai precisar de uma.

— Eu nem sei atirar — protestou Quinn.

Caine deu um riso cruel.

— Não é para você atirar em Drake ou Penny, quanto mais na Escuridão, se é que ela está vindo mesmo. — zombou Caine. — É para enfiar na boca e puxar o gatilho se algum deles pegar você.

TRINTA E SEIS | 18 MINUTOS

DEPOIS DE HORAS e horas de escuridão total, o brilho fraco da pele de seu bebê permitia que Diana andasse com mais confiança. Ela era uma luz nas trevas.

Gaia. Seu neném.

Ainda sentia o horror de ter visto aqueles pixels verdes, aquele enxame que era o gaiáfago entrando no nariz e na boca de sua filha. Nunca, jamais seria capaz de apagar aquilo.

Jamais poderia esquecer de muitas coisas.

Mas, contra tudo isso, havia essa pessoa. Aquela menininha macia, rechonchuda, que olhava para ela com olhos de um azul absurdo e tão estranhamente conscientes.

Ela parecia ficar mais pesada à medida que Diana a carregava pela cidade fantasma abaixo da mina. Logo Gaia não precisaria mais mamar. Diana já sentia dentes minúsculos mordendo.

E então o que Gaia faria com sua mãe?

— Não importa — sussurrou Diana. — Não importa. Ela é minha.

Brittney andava ao seu lado, espiando ansiosa para ver o rosto de Gaia. Brittney tinha a expressão de um crente em êxtase. Diana sabia que, se Gaia conseguisse falar e mandasse Brittney pular de um penhasco, ela faria isso.

Mas agora Gaia falava através de Diana.

Falava através de sua mãe.

Diana podia sentir a mente do bebê sondando o interior da sua. Não a mente do bebê, claro, mas também não era a violência fria do gaiáfago. Os dois estavam se tornando um só: Gaia e a Escuridão. Os dois estavam crescendo juntos, e a entidade resultante seria mais ou menos o bebê ou o monstro, mas definitivamente não seria igual.

Mas havia uma coisa que Diana não conseguia afastar dos pensamentos. Só uma coisa. O modo como Gaia penetrava na sua memória e a vasculhava como se estivesse folheando um livro ilustrado. Como se estivesse procurando alguma coisa. Algo que o bebê sentia que deveria estar ali.

Não folheando às cegas, e sim procurando algo.

Diana não tinha como se defender de Gaia. Não podia esconder nada dela. Só podia olhar enquanto suas lembranças se desdobravam revelando imagens do passado. E de pessoas.

Gaia estava estudando as pessoas que Diana conhecia. Uma hora era Brianna. Depois Edilio. Depois Pato, Albert e Maria.

Panda, não. Não.

Caine. Gaia se demorou longamente nas imagens de Caine. Um primeiro encontro na escola Coates. Os muitos flertes. As provocações. O modo como Diana fizera com que ele a desejasse. A ambição sombria que ela vira nele. A primeira vez em que ele revelou seu poder a ela.

As coisas terríveis que eles haviam feito. Batalhas.

Assassinato.

— É, mas não olhe mais adiante; tudo isso eu confesso, Gaia, minha filha, mas chega. Chega.

Por favor, não.

O cheiro. Foi isso o que o bebê encontrou primeiro. O aroma de carne humana assada.

Os olhos de Diana se encheram de lágrimas.

— Qual é o problema? — perguntou Brittney.

O bebê sentiu o gosto do que Diana havia provado.

O bebê sentiu o estômago receber agradecido a carne que fora um garoto chamado Panda.

É, disse Diana à mente que estava dentro da sua, eu sou um monstro, e você também, pequena Gaia. Mas sua mãe ama você.

— Tem uma fila de luzes logo ali na frente — disse Penny. — Parecem luzes de Natal.

Sim, vá para lá, disse Gaia dentro dos pensamentos de Diana.

— Vá na direção dela — disse Diana sem ao menos pensar. — Depois siga as luzes para a esquerda.

— Cale a boca, vaca — reagiu Penny. — Você não dá ordens.

Gaia chutou os braços de Diana que a envolviam. Empurrou-se para cima para enxergar por cima do ombro de Diana. Olhou para Penny.

O bebê apertou o punho fechado por cima do ombro de Diana, abriu a mão e Penny gritou.

Diana parou. Ficou observando e ouvindo. E será que se sentiu cheia de uma espécie de júbilo brutal ao ver Penny se retorcer de terror e dor? Sim. Assim como agradou à sua filha causar aquele terror.

Gaia deu um riso inocente, gorgolejante, de bebê.

O grito de Penny pareceu durar muito tempo. O suficiente para Drake surgir de onde Brittney estivera.

Quando finalmente Penny parou e ficou apenas sentada nos calcanhares magros, olhando, olhando horrorizada para o bebê, Drake disse:

— Então o bebê tem pique. — Em seguida desenrolou o chicote da cintura e acrescentou: — Não creio que isso signifique que não posso fazer o que quiser com você, Diana.

Diana encarou seu olhar morto. Ocorreu-lhe pela primeira vez que ela se sentia melhor. Muito melhor. Tinha acabado de passar pelo inferno, mas sentia-se... bem. Fez um inventário do corpo, verificando as costas chicoteadas, os hematomas, a barriga esticada de um modo assassino, as partes rasgadas.

Estava bem.

Gaia a havia curado.

— Na verdade, Drake — disse Diana —, acho que isso significa que é melhor você pensar com muito cuidado no que fizer comigo ou disser para mim.

Gaia, de novo aninhada no colo da mãe, abriu um sorriso, mostrando dois dentes.

— Tem alguma coisa vindo pela estrada — disse Sam.

— É uma luz — confirmou Astrid.

— Uma luz chamada Escuridão — explicou Lana numa voz distante.

— Está seguindo os Samsóis. Vem direto para nós — observou Caine. Ele não estava mais zombando nem rosnando. Sam viu a expressão lamentável no rosto dele e no de Lana. Os dois sabiam, no fundo da alma, o que estava vindo.

Lana foi até Caine e pôs a mão no braço dele. Só fazendo contato. Caine não a afastou.

Era uma ligação estranha que eles compartilhavam: lembranças do gaiáfago. Lembranças de seu toque doloroso dentro da mente. Cicatrizes deixadas na alma.

— "O medo é o assassino da mente" — disse Lana, recitando de memória. — "O medo é a pequena morte que traz a obliteração completa. Vou enfrentar meu medo. Vou..." não lembro o resto. É de um livro que eu li há muito tempo.

Para surpresa de quase ninguém, Astrid disse:

— *Duna*, de Frank Herbert. "Não devo temer. O medo é o assassino da mente. O medo é a pequena morte que traz a obliteração total. Vou enfrentar meu medo. Vou permitir que ele passe sobre mim e através de mim. E quando ele tiver passado virarei o olho interno para ver seu caminho. Quando o medo tiver ido embora restará nada."

Ela e Lana falaram juntas a última frase da fórmula mágica:

— "Só permanecerei eu."

Houve um suspiro coletivo que foi quase um soluço.

Sam puxou Astrid e beijou-a. Então empurrou-a e disse:

— Eu te amo. De todo o coração. Para sempre. Mas dê o fora daqui, porque não posso ficar vigiando você.

— Eu sei — disse Astrid. — E também amo você.

Lana lançou um olhar furioso, desafiador, para a estrada. Sam sabia o que estava no coração dela.

— Lana. O que você tem não vai matá-lo. O que você tem pode salvar muitos outros. Vá. Agora.

Então ficaram só os três: Sam, Caine e Quinn, olhando a luz fraca avançar. Podendo ver que eram três formas indistintas. Era como se a do meio estivesse carregando um Samsol de tom diferente. Sam não conseguia identificar os rostos. Mas teve certeza de ter visto um tentáculo se retorcendo e se retorcendo.

— São três — disse Caine. — Isso significa que provavelmente Penny está com eles. — Ele respirou fundo. — Saia daqui, Quinn.

— Não. Acho que não.

— Ei. Eu estou soltando você do anzol, certo, pescador? Estou sendo um cara legal. Pode contar a todo mundo que a última coisa que eu falei foi: "Saia daqui, Quinn, e tente ficar vivo."

— Quinn — disse Sam. — Você não tem nada a provar, cara.

Eles haviam encontrado uma pistola para Quinn. Um revólver. Tinha três balas.

— Eu estou dentro — respondeu Quinn, trêmulo.

— Você tem um plano, garoto Sammy? — perguntou Caine.

— Tenho. — Ele apagou o Samsol mais próximo, mergulhando-os na escuridão. O outro mais perto estava a 100 metros, pela estrada. — Quinn, comece a andar de volta para a última luz. Eles não vão ter percepção de nenhuma profundidade com essa luz. Vão continuar indo para você. Caine, vá para a esquerda; eu vou para a direita; nós os atacamos quando eles estiverem a uns 15 metros. Esperamos que seja antes de Penny encontrar um alvo.

— Grande plano — disse Caine, de um jeito um tanto sarcástico. Mas fundiu-se à escuridão no lado esquerdo da estrada.

— Quinn. Meu amigo. Sobre o que Caine disse antes. Guarde uma bala. — Com isso Sam mergulhou na escuridão profunda que envolvia tudo.

Viu Quinn começando a andar para trás. Isso significava que ele ficaria no escuro até se aproximar do próximo Samsol, lá atrás. Se Drake tinha visto todos eles, provavelmente não pudera saber quantos eram. Mas, por fim, acabaria enxergando Quinn. Naquele ponto iria se fixar nele, ansioso para dominar quem estivesse no caminho.

Aí poderia haver uma oportunidade. Alguns segundos confusos em que Caine e Sam poderiam atacar inesperadamente. Se fossem rápidos e tivessem sorte, poderiam derrubar pelo menos um dos três e reduzir as chances contrárias.

Quem seria a terceira pessoa?

Drake. Penny. E alguém — ou alguma coisa — reluzindo como um farol antigo.

Quem quer que seja, disse ele a si mesmo, primeiro ataque Penny.

Era de Penny que deveria sentir medo.

— Papá — disse Gaia.

Diana baixou o olhar para sua filha brilhante, reluzente. Ela já estava do tamanho de uma criança de 2 anos. Tinha dentes. Tinha cabelo — escuro como o dos pais. Seus movimentos já eram deliberados e controlados, não mais a louca falta de coordenação. Diana se perguntou se ela já conseguiria andar.

— Você disse papá?

Gaia estava olhando fixamente para a escuridão à direita. Logo em frente uma figura solitária estava sob a luz de um Samsol. Atrás dele podiam ser vistas pelo menos duas fogueiras, uma bem perto e dramática.

Gaia estava mais uma vez em sua mente e não se esforçava para usar sua própria boca, mas procurava algo nas memórias de Diana. Imagens de Caine. E então tudo ficou claro.

— É uma emboscada! — disse Diana.

— Cale a... — reagiu Drake, e foi jogado de costas com tamanha força súbita que deslizou para fora das vistas.

Um facho de uma terrível luz verde disparou da outra direção.

Penny havia reagido mais rápido ao aviso de Diana. Já estava se movendo para se esconder atrás dela quando a luz partiu a noite. Metade do cabelo de Penny chiou e queimou, deixando um fedor terrível.

Um rugido soou no escuro atrás delas, e Drake estava correndo adiante, com o chicote abominável preparado, procurando um alvo. A luz penetrou fundo na lateral de seu corpo. Ele girou e caiu. Mas enquanto caia, a queimadura ia se curando.

Diana viu Sam sair correndo do escuro. Ele gritou:

— Diana, abaixe-se! — E disparou para o local onde Drake estivera, uma fração de segundo antes.

De repente, revelado pelo clarão de luz saindo das palmas de Sam: Caine.

Fazia quatro meses que ela não o via. Só um pouco mais desde o dia em que fizeram Gaia juntos.

Os olhares dos dois se encontraram. Caine ficou imóvel. Encarou Diana. Uma expressão de dor franziu sua testa.

Esse momento de hesitação foi demasiado.

Caine se virou para trás, batendo no próprio corpo com as mãos cheias de crostas estranhas. Batia e gritava, e então Sam estava gritando:

— É Penny, é só a Penny, Caine!

Caine pareceu se controlar, mas por pouco e só por um momento, enquanto levantava as mãos e, com um movimento louco de ambas, lançava Penny no escuro.

Foi um erro. Uma Penny invisível era mais perigosa ainda.

Sam viu isso e girou seu raio mortal num semicírculo, procurando-a. Um clarão de Penny correndo. Mas quando o facho a perseguiu, queimando os arbustos, transformando areia em vidro borbulhante, ela não estava mais ali.

Penny não estava li. Astrid estava.

Astrid em chamas. Correndo, gritando para Sám. A pele dela estava se soltando. Havia um cheiro de carne queimando. Seu cabelo louro parecia uma única chama, e as bordas desse fogo comiam sua testa e suas bochechas.

— Astrid! — gritou Sam, e correu para ela. Já estava tirando a camisa para apagar as chamas quando de repente ela inchou feito um marshmallow jogado numa fogueira. Inchou e sua pele virou carvão, e os olhos eram apenas manchas e...

A visão sumiu.

Sam estava no escuro. Ofegando. Olhando.

Virou-se e viu o brilho da criança no colo de Diana. Eles estavam andando calmamente na direção de Quinn.

Caine? Onde estava ele?

Sam ouviu o som de um chicote. Correu na direção daquele som, mas agora a escuridão havia se fechado e ele teve de lançar Samsóis prodigamente para enxergar.

— Quinn! Corra! Saia daí! — gritou ele.

Viu Quinn começando a fazer uma demonstração de bravura, depois percebeu que não era tanto bravura quanto idiotice.

Passaram-se vários minutos até que Sam encontrasse Caine. Ele estava respirando, mas só agora recobrava a consciência. Havia uma marca vermelha e lívida em volta de seu pescoço.

Ele sentou-se e depois aceitou a mão estendida de Sam.

— Foi Drake?

Caine assentiu e esfregou o pescoço.

— Mas foi Penny que me distraiu. E você?

— Penny — confirmou Sam.

— Certo, da próxima vez temos de acabar com Penny antes de fazer qualquer coisa.

O pequeno grupo — Drake, Penny e Diana com um bebê no colo — continuou andando pela estrada.

— Então ela teve o bebê — disse Sam. — Parabéns?

— Perdemos o elemento surpresa. Eles vão estar preparados.

Como se quisesse confirmar isso, Drake, agora na altura do próximo Samsol, virou-se para olhá-los, gargalhou e estalou o chicote. O riso chegou até eles. O estalo também.

— Por que eles não acabaram com a gente? — indagou Sam.

— Se eu disser uma coisa maluca, você simplesmente aceita? — perguntou Caine.

— Foi o LGAR.

— Foi o bebê. O bebê impediu Drake. Eu estava sufocando e ele estava atrás de mim, de modo que eu não tinha como alcançá-lo. De qualquer forma, como ele estava me segurando, se eu o jogasse longe ou o puxasse teria arrancado minha cabeça. Eu vi o bebê. Ele olhou direto para mim. E Drake me soltou.

Sam não teve certeza se acreditava ou não. Mas os dias de duvidar de uma história só porque parecia maluca haviam passado.

— Eles estão indo para a barreira.

— Será que ela vai abrir mesmo?

— Talvez — disse Sam. — Mas eles vão passar pela cidade. Destruindo seu pessoal, rei Caine.

Um grito chegou aos ouvidos deles.

— Bem, acho melhor contarmos uma boa história para Quinn — disse Caine secamente. — Meu legado, e coisa e tal.

— Primeiro Penny — disse Sam, e começou a correr.

TRINTA E SETE | 3 MINUTOS

GAIA GARGALHOU, E Diana não pôde deixar de gargalhar também. Tinham passado por uma casa em chamas, com crianças se esgueirando o mais perto que podiam chegar da luz sem se queimar.

Penny havia feito algo para elas correrem para a casa em chamas.

Diana estava horrorizada até que Gaia riu. E então Diana não pôde deixar de rir também. Era engraçado, de certa forma.

Gaia tinha senso de humor. Era incrível ver isso num bebê. Diana creditou isso a si mesma, aos seus genes. Gaia havia herdado aquilo da mãe.

Seguiram pela rua, e a luz que emanava de Gaia bastava para atrair as pessoas como mariposas para a chama. Elas chegavam se esgueirando ou cabriolando, precisando daquela luz, precisando dela depois de tanto tempo no negrume implacável.

Elas chegavam, e quando chegavam Drake as chicoteava até fugirem de novo ou dançarem para fora de seu alcance.

Gaia ria e batia palmas. Era incrível a rapidez com que aprendia.

A barreira se romperia, e Diana e sua mimininha estariam livres. Poderiam ir ao zoológico. Ou como era aquele lugar onde a garotada ia comer pizza e jogar? O Chuck E. Cheese's! É, elas podiam se divertir com jogos eletrônicos e comer pizza. E assistir à TV em... Elas achariam uma casa. Quem poderia realmente impedi-las? Com Drake e Penny como serviçais. Rá! Serviçais.

Quem poderia enfrentá-las? Elas haviam deixado Caine e Sam de lado, como se não fossem nada.

E Gaia ainda nem ao menos havia revelado todo o seu poder.

Diana queria gargalhar e dançar com seu bebê. Mas ao mesmo tempo em que o júbilo enorme a inundava, sentia a falsidade daquilo. O nervosismo tenso daquilo. Ela queria gritar de alegria, berrar de alegria e depois esfaquear o bebê, seu neném, sua filhinha adorável, dar-lhe uma facada. De alegria.

Gaia a olhava. Seus olhos a seguravam. Diana não conseguia desviar o olhar. Ele cortava-a e enxergava a verdade. Gaia podia ver o medo dentro de Diana, o medo que ela sentia de Gaia.

Gaia riu e bateu palmas, seus olhos azuis brilharam e Diana sentiu-se fraca por dentro, e doente, e todo o sofrimento por qual seu corpo havia passado pareceu continuar ali, apenas escondido da visão. Ela estava oca. Um nada vazio caminhando com pernas de palito que iriam se partir e desmoronar.

Gritos de crianças em chamas perseguiam Diana enquanto ela segurava o bebê junto ao corpo e olhava temerosa para seus olhos brilhantes.

A suspensão do carro de Connie não tinha sido construída de jeito nenhum para aquela estrada. O fundo do Camry ficava batendo com um som que parecia de motosserras cortando aço.

Mas o tempo de poder hesitar havia acabado. Era hora de se comportar como uma mãe. Uma mãe cujo filho — cujos filhos — corriam perigo.

Pelo retrovisor viu Abana acompanhando-a. O SUV dela estava se saindo um pouco melhor. Ótimo: se sobrevivessem a esse dia poderiam voltar para casa naquele carro.

Se algum dia Abana falasse com ela de novo.

A estradinha chegou perigosamente perto da via expressa quando estavam a apenas um quilômetro e meio da barreira. A trilha de poeira que estavam levantando seria óbvia.

Sem dúvida, enquanto a medonha monstruosidade vazia que era a Anomalia de Praia Perdida preenchia todo o campo de visão, Connie ouviu um helicóptero acima delas.

Um alto-falante berrou, audível até mesmo acima do *chop-chop-chop* dos rotores:

— Vocês estão numa área perigosa, restrita. Deem meia-volta imediatamente.

Isso foi repetido várias vezes antes que o helicóptero acelerasse adiante, fizesse um giro e começasse a pousar na estrada a 400 metros dali.

Pelo retrovisor, Connie viu o SUV de Abana virar louca e bruscamente, para o terreno irregular. Estava indo na direção da via expressa, no ponto em que ela encontrava a barreira. Passaria direto pelos restos do acampamento removido às pressas.

Ainda havia alguns trailers. E uma parabólica. Lixeiras. Banheiros químicos.

Connie xingou sozinha, pediu desculpas ao carro e seguiu Abana.

O carro não estava mais simplesmente raspando o fundo. Agora estava voando e batendo, voando e batendo. Cada impacto sacudia os ossos de Connie. Ela se chocou contra o teto tantas vezes que logo perdeu a conta. O volante se soltava de suas mãos.

E de repente estava no asfalto, atravessando rapidamente o que restava do acampamento.

O helicóptero vinha atrás delas de novo, passando por cima.

Ele executou uma manobra ousada, quase suicida, e pousou com força demais nos últimos metros de pavimento antes da parede intimidante da barreira.

Dois soldados desceram, policiais militares com as armas nas mãos.

Depois um terceiro soldado.

Abana pisou no freio.

Connie não parou. Apontou o carro arrebentado, meio desintegrado, para o helicóptero e manteve o pé no acelerador.

O Camry acertou os patins do helicóptero. O *airbag* explodiu em seu rosto. O cinto de segurança se retesou contra ela. Ela ouviu algo estalar. Sentiu um choque de dor.

Pulou do carro, tropeçou por cima dos restos retorcidos do patim do helicóptero, viu que o rotor havia se cravado no concreto e estava preso.

E Connie correu, assustada, percebeu que tinha quebrado a clavícula e correu na direção da barreira. Se conseguisse chegar lá, se eles não pudessem pará-la, se não pudessem arrancá-la de lá, ela poderia impedir que tudo aquilo acontecesse.

Um dos soldados agarrou Abana que vinha correndo, mas Connie desviou, e só quando passou por ele, só quando ele gritou:

— Connie! Não!

Ela percebeu que o terceiro soldado era Darius.

Ela chegou à barreira.

Chegou. Parou. Olhou a eterna parede cinza.

Darius estava atrás dela, ofegante.

— Connie. É tarde demais. É tarde demais, querida. Aconteceu alguma coisa com a bomba.

Ela se virou para ele, de algum modo acreditando que Darius estava censurando-a, emotiva demais para entender o que ele dizia.

— Desculpe — gritou ela. — São os meus meninos que estão lá. Os meus bebês!

Ele abraçou-a, apertou-a com força e disse:

— Eles tentaram parar a contagem regressiva. Não funcionou, mas a mensagem foi dada e eles tentaram impedir.

— O quê?

Então Abana chegou correndo. Os policiais militares tinham desistido de segurá-la. Os soldados tinham expressões tensas idênticas. Nenhum dos dois parecia mais interessado nas duas mulheres.

— Escute — disse Darius. — Eles não podem impedir. É esse lugar. Alguma coisa deu errada e eles não podem parar a contagem regressiva.

Por fim as palavras dele entraram em sua cabeça.

— Quanto tempo? — perguntou ela.

Darius olhou para os PMs. E então Connie entendeu a expressão passiva e tensa deles.

— Um minuto e dez segundos — disse o maior dos dois PMs, um tenente. Em seguida ele se ajoelhou no pavimento, juntou as mãos e rezou.

Sam estava dividido entre espalhar luz indiscriminadamente e ser visto se aproximando ou ir sem luz e se mover muito mais devagar. Escolheu um meio termo. Jogou Samsóis enquanto corria, indo com Caine em direção à praia, e depois seguiram ao longo da praia até se esconderem embaixo dos penhascos.

O oceano tinha uma leve fosforescência que parecia quase luminosa. Podia ser visto não como ondas específicas ou mesmo ondulações, e sim como uma massa indistinta que era somente escura, em comparação ao preto absoluto.

— Aqui — disse Sam, pendurando um sol. Em seguida apontou para a proibitiva parede de pedra à esquerda. — A escalada não é muito ruim.

— Você não precisa escalar.

Sam sentiu-se tirado do chão. Subiu pelo ar com a face do penhasco ao alcance das mãos. À luz fantasmagórica, a face da rocha parecia lâminas de facas quebradas.

Sam lutou para passar da sustentação de Caine para o terreno sólido. Será que ousava pendurar uma luz? Não. Estava perto demais da via expressa. Podia sentir — pelo menos esperava poder sentir — o Hotel Penhasco à direita. Se estivesse onde achava que estava, poderia atravessar facilmente a entrada de veículos, a estrada de acesso, uma berma de areia e depois descer até o ponto onde a estrada encontrava a barreira.

Caine aterrissou ao lado dele.

— Você vai iluminar?

— Não. Vamos tentar a surpresa número dois.

Seguiram com dificuldade pelo terreno irregular, tropeçando, caindo, silenciando os palavrões.

Estavam ao lado da berma de areia — uma barreira contrária ao vento, que seguia a 15 metros da estrada — quando ouviram um estrondo. Era como um trovão, mas sem raio.

Aquilo pareceu continuar para sempre e sempre.

— Está começando — disse uma voz estranha, infantil, mas linda. — O ovo se quebra! Logo! Logo!

— Ela fala! — gritou Diana.

— Nós vamos sair — gritou Drake. — Está se abrindo!

— Agora — sibilou Sam.

Ele e Caine subiram correndo pela lateral da areia. Assim que Caine viu seu alvo, virou as mãos para baixo e literalmente se jogou no ar. O movimento revelou-o, e Penny o viu num instante.

Sam mirou com cuidado, mas Diana entrou entre ele e Penny. Calma, fluida, como se soubesse que ele estava ali.

— Pegue-a! — gritou Caine em desespero enquanto uma visão horrível o fazia despencar no chão, gritando.

Sam correu direto para eles. Disparou uma vez, acertando Drake bem no rosto. Isso não o matou, mas iria impedi-lo de falar durante um tempo.

Sam empurrou Diana rudemente com o ombro, vendo minúsculos olhos azuis seguirem-no.

Penny girou.

Sam disparou loucamente.

A perna de Penny pegou fogo. Ela berrou e correu em pânico, espalhando as chamas para as roupas.

— Não, Sam! — gritou Diana.

Uma força inimaginavelmente poderosa lançou Sam girando no ar. Era como se alguém tivesse explodido uma bomba embaixo dele. E então parou de girar. Parou de cair de volta para a terra.

Olhou para baixo e viu o bebê espiando-o, rindo e batendo palmas. Então o bebê fez um gesto com os dedinhos gorduchos como se estivesse esticando massa de pastel.

Sam sentiu o corpo sendo puxado em direções opostas. Isso forçou o ar para fora de seus pulmões. Era como se duas mãos gigantescas tivessem agarrado-o ao mesmo tempo e estivessem rasgando-o.

Ouviu os ossos estalar.

Sentiu a dor aguda das costelas se separando da cartilagem.

O bebê começou a puxá-lo mais para perto. Como se quisesse ver melhor. Como se quisesse receber respingos de sangue quando ele fosse rasgado...

Diana cambaleou à frente. Trombou em sua filha e as duas caíram, mas sem bater no chão.

Sam caiu. Mas ele também não bateu no concreto.

Dekka!

Ela ofegava como se tivesse acabado de correr uma maratona. Estava no meio da estrada, olhando com expressão furiosa, as mãos levantadas. Para Sam, ela parecia ter feito uma viagem ao inferno. Mas havia demonstrado um acerto de tempo excelente.

Sam não hesitou. Assim que seus pés tocaram no chão, saltou de pé, ignorando a dor que abalava os ossos.

Penny havia caído e rolado, o fogo tinha se apagado, mas sua pele estava com a cor e a textura de um presunto bem cozido.

Sam correu até onde ela estava, ofegando com dor, uma dor real, e não uma ilusão. Montou em cima dela e mirou as mãos.

— Você é perigosa demais para viver — disse ele.

De repente sua própria pele começou a pegar fogo, mas ele estava perto demais, preparado demais. Já estava lá, e agora tudo que precisava era pensar e...

... e um naco do pavimento, uma laje de concreto de 60 centímetros, deixando cair a terra de onde ela fora arrancada, esmagou a cabeça de Penny com tanta força que o chão estremeceu em baixo dos pés de Sam.

O corpo dela parou de se mexer no mesmo instante. Como se um interruptor tivesse sido desligado.

Caine estava parado junto dela, ofegando.

— Dei o troco — rosnou ele. Em seguida chutou o pedaço de concreto para enfatizar.

O rosto derretido de Drake tinha começado a se consertar, mas ele ainda parecia um boneco posto no micro-ondas. E seu chicote estava funcionando perfeitamente.

Ele golpeou, e Sam gritou de dor.

Caine levantou a pedra que tinha usado para matar Penny e se preparou para jogá-la em cima de Drake.

— Não, papai — pediu Gaia.

TRINTA E OITO | 15 SEGUNDOS

— ELA VAI explodir e matar todos nós — disse Connie baixinho, estranhamente calma. — Ou vai fazer... outra coisa.

Abana segurou uma das mãos dela. E então segurou as duas.

E outros veículos vinham pela via expressa. Não eram da polícia — não havia sirenes. A polícia e os soldados tinham sido afastados para uma distância segura.

Era um punhado de carros e furgões particulares. Pais. Amigos. Pessoas que tinham recebido os e-mails e tweets e vinham correndo para impedir o que agora não podia mais ser impedido.

Connie e Abana se entreolharam. Uma expressão cheia de medo, tristeza e culpa: elas haviam trazido aquelas pessoas para morrer ali.

Connie olhou os PMs. A piloto do helicóptero, uma mulher com cabelo louro e divisas de capitão, havia se juntado a eles depois de xingar copiosamente os danos causados à sua aeronave.

— Desculpe — sussurrou Connie. — Desculpe ter feito isso com vocês.

Ela ouviu um estalo. Como um trovão em câmera lenta, ou como uma casca de ovo do tamanho do mundo se partindo. Todo mundo ficou quieto e ouviu com atenção. Aquilo continuou durante longo tempo.

— Está abrindo — sussurrou Abana. — A barreira está se abrindo!

Tarde demais, pensou Connie. Tarde demais.

Connie foi até Darius, e eles esperaram o fim, lado a lado.

O bebê. Não estava mais no colo de Diana. Estava de pé. Sozinho e pela aparência era uma reluzente menina de 2 anos, nua.

Caine voou para trás. Foi comprimido contra a barreira, ficando todo encostado nela, gritando de dor, depois praticamente parou de fazer som algum à medida que a pressão ficava mais forte, implacável.

Sam podia vê-lo sendo esmagado; podia literalmente ver o corpo de Caine se achatando como se um caminhão o pressionasse, esmagando-o como um inseto contra a barreira.

— Faça ela parar! — gritou Sam para Diana.

— Eu... — Diana parecia abalada. Como se estivesse saindo de um pesadelo para uma realidade pior ainda.

— Ela está matando ele!

— Não — disse Diana debilmente. — Não mate o seu pai.

Mas havia uma expressão decidida no rosto da criança. Seus lábios de querubim se repuxaram num rosnado estranho.

Sam levantou as mãos, com as palmas para fora.

— Para trás, Diana — ordenou ele.

Diana não se mexeu.

Sam olhou para Caine. Ele era um inseto em um para-brisa.

Sam disparou. Dois raios de luz assassina acertaram bem no meio da criança.

E o mundo inteiro explodiu numa luz ofuscante.

Caine deslizou para o chão. Diana recuou, tapando os olhos. Drake usou o tentáculo para cobrir os olhos.

Sam ficou cego com aquilo. Não era a luz das suas mãos. Não era a luz do bebê.

Luz do sol.

Luz do sol!

Brilhante, ofuscante, o sol do meio-dia no sul da Califórnia.

Nenhum som. Nenhum aviso. Num segundo o mundo era preto, com apenas a luz insignificante de alguns Samsóis. E no instante seguinte era como se eles estivessem olhando direto para o próprio sol.

433

Sam forçou um dos olhos a se entreabrir. O que viu era impossível. Havia pessoas. Adultos. Quatro, não, cinco, seis adultos.

Um helicóptero despedaçado.

Uma lanchonete Carl's Jr. O mesmo vislumbre do mundo lá fora que Sam tinha visto por apenas um milissegundo antes. Mas agora a visão permaneceu.

A barreira havia sumido!

Drake gritou numa espécie de medo cheio de êxtase. Correu direto para a barreira, com o chicote balançando ao lado do corpo.

Caine, grogue, ferido, levantou-se.

Mas havia algo errado naquilo. Caine estava encostado em alguma coisa, apoiando-se para ficar de pé, depois puxando a mão rapidamente.

Afastando-a da barreira.

Drake bateu na barreira. Correu com a mão de chicote golpeando em algo sólido, mas invisível.

Os adultos, as mulheres, os soldados, todos olhavam boquiabertos.

Estavam vendo!

Vendo Diana gritar.

Vendo Drake golpear malignamente em todas as direções com seu chicote.

Vendo a cabeça e o rosto brutalmente pulverizados de uma garota chamada Penny, meio enfiada no pavimento.

Vendo uma menininha, intocada, incólume depois da luz de Sam que agora se extinguia.

Rostos em toda parte. As pessoas chegavam perto; tentavam andar, mas Sam podia vê-las tocando, depois pulando para longe da barreira.

A barreira continuava lá. Mas agora era transparente.

O coração de Sam parecia que ia parar. Um rosto ficou subitamente em foco.

Sua mãe.

Sua mãe dizendo algumas palavras inaudíveis e olhando-o enquanto Sam apontava as palmas das mãos para a menininha indefesa.

Ele não podia parar. Tinha parado uma vez antes. Não, não podia parar.

A luz de Sam ardeu.

O rosto de sua mãe, todos os rostos, todos gritando sem som. *Não! Nãããão!*

O cabelo da menininha pegou fogo. Chamejou de forma magnífica, porque ela tinha o cabelo escuro luxuriante da mãe.

Sam disparou de novo e a pele da menininha finalmente se queimou.

Mas o tempo todo a menina, o gaiáfago, com o rosto virado para longe dos espectadores, olhava para Sam com uma fúria intensa. Os olhos azuis jamais se desviaram. Sua boca angelical ria como quem sabia das coisas, ao mesmo tempo em que queimava.

Até que finalmente o gaiáfago era um pilar de chamas, com todas as feições obscurecidas.

Sam parou de disparar.

O bebê, a criança, o monstro, o demônio, virou-se e correu de volta pela via expressa.

Diana, cujo rosto parecia uma máscara retorcida, correu atrás dela.

Drake, de olhos ocos e vazios, horrorizado, virou-se e correu, chicoteando o nada, impotente

Sam e Caine ficaram lado a lado, feridos e arrasados, olhando o cadáver nauseante de Penny e o rosto de sua mãe.

MAIS TARDE |

UM HELICÓPTERO HAVIA chegado e pairava sobre suas cabeças. Era decorado com o logotipo de uma estação de TV de Santa Barbara. Não fazia nenhum som, claro — a cúpula ainda era impermeável ao som — mas Astrid podia ver os rostos na cabine e podia adivinhar que a lente da teleobjetiva estava apontada para eles.

A visão do helicóptero era ligeiramente prejudicada pelo fato de que do lado de fora, para além daquela barreira dura como diamante e transparente como vidro, estava chovendo. As gotas batiam na cúpula e depois escorriam.

Pelo lado de dentro da barreira, dos dois lados da via expressa, as crianças estavam o mais próximas possível do lado de fora. Até então três ou quatro dúzias de crianças haviam chegado correndo de Praia Perdida. A princípio tudo que viam eram os soldados e policiais estaduais que haviam chegado com as luzes dos carros piscando, o helicóptero e um punhado de pais.

Porém mais pais estavam chegando em carros e SUVs, vindos de suas novas casas em Arroyo Grande, Santa Maria e Orcutt. Pais que tinham encontrado novos lugares para morar mais longe, em Santa Barbara ou Los Angeles, demorariam mais um pouco para chegar.

Alguns pais estavam segurando cartazes.

Onde está Charlie?

Onde está Bette?

Nós amamos vocês! Com a tinta escorrendo por causa da chuva.

Sentimos saudades!

Vocês estão bem?

Não restava muito papel no LGAR, e as crianças tinham chegado correndo, sem ter esperado para pegar qualquer coisa. Mas algumas encontraram partes de painéis de paredes ou retalhos de papelão rasgado trazidos pelo vento, e usavam pedaços de cascalho para escrever uma resposta.

Eu amo você também.

Diga à minha mãe que estou bem!

Ajude a gente.

E tudo isso foi visto pela câmera de TV no helicóptero, e pelas pessoas, os adultos — pais, policiais e curiosos. Meia dúzia de *smartphones* tiravam fotos e faziam vídeos. Astrid sabia que mais, muito, muito mais, viria.

Havia barcos começando a aparecer no oceano do lado de fora da cúpula. E eles também espiavam com binóculos e lentes teleobjetivas.

Um casal de idosos saiu correndo de uma *motorhome*, escrevendo enquanto corria. Sua placa dizia: *Podem ver como está nossa gata, Ariel?*

Ninguém responderia a isso, porque todos os gatos tinham sido comidos.

Onde está minha filha? E um nome.

Onde está meu filho? E um nome.

E quem teria o trabalho de escrever as respostas?, pensou Astrid com amargura. Morto. Morto. Morto por minhocas carnívoras. Morto num ataque de coiotes.

Assassinado numa briga por causa de um saco de batata frita.

Morto por suicídio.

Morto porque estava brincando com fósforos e não temos exatamente um corpo de bombeiros.

Morto porque foi o único modo com o qual conseguimos lidar com ele.

Como alguém explicaria a todos aqueles olhos atentos como era a vida dentro do LGAR?

Então apareceu um carro familiar que quase abalroou uma radio-patrulha estacionada. Um homem desceu. Uma mulher se moveu devagar, sem firmeza. A mãe e o pai de Astrid chegaram à barreira. Seu pai estava segurando a mãe, como se ela pudesse desmoronar.

Vê-los despedaçou Astrid. Os adultos e adolescentes mais velhos que haviam estado na área do LGAR quando Petey fizera seu milagre louco obviamente tinham saído. Quantas milhares de horas Astrid havia passado tentando imaginar, tentando pensar em cada resultado possível? Pais mortos, pais vivos, pais em algum universo paralelo, pais com toda a memória reescrita, pais apagados do passado, tanto quanto do presente.

Agora estavam de volta, chorando, acenando, olhando, carregando enormes bagagens emocionais e exigindo explicações que a maioria das crianças — inclusive Astrid — não poderiam reduzir a algumas palavras rabiscadas num pedaço de reboco ou riscadas com um prego num pedaço de madeira.

Onde está Petey?

A mãe de Astrid segurava essa placa. Tinha escrito com um pilot na lateral de uma bolsa de lona, porque a chuva tinha ficado forte demais para permitir o uso de papel.

Astrid olhou aquilo por um longo tempo. E no fim não conseguiu dar uma resposta melhor do que um encolher de ombros e um balanço de cabeça.

Não sei onde Petey está.

Nem sei *o que* Petey é.

Sam estava ao lado dela, sem tocá-la, não com tantos olhos espiando. Ela queria se encostar nele. Queria fechar os olhos e, quando os abrisse de novo, estar com ele no lago.

Haviam se passado meses desesperados em que tudo que Astrid quisera era sair daquele lugar e voltar à vida antiga como filha de seus pais amorosos. Agora mal conseguia olhá-los. Procurava desesperadamente uma desculpa para ir embora. Eles eram estranhos. E ela sabia, como Sam sempre soubera, que no fim eles seriam os acusadores.

Eles eram uma facada em seu coração quando ela simplesmente não podia suportar mais nenhuma, quando simplesmente não podia mais começar a sentir. Era demais. Não podia mudar de repente de um desespero para outro.

Dekka estava atrás de Sam com os braços cruzados, quase como se quisesse se esconder. Quinn e Lana estavam um pouco separados, maravilhando-se com a visão do mundo lá fora, mas ainda sem rostos com os quais se conectar.

— Somos macacos num zoológico — disse Sam.

— Não — corrigiu Astrid. — As pessoas gostam dos macacos. Olhe como eles nos observam. Imagine o que estão vendo.

— Eu visualizei isso desde o início.

Astrid assentiu.

— É.

— Quer saber o que eles veem? O que a minha mãe vê? Um garoto que disparou luz com as mãos e tentou incinerar um bebê — disse Sam asperamente. — Eles me viram queimar uma criança. Nenhuma explicação jamais vai mudar isso.

— Nós parecemos selvagens. Imundos e famintos, vestidos como mendigos. Armas em toda parte. Uma garota morta com uma pedra esmagando o cérebro. — Ela olhou para a mãe e, ah, não havia como deixar de ver a expressão de... de quê? Não de júbilo. Não de alívio.

Horror.

Distância.

Os dois lados, pais e filhos, viam agora o enorme abismo que havia surgido entre eles. O pai de Astrid parecia pequeno. Sua mãe parecia velha. Os dois eram como fotos antigas de si mesmos, não como pessoas reais. Não tão reais quanto as lembranças que ela guardava deles.

Astrid sentiu como se os olhos deles estivessem espiando através dela, procurando uma lembrança da filha. Como se não quisessem vê-la, e sim uma garota que ela havia deixado de ser havia muito tempo.

Brianna veio a toda velocidade, uma distração bem-vinda que fez com que os rostos silenciosos do outro lado formassem círculos com as bocas: Ooh. Ahh. E mãos apontarem e câmeras girarem. Brianna fez uma pequena saudação e acenou.

— Ela está preparada para o close — observou Dekka secamente.

— Está claro aqui, ou sou só eu que sinto? — perguntou Brianna. Depois sacou o facão, girou-o dez vezes mais rápido do que a velocidade humana, parou, embainhou-o de novo e executou uma pequena reverência para os observadores pasmos. — É. É, eu vou fazer o papel de mim mesma no filme. A Brisa é muito melhor do que efeitos especiais.

Astrid respirou pelo que pareceu a primeira vez em muito tempo. Sentia-se grata porque Brianna havia quebrado pelo menos parte da tensão.

— Aliás, voltando aos negócios: eles foram para o deserto — anunciou Brianna a Sam. — Um grupinho feliz, mamãe, a filhinha e o tio Mão de Chicote. Cheguei um pouco perto demais e aquele bebê quase me enterrou em uma tonelada de pedras. Maldito bebê.

Brianna assentiu, satisfeita.

— Esse pode ser o desfecho da minha piada: Maldito bebê.

— Não, não — disse Dekka. — Só: não.

Astrid sorriu e sua mãe pensou que o sorriso era para ela e sorriu de volta.

— Eu vi alguém filmando — disse Sam. — Eu queimando aquela... aquela criatura. Sabe o que eles vão ver? Você sabe o que as pessoas lá fora vão pensar?

Astrid sabia que ele estava morrendo de nervosismo. Dava para ver — qualquer um podia ver — a expressão de horror no rosto de Connie Temple cada vez que ela olhava para o filho.

"Filho", singular, porque Caine havia olhado por um longo tempo para a mãe, virado as costas e ido embora, voltando para a cidade.

— Você teve medo disso durante muito tempo, Sam — disse Astrid em voz baixa. — Você tinha medo de ser julgado.

Sam confirmou com a cabeça. Olhou para o chão, depois para Astrid. Ela havia esperado ver tristeza ali. Talvez culpa. Quase chorou de alívio ao ver os olhos do garoto que nunca tinha dado para trás. Viu os olhos do garoto que primeiro tinha lutado contra Orc, mais tarde contra Caine, Drake e Penny.

Viu Sam Temple. *Seu* Sam Temple.

— Bem — disse Sam —, acho que eles vão pensar o que quiserem.

— Está ficando escuro lá fora — disse Dekka. — Quando a noite chegar, é melhor tirarmos Penny daqui. Enterrar. Todo mundo que aparece dá de cara com...

Dekka ficou em silêncio porque Sam estava se movendo. Andou objetivamente até o lugar onde o corpo de Penny estava, com a cabeça esmagada sob uma pedra, como alguma paródia grotesca da Bruxa Má do Leste.

Câmeras acompanhavam o movimento de Sam.

Olhos — muitos deles hostis, condenando — seguiam cada passo seu.

Sam olhou direto para as câmeras. Depois para sua mãe. Astrid prendeu a respiração.

Então sistematica e meticulosamente, Sam incinerou o corpo de Penny. Até não restar nada além de cinzas.

Connie Temple continuava imóvel como uma estátua, recusando-se a desviar o olhar.

Quando Sam terminou, assentiu uma vez para sua mãe, deu as costas e foi até Astrid.

— Ela não vai ser enterrada na praça com as pessoas boas que morreram sem motivo. Se estivermos procurando gente para enterrar, vamos achar o que resta de Charuto e de Taylor.

Lana balançou a cabeça ligeiramente.

— Não tenho certeza de que Taylor está morta. Ou viva.

Sam assentiu.

— É o tipo de coisa que todas aquelas pessoas lá fora vão ter dificuldade para entender. Mas, de qualquer modo, elas estão lá, e sabe de uma coisa? Ainda temos crianças para alimentar e um monstro para matar. — Ele estendeu a mão para Astrid. — Está pronta para ir?

Astrid olhou para além dele, por cima do ombro, para o rosto preocupado de sua mãe. Depois segurou a mão de Sam.

— Há muita coisa a fazer — disse Sam para as crianças que podiam ouvi-lo. Suas costas estavam viradas para o lado de fora. — Muita coisa a fazer, muita coisa para resolver, e a guerra está longe de acabar. Eles vão voltar. — E virou a cabeça para o norte, para onde Gaia havia fugido.

— Quinn — continuou ele. — Quer cuidar das coisas aqui em Praia Perdida? Assumir o trabalho de Albert? Acho que Caine concordaria.

— Claro que não — respondeu Quinn. — Não. Nããão. Não.

Sam pareceu meio perplexo.

— Não? Bem, acho que eles vão pensar em alguma coisa. Caine, Lana, Edilio e Astrid.

— Espero que pensem — disse Quinn com fervor. E deu um soco amigável no ombro de Sam. — Obrigado por salvar nossa pele. De novo. Mas eu? Cara, eu vou pescar.

Astrid sentiu que deveria olhar para seus pais. Explicar que tinha de ir. Dar alguma desculpa. Ficar ali para tranquilizá-los.

Mas algo fundamental havia mudado, como uma alteração nos polos magnéticos ou um rearranjo das leis da física. Porque seu lugar não era mais com eles. Não pertencia mais a eles.

Ela era *dele*.

E ele era *dela*.

E aquele era o mundo deles.

Visite nossas páginas.

www.galerarecord.com.br
www.facebook.com/galerarecord
twitter.com/galerarecord

Este livro foi composto na tipologia Sabon LT Std,
em corpo 11/16,65 e impresso em papel Off-white
no Sistema Cameron da Divisão Gráfica
da Distribuidora Record.